KB114535

내일을 향해 쏴라

김형석 장편 소설

FUSION FANTASTIC STORY

내일을 향해 쏴라 19

김형석 장편 소설

초판 1쇄 찍은 날 § 2016년 2월 12일
초판 1쇄 펴낸 날 § 2016년 2월 22일

지은이 § 김형석
펴낸이 § 서경석

편집책임 § 박가연

펴낸곳 § 도서출판 청어람
등록번호 § 제387-1999-000006호
등록일자 § 1999. 5. 31
어람번호 § 제1-2355호

주소 § 경기도 부천시 원미구 부일로 483번길 40 서경B/D 3F (우) 14640
전화 § 032-656-4452 팩스 § 032-656-4453
http://www.chungeoram.com
E-mail § chungeorambook@daum.net

ⓒ 김형석, 2014

ISBN 979-11-04-90640-4 04810
ISBN 979-11-316-9142-7 (세트)

내일을 향해 쏴라

19 김형석 장편 소설

FUSION FANTASTIC STORY

내일을 향해 쏴라

CONTENTS

Chapter 1	7
Chapter 2	33
Chapter 3	69
Chapter 4	95
Chapter 5	119
Chapter 6	163
Chapter 7	187
Chapter 8	211
Chapter 9	235
Chapter 10	259
Chapter 11	285

Chapter 1

1

―수♡지아, 열애설 부인 이후 기이한 행보!

―국보소녀 지아, 수 신곡 '그저, 사랑해' 뮤비 촬영 참여!

―지아, 열애설 수의 신곡에 내레이션 참가? 의심스러운 행각.

―수, 지아…… 열애는 아니라는데, 이렇게 노골적일 수가?

―가수 수 신곡 '그저, 사랑해' 뮤비 티저 공개. 가사 들어 보니 지아 아닌 다른 여자가?!

인터넷이 뜨겁다.

연예 기자들은 간만에 수, 그리고 지아와 관련된 소식과 추측성 기사를 써 내려가느라 쉴 틈이 없었다. 그도 그럴 것이 열애설은 극구 부인하는데 다른 쪽에서는 긴밀하게 움직이는 모양새가 더욱 큰 의구심을 자아낸 까닭이다.

그리고 그렇게 쏟아져 나오는 기사들에 대중들은 자연히 궁금증이 더 커질 수밖에 없었다.

"얘네 진짜 사귀는 거 아닐까? 뮤비랑 곡에도 참여한대."

"계집애, 넌 아직도 모르겠니? 딱 봐도 마케팅이잖아. 열애설 이용해서 신곡 홍보하려는 거."

"그런 것치고 너무 증거가 많잖아?"

"뭐…… 엔조이였나 보지."

"그거 말이라고 하니?"

가십거리에 민감한 여자 두셋 모이면 빼놓지 않고 수와 지아의 스캔들이 대화의 주제에 올랐다.

자타가 공인한 국민 며느리 지아.

장모님이 사위 삼고 싶은 연예인 1위, 이수.

깔끔하다 못해 흠잡을 게 없는 이미지의 두 남녀의 만남만으로도 큰 화제이며 이슈였다.

스카이블루는 그런 소문을 제재하지 않았다. 그저 흘러가는 대로 두며, 그들 나름대로 이 상황을 이용하고자 머리를 굴렸다.

그 첫 번째 복안이 신곡 '그저, 사랑해'에 추가될 지아의 내레이션이다.

스카이블루 녹음실.

부스 속의 지아는 헤드셋 너머에서 흘러나오는 멜로디에

몰입한다.

사전에 전해 들은 뮤직비디오의 콘티와 자신의 역할을 떠올리며 감정을 끌어 올렸다.

복에 받친 듯 떨리는 눈동자만큼이나 구슬픈 목소리가 입술 사이로 흘러나왔다.

"아프지 마요. 부디. 행복하라고. 다른 사람처럼, 똑같이 그렇게 지내라고……."

지아는 있는 그대로의 감정을 토해냈다.

너무 사랑하기에 가슴이 아픈 느낌을 물씬 살려내는 데 포인트를 뒀다.

아프지만 함께 있고, 힘들지만 앞으로도 함께 있을 수 있기에 시리면서도 벅찬 감정을 담았다.

이 노래의 주인공은 자신이 아니라는 걸 알면서도, 잠시나마 자신이 그토록 갖고 싶었던 남자의 사랑을 받은 여자가 된 듯 읊조렸다.

"오케이, 굿!"

부스 밖 토크온을 통해서 수가 사인을 보냈다.

실력파 가수이면서도 연기자로 승승장구하는 이유가 있는 듯 지아의 내레이션은 별다른 실수 없이 한 번에 녹음에 성공했다.

감정을 추스른 지아가 부스 밖으로 나왔다.

"수고했어요."

수가 웃으며 어깨를 두드려 주었다.

"맨입으로요?"

"뭐 바라는 거 있어요? 원하는 거 다 들어줄게요."

"됐거든요?"

지아는 쌀쌀맞았다. 감정의 여운이 가시지 않은 까닭도 있지만, 이 곡 자체가 수가 고은에게 바치는 연가인 만큼 더 쓸쓸하고 초라했기 때문이다.

"내 팔자도 사납지. 이게 뭐야? 내 앞가림도 못 하는 주제에 남 연애에 고사나 지내주고 있고. 하! 내가 미쳤지."

"제가 소개팅이라도 해줄까요?"

수가 미안한 마음에 진심으로 물었다. 그러자 지아가 쏘아붙였다.

"지금 염장 질러요?"

"진심인데……."

"진심이라 더 화나는 거 알아요? 아! 열 받아. 꼭 내가 드라마 여주인공의 사랑을 부러워하는 조연이 된 기분이야!"

지아는 분에 받친 듯 발을 동동 굴렀다.

드라마에서도 항상 여주인공 역을 꿰찼고, 지금까지도 성공한 인생의 주인공처럼 살아왔다. 그랬던 그녀가 비련의 여주인공처럼 수와 고은의 사랑의 희생(?)양이 된 기분은 굉장히 생소하고 화가 났다.

"먼저 판을 엎자고 한 건 지아 씨인데요?"

"홧김에 그랬죠! 열 받아서. 근데 하고 나니까 이게 더 염장이네."

"……."

"아! 진짜 내가 미쳤지. 왜 이걸 한다고 나서선 내 팔자를 달달 볶을까? 가련하고 비참한 인생이여."

수는 북 치고 장구 치는 지아의 원맨쇼를 보며 미안한 마음이 들었다.

좋은 선후배이자 오빠동생으로 지내기로 했다지만 사람 마음이란 게 그리 쉽게 변하지 않는다는 걸 간과하고 있었다.

"됐고, 저 수다 떨 시간도 없어요. 바로 움직여야 해요."

"부산 촬영장 가는 거죠?"

"네. 왜 하필 부산이래…… 짠 내도 싫고 엄청 먼데."

프로 의식이 투철해 웬만해선 힘든 내색조차 하지 않는 이가 지아다.

그런 악착같은 노력과 인내심, 정신력이 없었다면 지금과 같은 톱의 자리에 오를 수도 없었을 것이다.

그런데 오늘은 달랐다.

지아가 언급한 부산행이 바로 수의 신곡 '그저, 사랑해'의 추가분 뮤직비디오 촬영 때문인 까닭이다.

"가는 김에 저도 같이 가요."

"오빠가 촬영장에는 왜요?"

스토리 뮤직비디오일 경우 원곡 가수가 촬영장에 가는 경우는 극히 드물다. 간다 하더라도 도움을 줄 것도 없고 일에 관여할 것도 없는 까닭이다.

"겸사겸사, 잘 부탁드리려고 가는 거죠. 또 아는 얼굴도 있어서 인사도 하려고요."

"그러시든지 마시든지."

지아는 토라진 듯 고개를 획 돌려 버렸다.

2

수의 신곡 '그저, 사랑해'는 유례를 찾아볼 수 없을 만큼 대형 블록버스터 뮤직비디오로 제작됐다.

초기 계획대로 한류스타 황인찬이 캐스팅됐고, 최근 칸 영화제에 초청을 받으며 상한가를 치고 있는 중국 최고 여배우 장신위안도 출연을 확정했다.

화룡점정은 중국 영화 역사상 역대 최고 흥행 신기록을 세운 초한지의 감독 장첸이 연출로 나섰다는 것이다. 일개 뮤직비디오인 걸 감안하면 그만한 감독이 메가폰을 잡았다는 것 자체만으로도 엄청난 화젯거리였다.

제작비도 어마어마했다.

홍콩과 부산을 오가는 느와르 형식의 국제 첩보 스토리로 한 편의 영화에 버금갔다.

대개는 평균 5분 남짓인 뮤직비디오이지만 '그저, 사랑해'의 러닝타임은 무려 9분에 육박했다.

이런 과도한 제작비는 낭비가 아닐까 우려도 있었지만 스카이블루는 그 비용을 아까워하지 않았다.

중국 포털사이트와 동영상 사이트에 공개된 1, 2차 티저 영상의 조회수가 며칠 만에 무려 3억 뷰를 넘기며 어마어마한 관심을 끄는 데 성공한 것이다.

국내에선 올드한 형식의 뮤직 드라마가 중국에선 굉장히 새로우면서 곡의 감동까지 더할 수 있는 형태로 인식된 것이다.

"어? 어! 쇼우 씨, 맞죠?"

촬영장에 앉아 액션 신 콘티를 확인하던 장신위안이 눈을 동그랗게 떴다.

"잘 지내셨어요?"

수도 반갑게 웃으며 아는 척을 했다.

장신위안은 중국판 나도 가수다 음악감상실에 출연해서 시청자들을 대신해 음악적인 감상을 도왔다. 수와는 당시 회식도 같이하며 인연을 쌓은 사이다.

장신위안이 수의 손을 잡곤 좋아했다.

"이게 얼마 만에 보는 거예요?"

"그러게요. 반가워요."

"그간 소식 들었어요. 베스트셀러 출간에 바둑 대회 우승, 요샌 가수까지 키운다면서요?"

"어? 저보다 절 더 잘 아시네요?"

"두말하면 입 아프죠, 제가 쇼우 씨 열렬한 팬이거든요."

장신위안은 손에 힘을 쥐며 더 고혹적으로 웃어 보였다.

"저도 칸의 여왕님의 열렬한 팬이랍니다."

"그런 말 하지 마요, 부끄러워요."

칸의 여왕이란 말이 낯설고 어색했는지 장신위안이 살짝 얼굴을 붉혔다.

그러다 수의 뒤에 서 있던 지아를 발견하고는 물었다.

"저분은 그…… 스캔들 사진에 떴던?"

"안녕하세요, 국보소녀의 지아입니다."

지아는 유창한 중국말로 자기소개를 하며 웃어 보였다. 장신위안과는 반대로 어딘지 모르게 청순하고 청아한 이미지가 물씬 풍기는 미소다.

"반가워요. 중국말 잘하시나 봐요?"

꽤 놀란 장신위안의 말에 지아가 싱긋 웃으며 수를 팔꿈치로 꾹꾹 찔렀다.

"뭘 그리 넋 놓고 봐요? 통역해 줘야죠."

수가 어이가 없다는 듯 쳐다봤다.

"중국 말 잘하는 거 아니었어요?"

"못해요. 중국 활동 때문에 소개랑 인사만 할 줄 알아요."

"……."

졸지에 수는 적지 않은 시간을 그들 사이에서 통역으로 허비했다.

지아와 장신위안은 작품적으로 할 얘기도 많아 보였다.

그도 그럴 것이 중간에 스캔들이 터지면서 시나리오가 부분 변경되어 지아의 역할이 추가되고 촬영분이 늘어난 것이다.

수가 직접 촬영장을 찾은 이유도 거기에 있다.

스캔들로 말미암아 추가 촬영분이 생기면서 장신위안이나 황인찬, 감독님, 그리고 스태프들까지 모두에게 미안한 마음이 든 까닭이다.

수는 직접 한류스타 황인찬을 만나 고맙다는 말을 전했다.

아직 거액을 들인 하이라이트 장면을 찍지 않아 스케줄에 큰 영향은 없다지만, 어쨌든 며칠간의 조정에 더해 추가 촬영분이 생긴 건 사실이었다.

다음 수가 찾은 사람은 장첸 감독이다.

"저야 좋습니다. 뮤직비디오에 늘 흥미를 갖고 있었고, 이런 배우들과 제작비 걱정 하지 않는 촬영이라면 언제든지 하고 싶네요."

그는 생각보다 유쾌한 사람이었다. 다행히 이런 식의 시나리오 수정에 민감하게 반응하지 않고 크게 연연하지 않는 듯 보여 한숨 돌렸다.

오늘 촬영할 장면은 부산 길거리에서 벌어지는 추격 신이었다.

제법 긴장감 넘치고, 다수의 엑스트라 간의 호흡도 중요했다.

'이게 촬영장의 분위기구나.'

수는 신세계를 보는 듯했다.

늘 무대에만 서 있던 수에게 연기의 세계는 참 신비로우면서도 흥미로웠다.

누군가 쓴 시나리오의 캐릭터에 배우들이 생명을 불어넣

는다. 세상에 존재하지 않는 캐릭터는 홍겹게 날뛰고, 뜨겁게 사랑하고, 시리도록 아파한다.

그 자체만으로도 굉장히 매력적이며 흥미롭기 그지없다.

"뭘 그리 빤히 봐요?"

수가 우두커니 서서 지아와 황인찬이 마주치는 신을 보고 있자 장신위안이 말을 걸어왔다.

"그냥 다 신기해서요. 이렇게 촬영하는구나 싶기도 하고, 저런 일련의 과정을 통해 찍힌 캐릭터들을 내가 브라운관으로 보는가 싶기도 하고."

"한마디로 재미있어 보인다 이거네요?"

"말이 그렇게 되나요?"

수가 피식 웃었다.

"연기해 보세요."

"저요? 에이, 해본 적도 없는 걸요."

수가 손사래를 치자 장신위안이 미소를 머금었다.

"그건 또 모르는 일이죠. 쇼우 씨야 남들이 불가능이라 했던 다분야에서 최고의 모습을 보여줬잖아요? 연기도 그럴 줄 모르죠."

"아니에요. 저 진짜 연기 재능 없어요."

"그건 모르죠. 저기 앞에 계신 지아 씨도 처음엔 가수셨던 걸로 아는 걸요?"

"……."

그건 그렇다. 지아는 걸그룹 출신이었으나 연기자까지 활동 영역을 넓힌 케이스다.

"쇼우 씨는 감성도 있으시고, 기자회견 때 보여준 뚝심이나 표정을 보면 잘 할 수 있을 거예요. 제가 보장할게요."

"칸의 여왕님이 보장한다니 솔깃하는데요?"

수가 가볍게 받아쳤다.

'연기라…… 한 번도 생각해 본 적 없는 분야인데.'

혹하는 마음이 생기지 않은 것은 아니나 일단 지금은 그저 흘러가는 이야기 정도로 치부하며 넘겨 버렸다.

"아! 그보다 쇼우 씨 없으니까 나도 가수다 녹화 너무 재미없어요. 감동도 없고, 흥미도 안 생기고."

"설마요. 감동을 너무 많이 받다 보니 익숙해진 게 아니고요?"

"아뇨, 진짜 이런 말 그렇긴 한데…… 수준이 많이 떨어진 느낌이에요. 더구나 쇼우 씨의 무대에 중독되니 다른 가수들의 노래가 귀에 잘 안 들리더라고요."

수가 나간 이후 나도 가수다의 떨어진 시청률이 그걸 증명한다. 참가자들은 실력뿐만 아니라 화제성도 매우 떨어졌다.

'끝판왕을 봤는데 보스급들이 성에 찰 리가 없잖아?'

최근 푹 빠져 있는 휴대전화 게임에 비유한 그녀의 진심이었다.

"그런 의미에서 가왕전 일정이 앞당겨져서 내심 기쁘답니다."

"네? 가왕전 일정이 앞당겨져요?"

수가 눈을 동그랗게 뜨고 반문했다.

"어? 모르셨어요? 가왕전 다음 달로 당겨졌잖아요. 아직 얘기 못 들으셨구나?"

"……."

금시초문이다.

3

"사실입니다."

장위안 대표와 마주한 수는 그의 입을 통해서 중국판 나도 가수다 일정이 앞당겨졌다는 얘기를 전해 들을 수 있었다.

"안 그래도 전해 드리려고 했는데 정보가 빠르시군요. 실은 이틀 전에 공식 스케줄 조정 요청 공문이 왔습니다. 그쪽 말로는 시청자들의 관심이나 시청률이 많이 떨어져 부득이 일정을 앞당길 수밖에 없다고 합니다."

"갑작스럽군요. 가을 예정이었는데 봄이라니."

수의 입장에선 꽤나 곤혹스러웠다.

현재 출연하고 있는 K팝스타들 촬영, 신곡 발표 등과 일정이 겹치는 까닭이다.

'계획이 틀어지는 건 별론데.'

몸이 두 개라도 모자랄 만큼 바쁜 일정을 소화하다 보니 생긴 버릇이다. 시간관념도 철저해지고 일이 계획대로 척척 진행될 때 희열을 느꼈다.

물론 사람 일이란 게 공식이나 톱니바퀴처럼 딱딱 맞아떨어지긴 힘들었지만 최대한 틀 안에서 어긋남이 없이 흘러가는 걸 선호했다.

'확 그냥 때려쳐?'

순간 그런 생각이 들긴 했지만 흘러가는 생각에 불과했다.

중국판 나도 가수다의 시청률과 화제성이 떨어졌다고는 하나, 예전에 비해서이지 여전히 작다고 할 만큼은 아니다.

다만 수가 워낙 초반에 충격적인 무대를 보여준 까닭에 후에 무대에 선 출연자들의 무대가 다소 밋밋하게 느껴질 뿐이다.

이러니저러니 했지만 결국은 수의 탓이다.

중국 시청자들의 눈과 귀의 수준을 확 높여놓은 게 그 이유니까.

"스케줄 조정은 해보셨어요? 가능할 것 같나요?"

"뭐, 큰 무리는 없을 거 같습니다. 우선 K팝스타들 녹화일이 일요일인데 나도 가수다 녹화일은 토요일이거든요. 이동이 번거롭긴 하겠지만 크게 무리가 되지는 않을 겁니다."

"그나마 다행이네요."

수의 입장에선 갑작스런 스케줄 조정으로 인해 K팝스타들 출연에 차질을 주고 싶지 않았다.

'아직 할 일이 남았으니까.'

생방송 무대에서 스카이블루에 캐스팅된 네 명의 참가자를 다음 무대로 올려 보내기 위함이 아니다.

수는 K팝스타들을 통해서 좀 더 희망찬 찬가를 부르고 싶었다.

'나야 형편이 나아졌지만, 대한민국 살기 힘들지.'

그래.

불과 작년까지만 하더라도 수는 학교까지 휴학하고 새벽까지 배터리 공장에서 일하며 한 푼이라도 벌고자 애쓰는 입장이었다.

어른들은 아프니까 청춘이라고 말하며 투정 부리지 말라고 하지만 지금 대한민국을 살아가는 청년들의 삶은 그들의 말보다 힘들다.

빈익빈 부익부가 더 심해지며 개천에서 용이 나오기 어려운 형국이 되는 지경까지 이르렀다고 해도 과언이 아니다.

'K팝스타들을 통해 시청자들에게 희망을 주고 싶어.'

희망.

지구에서 유일하다고 말할 수 있는 기적을 선물받은 수다.

재능의 전이라는 기적이 있지 않았다면 수 역시 하루를 힘들게 살아도 달라지지 않는 내일을 살 수밖에 없는 대한민국의 보통 청년이 되고 말았을 것이다.

그렇게 한 살, 두 살 나이를 먹게 되고 노력에도 불구하고 그리 낫지 않은 삶을 살고 있을 게다.

힘든 현실, 로또와 같은 기적을 바라며 오늘을 살아가는 모든 이에게 바치고 싶었다.

아무에게도 인정받지 못한 참가자.

천재들에 밀려 인정받지 못했던 범재들.

그들에게 투영된 우리의 모습 속에서 수는 희망을 보여주고 싶었다.

조연에서 주연이 될 수 있는 희망의 찬가.

그것이 수가 캐스팅한 네 사람을 통해 지치고 힘든 시청자들을 위해 불러주고 싶은 진짜 음악이다.

"관건은 컨디션 관리일 겁니다. 특히 이번 나도 가수다는 생방송으로 진행된다고 합니다."

"생방송이요?"

수가 깜짝 놀랐다.

의외다.

생방송으로 경연을 진행한다는 것 자체가 굉장한 모험이다.

물론 한국을 대표하는 오디션 프로그램 중 상당수는 생방송으로 진행이 된다.

하지만 애초에 방송 기술이나 노하우, 진행 능력에서 중국과 한국의 차이는 크다.

'한국판에서도 생방송은 없었던 것 같은데?'

한국 나도 가수다 PD가 중국에 직접 넘어가 디렉팅을 돕는다는 얘기는 들은 기억이 있다. 그렇다고 하더라도 생방송은 호기로 도전하기 쉽지 않은 선택임이 분명하다.

"꽤 무리수로 보이는데…… 시청률 압박이 생각 이상으로 컸나 보네요."

"네, 더 나은 걸 바라는 게 인간이죠. 더 큰 성공을 바라는 윗선의 압박이 대단했다고 합니다."

"하긴."

"또 가왕전 녹화에서 한국처럼 사전 녹화 이후 결과가 새어 나가는 걸 크게 염려했다고 합니다. 한국에서도 비밀 엄수가 쉽지 않은데, 중국은 아무래도 더 심할 수밖에 없거든요."

수가 작게나마 끄덕임으로 공감을 표했다. 아무리 보안에 신경을 쓴다 하더라도 입을 통해 새어 나가는 걸 원천 차단하는 건 불가능에 가깝다.

"일단 알겠습니다. 관건은 컨디션 조절이 되겠군요."

"네, 각별히 신경을 쓰심이 좋을 것 같습니다."

이미 수는 컨디션 관리 실패로 큰 곤혹을 치른 바 있다.

'그 뒤로 꾸준히 운동도 했으니까. 이럴 때 은은 씨의 내조가 필요한데 아쉽네.'

새삼 늘 곁에 머물며 수를 내조하던 고은은의 고마움이 느껴졌다.

회의를 마친 수는 대표실을 나섰다. 계단을 이용해 한 층 아래로 내려와 찾은 곳은 소속 연습생들이 개인 연습을 하거나 트레이닝을 받는 곳이다.

"오셨어요?"

반가운 얼굴, K팝스타들의 정우 PD가 아는 인사를 건넸다.

"오래 기다리셨죠? 죄송해요, 급한 얘기라서."

"아닙니다. 덕분에 음식 맛 좋기로 유명한 스카이블루의 구내식당에서 끼니도 때우고 좋았어요."

"입에는 맞으셨고요?"

"이거 비밀인데, TG보다 낫던데요?"

"듣던 중 기분 좋은 소리네요."

재치 있는 정우 PD의 답변에 수도 미소로 응대했다.

두 사람은 따로 조명과 카메라가 세팅된 녹음실로 이동했다.

"사전 인터뷰 진행하겠습니다."

손짓에 맞춰서 카메라에 불이 들어왔다.

녹화가 시작된 것이다.

대기하고 있던 메인 작가 임희자가 질문을 던졌다.

"참가자들에게 듣자 하니, 이수 심사위원님의 트레이닝이 굉장히 독특하다고?"

이미 수와의 사전 인터뷰 이전에 스카이블루와 계약한 네 명의 참가자와 인터뷰를 거친 상태였다. 사전에 짧지 않은 대화를 나누며 적잖은 정보를 얻었는지 묻고 싶은 게 많아 보였다.

"독특할 게 있나요? 전 그저 방향을 일러줄 뿐입니다. 옳고 그름보다는 더 나은 나침반이 되어주는 게 제가 할 역할이죠."

청산유수 같은 대답이다. 그리고 그건 수가 진정 하고자 하는 일이기도 하다.

임회자 작가가 말했다.

"저희에게는 꽤나 충격적이었습니다. 혜진 양의 경우에는 2주간 독서와 영화 감상만 하라고 하셨다면서요?"

"네, 그랬습니다."

수는 긍정했다.

실제로도 그러했고, 그것이 맞는 생각이란 까닭이다.

"정말 효과를 장담하는지? 아까 사전 인터뷰를 해본 결과 노래를 하지 못한 혜진 양은 불안해하는 기색이 꽤나 역력하던데요."

"그래요? 당연히 불안할 겁니다. 다른 기획사들에 비해 생방송 무대를 준비하는 시간은 더 적었거든요. 그런데 말입니다."

수의 눈빛이 바뀌었다. 확고한 어투로 또박또박 말했다.

"전 당장의 생방송 무대에 연연하고 싶지 않습니다. 그 네 사람에게 중요한 건 지금이 아니고 내일입니다. 또 내일보다 나은 모레죠. 뮤지션으로 살아가기 위해 K팝스타들 생방송 무대는 그저 지나치는 무대에 지나지 않습니다."

수의 기세에 눌린 임회자 작가가 입을 닫았다.

'K팝스타들은 과정에 지나지 않다? 참 대범한 말이네. 이런 말을 수 씨 말고 누가 할 수 있으려나?'

수는 아티스트가 나아갈 방향과 길을 제시한다. 그 고된 과정 속에서 K팝스타들은 그저 하나의 지나가는 다리에 지나지 않다고 말하고 있다.

임희자 작가는 기함을 감추며 연이어 질문을 던졌다.

"우승에 얽매이지 않는 대답이시네요."

"우승하면 좋지만, 그게 제 마음대로 되는 건 아니니까요."

수가 웃었다.

"그래도 음원깡패이자 보컬의 신으로 통하는 이수 심사위원님 아니십니까? 독특한 맞춤형 트레이닝이었던 만큼 분명 효과가 있었을 것 같은데요."

임희자 작가가 원하는 바를 캐치한 수가 웃으며 대답했다.

"그럼요. 제 이름을 걸 수도 있습니다."

1차 사전 인터뷰 녹화가 끝났다.

차후 생방송 참가자들과 미팅을 거친 후 다시 촬영이 있을 예정이다.

수는 숨 돌릴 틈도 없이 네 명의 생방송 참가자가 기다리는 회의실로 자리를 옮겼다.

"안녕."

친근함의 표시일까, 수가 가볍게 손을 흔들며 등장하자 네 사람이 자리에서 일어나 깍듯하게 인사했다.

"아, 안녕하세요."

스카이블루에서 트레이닝을 받은 지는 2주째지만 실질적으로 수와 마주한 경우는 손으로 꼽았다. 그런 만큼 아직 수는 네 사람에게 어려운 상대였다.

그간의 사소한 안부를 묻는 여담 끝에 본론으로 넘어갔다.

"혜진이, 내게 할 말이 있다고 하지 않았어?"

물을 마시던 혜진이가 고개를 끄덕였다.

"얘기해 보렴."

"저…… 언제까지 책만 봐야 해요? 이젠 생방송 무대 준비도 해야 할 것 같은데……."

눈치를 보던 혜진이 용기를 내서 속마음을 털어놓았다.

그녀는 부족한 감성을 채우기 위해 지난 2주간 취미에도 없는 책만 붙잡고 있었다. 그것도 고리타분하다 못해 눈이 감기는 고전들만 잡고 읽었다. 영화도 마찬가지다. 최신 영화보다는 로마의 휴일 같은 아주 오래된 고전 영화들만 온종일 봤다.

'다른 애들은 지금쯤 생방송 무대를 준비하고 있을 텐데, 난 이게 뭐야?'

본인만 뒤처진다는 생각이 들 수밖에 없다.

그런 불안감은 생방송 무대가 다가올수록 더 커졌고 지금에 이르러서는 수에게 직접 물어보지 않고서는 견딜 수 없는 수준이 됐다.

'하긴, 불안해할 만하지.'

수는 팔짱을 끼며 상체를 테이블 앞으로 쭉 당겨 앉았다.

"무슨 말인지 알아. 딴 애들은 연습하는데, 혼자만 뒤처지는 기분이 드는 거지?"

"솔직히 좀 그래요. 수 쌤을 못 믿는 건 아닌데……."

"알다마다. 불안하지. 말은 하지 않았지만, 비슷한 처지인 한울이도 불안했겠네?"

수가 돌아보며 묻자 임한울이 눈치를 보며 고개를 끄덕였다.

"네……."

한울은 습관을 고치기 위해 기초 발성으로 돌아갔다. 그와 동시에 노래를 부르는 행위는 일절 금했다.

발성을 새로 익힌다는 측면에서는 혜진보다 나았지만, 그 역시 생방송 무대를 앞둔 상황에서 제대로 된 노래를 하지 않은 만큼 불안감이 클 수밖에 없었다.

그에 비해 변지호와 전효주는 그나마 상황이 나은 편이었다.

변지호는 소리가 흔하다는 이유로 가창력을 키우기 위해 공명점을 다시 잡으며 호된 트레이닝을 받는 중이었다.

전효주는 다양한 장르를 체득하며 본인의 음악 소화 능력을 키우는 중이었다.

앞선 두 사람과 달리 자기 발전을 느낄 수 있는 음악적인 트레이닝을 받는 만큼 불안감은 덜했다.

물론 다른 기획사들과 달리 생방송 무대 준비를 전혀 시작하지 못한 만큼 불안감이 아예 없는 것은 아니었다.

'이쯤 하면 오래 참았지.'

수도 안다.

그러나 불안감을 알면서도 외면했다.

왜?

백 번 듣는 것이 한 번 보는 것만 못하기 때문이다. 수가 아무리 떠들어댄다고 한들 본인들은 의구심을 지우지 못할 것이다.

그럴 거라면 애초에 아무런 말도 하지 않는 게 낫다. 스카이블루에 캐스팅이 되었고 수를 믿고 트레이닝을 시작한 이상 따라달라는 의미였다.

네 사람은 충실하게 잘 따라주었다.

'이제 알아야 할 때가 됐어.'

자기 발전을 위한 수련은 이거면 족하다.

물론 만족할 만한 성과를 내려면 아직 멀었다. 음악이란 일생을 다 바쳐서 노력해야만 한다. 단숨에 뭔가를 바꾼다는 건 애초에 불가능한 일이다. 다만, 옳은 방향으로 인도해 주고 그 길에서 빛을 보게 해줄 참이다.

본인이 스스로 그 길을 걸어갈 수 있도록.

"앞으로 이틀간 더 하던 대로 트레이닝을 시킬 생각이야."

"이, 이틀이나 더요?"

네 사람의 얼굴이 굳어졌다.

이틀을 더 트레이닝에 소요하게 되면 생방송을 준비하는 시간은 고작 닷새에 불과하다. 공식 일정을 감안하면 시간은 더더욱 부족해진다.

낯빛이 어두워진 네 사람과 달리 수는 미소를 잃지 않았다.

"그 전에 네들이 얼마나 변했는지 궁금하지 않아? 이런 말도 안 되는 트레이닝이 과연 도움이 됐는지 의문스럽기도 하고. 그지?"

마치 속마음을 꿰뚫어 본 듯 말을 던진 수가 씨익 웃으며 일어났다.

"의심하면 안 하느니만 못하지. 확인하러 가자."

"네? 어디로?"

"홍대. 즉석 게릴라 콘서트 어때?"

"……!"

예정에 없던 수의 발언에 네 참가자뿐만 아니라 제작진도 깜짝 놀라고 말았다.

Chapter 2

1

홍대. 대한민국 패션의 메카로 손꼽히는 그곳에 어마어마한 인파가 몰려들었다.

임시로 마련한 천막 안에서는 네 명의 참가자가 생각 이상으로 많이 몰린 인파를 힐끗거리며 긴장하고 있었다.

아마추어의 자격으로 프로그램에 참가했던 네 명이었기에 이렇게 많은 사람 앞에서 노래를 부르는 게 처음인 까닭이다.

"긴장돼?"

"조, 조금요."

맏언니인 전효주의 얼굴이 굳어 있었다. 넷 중에선 그나마 인디 밴드로 활동하며 몇 차례 공연한 전력이 있건만, 긴장한 건 매한가지였다.

'끽해야 열 명을 겨우 넘었었는데, 오늘은…….'

천막 밖은 그야말로 인산인해다.

슬그머니 고개를 둘러보았다. 어림잡아 몇 명이나 될까? 수십은 무조건 넘을 것이고 대강 세어봐도 백 명은 훌쩍 넘는다. 지금도 모여들고 있으니 더 늘어날 가능성이 크다.

다른 세 사람도 긴장하긴 마찬가지였다.

'아, 안 떨고 잘할 수 있을까?'

'열흘 넘게 노래를 못 불렀는데, 어쩌지?'

'나 욕 많이 먹진 않겠지? 아직 자신 없는데…….'

그때 천막 밖에서 사람들의 함성이 들려왔다.

와아아아!

네 사람은 그만 깜짝 놀라고 말았다. 과장일지도 모르지만 천막이 떨릴 만큼 엄청난 함성이다. 사람들의 환호와 열기가 아직 찬 봄바람마저 따스하게 데워 버린 게 아닐까 싶을 정도다.

스슥.

천으로 만든 문을 젖히고 함성의 주인공이 들어왔다.

수다.

"다들 목은 풀었지?"

"네, 풀긴 풀었는데……."

조혜진이 초조한 듯 연신 손을 가만두지 못하고 비벼댔다. 불안감이 고조될 때마다 튀어나오는 그녀의 습관이다.

"왜, 다들 불안해?"

수가 스윽 돌아보면서 말을 던졌다.

그러자 변지호가 자그맣게 끄덕였다.

"아니라곤 말 못하겠어요"

"저도요, 그간 습관 고치느라 제대로 된 노래 한 번도 못 불러봐서……. 조금이라도 불러보려고 했는데, 트레이너님이 말리셔서 그것도 못 했어요."

수는 말없이 웃어 보였다.

임한울은 소리를 낼 때 안 좋은 습관들이 많다. 어깨에 힘이 들어가거나, 목을 조이거나, 공명점을 잘못 잡는 경우가 많았다. 그걸 고치기 위해서 노래를 놓은 지 한참이다.

"다른 두 사람도 비슷하지?"

이어 지목받은 조혜진과 전효주도 고개를 끄덕였다.

조혜진은 고전소설 읽기와 영화 감상이 주 트레이닝이었다. 그녀 역시 마찬가지로 철저하게 노래를 부르는 게 금지가 되었다.

그나마 전효주가 나은 경우다. 다양한 장르의 소화력을 늘리기 위해 쉼 없이 노래를 불렀으니까.

"자, 이쪽으로 의자 당겨서 앉아봐."

전기난로 앞에 자리 잡은 수가 손짓을 했다. 네 참가자가 의자를 당겨 캠프파이어를 하듯이 둥글게 마주 보고 앉았다.

그 와중에도 K팝스타들 카메라는 쉼 없이 돌아갔지만 누구도 신경 쓰지 않았다. 카메라가 없으면 허전하다는 생각이 들 정도로 이제 그들에겐 일상이 되어버렸기 때문이다.

"네들 떨리고 긴장하는 거 알아. 저런 많은 사람 앞에서 노래 부르는 게 처음일 거야, 그지?"

끄덕.

대답 대신 고개만 주억거린다.

"참고로 말하자면 생방송 무대는 저거 보다 더 많은 사람이 올 거야."

"……."

수의 말에 네 참가자가 얼음이 되었다.

공개홀의 입장 가능 관객은 오천 명. 홍대 길거리 야외 공연장의 관객은 그야말로 애들 장난 수준이다.

"우리 좀 더 멀리 보고 얘기해 볼까? 단도직입적으로 얘기하면 긴장은 못 없애. 나도 무대에 오르기 전까지 긴장이 돼. 네들하고 똑같지."

"이 쌤도요?"

"당연하지. 나도 고작 데뷔 2년차야."

"하, 하긴."

그만 깜짝 잊고 있었다. 수가 슈퍼스타Z를 통해서 브라운관에 데뷔한 게 여름이다. 아직 꽉 찬 일 년도 되지 않는다.

다만, 그간 보여준 수의 음악과 행보가 너무 파격적이다 보니 긴장할 거라 생각하지 못했다.

'워낙 괴물 같은 분이시라 생각도 못 했어.'

데뷔 일 년도 채 되지 않아 중국판 나도 가수다를 통해 신드롬을 일으켰다. 잡지나 연예 매체에서 중화권이 주목하는 가수 겸 한류스타로 손꼽힌다.

또 국내에선 보컬의 신으로 통한다. 가창력에 대해서는 이견이 없다는 말이다.

그뿐이랴, 프로듀싱과 작곡, 작사의 능력도 인정받아 지금은 K팝스타들의 심사위원으로 참가해 네 사람을 가르치고 있는 입장이다.

불과 일 년 전만 하더라도 자신과 같은 아마추어 가수 지망생이었다는 사실이 믿기지 않을 만큼 수가 걸어온 길은 파격 그 자체다.

"네들에게 공통적으로 해주고 싶은 말은 하나야. 즐겨. 그리고 솔직해지자. 네들이 하고 싶은 게 뭐야? 노래잖아. 꿈 아니야? 많은 관객 앞에서 노래하고 싶은 거."

"……!"

수의 마지막 질문이 화살이 되어 가슴에 꽂혔다. 정곡을 찌른 것이다.

노래가 하고 싶다.

노래가 좋다.

그리고 그런 자신의 노래를 들어주는 관객들.

늘 꿈꿔왔던 무대다.

"부담 갖지 마. 긴장? 즐겨. 하고 싶은 걸 하는데 왜 긴장을 해? 실수해도 좋아. 지금 저 밖에 있는 누구도 네들의 실수를 비웃지 않아."

"……."

"이 순간을 즐겨."

수도 안다.

한마디 말로 이들이 지금 느끼고 있는 마음가짐을 바꿀 수는 없다는 걸.

긴장이나 부담은 의지와 상관없이 몸이 먼저 느끼게 마련이다. 스스로가 즐긴다고 해도 쉽게 몸이 이완되지도 않는다.

'그래도 알아줬으면 좋겠네. 무대에 서고, 노래를 할 수 있는 게 얼마나 즐거운 건지.'

수의 바람이다.

한때 자진해서 무대를 떠난 적이 있다. 그 시간 동안 얼마나 무대를 그리워하고, 동경했는지 모른다.

그 갈증은 무엇으로도 채울 수 없었다.

흔히 딴따라라는 그 일이 아니고선 살아갈 수가 없는 몸이란 걸 거듭 실감했었다.

스카이블루를 통해 계약 문제가 해결되고 다시 무대에 섰을 때 느꼈던 설렘과 기쁨, 두근거림은 아직도 생생하게 떠오른다.

그걸 수는 알려주고 싶었다.

'음악을 하고 있다는 것, 할 수 있다는 것에 대한 즐거움…… 그걸 알아줬으면 하는데.'

다행히 네 사람은 곰곰이 수의 말을 곱씹었다.

전부를 이해할 순 없었지만, 일부는 그들도 이해할 수가 있었다.

'잠시 잊고 있었어. 미치도록 노래가 하고 싶어서 K팝스타들에 지원한 걸.'

'몇 번이고 포기하려고 했지만 되지 않았어.'

'잘해야 한다는 부담감 갖지 말자. 늘 하던 대로, 내가 좋아하는 노래를 하면 돼.'

각자 사연은 달랐지만, K팝스타들에 참가한 한 가지 공통점이 있다면 음악이 좋아서다. 네 사람에겐 수의 말이 허투루 들리진 않았다.

눈빛이 달라진 걸 느낀 수가 씨익 웃었다.

"보자, 무대에 오르기까지 얼마 안 남았으니 그간 배운 거 중간 점검을 해볼까?"

"지금요?"

변지호가 눈을 동그랗게 떴다.

천막 밖 공연장에 관객들이 모인 지 오래다. 밖에서 기다리고 있는 사람들을 외면한 채 지금 중간 점검을 받는다는 수의 말이 선뜻 이해가 가지 않았다.

불안해하는 눈길을 읽은 수가 아차 싶었다.

"아! 내가 말실수를 했네. 중간 점검이라곤 했지만, 평가를 내리거나 할 생각은 없어. 그러니까 괜한 생각은 금물. 알았지?"

"네."

"후우, 진 도 괜히 걱정했네요."

한결 누그러진 분위기에서 수가 말했다.

"잘 들어, 난 지금부터 조언을 해줄 거야. 게릴라 무대에서 네들이 꼭 명심해야 할 조언들이지."

네 참가자가 눈을 빛냈다. 무슨 말을 하려는지 모르나 한마디도 허투루 듣지 않고 귀에 담고자 열성적인 자세를 보였다.

"혜진아, 선곡 리스트 봤어. 백지영 선배님의 그 여자를 선곡했던데, 드라마는 봤고?"

"네, 봤어요. 그것도 너무 재미있게……."

"몰입해. 네가 그 드라마의 여주인공이 되어서 애틋한 사랑의 주인공이 되어봐. 지금까지 네가 봐온 소설과 영화의 주인공처럼. 할 수 있지?"

"해볼게요."

"대답이 너무 쉬운데? 여기서 한 가지 명심해야 할 게 있어."

"명심이요?"

수가 딱 끊어 말했다.

"감정 과잉은 안 돼."

"……."

"네 감정이 넘쳐서 혼자 몰입한다면 관객들은 불편할 수 있어. 너의 감정을 강요받는 기분이 들 거거든."

"그럼……."

조혜진은 꽤나 막막해 보였다. 그간의 트레이닝이 자신의 부족함 감성을 메우기 위함이란 걸 알기에 더더욱 그랬다.

"평소대로 불러."

"그냥요?"

"어. 그러면 돼. 그러다 보면 조금은 묻어 나올 거야. 그 조금이 쌓여서 관객에게 닿았을 때 진정한 감동을 줄 수 있을 거야."

수가 시선을 돌렸다.

"지호야, 넌 하나만 명심해. 배운 걸 잊지 마. 특히 호흡과 목에 힘 빼기."

흔한 소리라는 평가를 준 변지호에겐 배운 그대로 부르기를 바랐다.

"한울아, 배운 걸 머리로 계속 신경 쓰면서 짚어."

"그러려고요."

"넌 감성이 있어. 기계적으로 음표를 짚듯이 불러도 충분히 담길 거야. 알았지?"

"네, 그럴게요."

수는 마지막으로 전효주를 봤다.

"효주는 자신감을 갖자."

전효주가 수와 눈을 맞췄다.

"네 보이스는 대중들이 좋아해. 특이해서 배척하는 건 옛날이야. 네 보이스가 매력적이라는 걸 나가서 네 눈으로 확인하고 와."

말뜻을 알아들은 전효주가 끄덕였다. 굳건한 눈길엔 자신을 믿으려는 의지가 보였다.

'다른 사람도 아니고 수 쌤의 말이잖아? 속는 셈 치고서

라도 믿어보자.'

뛰어난 보컬임에도 불구하고 모기처럼 울리는 목소리로 그간 무시를 당해왔던 그녀다.

'목소리가 굉장히 특이해, 근데 그게 다야.'

다양한 곡의 소화력을 늘리면서 자신감을 키워온 그녀가 어떤 무대를 보일지 기대가 됐다.

"좋아, 시간 됐다. 나가자."

스태프의 사인에 맞춰 수가 먼저 막사를 나섰다. 그 뒤를 네 명의 참가자가 따랐다.

막사 밖, 다섯 명이 올라가는 것만으로도 꽉 찬 느낌을 주는 야외무대에 서자 쌀쌀한 바람을 맞으며 기다리던 관객들이 일제히 박수와 환호를 보냈다.

"기다렸어요!"

"수 오빠! 여기 한 번만 봐줘요!"

"저기 봐, 효주 TV에서 보던 것보다 더 예쁜데?"

"그러게. 지호도 잘생겼다."

휴대전화를 높이 들고 자신들을 찍어대는 사진과 동영상, 그리고 쑥덕거리는 말과 함성이 쏟아지자 네 참가자는 정신을 차리지 못했다.

'어, 어지러워.'

'뭐가 뭔지 모르겠어.'

그간 스튜디오 녹화만 했던 터라 직접적으로 관객, 대중과 마주한 건 처음이다 보니 얼떨떨했다.

"안녕하세요, 이수입니다."

인사를 마친 수가 눈치를 주자 굳은 채로 서 있던 네 참가자가 자기소개를 했다.

"안녕하세요, 변지호입니다."

"잘생겼다!"

"노래 잘 듣고 있어요!"

앞줄에 있던 여고생 팬들의 외침에 굳어 있던 변지호가 눈을 깜빡거리며 수줍어했다.

'나, 나에게 환호해 주고 있어.'

태어나서 처음 듣는 잘생겼다는 말.

무엇보다도 듣고 싶었던 칭찬, 노래 잘한다는 말.

그리고 K팝스타들에서 아무도 주목하지 않던 변지호란 이름을 대중들이 기억해 주고 있다.

그것만으로도 살면서 느껴온 어떤 것보다 더 큰 벅참이 턱밑까지 차올랐다.

'그 느낌이다, 지호야.'

수는 흐뭇한 미소를 지었다.

가수가 무대를 떠날 수 없는 이유.

음악이 즐거운 이유.

그건 대중이 있어서라는 걸 수는 게릴라 콘서트를 통해 알려주고 싶었다.

2

수의 재치 있는 진행에 맞춰 네 참가자의 가벼운 소개와 여담이 끝났다.

야외무대를 내려와 천막으로 돌아온 네 사람은 들뜬 가슴을 감추지 못했다.

'날 기억해 주고 있어.'

'분명 내 이름을 또박또박 불러줬어. 노래 잘 부른다는 칭찬도……'

'내 목소리가 좋대, 내 목소리가.'

칭찬은 고래도 춤추게 한다.

여태까지 그들은 K팝스타들의 주인공이 아닌 조연에 지나지 않았다. 그런 그들이 주인공이 된 듯 관객들의 응원을 받자 없던 의욕까지 생겨났다.

"첫 무대는 혜진이네. 잘하고 와라."

수의 응원을 받으며 조혜진이 무대에 올랐다. 그러자 열렬한 환호가 쏟아졌다.

꿀꺽.

침이 목 너머로 넘어갔다. 살짝 긴장이 되는 것도 사실. 하지만 그보다 더한 설렘과 자신의 노래를 들려줄 수 있다는 기대감에 들떴다.

"제가 들려 드릴 곡은 드라마 시크릿가든의 OST 그 여자입니다."

잠시 심호흡을 하자 전주가 흘러나왔다.

조혜진은 지그시 눈을 감고 전주에 심신을 맡기고 몰입을 시작했다.

'내가 여주인공이 됐다고 상상하자.'

늘 해왔던 일이다. 항상 노래를 할 때면 그 가사대로 비련의 여주인공인 그녀가 되어 몰입했다. 그래야만 이별이나 헤어짐, 보고 싶은 감정 등이 곡에 실린다고 생각했다.

그러나 문제는 아무도 그녀의 곡에서 그러한 감성을 느끼지 못한 데 있다.

왜!

분명 감성을 모두 실어서 불렀는데!

마음과 달리 아무도 그녀의 노래를 감성적이라고 생각하지 않았다. K팝스타들 미션이 진행되는 내내 약점으로 지적받았고 쥐어 짜내듯이 감정을 곡에 실으려고 했지만 되지 않았다.

탈락이 확실시되는 상황에서 구사일생으로 수의 선택을 받아 여기까지 왔다.

'편하게만 부르자. 이 쌤 말대로 감정 과잉만 조심하고.'

조혜진은 곡에 감정을 실어야 한다는 강박관념을 버렸다. 수의 말대로 그저 몰입만 해서 드라마의 여주인공이 된 상상을 하는 데서 그쳤다.

"한 여자가 그대를……."

가녀린 그녀의 목소리가 읊조리듯 튀어나왔다.

아주 담담하게.

앞서 있던 관객들이 조용히 그녀의 노래에 집중했다. 시끌 벅적한 홍대 거리에 적막이 깔린 듯 이 순간 오로지 반주와 그녀의 목소리만이 가득 찬다.

조혜진은 있는 그대로 자신의 노래를 불렀다.

편안하게.

자신의 이야기를 하듯이.

억지로 감정을 쥐어 짜내려고도 하지 않았다.

그때였다.

'아! 헤어질 걸 뻔히 알면서도 사랑할 수밖에 없는 여자의 마음은 어떤 걸까?'

아주 찰나에 뇌리에 스쳐간 생각이기에 곡에 영향을 주진 않았다.

다만, 그림처럼 불쑥 영화의 한 장면이 떠올랐다.

'그러고 보니 그 영화……'

라빠르망. 엊그제 본 고전 영화인데, 너무 사랑하지만 이별을 택한 여주인공이 서 있는 장면이다. 그저 바라보기만 한 채 눈물조차 흘리지 않는 모습, 그리고 다시 마주치지 않고 사라지는 모습까지.

원작 드라마에서는 아련하게나마 짐작할 수 있던 감정이, 영화를 떠올리자 명확하게 이해가 갔다.

울컥.

순간 목소리에 감정이 실렸다.

드라마와는 전혀 관계 없는 영화였지만 간접적으로나마

접한 감정이 이 순간 노래에 더없이 어울리는 감정으로 튀어 나왔다.

자연스럽게 감정을 불어넣자 조혜진의 노래에 생기가 넘 실거렸다.

"잘 부르는데?"

"노래 좋다. 그간 TV로 봐서 몰랐나? 꽤 구슬프네."

"아, 드라마 장면 떠올라 버렸어."

미온적인 관객의 반응이 바뀌었다. 감동을 주진 못했지만 조금이나마 마음을 움직이는 노래를 부른 것이다.

마지막 애드리브로 곡이 끝나자 일제히 박수갈채로 그녀 의 무대에 대해 보답했다.

"앗!"

눈을 뜬 조혜진은 깜짝 놀라고 말했다. 설마 하니 자신의 노래가 이런 좋은 반응을 얻을 줄은 꿈에도 생각지 못한 것으 로 보였다.

조혜진은 얼떨떨한 표정으로 관객의 환호를 받으며 무대 를 내려왔다.

그 모습을 수는 팔짱을 끼고 흐뭇하게 바라보고 서 있었다.

'조금은 깨달은 것 같네.'

천막 안에 있느라 무대를 보지는 못했다. 그러나 스피커를 통해 들려오는 조혜진의 노래는 똑똑히 들었다. 크게 달라진 건 없지만 분명히 변했다. 곡에 실린 감정이 미약하게나마 관 객의 가슴을 움직였다.

'혜진이는 아직 어려. 경험도 부족하고, 가슴 시린 사랑도 해보지 못했을 거야. 안타깝지만 대한민국 노래의 대부분은 사랑 노래지. 결국은 간접 체험으로 배울 수밖에 없어.'

수의 지도는 적절했다. 완벽하진 않지만 소기의 성과는 보인 것이다.

'마, 맙소사. 이게 내가 아는 혜진이 노래라고?'

'도저히 믿기질 않아. 이 쌤은 그동안 무슨 마법을 부린 거지?'

놀란 건 함께 스카이블루에서 트레이닝을 받던 동료들도 마찬가지다.

"수고했다."

혜진이가 천막으로 들어오자 수가 어깨를 두드리며 격려했다.

"녹음해 뒀으니까 이따가 다시 들어봐. 예전이랑 변한 게 뭔지 놓치지 말고. 복습이 중요해."

"네, 쌤……."

아직까지도 얼떨떨함을 감추지 못한 조혜진이 의자에 앉았다.

"다음은 한울이네? 잘하고 와."

두 번째로 무대에 오른 임한울이 준비한 노래를 열창했다.

성시경의 거리에서.

감성 발라드의 성시경의 대표곡 중 하나로 그의 미성과 어우러지며 여성들에게 많은 사랑을 받은 곡이다.

"네가 없는 거리에는……."

임한울이 명심한 건, 딱 하나다.

'목에 힘을 빼자. 배운 대로 부르는 거야.'

그간 기본적인 호흡과 발성 연습을 반복했다. 정해진 음계대로 기계처럼 소리만 내는 트레이닝에 진저리가 날 정도였다.

그러나 그럴 수밖에 없었다. 본인의 음악에 안 좋은 버릇이들면 그걸 고치는 데 죽을 만큼 노력해야 한다. 그러다가도잠깐 방심하게 되면 튀어나오는 게 버릇이다.

그래서 가수들이 가장 경계하는 것이 안 좋은 버릇이나 습관이 드는 것이다.

임한울은 명심한 대로 최대한 힘을 빼고 노래를 불렀다.

'한결 나아졌네.'

의식적으로 신경을 쓰느라 자연스러운 부분은 떨어졌지만수가 듣기엔 예전보다 한결 나았다. 특히 중음에서 고음으로넘어가는 부분에서 억지로 쥐어짜는 소리가 거의 없어지다시피 했다.

'이걸 내가 부르고 있다고?'

정작 가장 놀란 건 임한울 본인이다.

불안정한 음정이 사라졌다. 정확하게 음정을 딱딱 짚어내서 소리를 낸다. 또 매끄러운 공명점을 바탕으로 중음과 고음의 이음새도 부드럽다.

결국 임한울도 박수를 받으며 무대를 내려왔다.

"수고했어."

이어 수의 격려를 받으며 전효주가 무대에 올랐다.

"제가 부를 곡은 샵 선배님들의 내 입술 따뜻한 커피처럼입니다."

꽤나 의외의 선곡이다. 2000년대 초반의 오래된 곡이기도 했지만 남녀의 보컬과 랩이 적절히 어우러진 곡이다 보니 다양한 음악적 소화 능력이 필요하다.

'자신감을 갖는 거야, 전효주. 넌 할 수 있어.'

스스로 다짐하고 노래를 시작했다. 그리고 본인도 놀랄 만큼 훌륭한 무대를 보였다.

"이거 무슨 곡이야? 완전 내 스타일인데?"

"몰라, 나도 처음 들었어. 근데 노래 좋다."

중고등학생들은 생소한 곡인 듯한 반응을 보였으나, 노래가 좋다는 데 이견을 달지 않았다.

시간이 흘러도 사랑받고, 시대를 뛰어넘어 사람의 감정을 두드리는 곡이 명곡인 법이다.

"근데 좋다."

"어, 들을수록 좋네. 편안해지는 느낌이야."

"누가 목소리 별로랬지? 양태석 심사위원인가, 목소리 좋기만 하네."

짝짝짝!

역시나 이어지는 박수 세례.

무대를 내려오는 그녀의 만족스러운 얼굴 너머에는 그간

보지 못한 자신감이 서려 있었다.

"마지막으로 지호."

변지호가 무대에 올라서 버즈의 거짓말을 열창했다.

흔한 소리라는 지적을 받고 기초부터 다시 배웠던 그다. 처음부터 음악을 다시 하는 격인지라, 그 성과는 앞선 세 명에 비해 크게 두드러진 않았다. 다만, 새로운 창법으로 다시 시작한 만큼 지금껏 그의 음악에서 보지 못했던 색깔이란 걸 잠시나마 엿볼 수 있었다.

"고생들 했어. 다 같이 나가서 인사라도 할까?"

수는 흡족한 미소를 지으며 네 참가자를 데리고 무대에 올랐다.

다 끝났다고 생각하고 발길을 돌리던 관객들은 다시 무대에 등장한 이들을 보고는 열광하며 무대 앞으로 몰려들었다.

"어? 그냥 가서도 되는데. 인사드리러 올라온 거예요."

수가 너스레를 떨며 말하자 관객들이 우우우 하는 야유를 보냈다.

"뭘 기대하신 거야."

맨 앞줄의 여대생들이 손을 번쩍 들더니 요구사항을 외쳤다.

"한 곡만 불러주세요!"

"신곡 맛보기로 들려주세요!"

그녀들이 총대를 메자 다른 관객들도 기다렸다는 듯이 따라했다.

"한 곡만!"

"한 곡만 불러주세요!"

"저희 추운 데서 오래 떨었어요!"

수가 난감하다는 듯 표정을 지으며 볼을 긁적이다가 입을 열었다.

"난감하네요. 그래도 그냥 외면하긴 그러니, 딱 한 곡만 할까요?"

"네!"

"와아아! 이수! 이수!"

긍정적인 수의 대답에 관객들이 일제히 함성을 내질렀다.

보컬의 신!

감히 신이란 타이틀이 붙은 가수 수의 라이브 공연을 코앞에서 보고 들을 수 있는 기회는 드물었다.

"뭘 불러야 할까, 준비한 게 없는데. 제 노래 부르는 건 식상하고…… 아! 마침 딱 떠오르는 곡이 있네요. 하모니의 러블리즈."

앞서 목청껏 한 곡만을 외치던 여대생들이 실망한 표정을 지었다.

"그거 여자 노래잖아요!"

"딴 거 불러주세요! 아이돌 노래 말고요!"

여대생들의 요구에 수는 웃어 보였다. 동시에 관객들을 스윽 돌아봤다.

"혹시 기타 가지고 있으신 분, 계시나요? 잠시만 쓰고 돌려

드리겠습니다."

생각지도 못한 수의 말에 사람들이 웅성거렸다.

그때 뒤쪽에 있던 한 여대생이 손을 들었다.

"저 있어요! 제 거 쓰세요!"

무대 앞쪽까지 뛰어나온 여대생이 가방에서 기타를 꺼내서 주었다.

수는 그걸 조심스럽게 받아 들며 고개를 숙였다.

"잠깐이지만 악기를 빌려주기 쉽지 않으셨을 텐데, 감사합니다. 여러분 이 숙녀분에게 박수 한번 주세요."

짝짝짝.

갑작스러운 박수에 수줍어하는 여대생에게 웃어준 수는 간이 의자에 앉아 기타를 한 번 퉁겼다. 오른손으로는 대충의 조율을 확인하면서, 왼손으로는 마이크를 고정시켰다.

"그러면 시작하겠습니다."

말이 끝나자 관객들이 잔뜩 기대 어린 눈초리로 수를 뚫어져라 보았다.

잠시 눈을 감고 있던 수의 손가락이 움직이기 시작한다.

디이잉, 딩!

아주 가녀린 기타의 선율이 홍대 거리에 울려 퍼진다.

"어? 어!"

관객들이 깜짝 놀랐다. 이건 그들이 기억하고 있는 사랑스러움으로 넘쳐 나던 하모니의 멜로디가 아니다. 단순히 분위기를 바꾼 수준을 넘어서서 가슴이 시큰해지는 아련함이 느꺼지는 곡이다.

"이게 러블리즈라고?"

"전혀 다른 곡 같은데?"

"아냐, 멜로디는 묘하게 비슷해."

깜짝 놀라는 관객들 너머로 기타를 빌려줬던 여대생이 까무러치게 놀랐다.

"펴, 편곡이랑 기타 연주 봐."

그녀는 실용음악을 전공하며 음악에 일가견이 있는 터라 수의 지금 연주와 편곡 능력에 경악을 금치 못했다. 같은 곡을 가지고 이렇게 다른 느낌으로 색깔을 바꿔서 부를 수 있으리라곤 상상도 못한 까닭이다.

전주를 이어가던 수의 입술이 열렸다.

"기억나니, 너……."

"……!"

마이크를 통해 확성기로 퍼진 이 한 구절에 홍대 길거리에 모인 관객들의 다물어져 있던 입이 떡하니 벌어졌다.

그래.

고작, 한 구절.

수가 관객들의 매정한 감정을 훔쳐 자신의 음악에 취하게 만드는 데 걸린 시간이다.

3

홍대 길거리에 모인 이들은 넋이 나갔다. 수의 음악에 취해 아무런 생각도 들지 않았다.

그저 같은 생각과 말만 머릿속에서 맴돌았다.

'이게 내가 아는 러블리즈라고?'

하모니의 역주행은 대단했고, 후속곡 러블리즈도 남심에 불을 지피는 사랑스러움으로 단숨에 차트 1위에 올랐다. 홍대를 찾는 젊은이들뿐만 아니라, 대중가요에 관심 없는 이라도 누구나 한 번 이상 들어봤을 인기 곡이다.

'가사는 같아. 미묘하게 차이가 있긴 하지만 멜로디도 거의 같고. 근데 이렇게 다른 곡이 될 수가 있지?'

말랑말랑하면서도 사랑스러움으로 가득 찼던 러블리즈는 수를 통해 다시 태어났다.

원곡이 정말 상큼 발랄한 소녀의 곡이었다면, 이건 전혀 상반되는 느낌을 갖는다. 심지어 곡이 주는 감정마저 듣는 이의 삶에 따라 다 다르다.

'내 학창시절이 생각나. 자꾸만 그때가 그리워져.'

'하나도 안 행복해. 꼭 내 얘기 같아. 정 때문에 억지로 그 남자 만나는 나처럼.'

'뭐야, 슬프진 않은데…… 자꾸 심장이 시큰거려.'

그래, 수의 러블리즈는 직접적인 감정을 강요하지 않았다.

원곡에 자기만의 편곡을 더 입혀 부른 까닭에 관객들에게 여지를 주었다. 자기만의 해석을 해라, 그리고 알아서 이 곡을 받아들여라. 꼭 그리 말하는 듯이 수의 음악은 폭이 넓었다.

그렇게 관객들이 온전히 수의 음악에 취했다면, 네 명의 참가자는 그러지 못했다.

위치는 다르지만 같은 음악을 하고 있는 입장이다 보니 수의 수준이 어디쯤이고 자신들과의 격차가 어느 정도인지를 여실히 실감했다.

"아……."

"이게 이 쌤의 음악……."

"……."

탄성, 감탄, 침묵, 경탄.

표현의 반식은 다 달랐지만 네 참가자의 반응은 크게 다르지 않았다.

지금까지 자신들이 무대에서 부른 노래는 그저 애들 장난에 불과하다.

노래를 부르는 내내 관객들의 반응이 너무도 좋았다. 자신을 향해 손을 흔들었다. 훔쳐보듯 노래를 들으며 속닥거리는 모습도 보였다. 또 무대가 끝난 후 쏟아지는 박수 세례도 적지 않았다.

근데 이제야 깨닫게 됐다.

'진짜 잘 부르면 그런 여지도 주지 않아. 보라고. 관객들은 압도, 아니, 수 쌤의 음악에 푹 빠져 버리고 말았어. 온전히 음악에만…….'

기적에 가까운 집중력이다.

아직 초봄의 찬바람이 불어오고 정신이 사나울 만큼 북적 거리는 홍대 거리에 서서 온전히 음악에 취하더니, 자기 감성 에 흠뻑 빠지고 만다.

참 대단한 힘이다. 이런 마법 같은 결과를 만들어내는 음악 이라니.

'단순히 노래를 잘하는 게 아니야. 아티스트로서의 능력도 대단해. 이 쌤이 작곡하신 곡이라지만 이런 식으로 편곡을 하 실 줄은 몰랐어.'

개중 싱어 송 라이터의 재능이 있는 편인 전효주는 지금 노 래를 통해 수의 또 다른 진가를 보았다.

어쩌면 수에게 보컬의 신이란 말보다 더 잘 어울리는 표현 은 천재 작곡가가 아닐까 싶었다.

'설마 이게 즉흥 연주는 아니겠지?'

거기까지에서 생각이 딱 그쳤다.

디리링.

잔잔한 기타의 선율과 함께 수의 연주가 끝났다.

"……"

그 뒤로도 몇 초간 관객들은 정적을 유지했다. 그 몇 초가 유난히 길게 느껴진 건 평소 시끌벅적하고 바삐 움직이는 홍 대의 거리에서 볼 수 없는 기이한 현상인 까닭이다.

취해 있던 그들을 깨운 건 수의 여유로운 미소와 트레이드 마크인 입버릇 때문이다.

"제 곡이 그렇게 감동적이셨어요?"

자칫 거만하게 들릴 수도 있지만, 그 이상의 오만함이 더 잘 어울리는 수의 한마디에 잠들어 있던 관객들이 일제히 깨어났다.

"오빠, 멋있어요!"

"와! 진짜 최고! 이수, 짱짱!"

"대박! 보컬의 신, 이수! 이수! 이수!"

사람들은 박수와 함성을 내지르며 수의 이름을 미친 듯이 연호했다.

흠칫!

네 참가자는 그 기세에 눌려 깜짝 놀라고 말았다. 저 관객들이 과연 조금 전까지만 해도 순한 양처럼 수의 음악에 귀 기울이고 있던 사람들이 맞나 의심이 될 정도였다.

'어, 엄청난 호응이야.'

'나도 저렇게 부르고 싶어. 그래서 저 무대에 서고 싶다.'

'꼭 이 쌤 같은 박수를 받고 싶다. 그러면 가수가 되길 잘했다는 생각이 들 것 같아.'

네 참가자가 수를 통해 본 건 신세계였다. 또 그들이 가야할 가수의 길, 그 힘든 여정을 달리게 해줄 목표점이자 지향점이었다.

"감사합니다, 덕분에 기타 잘 썼습니다."

"아, 아니에요!"

수는 악수로 고마움을 대신했다. 기타를 빌려줬던 여대생은 수와 손을 맞잡자 가슴이 벅차고 기쁜지 얼굴이 빨갛게 달아오르며 어쩔 줄을 몰라 했다.

단순히 음악을 잘해서가 아니라, 지금 여대생들 사이에서 가장 인기 많은 남자가 수였다. 동경하는 남자와의 터치는 언제나 여자를 수줍게 만들었다.

"그럼 이만 가볼게요. 좋은 하루 되세요!"

새하얀 치아를 드러내며 환히 웃은 수는 꼭 유력 정치인마냥 손을 흔들며 천막 안으로 들어갔다.

그 뒤로 네 명의 참가자가 들어와 난로를 중심으로 둥글게 마주 앉았다.

"다들 수고했어. 좋은 경험이었지?"

누가 먼저라 할 것 없이 대꾸했다.

"네, 많이 배웠습니다."

"돈 주고도 못 배울 경험이었어요."

수가 만족스러운 표정을 지었다.

"오늘 일은 생방송 무대에서도 크게 도움이 될 거야. 관객들은 우리 심사위원과는 비교도 안 될 정도로 무섭거든."

"그런 것 같아요. 음정이 조금만 불안정해져도 표정들이 굳어지더라고요."

"와, 오빠. 그런 것까지 봤어요? 전 눈도 못 떴는데……."

"나도 힐끔 봤어. 막 숙덕거리는데 속이 안 좋더라."

세 사람은 관객들의 반응이 신기하고도 무서운지 떠들어 댔다.

마지막으로 이어진 수의 무대까지 보고 살짝 상기가 되었는지 들뜬 모습도 역력하다.

그러나 유일하게 이 대화에 끼지 못하는 참가자가 있었다. 특이한 보이스로 주목을 받았으나, 외면당하기도 했던 전효주였다.

"쌤, 여쭤볼 게 있는데요."

"그래, 효주야."

"이 쌤, 오늘 러블리즈 편곡이요, 혹시 즉흥적으로 하신 거예요? 왠지 그런 거 같아서……."

전효주의 질문에 대화를 주고받던 세 참가자도 고개를 스윽 돌려 수를 봤다. 생각지도 못한 질문이었지만 어떤 대답이 나올지 심히 궁금해하는 표정이다.

"어, 눈치 빠른데?"

"그 말씀은 즉흥 연주라는 건가요?"

"맞아."

대수롭지 않게 수가 대꾸하자 네 참가자는 까무러치게 놀랐다.

더구나 다른 세 명의 참가자에 비해 자작곡에 관심이 많고, 또 부족하지만 종종 직접 쓰기도 하던 전효주가 받은 충격은 이루 말할 수 없을 만큼 컸다.

'애초에 이건 재능의 수준이 달라. 노력으로 좁힐 수 있는 수준이 아니야. 에이미나 이하나도 상대가 안 돼. 이 쌤은 타고났어. 그 자체로 천재라고.'

전효주는 자기도 모르게 입술을 살짝 깨물었다. 수를 향한 존경심과 동경심이 드는 것과 동시에 자괴감도 들었다.

넘을 수 없는 벽을 본 기분이랄까?

아직 이른 고민일 수도 있겠지만, 어쩌면 평생을 노력해도 수와 동일한 선상에 설 수 없을지도 모른다는 생각마저 들 때였다.

"오늘 왜 내가 마이크를 잡았다고 생각하니? 오늘의 주인공은 네들인데."

"그야, 관객들이 원해서……."

"아니."

수는 단호하게 고개를 저었다.

"네들에게 보여주고, 들려주기 위해서야."

그 말에 전효주가 고개를 들어 수를 응시했다. 다른 세 명의 참가자도 마찬가지다.

"어때, 스스로 발전한 느낌이 들었지?"

"네."

아무런 준비도 없이 진행된 게릴라 콘서트였다. 심지어 넷중 임한울과 조혜진은 그간 노래 한 곡조차 마음대로 부르지 못했었다.

걱정하며 무대에 올랐으나 놀랍게도 전과는 비교도 할 수 없을 만큼 노래가 발전했다. 본인이 느꼈고 관객들의 반응에서도 알 수 있었다.

"근데 내 노래를 들어보니까 어때?"

"그냥, 좀 저한테 실망했어요. 아직 저는 너무 멀었다고 느껐달까."

"저도요. 그것도 많이……."

수가 웃었다.

"정확히 봤네. 아직은 그게 너희와 나의 차이지. 그런데 얘들아, 그걸 알고 나니 더 흥분되고 들뜨지 않아?"

"드, 들떠요?"

반문하는 임한울보다 더 크게 눈을 동그랗게 뜬 건 전효주였다.

과연 수의 나이가 되었을 때, 아니, 그 이후라도 음악에 목을 매 매진한다 해도 과연 지금 수와 같은 수준의 음악을 할 수 있을까 하는 의문과 의구심이 드는 시점이었다.

"채울 수 있는 게 있단 건 즐거운 일 아냐?"

"……!"

"부족한 걸 채우고, 배우고 그러다 보면 한없이 발전하고. 지금처럼."

수가 참가자들에게 제시한 건 아티스트의 길이다. 또 음악을 하면서 변해가는 스스로에게 재미를 주고 자부심을 심어주기 위함이다.

"난 그렇게 생각해. 네들의 잠재력이 나보다 훨씬 나아. 지금처럼 노력한다면, 몇 년 뒤 나보다 더 나은 가수가 될 거야. 내가 보증할게."

수는 믿음을 심어주었다.

그건 스스로 발전을 하는 데 가장 필요한 확신이다.

앞선 선배의 입장이자 대한민국과 중국에서 손가락 안에 드는 보컬로서 해주는 말이다. 그렇기에 네 사람에겐 더 뼈 있게 그 말이 다가왔다.

"다시 말하지만, 생방송 무대의 주인공은 우리다."

조연은 이제 그만.

네 참가자의 눈빛엔 주연으로 도약하고자 하는 욕망이 이글거렸다.

4

원 테이블 레스토랑.

하루에 딱 한 팀의 손님만 받는 이 레스토랑에서 식사를 하는 남녀는 대한민국의 스타들이다.

한쪽은 보기만 해도 단아함과 깨끗한 미모가 눈길을 끈다. 충무로의 기대주로 각광받으며 배우로 자리를 잡은 것도 모자라 각종 CF를 섭렵한 첫사랑의 화신 아름이다.

모든 남자의 우상인 그녀와 마주 앉아 식사를 하는 영광을 누리고 있는 남자는 TG엔터테인먼트의 잘나가는 프로듀서 박정수다.

본명인 고근태 대신 슈퍼스타Z에 참여할 때 쓴 가명으로 여전히 음악계에서 활동 중인 그는 스테이크를 썰며 말을 쏟아냈다.

"짜증 나, 양 사장은 아는 것도 없으면서 뭐만 하면 안 된다는 말만 하고. 사람이 도전정신이 없어. 성공하니까 배가 부른 거지."

"그래요?"

아름의 대답엔 영혼이 없다. 형식적이고 의무적인 느낌이 강하다.

"하! 이래 가지곤 스카이블루한테 뒤처지고 말건데. 진짜 사장이 이래 가지고는."

"당신을 믿어주면 좋겠는데, 안타깝네요."

말과 달리 아름의 시선은 박정수의 눈을 보고 있지 않았다. 여배우답게 속내나 감정을 겉으로 드러내진 않았지만 이 식사 자체가 그녀에겐 유쾌한 자리가 아니었다.

'갈수록 실망만 주지? 황금 동아줄인 줄 알았다만, 열등감에 빠진 썩은 동아줄이었나?'

안아름과 박정수는 이미 몇 달째 정식으로 교제 중이다. 아름은 아버지가 방송사 사장인 그의 집안에 끌렸으나 이젠 그마저도 성에 차지 않았다.

'그깟 돈, 수 혼자서 중국 가서 CF 몇 편 찍고 콘서트 돌면 버는 돈이잖아?'

그래, 만날수록 실망만 주는 박정수 때문에 그녀의 눈은 자꾸만 수에게 돌아갔다.

스카이블루의 이사 직함을 달고 잘나가는 모습을 보고 있자면 다시 만났어야 했다는 아쉬움이 컸다. 특히 지아와의 스캔들이 그녀의 마음을 움직이는 데 결정적으로 작용했다.

'제까짓 년이 감히 수한테 들이대? 급 떨어져서 진짜. 끽해야 무대에서 엉덩이랑 허리나 흔들 줄 아는 딴따라 주제에 감히 누굴.'

다행히 지아와의 스캔들은 당사자들의 부인으로 끝이 났다.

그러나 아름은 화가 가라앉지 않았다. 수의 이름값을 고려하면 최소한 자기 정도 되는 여배우는 되어야 급이 맞지 않나 싶었다.

"저 다음 주말에 중국 가요. 화보 촬영이 있어서요."

"그래? 아쉽네. 그럼 오늘은 같이……."

"안 돼요. 밤에 스케줄 있어요."

"분명 없다고 하지 않았나? 그래서 오늘 약속 잡은 거고."

"그랬는데 생겼어요. 매니저가 일 처리를 똑바로 하질 못하네요."

실은 스케줄 따위 없다. 그러나 아름은 매니저를 팔아서 핑계를 댔다.

'영양가도 없는 인간이랑 더 자줄 필요가 없잖아?'

텐프로로 일하며 많은 남자를 경험한 그녀다. 잠자리라는 건 어디까지나 남녀 관계에서 꼭 필요한 일이지만, 그녀는 그이상으로 남자를 다루는 데 유용하게 써먹을 줄도 알았다.

"끙."

박정수가 아쉽다는 듯 입맛을 다셨다.

아름과의 잠자리는 무엇과도 비교할 수 없는 쾌락이다. 그랬기에 오늘 함께 밤을 지낼 수 없음에 더없이 아쉬워했다.

"어쨌든, 다음 주엔 못 봐요."

아름은 못을 박으며 다음 주말에 있을 계획을 떠올렸다.

'상해로 가서 수의 쇼케이스를 본다. 거기서 어떤 식으로든 다시 시작할 구실을 만든다.'

그래.

썩은 동아줄은 그 가치가 다한 법.

그녀는 수라는 새 황금 동아줄을 잡고자 결심했다.

Chapter 3

1

보컬의 신, 이수의 신곡 '그저, 사랑해' 의 베일에 싸여 있던 3차 티저 영상이 공개됐다.

한국뿐만 아니라 중화권, 동남아시아에 동시다발적으로 공개된 티저 영상에는 앞서 1차, 2차에서 맛보기에 지나지 않았던 액션과 남녀주인공의 짧은 사연이 공개됐다.

비록 분량은 1분 남짓밖에 되지 않았지만 장첸 감독의 노련한 편집으로 호기심을 자극할 만한 요소들로 짜여졌다.

─이수, 티저 영상 봄? 대박. 나 영화 보는 줄 ㄷㄷ

　나만 그런 거 아님? 영화 예고편인 거 완전 인정.

─첩보물이던데?ㅋㅋㅋㅋㅋ 배우들 짱짱하더라.

―중국 여배우 누구임? 완전 내 스타일!

―장신위안이라고 요새 중국에서 핫한 여배우임.

―중국판 나도 가수다에서 수 엄청 치켜세워 주는 여자임. 수랑 회식하다가 사인받은 거 사진까지 sns에 올렸다고 들음.

―진짜 개부럽다ㅠㅠ 지아랑 스캔들 터진 것도 배 아픈데, 저런 미녀가 팬인증까지…….

―ㅋㅋㅋㅋㅋ 얘 보컬의 신 아냐? 왜 아무도 노래 언급 안 하냐?

―좋으니까…….

반응은 단연 폭발적이었다.

워낙 빵빵한 배우진에 할리우드에서도 주목하고 있는 감독, 그리고 보컬의 신으로 불리는 수의 음악까지 입혀지자 더없는 기대작이 탄생한 셈이다.

그 파급력은 세계 최대 규모 동영상 사이트 조회수가 증명했다. 이틀 만에 무려 3억 6천만 조회수를 돌파하는 기염을 토했다. 이건 사이트가 신설된 이래 최단 시간에 기록한 조회수였다.

더 놀라운 건 본 뮤직비디오도 아니고, 고작 3차 티저 영상임에도 이 정도 파급력을 가졌다는 사실이다.

이제 신곡 발표까지 나흘이 남았다.

목요일에서 금요일로 넘어가는 자정, 0시를 기해서 전 세계에 동시 발표될 예정이다.

한국어와 중국어 버전으로 음원이 준비되었으며, 그날 오후 6시에 신곡 발표를 위한 '그저, 사랑해'의 쇼케이스가 예정되어 있었다.

장소는 홍콩 최대 규모 공연장인 홍콩 아시아 월드 엑스포 아레나다. 아시아 뮤직 페스티벌이나 해외 유명 가수, 한국 톱 아이돌들이 종종 콘서트를 하는 곳이기도 하다.

주목할 점은, 대략 5만 명이 수용 가능한 이곳에서 쇼케이스를 하는 것은 수가 최초라는 점이다.

곡의 공개와 동시에 홍보를 위해 벌이는 쇼케이스는 주로 몇천 명 단위의 주경기장이나 소형 공연장을 빌리는 게 일반적이다.

아무래도 이런 규모의 공연장을 빌리는 것 자체가 수지에 맞지 않기 때문이다.

그러나 수의 인기는 그러한 우려마저도 불식시킬 정도로 대단했다.

쇼케이스 티켓 공개 불과 여덟 시간 만에 매진이라는 기염을 토했다.

콘서트도 아니고 고작 쇼케이스에 한국 한화로 치면 대략 십만 원에 육박하는 가격이 붙었지만 팬들은 그 돈을 전혀 아깝게 생각하지 않았다는 후문이다.

심지어 암거래 시장에선 적게는 세 배, 많게는 다섯 배 이상의 가격으로 비밀리에 거래가 이루어진다고 한다.

즉, 월드 엑스포 아레나를 가득 메우고서도 쇼케이스를 보고 싶어 하는 팬들이 더 있다는 얘기다.

'그저, 사랑해' 곡이 나온 이후로 수의 하루 일과는 오로지 쇼케이스 준비에 맞춰져 있었다.

워낙 큰 규모로 진행이 되는 만큼 허투루 진행할 수도 없었거니와, 음악을 대함에 있어서 소홀히 하기엔 수가 너무 완고했다.

결국 수의 하루 일과는 연습실에 처박혀 연습으로 시작해 연습으로 끝이 났다.

여기서 한 가지 짚고 넘어가야 할 것이 있는데, 연습실이라고 해서 자그마한 지하실이나 사무실 정도의 크기를 생각하면 큰 착각이라는 점이다.

스카이블루에서는 막대한 예산을 들여 팬들의 수에 버금가는 연주진을 꾸렸다.

오케스트라를 방불케 하는 연주진은 코러스까지 포함하여 어림잡아 백여 명에 육박했다.

"거기서 반 박자 느리게 해주세요. 한 호흡 쉬시고 제가 들어갈게요."

음악에 있어서 수는 완벽주의자였다.

자신의 쇼케이스를 찾을 팬들에게 최고의 무대를 보여주기 위해 불철주야 노력했다.

'5만 명? 그건 눈에 보이는 산술적인 수치에 지나지 않아. V-star앱과 각국의 포털 사이트를 통해 생중계로 시청할 시청자들을 고려하면 그 숫자는 짐작도 안 돼.'

쇼케이스 일정이 확정된 이후로 수는 하나하나 건드리고 고민하고 더 나은 걸 찾기 위해 애썼다.

특히 대형 멀티비전을 통해 뮤직비디오 영상을 틀고 수의 '그저, 사랑해'를 라이브로 불러 한 편의 서사를 완성하고자 했다.

그 외에도 지금의 수를 있게 만든 곡, '미련한 사랑'과 스캔들의 여주인공 국보소녀 지아와 부른 듀엣곡 '그 남자 사정, 그 여자 사정'의 중국어판 무대도 준비되어 있다.

다섯 곡 안팎에 불과했지만 그 이상으로 손이 가고 준비할 일도 많았다. 거기에 사전에 토크쇼까지 준비해야 하니 신경 쓸 게 한두 가지가 아니다.

그 와중에 또 이번 주에 시작될 K팝스타들 생방송 무대도 간과할 수가 없다.

24시간을 쪼개어 써도 부족할 하루였지만 멘토들의 잠재력을 조금이라도 끌어내기 위해서 단 몇 분이더라도 직접 노래를 들어보고 조언을 해주었다.

고무적인 건, 멘토들이 착실하게 믿고 노력해 준 덕택에 생각 이상으로 많은 발전을 이룩했다는 것이다.

'시청자들이 깜짝 놀라겠는걸?'

이미 네 참가자의 홍대 길거리 게릴라 콘서트 영상이 온라인상에 퍼진 지 오래다.

당시 동영상 촬영 자제를 부탁했지만 요새 같은 시기에 모두를 막는 건 불가능했다.

영상이 화제가 되면서 네 사람이 스카이블루에 캐스팅되어 수에게 어떤 트레이닝을 받았는지에 대한 시청자들의 궁금증도 조금이나마 해소가 됐다.

―뭐냐? 쟤가 그 변지호 맞아?
―대박, 반전! 변지호 노래 짱 잘 불러짐.
―조혜진 노래 듣고 깜짝 놀람ㄷㄷ
―도대체 무슨 마법을 부린 거지?
―그러면 뭐하냐? 어차피 에이미나 이하나의 발톱에 때보다 못한 걸 ㅉㅉ
―개소리 그만하시고, 끝판왕 이수 만세! 대마왕 이수 만세!
―진짜 이수 가창력은 개소름이다.
―인정.

스카이블루에 캐스팅된 네 명의 무대가 대중들에게 큰 반향을 얻는 데 성공하며 생방송 무대에 대한 기대감을 더욱 키웠다.

물론 마지막 무대에 오른 수의 음악에 비교하면 애들 장난 수준에 불과하다.

오죽하면 끝판왕, 대마왕에 비교하면 종결을 고했다고 네티즌들이 입을 모았을까.

그러나 수가 피날레를 했기에 이 영상이 더 화제가 될 수 있었고 대중들도 한껏 참가자들을 향한 기대감을 갖기에 충분했다.

모든 일은 순조롭게 흘러갔다.

하루, 이틀…….

그리고 오늘, 기다리고 기다리던 대망의 수의 신곡이 발표됐다.

2

홍콩. 아시아 월드 엑스포 아레나 인근 최단 거리에 위치한 5성급 호텔. 그곳 최상층에 위치한 로열 스위트룸에 수가 머물고 있었다.

홍콩이 자랑하는 야경과 황푸강 물결이 한눈에 내려다보이는 전신 유리 앞에 선 수는 한국에 있는 고은은과 통화 중이었다.

"너무 신경 쓰지 마요. 그리고 온 김에 장인어른도 뵙고 가려고요."

―아버지를요?

수화기 너머의 고은은이 놀란 듯 말을 높였다. 쇼케이스 준비로 경황이 없을 터인데, 괜히 신경을 쓰고 있는 게 아닌가 걱정스러운 눈치였다.

"별거 아니에요. 온 김에 인사를 드리는 게 예의 같아서……."

수는 말끝을 흐렸다.

그 뒤엔 차마 그녀에게 하지 못한 많은 말이 생략되어 있었다.

'장인어른께 도움을 드릴 생각이에요. 어떤 식으로든.'

아직 부족한 게 많다. 란커그룹의 회생을 조금이라도 돕기 위해서지만 아무리 완벽하게 준비했다고 한들 쓰러져 가는 기업을 지탱하려 하니 수라고 해도 무리가 많을 수밖에 없다.

그걸 알고 있지만 수는 손을 놓을 수는 없었다.

그건 며칠 전 류시시에게 걸려온 전화 한 통 때문이었다.

"기미가 이상해요. 리밍 회장님께서 푸드케어 매각을 생각하는 것 같아요."

수는 깜짝 놀라고 말았다.

푸드케어는 란커그룹 모든 계열사를 포함하여 이 위기 상황에서도 유일하게 흑자 경영을 유지할 뿐만 아니라 깨끗한 이미지를 보존하고 있는 브랜드다.

푸드케어가 지닌 유통망과 상품, 점유율 등을 모조리 포기하면서까지 매각한다는 것은 자금 사정이 최악으로 치닫고 있다는 의미다.

"무조건 막아야 해요. 못 팔게 하거나, 우리가 먹거나! 푸드케어를 놓치면 란커그룹의 회생은 죽었다 깨어나도 불가능해요."

수의 입장에서도 선택할 수밖에 없는 상황이다. 도모에와 어떤 식으로든 결판이 나지 않은지라 더더욱 그러했다.

'류시시 양의 말로는 최악의 경우 매입도 생각해야 한다고 했지.'

수는 최악을 계산으로 염려해 뒀다.

문채원 대표의 도움을 받아 추진 중이던 복지재단 관련 사항도 일시 중지시켰다. 최악의 상황에 처해 푸드케어의 인수에 나설 경우를 대비한 자금을 보존하기 위해서다.

"안부…… 전해주세요."

"그럼요. 잘 있다고, 뱃속의 아이도 잘 크고 있고 장인어른을 많이 보고 싶어 한다는 말도 잊지 않을게요."

통화는 거기까지였다. 내일 아침부터 있을 리허설에 긴 통화가 차질을 줄 수 있다는 우려로 그녀가 일찍 전화를 끊은 것이다.

"이것저것 신경 쓸 게 많으니 피곤하네."

절인 배추마냥 소파에 축 늘어진 수가 차창 밖 홍콩의 야경을 물끄러미 내려다보았다.

"맥주가 생각나네."

시원한 맥주 한 캔을 비우면 속도 뻥 뚫리고 답답함도 내려갈 것 같았다. 그리고 침대에 누우면 잠이 쏟아지지 않을까.

그러나 수는 그럴 수 없었다.

"참자. 괜히 목에 무리 갈 수 있으니까."

수는 프로다.

또 내일은 5만의 관객이 찾을 쇼케이스다.

사소한 욕구를 못 이겨 술에 손을 대는 건 내일 자신의 음악을 듣고자 찾아오는 관객들을 향한 예의가 아니라고 생각했다.

수가 기지개를 켜며 소파에서 일어났다.

"음악이나 들으며 자야겠다."

침실로 향하며 이어폰을 귀에 꽂고 CD플레이어를 만지작거릴 때였다.

딩동.

초인종 소리가 울렸다.

수는 잘못 들은 게 아닌가 싶어 고개를 갸웃거렸다. 하나 수가 아무런 반응이 없자 시간 차를 두고 다시 초인종이 울렸다.

"누구지?"

쇼케이스를 앞두고 수의 신경은 예민한 상태다. 수를 아는 사람이라면 이 시간대에 결코 찾지 않는다. 그것은 내일 무대를 준비하는 가수를 위한 배려다.

의아함을 품은 수가 현관으로 가서 섰다.

함부로 문을 열어주지 말라는 매니저의 충고도 있었기에 누군지 확인하는 걸 잊지 않았다.

"쉐이야(누구세요)?"

재차 누군지를 묻자, 현관 너머로 낯익은 목소리가 들려왔다.

"나야, 안아름."

"……!"

수의 동공이 커졌다.

3

"네가 여길 어떻게?"

수는 눈을 의심하며 감았다 떴다를 반복했다. 몇 번이고 확인했으나 눈앞의 여자는 바뀌지 않았다.

청순미의 화신이자 충무로가 주목하는 여배우 안아름.

한때 수의 여자 친구이기도 했던 그녀였다.

눈을 휘둥그레 뜬 수를 보며 아름이 풍성한 웨이브 머리를 귀 너머로 넘겼다. 그러면서 가냘픈 손가락과 목선을 드러내고 수줍은 듯 사랑스러운 미소를 보이는 것을 잊지 않았다.

"일종의 우연이랄까?"

"우연? 우연치곤 너무 지나친 거 같은데?"

"피. 너무 차갑게 구네. 실은 화보 촬영 때문에 이 호텔에 묵고 있어. 너도 머물고 있다길래 잠시 들른 거야."

아름은 아주 자연스러운 미소를 지었다.

어느 누구도 이 모든 상황이 우연이라고밖에 믿을 수 없을 만큼.

대한민국 남자의 마음을 뺏어간 고혹적인 미소다. 이 미소에 빠져 헤어 나오지 못하는 남자가 한둘이 아니다.

'애는 여길 어떻게 안 거지? 경호원들은?'

그러나 남심을 흔든 미소에도 불구하고 정작 눈앞의 수는 별다른 반응을 보이지 못했다.

아름의 미모가 손에 꼽힐 만큼 아름다운 건 사실이다. 그러나 독보적이진 않다. 배우의 미모에 비해 입체감은 떨어졌지만 지아도 제법 미인 축에 속했다.

무엇보다 매일 한 침대를 쓰고 눈을 뜰 때마다 마주하는 고은은의 미모가 워낙 빼어나다 보니 아름의 미모에 무작정 혹하고 넋을 놓는 일이 없다.

"반응이 영이 미적지근하다. 난 무지 반가운데, 나 안 반가운가 봐?"

"어? 아니야. 반갑다. 근데 여기 있던 경호원들 못 봤어?"

"봤지. 저기 있잖아."

아름이 손짓을 하자 복도 끝에 선 경호원들이 보인다. 혹여 두 사람의 대화에 누가 될까 우려한 듯 일정 거리를 두고 있었다.

"내가 잠깐 자리 좀 비켜달라고 부탁했어."

"비켜줘?"

"원칙으로는 안 되는데, 나 아나 보더라고. 우리 아는 사이인 것도 알고 있고. 사인이랑 사진 몇 장 같이 찍어주니까 바로 비켜주던데?"

"그래?"

반문을 하는 수의 시선이 경호원들에게 머물렀다.

아름과 수가 과거의 연인임을 한국에 모르는 이는 거의 없다. 이미 슈퍼스타Z에 출연할 당시 공식적인 사이임을 알린 까닭이다.

그뿐만 아니라 아름이 출연한 영화들이 중국에서 개봉되면서 큰 인기를 얻다 보니 자연스럽게 중국 경호원들도 그녀를 알아보았을 것이다. 같은 연예인이고 친분이 있으니 대수롭지 않게 비켜주었음을 짐작할 수 있다.

'그래도 이건 아니지. 정작 내 허락도 없이 이런 식으로 밀어붙이다니.'

이 부분은 분명하게 짚고 넘어가야 한다고 다짐하는 수였다.

"나 여기 언제까지 서 있어야 돼?"

"뭐?"

"너무 무례한 거 아니야? 하루 종일 힐 신고 사진 찍어서 다리가 퉁퉁 부은 사람을 계속 서 있게 하다니. 매너가 없어졌어요, 이수 씨."

수의 반문이 나오기가 무섭게 아름이 작게 주먹을 말아 쥐곤 허벅지를 두드리는 시늉을 했다. 자연스럽게 허리가 굽어지며 셔츠에 가려져 있던 그녀의 가슴골이 훤하게 드러났다.

보지 않으려고 해도 시선이 위쪽에 있는 수의 눈에 들어올 수밖에 없는 각도였다.

'뭘 그리 뜸을 들여? 들어오라고 안 해?'

지친 표정과 달리 아름은 마음속으로 확신하고 있었다.

노골적이지 않은 은은한 유혹이다. 그녀가 이렇게까지 해서 넘어오지 않은 남자는 한 번도 없었기에 자신감은 더욱 충만했다.

그러나 그 자신감이 깨지는 데까지 걸린 시간은 그리 오래 걸리지 않았다.

"미안한데, 안으로 들어오는 건 곤란할 거 같아."

"뭐?"

생각지도 못한 답변에 당황한 건 아름이다. 설마 하니 거절할 줄은 꿈에도 생각지 못한 것이다.

"너무해. 숨겨놓은 애인이라도 안에 있는 거 아냐?"

아름이 장난을 가장해 슬그머니 방 안을 훑었다. 그녀는 재빨리 현관 쪽에 여성의 구두가 없는 것과 거실 쪽 소파에 사람의 인기척이 없는 것을 확인했다.

"너무해도 어쩔 수 없어."

"그럼 나 이대로 돌아가? 난 또 홍콩에서 만난 게 너무 반가워서 일 끝나자마자 달려왔는데……."

수가 난감하다는 얼굴을 하다가 입을 열었다.

"후, 잠깐 기다려."

수는 명확하게 선을 긋고는 객실 문을 닫아버렸다.

쿵!

문전박대까진 아니더라도, 생전처음 겪는 수의 냉랭하고 무미건조한 태도에 아름은 어이가 없었다.

"와! 신선한 충격이네. 나를 이런 찬밥으로 대접해? 뜨더니 많이 변했다, 이수."

머리를 쓸어 올리며 읊조리던 아름은 잠시 덩그러니 서 있었다. 그러면서도 초조해하거나 조바심을 내진 않았다.

"튕길수록 손에 넣었을 때 주무르는 맛이 좋으니까."

잠시간이 흐르고 닫혀 있던 문이 열렸다.

가벼운 외투를 걸친 수가 나온 것이다.

"라운지로 가자."

"그래."

두 사람은 호텔 꼭대기 층에 위치한 로열 스위트룸 전용 라운지로 이동했다. 5성급 호텔을 이용하는 고객 중에서도 채열 개가 되지 않는 로열 스위트룸을 이용하는 고객들만 드나들 수 있는 전용 라운지다.

아주 특별한 공간인 이곳은 로열 스위트룸을 이용하는 고객의 철저한 신분 보장을 기본으로 한다. 처음엔 수도 몰랐으나, 중국 방문이 잦아지고 귀빈의 대우를 받다 보니 알게 되었다.

"이런 곳도 있었어?"

수를 따라온 아름도 꽤 놀란 눈치였다.

한류 열풍을 타고 아름의 인기도 제법 높아졌다지만, 하루를 묵는 데 몇 백만 원에서 천만 원을 호가하는 최고급 로열 스위트룸에 머문 적은 없기에 이런 곳은 처음이었다.

'중국에서 귀빈 대우를 받는다더니 잘나가긴 정말 잘나가나 보네. 학교 앞 떡볶이 집을 다니던 때랑 너무 달라.'

아름은 변해 버린 수가 너무 마음에 들었다.

과거의 궁상맞은 모습은 싹 잊은 채 이 모든 걸 당연하게 받아들이고 누리는 모습에서 더없는 여유와 멋을 느낀 까닭이다.

창가에 자리를 잡자 깔끔한 차림의 여성이 주문을 받으러 왔다.

"전 물 주세요."

"왜? 와인 한잔하지?"

"안 돼. 내일 쇼케이스야. 목에 무리 가."

"치! 한 잔만 하면 되잖아? 응?"

아름이 어깨를 살짝살짝 떨며 아양을 부렸다.

남심을 사르르 녹이고도 남을 살인적인 애교였지만 수는 단호했다.

"미안하지만, 안 되는 건 안 돼."

수는 단호하게 고개를 저었다. 너무도 단단한 철벽이다.

아름은 몇 번 더 조를까도 했지만 괜히 역효과가 날까 봐 그만두었다. 아직 시간은 많이 남았고 수를 흔들 기술은 무궁무진했으니까.

와인과 물이 나오자 아름이 대화의 물꼬를 열었다.

"너나 나나 참 많이 변한 거 같다. 대학교 다닐 때는 발도 못 내밀 호텔에서, 둘이 이렇게 마주 앉아 있다니. 그것도 홍콩에서, 그지?"

"그러게."

"그땐 둘 다 이러고 살 수 있을 줄은 꿈에도 몰랐는데."

아름은 과거의 추억을 꺼내며 이야기의 화제를 계속해서 만들었다. 과거의 연장선에 있는 두 사람의 인연에 특별함을 부여하고 잠시 끊어져 있던 끈을 잇기 위한 노력이다.

테이블에 살짝 턱을 괸 아름이 그윽하게 눈동자를 바라보았다.

"나 아직도 안 믿겨. 우리가 이러고 있는 것도 신기해. 꼭 꿈꾸는 기분이야."

"이해해."

수의 말은 짧다. 그러나 건성이진 않다. 그 역시 이런 식의 만남은 꽤나 이색적이었다.

성공의 상징.

그래, 그 짧은 시간 동안 수와 아름은 사회에서 말하는 성공을 거뒀고 이렇게 마주 앉아 있었다. 그 자체가 특별하다면 꽤나 특별한 일이리라.

대화가 무르익어 가자 아름이 서서히 숨겨두었던 본심을 꺼냈다.

"나 지금 너무 좋아. 사람들이 날 봐주고, 응원해 주고, 내 연기에 몰입해 줄 때면 너무 벅차서……."

"……."

"한없이 기뻐. 그리고 밤마다 너무 기뻐서 울어."

아름의 눈빛이 촉촉해진다. 은은한 조명을 받아 더 서글프게 비친다.

"근데 그러다가 갑자기 불안해질 때가 있어."

"왜?"

"……무서워서."

아름의 동공이 흔들린다. 그것은 두려움에 사로잡혀 있어 중심을 잡지 못하는 모습이다.

그녀가 사시나무처럼 떨리는 손길로 와인잔을 들어 목을 축였다. 마치 이것만이 그녀의 불안감을 해소시켜 줄 진정제인 듯 목을 넘겼다.

"알잖아, 나 텐프로였던 거."

"……."

"살기 위해서였어. 빚쟁이들 독촉은 지독하고 탈출구를 찾으려면 최선이었다고. 근데 밤마다…… 그 사실이 내 목을 졸라."

아름은 언제 눈물을 뚝뚝 떨어뜨려도 이상할 게 없을 만큼 흐느꼈다. 그러면서도 아픈 감정을 달래기 위한 와인 비우기도 잊지 않았다.

"불안해서 죽을 거 같아. 눈만 감으면 내가 이룬 모든 걸 잃지 않을까 두려워서 견딜 수가 없어. 할 수만 있다면…… 마약이라도 손대고 싶을 정도라고."

"많이 힘들구나."

"내가 뭘 잘못했는데, 난 살려고 그랬어. 악착같이 살지 않았다면 지금의 내가 있었을 거 같아? 나도 어쩔 수 없었다고……."

끝내 복받치는 감정을 이기지 못한 아름이 오열을 터뜨렸다.

그건 억울함이었다. 어쩔 수 없는 상황에 이끌려 그리할 수밖에 없었던 처지가 이해받지 못하고 과거의 행적에 발목 잡히지 않을까 전전긍긍했다.

"그래도 지금 너무 좋다. 너랑 이렇게 마주 앉아서 있는 것만으로도…… 마음이 너무 편해. 푹 잠들 수 있을 것 같아."

아름이 양 팔꿈치를 꼭 잡곤 테이블에 얼굴을 묻었다.

수는 말없이 그런 아름의 앞자리를 지켰다.

딱한 마음에 다독여 준다거나 위로도 할 법하건만 수의 태도는 의외로 담담했다. 위로의 말이 없는 건 아니었지만, 형식적인 수준에 불과했다.

'왜 이렇게 반응이 미적지근하지? 내가 아는 수는 여자의 눈물을 모르는 척하는 애가 아닌데?'

아름은 고개를 푹 파묻은 채 의아해했다.

수는 이성적이지만, 야성적인 본성도 있는 남자였다. 특히 단둘이 있을 땐 꽤나 짐승 같은 면이 있어 만족스럽기도 했다.

한데 지금은 그녀가 기억하고 있는 수와 너무도 달랐다.

수의 피드백이 하도 없으니 실눈을 떠서 반응이라도 살피고 싶은 마음이 들 정도였다.

"네 마음 다 알지만, 내가 해줄 말이 없네."

'그게 다야?'

순간 아름이 욱해서 따질 뻔했다.

마치 남 일을 얘기하는 듯 담담한 수의 태도에 감정이 솟은 것이다.

아름은 겨우 화를 삭이고 그대로 고개를 묻었다.

조금 더 이야기를 들어보자.

그녀가 아는 수라면, 또 남자라면 누구나 꺾고 싶어 하는 청초한 화이트 로즈 같은 그녀라면 절대 그냥 두지 않을 거라 믿어 의심치 않았다.

"네가 진실하다면 언젠가 사람들도 널 믿어줄 거야."

'누가 그런 틀에 박힌 말 하래? 나를 봐. 본능으로 대하라고!'

수의 격려에도 아름은 미동도 하지 않는다. 귀로 듣고는 있지만, 못 들은 척 인사불성이 된 것처럼 굳어진 채로다.

"안아름?"

"……."

돌아오는 대답은 없다.

수의 입장에선 의식이 없다고 오해할 수밖에 없는 상황이다.

"허!"

수가 난감하다는 표정을 지었다. 아까 마음이 편하다느니, 어쩌느니 하더니 술에 취해 그만 잠이 들어버렸다면 그것만큼 곤란한 일도 없을 것이다.

'뭘 가만히 있어? 부축해서 방으로 데려다줘야지?'

아름은 그다음을 상상했다.

술에 취해 가누지 못하는 몸을 핑계로 부축을 받아 그녀가 머무는 방으로 간다.

그다음은 굳이 생각할 필요도 없다.

'무방비인 날 손대지 않을 남자는 없으니까. 그건 수 너라도 마찬가지야.'

그렇게 확신을 가지고 아름은 기다렸다. 앞에서 부스럭거리는 소리가 들렸기에 더더욱 인내심을 갖고 기다렸다.

점차 시간이 흐른다.

'왜 아무런 리액션이 없지? 화장실 갔나?'

이삼 분이 지났는데도 불구하고 수의 손길이 느껴지지 않는다. 지금쯤이면 어떤 식으로든 부축을 받아 룸으로 데려가져야 정상인데.

바로 그때였다.

누군가의 손길이 어깨에 닿았다.

'그럼 그렇지.'

팔로 가리고 있던 입술이 씨익 올라갔다. 결국 이럴 거면서 그렇게 뜸을 들인 게 가소롭다는 웃음이다.

"으음."

잠이 든 척 좀 더 연기를 하면서 눈치를 살피려고 들 때였다.

"……!"

게슴츠레 뜨고 주변을 살피던 아름의 눈이 부릅떠졌다.

수는 온데간데없이 보이지 않고 자신을 보며 어찌할 줄을 모르고 머뭇거리는 호텔리어들의 곤란한 표정들과 마주한 까닭이다.

몇 번이고 눈동자를 굴려 수를 찾음에도 없자 당황한 그녀가 여직원을 잡고 물었다.

"수는? 이수는 어디 갔어요?"

조금 전까지만 해도 인사불성이었던 아름이 언제 그랬냐는 듯 눈에 힘을 주고 따지듯이 묻자 당황한 여직원이 더듬으며 한국말로 대답했다.

"바, 방으로 돌아가셨는데요."

"돌아가요? 농담하지 말고요!"

말도 안 된다.

자신은 청순의 화신 안아름이다.

무방비인 그녀를 두고 그냥 돌아설 만큼 매정한 남자가 존재할 리가 없다.

직원도 어떻게 설명을 해야 할지 난감한 듯 최대한 조심스럽게 운을 뗐다.

"지, 진짜로요. 방까지 잘 모셔다주라는 말씀을 남기고 가셨어요."

"하! 이, 씨이! 장난해?"

차마 상스러운 욕을 입 밖으로 뱉지 못한 아름이 똥 씹은 표정을 지었다.

그래.

수는 가차 없이 이름을 버려 버렸다.

완전 쪽팔리게.

Chapter 4

1

"……."

객실로 돌아온 수는 걸치고 있던 외투를 벗고는 소파에 털썩 주저앉았다.

늦은 밤 기별도 없이 찾아온 불청객으로 피곤한 기색이 역력하다.

"너무 심했나?"

만취한 아름을 그대로 두고 온 게 마음에 걸린 듯 중얼거렸다.

그러나 잠시간도 되지 않아 수는 고개를 저으며 그런 우려를 떨쳤다.

"나보다야 직원들이 더 잘 처리해 줄 거야. 여배우 이미지도 있고 괜히 내가 부축해서 데려다주다가 사람들 눈에 띄는 것보단 낫겠지."

수의 입장에선 최선의 선택이었으며, 그녀를 위한 배려였다.

한류스타 수, 충무로의 퀸으로 추앙받는 여배우 안아름.

이 두 사람이 홍콩에서 늦은 시각까지 술을 마신 것도 모자라 만취한 상태로 호텔 객실까지 부축을 받고 돌아갔다는 소문이 돌면 서로에게 곤란한 상황이 생길 게 분명하다.

많은 사건사고를 몸소 체험한 수는 그러한 불상사가 생기지 않기 위해 미연에 막은 셈이다.

"그건 그렇고…… 오늘 만남이 정말 우연이었을까?"

자문하는 수의 눈동자가 깊어졌다.

오늘의 만남을 아름은 우연이라고 언급했다. 정말 우연히 한 호텔에 머무는 걸 알게 되고 반가운 마음에 아무런 생각 없이 무작정 수를 찾아왔다고 말했다.

"거슬려."

의문을 던지는 수는 머릿속이 복잡했다.

진짜 그녀의 말대로 우연일 수도 있다. 근데 자꾸만 찝찝한 기분이 들었다.

"이상한 기분이야. 꼭 잘 짜인 각본 같다고나 할까?"

생각이 꼬리에 꼬리를 물수록 수는 그런 인상을 더욱 짙게 받았다.

그래.

백번 양보해서 처음의 만남은 우연이라고 치자. 하지만 그 뒤의 상황들은 전혀 그렇지가 않았다. 꼭 의도적으로 접근해서 술자리를 가진 느낌을 지울 수가 없었다.

"내가 착각하는 건가? 과거의 이야기를 할 때도, 어째서인지 진심이 느껴지지 않았어."

가수는 감동을 파는 직업이다. 누구보다 대중과 가깝게 호흡하고 소통하며 전달을 하는 직업이다 보니 자연스럽게 인간의 감정에 민감할 수밖에 없다.

그런 수의 감수성이 오늘 아름의 눈물에서 진정성이 느껴지지 않았다고 말하고 있었다.

"추측은 이쯤 하자. 정말 우연이었을지, 의도적인 접근일지 내가 알게 뭐야?"

수도 누군가를 의심하는 게 싫었다. 사람이 사람을 믿지 못하는 것만큼 안타깝고 가슴 아픈 일도 없는 까닭이다.

하지만 그럼에도 자꾸만 신경이 쓰이는 건 어쩔 수가 없다.

이미 아름은 슈퍼스타Z에 수가 출연할 당시에 본가에 찾아와 얼굴을 들이민 전례가 있다.

사정이 딱해 잠시 남자 친구 행세를 해준 게 다거늘 수의 인기에 편승하여 유명세를 끌더니 연예계에 발을 들이는 계기를 마련하기까지 했다.

즉, 전과가 있다고나 할까?

돌이켜보면 아름은 참 대단한 여자다. 아니, 가증스럽고 영악하다고 할까?

주어진 기회를 최대한 활용하여 지금의 자리까지 올라온 셈이니까.

그렇다고 해서 그게 수의 입장에서 좋게 보일 리는 없었다. 이유야 어쨌든 간에 수를 이용한 것은 분명한 사실이기 때문이다.

"또 내 앞에 나타난다면, 그때 확실히 알 수가 있겠지. 오늘의 만남이 우연이었는지, 아니면 우연을 가장한 의도된 것이었는지를."

수는 한 번의 유예를 두기로 했다.

정말 우연이었다면 앞으로 더 아름과 마주칠 일은 없을 것이다. 우연이란 게 필연을 가장한 것처럼 반복해서 조우할 만큼 자주 있는 일이 아니니까.

하지만 정말 다시 나타난다면 아름의 저의를 의심해 볼 필요가 있다.

"뭐, 괜찮은 여자인 건 인정해. 근데 우리 은은 씨한테 비교하기엔 아름이 많이 처지는 게 사실이잖아?"

팔불출 같은 말을 중얼거리며 휴대전화 사진첩을 열었다. 그곳엔 초창기 데이트 시절부터 함께 찍은 다정한 사진부터 최근 본가 거실이나 방에서 찍은 사진들이 가득했다. 사진들을 넘기는 수의 입가에 미소가 한가득 걸린다.

미모면 미모, 몸매면 몸매, 내조면 내조.

아름에겐 미안한 말이지만 요목조목 따져 봐도 상대가 되지 않는다.

거기에 뱃속의 아이까지.

애초에 아름은 그저 지나간 여자에 지나지 않는다. 정말 미안한 말이지만 세상에서 가장 화려한 꽃을 보며 눈이 높아진 수에게 흔하디흔한 장미, 그것도 한 차례 꺾어 손에 쥔 적이 있는 장미가 눈에 차고 탐이 날 리가 없었다.

"아! 시간이 벌써 이렇게 됐네. 자자."

쇼케이스를 앞두고 너무 불필요한 것에 신경을 쓰고 말았다.

이젠 정말 쉬어야 할 때다.

내일을 위해서.

2

쿵!

호텔 객실 문이 세게 닫혔다. 어찌나 거칠던지 문이 부서지지 않을까 우려스러울 정도였다.

"하! 진짜 기가 막혀서."

신경질적으로 문을 닫아버린 이는 청순미의 대명사 아름이었다.

만취한 채로 호텔 직원이나 매니저의 부축을 받아 객실로 돌아갔으리란 수의 우려와 달리 그녀는 너무 태연하게 두 발로 자신의 객실로 돌아왔다.

씩씩거리던 그녀는 분을 이기지 못했는지 쥐고 있던 핸드

백을 침대에 세게 집어 던졌다.

"잘나간다 이거지? 그러니까 날 거들떠도 안 보고 방치한 거고."

아름은 생각할수록 기가 차고 화가 났다.

더 짜증이 나는 건 수의 태도다. 자기쯤 되는 여자가 여지를 줬음에도 한 올의 흐트러짐이나 흔들림이 없었다. 속된 말로 그녀를 돌로 대하는 기분마저 들었다.

"어처구니가 없어서 진짜."

아름은 자존심이 퍽 상했다. 이를 아득바득 갈고 있는데, 문득 예전 공항에서 수가 했던 말이 떠올랐다.

"아직도 그 여자랑 만나나?"

그때 분명 수가 교제 중인 여자가 있다는 말을 했던 걸 기억하고 있었다.

"지아는 아니란 얘긴데, 대체 누구지? 어떤 년이랑 만나기에 저리 고자세야?"

대한민국 남자들의 로망인 그녀를 보고도 목석으로 만들어놓은 여자가 누구인지 미치도록 궁금했다. 당장에라도 알아내서 자신의 옆에 세워놓고 비교해 보고 싶었다. 그렇게 해서라도 자신이 더 우월함을 인지해야만 분이 좀 풀릴 거 같았다.

"하! 좋아. 화내는 건 그만하자."

이성을 잃은 것마냥 노발대발하던 아름이 차분하게 숨을 골랐다.

평정심을 되찾은 그녀가 가녀린 손끝으로 이마 너머로 긴 머리를 스윽 넘겼다.

"그래, 쉽게 손에 쥐면 재미없잖아? 다시 나랑 교제하면 평생 벌어서 나한테 바쳐야 할 텐데…… 이 정도 튕김은 있어야 나도 유혹하는 보람이 있지 않겠어?"

아름의 입가에서 초조함이 사라지고 다시금 여유가 넘쳤다.

그것은 대한민국 남자가 데이트하고 싶은 여자 1위, 사귀고 싶은 여자 1위, 결혼하고 싶은 여자 1위에 오른 그녀만이 가질 수 있는 무한한 자신감이었다.

"이럴수록 더 미모에 신경 써야지. 내일 쇼케이스장의 퀸은 나여야 하니까."

이제 시작이다.

평생 노예가 되어줄 그녀의 남자를 만드는 계획이 말이다.

3

홍콩 아시아 월드 엑스포 아레나.

홍콩이 자랑하는 규모의 이 콘서트홀은 이른 아침부터 백 명이 훌쩍 넘는 스태프가 분주하게 돌아다니느라 경황이 없었다.

"거기 세트 조명 각도 삐뚤어졌어! 좀 더 위로, 아냐. 너무 꺾였어, 좀 더 내려!"

"앰프 제대로 연결한 거 맞아? 소리가 안 나오잖아?"

"그쪽 관객석 잘 보이게 대형 스크린 설치 다시 하세요. 이대로 하면 앞줄에 앉은 관객들은 하나도 안 보인다고 몇 번을 말해요!"

워낙 엑스포 아레나의 대관료가 비싸다 보니 사전에 세트 설치를 해두는 게 불가능했다. 바로 어제 오전까지만 하더라도 홍콩시에서 주관하는 페스티벌이 있었기 때문이다.

결국 스태프들은 해가 진 이후에서야 제대로 된 설비를 시작했다.

수 역시 해가 진 저녁에서야 음향 시설을 확인하고 연주진들과 실제 연습 시간을 가지며 호흡을 맞췄다.

"스케줄 진짜 누가 이따위로 짠 거야! 무대 설비를 진짜 개똥으로 아나!"

스카이블루에서 외주를 맡긴 무대 설비 팀 동행의 대표 강만호가 이를 아득바득 갈았다.

대한민국에서 내로라하는 한류스타의 무대 설비 및 콘서트 준비를 도맡아 처리할 만큼 노하우의 기술을 인정받는 그였다. 하지만 이번만큼 시간이 촉박한 경우는 매우 드물었다.

잔뜩 골이 받아 있으나 그의 눈은 예리했다. 절대 일을 허투루 처리하는 경우가 없었다.

"거기, 너!"

강만호가 소리를 버럭 질렀다. 앰프 선이 꼬인 것도 모른 채 무작정 잡아당기는 만행에 화가 난 것이다.

"이러다가 선 꺾여서 사고 나면 네가 책임질 거야? 네 여자 다루듯이 소중히 다루라고 몇 번을 말해!"

눈을 부릅뜨고 질책했지만 사내는 눈만 동그랗게 뜨곤 멀뚱멀뚱 자신을 쳐다봤다.

그제야 강만호는 그의 차림새와 생김새에서 미묘하게 다른 점을 포착했다.

"장난하나, 중국인이잖아? 통역!"

뒤쪽에서 다른 중국인에게 오더를 전달하는 통역사가 뛰어왔다.

"찾으셨어요?"

"똑바로 말 전해요. 이거 소중하게 다루라고."

"네? 이 사람들이 또……."

통역사가 중국인 인부에게 가서 사정을 설명하고 거듭 조심하라고 당부했다.

그걸 보는 강만호는 인생을 쓰며 고개를 저었다.

"개판이야, 개판."

해외 설비 및 준비는 늘 소통 문제로 골머리를 썩는다. 또 몇몇 전문가를 제외한 대부분은 노동자를 그 지역에서 공수를 해야 하기에 언어적인 커뮤니케이션부터 난관이 많다.

그래도 강만호는 제법 유능했으며 경험도 많기에 큰 무리 없이 해내고 있었다.

"최종 리허설 시작합니다!"

디렉팅을 맡은 한국 출신의 감독 현진영이 외쳤다.

대기하고 있던 호화 연주진과 수는 음향 시설의 상태와 에코, 엠프의 연결 상태 등 사소한 부분까지 놓치지 않고 점검했다.

또 오늘의 하이라이트인 '그저, 사랑해'의 뮤직비디오와 연주의 연결을 매끄럽게 이어가기 위해 신경 쓰며 최대한 싱크로를 맞추고자 노력했다.

'영 쉽지가 않네.'

5만 명이 입장 가능한 대형 콘서트장은 수도 처음이라 생각만큼 잘되질 않았다.

사운드적인 측면에서의 전달도 수가 생각하는 만큼 수월하지 않았으며, 긴장한 듯 연주진의 실수도 종종 발생했다. 또 급하게 설비를 끝내다 보니 사소한 음향 사고도 몇 차례 있었다.

몇 번의 점검과 리허설 끝에서야 어느 정도 합의점을 구했다.

그러나 무대 계단을 내려오는 수의 표정은 영 만족스럽지 않았다.

최첨단 음향 시설까지 도입을 했음에도 불구하고 워낙 콘서트홀 규모가 크다 보니 소리가 퍼지는 걸 막을 수 없었다.

"역시, 내가 생각하는 소리를 그대로 전달하는 건 무리구나."

아쉽지만 최선을 다했기에 수는 마음을 접고 입맛을 다셨다. 대기실에 들어온 수는 최종 메이크업에 공을 들이며 시간을 보냈다.

매니저가 구해 온 도시락이나 음식들이 대기실에 꽤 있었지만 수는 손도 대지 않았다.

무려 5만 명의 팬!

태어나 한 번도 마주한 적 없는 사람들이 오로지 수만을 바라본다.

세계에 생중계로 방송될 시청자들의 수까지 감안한다면 그 숫자는 기하급수적으로 올라간다.

"나라도 살짝 긴장이 되는데?"

헤아릴 수도 없을 많은 이가 수를 주목한다. 그 자체만으로도 입안이 바싹 마를 수밖에 없다.

묵직한 중압감을 느끼며 수가 씨익 웃었다.

"늘 하던 대로 즐겨보자고."

피할 수 없다면 즐겨라!

쇼케이스 관객 입장까지 남은 시간 30분.

4

최종 리허설을 마치고 대기실로 돌아오는 수는 생각지도 못한 인물과 조우했다.

넉넉한 풍채에 희끗한 흰머리, 동네에서 흔히 볼 법한 인상 좋은 중년인은 중국의 문화를 선도하는 스카이블루의 회장

원홍이었다.

"한번 본다는 게 이제야 보게 됐군. 신곡 발표 축하하네, 나 원홍일세."

수가 내민 손을 마주 잡았다.

"리 쇼우입니다."

"암, 알고말고. 그래, 자네 얘긴 귀가 아프도록 듣고 있네. 이 친구 말론 요새 스카이블루 한국지부 경영까지 도맡아 한다지?"

나란히 서 있는 장위안 대표가 으쓱하며 웃어 보였다.

사정을 짐작한 수가 겸손하게 고개를 저었다.

"제가 경영에 대해 뭘 안다고요? 음악적인 측면에서 할 수 있는 조언을 드리고 있을 뿐이에요."

"사람 참 겸손하군. 딸이라도 있으면 사위라도 삼고 싶은 심정이야."

원홍은 사람 좋아 보이는 미소를 지었다.

사위 삼고 싶다는 말은 빈말이 아니다. 한 치의 과장도 없는 진심이다.

'이만한 남자 구하기가 쉽진 않지.'

보고서를 통해 한국 스카이블루 지부의 성장과 아시아권에서의 수의 영향력을 충분히 확인했다. 탐이 날 수밖에 없다.

"그래, 쇼케이스 준비는 마음에 드는가? 자네의 격에 맞는 장소로 정하고 최대한 신경을 쓰라고도 일러뒀는데."

"만족하다 못해 과분할 지경입니다."

"그럼 됐네. 한창 예민할 사람을 두고 노인네가 너무 오래 붙잡았군. 마무리 잘하게나."

원홍 회장은 귀찮게 굴지 않고 자리를 비켜줬다. 쇼케이스를 앞두고 예민해질 수밖에 없는 수의 심정을 십분 이해하고 배려한 것이다.

그가 나가자 수가 장위안 대표를 응시했다.

"깜짝 놀랐습니다. 오시면 오신다고 언질이라도 주시지."

"저도 아까서야 연락받았어요. 워낙 종잡을 수 없는 분이신지라."

수도 더는 추궁하지 않고 끄덕였다.

언젠가는 얼굴을 볼 사이였고 불편하지 않은 짧은 만남이었으니 굳이 걸고넘어질 이유까지는 없는 까닭이다.

"그보다 축하드립니다."

"축하요??"

뜬금없는 축하에 수가 반문했다.

"음원 성적이요. 차트 휩쓴 거 모르시는 건 아니죠?"

"아! 전 또 뭐라고……."

수는 이미 알고 있었는지 대수롭지 않게 반응했다.

한평생 가수로 활동하면서도 음원차트 1위에 오르지 못하는 가수가 대다수인 걸 감안하면 수의 반응은 너무 미적지근하다.

"이거 너무 반응이 싱거운데요?"

"그야…… 솔직히 장 대표님도 1위는 예상하셨잖아요?"

수가 오히려 되물었다.

장위안 대표도 그건 인정한다는 듯 고개를 끄덕였다.

"하긴, 차라리 음원차트 1위를 못 찍었다면 그거 나름대로 기념할 만한 사건이겠네요. 이건 뭐, 감동도 없고 좀 그러네요."

자정 12시를 기점으로 전 세계 동시발표가 된 수의 신곡 '그저, 사랑해'는 발표 한 시간도 채 되지 않아서 음원차트 1위를 석권했다. 국내 음원 사이트 역사상 유례를 찾아볼 수가 없는 폭발적인 기록이다.

"제가 가져온 소식이 약간의 놀라움은 줄 수 있을 것 같네요."

"소식이요?"

"국내 차트야 기정된 사실이고 중화권 차트에서도 1위를 찍었습니다. 또 필리핀, 베트남, 대만 등 동남아 국가에서도 모조리 싹 쓸었습니다. 이 정도면 거의 기네스감이에요!"

수도 꽤 놀란 듯 잠깐이지만 눈동자가 흔들렸다.

아시아의 프린스라고 불릴 만큼 어마어마한 인기를 구사하곤 있었지만 중국은 몰라도 그 외 지역에서의 인기를 실감할 만한 경험은 많지 않았다. 때문에 신곡 발표와 동시에 동남아 국가에서도 이런 폭발적인 반응을 보일 줄은 몰랐다.

'참 얼떨떨하네. 기쁘긴 한데 안 믿겨.'

피부로 닿는 느낌이 없자 수의 반응도 어쩐지 밋밋했다.

그걸 보던 장위안 대표가 혀를 찼다.

"이 정도로도 별로 놀라지 않는 겁니까?"

"뭐…… 놀라긴 했지만, 계산에 들어가지 않을 정도는 아니니까요."

수도 어깨를 으쓱하며 너스레를 떨었다.

동아시아 최대 음원 사이트 석권이란 기록에 적지 않게 놀랐지만 그래도 이런 식으로 장위안 대표의 장단에 맞춰주며 골려주고 싶었다.

그런 수의 반응에 장위안 대표의 모습에서 실망감이 보였다.

"별로야."

"뭐가 별로입니까? 아! 리액션이 마음에 안 드셔서 그러세요? 다시 할까요?"

참 이럴 때보면 장위안 대표도 묘한 고집이나 장난기가 있다는 생각이 드는 수다.

"됐습니다. 아! 그럼 이건 어떻습니까?"

"또 있어요?"

장위안 대표는 수를 놀래게 만드는 일에 사명감을 가진 듯 집착하는 모습을 보였다.

"놀라지 마세요. 지금 쇼케이스를 찾은 기자가 대략 몇 명인지 아십니까?"

"저야 모르죠. 한 서른 명쯤 되려나?"

"땡! 무려 백 명이 넘습니다. 거의 이백 명 정도로 봐야죠."

"이백 명이나요?"

수도 조금은 놀란 듯 눈동자가 커졌다.

이백 명의 기자가 왔다는 얘기는 최소 100개가 넘는 언론 잡지 매체가 쇼케이스를 취재하기 위해 찾았다는 말과 같았다.

"참고로 초대장을 보낸 곳도, 취재를 부탁한 곳도 없습니다."

"그 말씀은 기자들이 티켓을 구매해서 왔단 뜻이에요?"

"네. 하하! 이건 좀 놀라시는 걸 보니 말해 드린 보람이 있네요."

쇼케이스 자체가 신곡의 홍보를 위해 마련하는 행사다. 당연히 많은 기자를 초청하여 신곡의 홍보나 기사를 쓰도록 부탁하는 게 관례다.

그러나 수는 달랐다.

오기 싫으면 오지 마라!

기사를 쓰고 싶으면, 네들이 티켓을 사서 와라!

정말 오만한 스타의 자신감이다.

삐딱하게 보일 법도 하건만 기자들은 그런 수를 향한 악의적인 기사를 쓰지 못했다.

아시아의 프린스!

지금 수라는 이름이 갖는 아시아에서의 영향력과 문화적인 가치는 수치로 산정이 되지 않을 만큼 경이로운 수준이었다.

"하나 더, 이게 끝이면 섭섭하죠."

"또 있습니까?"

수가 질린다는 듯 반문했다.

말할 거면 한 번에 다 말하지, 슬금슬금 수의 반응을 즐기듯이 말하는 장위안의 태도가 오늘따라 마음에 들지 않는 수다.

"그럼요, 이게 하이라이트인데요. 놀랄 준비 되셨습니까?"

"후우, 하세요. 리액션 만족스럽게 해드릴 테니까, 다 텁시다."

장위안 대표가 최대한 목소리를 깔고는 분위기를 몰아서 대답했다.

"놀라지 마세요, 오늘 쇼케이스를 취재하러 온 기자 중에…… 타임지 기자들도 있습니다."

"타임지라면 미국 잡지? 아시아 지역 매체도 아닌데 왜 제 쇼케이스에?"

아시아의 프린스라고 불리며 절정의 인기를 구가하고 있다지만 아직 일본이나 문화가 전혀 다른 유럽, 미주 쪽에서의의 인기는 높지 않다.

수 본인도 그걸 인지하고 있는 상황에서 미국 언론 매체, 그것도 꽤나 공신력과 정통이 있는 타임지 기자들의 방문은 꽤나 의외였다.

장위안 대표가 살짝 목소리를 깔고는 비밀스럽게 입을 열었나.

"실은 친분이 있는 사람들을 통해서 타임지 기자들이 쇼케이스를 찾은 이유를 귀띔받았습니다."

"정말요? 그건 또 어떻게 아셨대."

"제가 누굽니까? 그 귀띔을 토대로 오늘 취재 온 기자들 신상명세 싹 조사해서 주로 어떤 기사를 쓰는지도 알아봤죠. 그러니까 딱 견적이 나오더군요."

"……나름대로 대단한 정보력이시네요. 그래, 이유가 뭐라고 합니까?"

장위안 대표가 씩 웃었다.

"놀랄 준비 되셨죠?"

"네. 깜짝 놀랄 준비 됐습니다."

뜸을 들이는 그의 장단에 맞춰 대답을 줬다.

장위안 대표가 신이 난 목소리로 얘기했다.

"세계에서 영향력 있는 100인을 취재하고 기사를 쓰는 기자들이었습니다."

"……!"

타임지가 선정하는 세계에서 영향력 있는 100인!

매해 딱 한 번 선정하는 100인은 말 그대로 세계의 문화, 정치, 경제 등 다방면의 분야에서 가장 영향력 있는 인물들을 선정하는 포스트다.

언론매체들이 우후죽순 늘어나면서 최근 이와 비슷한 선정 기사가 늘어나긴 했다. 하지만 그 중 상당수는 돈을 받고 기사를 써주는 청탁 기사거나, 대중의 이목을 끌기 위해 자극적인 인물들을 거론하기 일쑤다. 신뢰 없이 호기심으로 점철된 선정이라는 논란이 일며 입방아를 찧는 이유도 그것이다.

그러나 타임지는 다르다.

타임지는 언론매체 중에서는 최초로 영향력 있는 100인을 선출하는 기사를 썼으며, 다방면에서 조사하고 가치를 판단한 후 후보자를 선출한다.

그러다 보니 가장 공신력이 있고 오랜 전통을 자랑하며, 신뢰를 주는 선정을 한다.

즉, 타임지가 선정하는 세계에서 영향력 있는 100인은 공정하고, 믿을 만하며, 신뢰를 할 수 있는 인물들이라는 말이다.

과거 100인에 속해 있던 인물들을 들춰 보면 그걸 알 수 있다. 노벨상을 받은 과학자, 민주주의를 이끈 대통령, IT 첨단 사업을 이끈 CEO, 그리고 세계적인 명반을 수차례로 발표한 가수까지 다방면의 인물들이 뽑혔는데, 이름만 대면 아 소리가 절로 나오는 인물들이 주를 이뤘다.

"허! 믿기질 않네요. 확실하게 올라가는 건가요? 괜히 확정된 것도 아닌데 하는 말씀은 아니죠?"

"그야 모르죠. 취재는 취재고 선정은 또 차후에 될 문제니까요."

장위안 대표는 짓궂은 미소를 지었다. 꽤나 얄미운 미소다.

"어쨌든 그렇단 겁니다. 아시아뿐만 아니라 유럽이나 미주

쪽, 아니, 정확히는 세계가 수 씨를 주목하고 있어요. 글로벌 스타인 거죠!"

"세계라…… 아직 쉽게 와 닿진 않는 말이네요."

어렸을 때 지구본을 빙그르 돌리면서 나라 이름을 찾던 기억이 떠올랐다. 그때, 한국은 너무도 작았고 세계는 이루 표현할 수 없을 정도로 광활하고 넓게만 느껴졌었다.

근데 이제 그 세계가 주목하는 남자가 되었다니. 놀라우면서도 내심 뿌듯한 마음도 들었다.

"자, 그런 의미에서 오늘 쇼케이스 잘합시다. 그래야 우리 스카이블루에서 백년해로하면서 떵떵거리고 살 거 아닙니까?"

"그래야겠네요."

그래, 다 잊자.

오늘 수가 집중해야 할 건 쇼케이스 무대다.

그것만 생각하자.

5

홍콩 아시아 월드 엑스포 아레나가 관객으로 가득 찼다.

축구 경기장에 버금갈 만한 5만 석 규모의 콘서트홀이 빼곡히 메워진 진풍경은 이곳이 개장된 이후 치러진 수많은 행사를 돌이켜 봐도 흔히 볼 수 없었던 모습이다.

"어머, 쇼우 씨!"

쇼케이스 오프닝을 앞두고 대기실에서 나온 수는 무대 뒤편에서 대기 중이던 장신위안과 마주쳤다.

큰 키와 볼륨 있는 골반, 가슴골을 강조한 원피스 차림의 그녀는 마치 오늘의 주인공이 그녀인 것 같다는 착각이 들 만큼 화려하다.

"와, 눈이 부시는데요? 도저히 똑바로 쳐다보지를 못하겠어요."

"뭐야, 만나자마자 마음에도 없는 농담이에요?"

"진담인데요? 누가 농담이래, 농담한 사람 확 욕하고 싶게."

"품! 진담이라니 기쁘네요. 오늘 수 씨의 쇼케이스라 신경 좀 썼어요."

장신위안은 패션쇼장의 모델마냥 빙그르르 돌아 보이며 우아한 자태를 뽐냈다.

수가 박수를 쳤다.

"칸의 여왕답네요."

"하여간, 말은 잘한다니까."

두 사람은 서로를 보며 피식 웃었다. 5만 명의 관객을 앉혀 둔 쇼케이스를 앞에 두고 이런 식의 대화는 긴장을 푸는 데 도움이 되었다.

"오늘 진행 맡아줘서 정말 고마워요."

수가 진심을 담아서 마음을 전했다.

중국판 나도 가수다 출연할 당시의 인연, 어찌 보면 작다고도 할 수 있는 인연 하나로 뮤직비디오 출연과 쇼케이스 진행까지 맡아준 그녀가 너무도 감사했다.

"고마우면 술 한잔 사요. 매번 공수표만 남발하시고 한 번도 안 산 거 아시죠?"

"네, 꼭 사겠습니다."

"그 약속 믿을게요."

그때 긴장된 얼굴로 시간을 재던 FD가 빠르게 손짓을 하며 소리쳤다.

"올라가세요!"

장신위안이 몸을 돌리며 작별을 고했다.

"무대에서 봐요."

쇼케이스 시작이다.

Chapter 5

1

"안녕하세요! 오래 기다리셨죠? 반갑습니다. 장신위안입
니다."

장신위안이 힘찬 걸음을 내디디며 우아한 드레스 자락을
펄럭거리고 등장했다.

학수고대 기다리고 있던 쇼케이스의 시작을 알리는 그녀
가 모습을 드러내자 숨죽이며 기다리고 있던 5만 관객의 함
성이 콘서트홀을 가득 메웠다.

와아아아!

함성에 맞춰 약속이라도 한 듯 관객들이 야광봉을 흔들며
열광했다.

그 장면을 십여 대의 카메라가 놓치지 않고 담았다.

디렉팅을 맡은 현진영 감독은 실시간으로 신호를 주며 무대 뒤편에 설치된 대형 스크린에 카메라의 영상이 송신되도록 했다.

"리 쇼우 씨의 신곡 '그저, 사랑해'의 쇼케이스를 시작하기에 앞서 여러분께 기념비적인 소식을 전해 드릴까 합니다."

장신위안은 여유를 잃지 않고 말을 이어갔다. 무려 5만 명이란 관객을 앞에 두고 주눅이 들 법도 하건만 칸의 여왕이란 위명에 걸맞게 오히려 압도하는 기색마저 보였다.

"지금 이 시각, 전 세계에 실시간 생중계로 송출되는 가수 이수 씨의 신곡 '그저, 사랑해' 쇼케이스의 실시간 시청자수를 공개하겠습니다."

두! 두! 두!

긴장감을 고조시키는 북소리가 앰프를 타고 대형 스피커를 통해 울려 퍼졌다. 점차 빨라지는 북소리에 맞춰 대형 스크린에 집계된 시청자수가 공개됐다.

121,425,584!

상상도 못할 숫자에 진행을 맡은 장신위안마저 깜짝 놀란 듯 목소리가 상기됐다.

"무, 무려 1억 2,100만 명이 넘는 시청자가 지금 이 시각 V—Star앱과 각종 포털 사이트를 통해서 현장을 시청 중에 있습니다! 더 놀라운 건 이 수치가 지금도 상승 중이라는 건데요, 과연 어디까지 올라갈지는 이후에 확인하기로 하겠습니다."

그녀의 외침이 끝나자 5만 명의 관객이 일제히 함성을 지르며 야광봉을 흔들고 열광했다. 정말이지 콘서트홀이 떠나간다고 해도 믿어질 만큼 큰 소리에 귀가 먹먹할 지경이다.

무대 뒤편의 수는 믿기지 않는 듯 전광판에서 눈을 떼지 못했다.

"일억 명이 넘었어?"

대한민국의 인구가 대략 5천만 명이 넘는 걸로 집계된다. 북한과 인구를 합쳐 봐야 1억에 훨씬 못 미치는 걸로 알려져 있다.

비록 동아시아 국가 전체에 해당되는 수치긴 했지만 일개 가수의 신곡 발표 쇼케이스 현장을 1억 명이 넘는 인구가 시청한다는 건 시사하는 바가 컸다.

문화 대통령.

아시아의 프린스.

과분하리만치 찬란한 이 별명들이 붙은 유일한 가수의 영향력이 동아시아에서 어느 정도인지를 감히 짐작할 수 있는 수치였다.

"나…… 너무 잘나가는데?"

머쓱한 듯 볼을 붉적거리면서도 수의 표정은 매우 자랑스러웠다.

말은 하지 않았지만 심장이 요동쳤다. 가슴 깊숙한 곳에서부터 차오르는 뿌듯함을 느꼈다. 또 자신을 사랑하는 팬들에게 너무도 감사했다.

"이! 배 아파 죽겠네. 이럴 줄 알았으면 확 사귄다고 인정해 버릴걸!"

감격에 차 있던 수의 옆에 불쑥 얼굴을 들이밀며 지아가 투정을 부렸다.

수가 반가운 마음에 얼른 아는 척을 했다.

"인정하면 지아 씨만 손해예요. 제가 보증할게요. 지아 씨는 저보다 더 좋은 남자 만날 거예요."

"됐거든요? 뭐 마음에도 없는 소리야. 씨! 매니저 오빠는 더 늦게 오자니까, 왜 일찍 와서 사람 짜증 나게 구는 거야. 흥!"

툴툴거리며 고개를 획 돌려 버리는 지아를 보며 수는 피식 웃었다. 남동생밖에 없는 입장에서 여동생이 있다면 아마 저런 느낌이 들지 않을까 싶었다.

"못 오면 어쩌나 걱정했는데 다행이네요."

"설마 안 올까 봐서요? 마이크 조율은 잘 해뒀어요? 내 스타일 아시죠, 에코 많은 거 질색하는 거."

오늘 쇼케이스 무대 중에는 지아와 수의 합동 무대도 마련되어 있었다. 앞서 발표된 '그 남자 사정, 그 여자 사정'의 무대다.

그러나 중간에 지아의 해외 스케줄 일정상 쇼케이스 리허설에 참가하지 못하게 되면서 기본적인 조율을 수가 도맡아 하게 되었다.

"맞춤형으로 해뒀으니까, 그건 걱정하지 마세요."

"흥!"

여담을 마치고 다시 수가 무대 쪽으로 고개를 돌렸다.

장신위안은 한국어와 중국어를 고루 섞어가며 윤활유 같은 매끄러운 진행을 선보였다.

"그러면 우리 리 쇼우 씨의 사생활을 잠깐 엿보고 갈까요?"

무대가 어두워지며 사전에 촬영한 수가 신곡 '그저, 사랑해'의 가사를 노트에 쓰는 장면, 녹음하는 장면, 뮤직비디오 촬영 현장까지 공개가 됐다.

중간에 수의 내레이션 인터뷰가 나오는 형식이다.

"리 쇼우! 리 쇼우!"

"천의 얼굴 리 쇼우! 나만 봐!"

대형 스크린에 수가 나타나자 관객석에서 난리가 났다. 관객들은 당장 혼절이라도 할 것처럼 날뛰며 수의 이름을 목 놓아 불렀다.

'저러다 졸도하는 거 아냐?'

너무 광적인 관객의 반응에 수가 살짝 걱정이 들 때였다. 사전 제작된 영상이 끝나고 잠시간의 틈을 메우기 위해 무작위로 관객석을 담던 카메라의 앵글에 생각지 생각지도 못한 얼굴이 찍혔다.

"아, 안아름?"

수의 눈에 힘이 빡 들어갔다.

"누구? 누구라고요?"

옆에 서 있던 지아가 그 말을 놓치지 않고 듣고는 밀치듯 앞으로 나와 스크린을 응시했다.

반신반의하며 설마 하는 수와 달리 지아는 여성 특유의 빠른 눈 놀림과 인상 파악으로 청순미의 화신 아름인 걸 확신했다.

"헐, 진짜네? 오빠가 초대한 손님이에요?"

"아뇨."

"거짓말. 두 사람 전에 사귄 사이잖아요? 꽤 껄끄러운 관계고, 저분 입장에선 이미지 때문에라도 오빠랑 엮일수록 손해인데 여길 왜 왔겠어요? 솔직하게 말해봐요. 은은 언니랑 헤어졌어요?"

나름의 추리를 내놓으며 지아가 추궁을 하자 수의 표정이 딱딱하게 굳어졌다. 이미 헤어진 아름과 엮이며 고은은이 잊혀진 취급을 당하자 기분이 팍 상한 것이다.

"결단코 그런 일은 없습니다. 그러니까 그런 말씀 하지 마세요."

"그렇다면야……."

수의 단호함에 지아가 입을 꾹 다물었다. 더 추궁을 하기에 수의 표정이 심상치 않은 까닭이다.

카메라 앵글은 계속 아름을 잡아서 대형 스크린에 내보냈다. 총 디렉터를 맡은 현진영 감독이 한국인이다 보니 수와 아름의 과거 관계뿐만 아니라 인기를 인지하고 계속 내보내는 것이다.

'왜 온 거냐? 이 쇼케이스에 다른 사람은 다 돼도 넌 와서는 안 되는 여자라고.'

수의 눈길이 심상치 않았다.

신곡 '그저, 사랑해'는 그림자처럼 늘 수의 뒤에 숨어서 없는 사람처럼 곁을 지키고 내조를 하며 참아준 그녀에게 바치는 헌정 곡이다.

당연한 말이겠지만 지금 한국에서는 고은은이 이 쇼케이스를 시청하고 있을 것이다.

근데 쇼케이스 시청 중에 전 여자 친구인 아름을 보게 되면 그녀의 심정이 어떻겠나?

이미 끝난 사이라고 해도 전 여자 친구가 쇼케이스까지 찾아가서 얼굴을 들이밀며 꼭 안방마님처럼 있는 모습을 좋아할 여자는 없다.

'너 진짜 끝까지 좋은 인상을 안 주는구나.'

지금 고은은이 느끼고 있을 심정을 헤아리니 수는 아름이 용서가 되지 않았다.

더 나아가서 어젯밤 자신의 객실을 찾아왔던 의도에 대해서도 확실하게 알게 되었다.

'널 그렇게까지 나쁘게 생각하고 싶지 않았는데…… 최악이구나.'

그래, 아름은 의도적으로 접근했다.

수가 아시아의 프린스라 불리며 동아시아 최고의 인기를

구가하고, 속된 말로 돈을 쓸어 담는 모습을 보이자 다시 접점을 만들려고 들러붙은 것이다.

몰랐다면 그냥 넘어갔겠지만, 그 속셈을 뻔히 알고 나니 오물을 뒤집어쓴 것마냥 불쾌했다.

"오, 오빠……."

무서울 정도로 굳어진 수의 표정에 지아가 눈치를 살폈다.

'이런 표정 처음 봐.'

이제까지 수는 웬만해서는 안 좋은 내색을 하지 않았다. 자신이 아무리 어렵고 힘들더라도 표정 관리를 하며 타인을 먼저 배려했다. 특히 스타가 된 이후에도 그런 모습은 그대로였는데, 흔히 말하는 스타병에 빠져 자기 잘난 맛에 사는 다수의 연예인과 대조적이었다.

지아는 수의 셀 수 없이 많은 매력에 반했지만, 마음을 준 가장 큰 이유는 그런 씀씀이 때문이다.

수가 옆에서 대기 중이던 스태프를 잡고는 굳은 얼굴로 말했다.

"현 감독님한테 말씀 좀 전해주세요. 지금부터 안아름 카메라에 잡지도 말고, 송출하지도 말라고요."

"왜 그러시는 건지?"

"이유는 묻지 마시고 그러라고 꼭 좀 전해주세요. 아! 부탁드린다는 말도요."

스태프는 영문을 모르겠다는 듯 고개를 갸웃거렸으나, 이내 시키는 대로 움직였다.

오늘의 쇼케이스는 수가 주인공이며, 모든 건 수를 중심으로 돌아가야 한다. 그걸 잘 알기에 최대한 맞추는 것도 고용된 이의 본분임을 정확하게 인지하고 있었다.

최대한의 조치를 취한 수가 다시 시선을 무대로 돌렸다.

무대 뒤편의 좋지 않은 분위기 속에서도 쇼케이스는 속행됐다.

다행인 건 수의 말을 전해 들은 현진영 감독이 더 이상 아름을 화면에 내보내지는 않았다는 점이다.

"자! 드디어 기다리고 기다리던 시간이 도래했습니다. 우리가 눈에 빠지도록 보고 싶었던 리 쇼우 씨의 신곡 '그저, 사랑해'의 발표와 그간 베일에 꽁꽁 싸여 있던 뮤직비디오를 공개하도록 하겠습니다!"

장신위안의 외침에 무대의 조명이 전부 꺼지며 다시 암전됐다. 동시에 떠들썩하던 관객석에도 믿기지 않을 만큼 고요한 적막이 깔렸다.

할리우드 영화에 버금가는 스케일과 최고의 배우와 제작진이 만든 '그저, 사랑해' 뮤직비디오는 1차, 2차, 3차 티저 영상이 공개되면서 기대감을 한층 더 증폭시켰다.

두근거림을 뒤로하고 한껏 기대된 눈길로 대형 스크린을 바라보는 관객들의 눈망울은 설렘으로 넘실거리고 있었다.

"후아!"

수도 크게 심호흡을 하며 입을 풀었다. 이제 무대에 오를 때가 된 까닭이다.

대형 스크린에선 주연으로 출연한 장신위안과 남자 배우가 총을 겨누며 나누는 대화가 흘러나왔다.

─그거 알아? 당신 참 재미있는 여자라는 거.
─그러는 당신은 참 죽이고 싶은 남자야.

장장 9분에 걸친 러닝타임을 자랑하는 첩보 느와르 액션 뮤직비디오의 스토리가 영화처럼 상영 시작됐다.

그와 동시에 대기하고 있던 수십 명의 연주진이 지휘자의 신호에 맞춰 연주를 시작한다.

초호화 오케스트라!

대형 스크린에 상영되는 뮤직비디오는 영상과 대사, 편집된 현장 소리만을 담을 뿐 그 배경에 깔리는 반주는 수백 번 합을 맞춘 초호화 연주진이 직접 연주를 하며 소리를 자아냈다.

그 어디에서도 본 적이 없는 방식이지만, 그만큼 더 신경을 쓰고 공을 들였다.

쇼케이스를 찾은 관객들에게 녹음된 반주가 아니라, 초호화 연주진이 만들어내는 좀 더 생동감 있는 하모니에 라이브로 목소리를 얹고 싶은 수의 욕심이다.

휙휙.

FD가 대기하고 있는 수에게 재빠르게 손짓을 했다.

신호를 받은 수가 마지막으로 크게 숨을 마셨다 내쉬었다.

"가볼까?"

아시아의 별 이수, 드디어 무대 입성이다.

2

탁! 탁!

대형 스크린을 통해 뮤직비디오가 상영되는 사이 수가 재빨리 무대에 올랐다.

무대가 어두운 데다 관객들의 시선이 오로지 정면 스크린에 쏠린 까닭에 수의 실루엣을 찾기란 쉽기란 않았다.

그러나 앞쪽 VVIP석에 앉은 관객들은 무대에 오르는 수의 동선을 놓치지 않았다. 그들은 지중해에서 보물이라도 발견한 듯 기뻐하며 목 놓아 수의 이름을 연호했다.

"쇼우 오빠야! 우리 오빠라고!"

"사랑해요!"

"천의 얼굴! 이 시대의 진정한 미남!"

발각된 수가 조금은 난감하다는 듯 어색하게 웃으며 긁적였다.

'미남은 아닌데.'

남자답고 선이 굵은 얼굴은 맞으나, 미남이란 표현은 들을 때마다 부담스러웠다.

연주진이 뮤직비디오에 맞춰 연주하는 사이 수는 무대의 정중앙에 자리를 잡고 섰다.

깜깜한 무대에 오롯이 서서 쇼케이스를 찾아준 관객들을 눈에 담았다. 그러자 감당할 수 없는 벅참이 파도가 되어 그의 전신을 때렸다.

'이 사람들이 날 보러 와줬어. 단 하나, 내 노래를 듣기 위해서.'

무려 5만 명의 관객이 지금 수의 눈앞에 앉아 있다.

눈으로 보고도 믿기지 않는 숫자다.

야광봉을 흔드는 관객도, 휴대전화 야광판에 글자를 적어 높게 든 관객도, 목 놓아 수를 열광하는 관객도. 모두가 자신을 찾아왔다는 것만으로도 가슴이 벅찼다.

두근! 두근!

심장이 미친 듯이 요동쳤다.

몸속에 흐르는 피가 뜨거워진다.

그래!

수는 몸속에서 꿈틀거리는 강한 생명력을 느꼈다.

'난 여기 살아 있어, 이 무대 위에!'

중독!

수는 확신했다. 무대를 떠나서는 살 수 없다는걸.

이들과 마주하면 그간 잊고 있던 소중한 감정들이 다시 살아난다.

수를 잊지 않고 기다려 준 팬들과 사랑해 주는 팬들에 대한 고마움이 있기에 다시 무대에 올라 노래를 할 수 있다는 사실에 감사했다.

'다 기억하겠어. 이 순간의 감동을, 쇼케이스장에 오지는 못했지만 전 세계에서 내 노래를 들어줄 모든 팬들을 가슴에 새기겠어.'

수는 과거에 슈퍼스타Z 생방송 무대에서 윤복희 선생님의 여러분을 열창한 적이 있다. 당시 사정으로 무대를 떠날 수밖에 없었고 꼭 돌아오리라 기약을 남겼다.

그때 약속했다.

언제까지고 팬 여러분의 곁에 남아 있겠다고.

지치고 힘들어 쓰러질 때까지, 벗이 되어 남아 있겠다고 맹세했다.

그 약속을 지킬 것이다.

시일을 정한다면 죽을 때까지.

단 한 명의 팬이라도 남는 그 순간까지 노래를 부르리라 다짐하고 또 다짐했다.

지이잉.

현란하면서도 웅장했던 오케스트라의 연주가 조금씩 힘을 뺐다.

동시에 치열한 액션으로 정신이 없던 뮤직비디오의 장면도 차분한 부산의 거리를 배경으로 바뀌며 차분하게 가라앉는다.

그와 동시에 무대에 다시 조명이 들어온다.

"주름진 너의 눈가와……."

첫 구절이 마이크를 타고 콘서트장 전역에 퍼져 나갔다.

"아……."

"이거라고, 이거."

"어쩌지, 심장 떨림이 멈추질 않아."

그토록 기다리던 수의 목소리를 접하게 된 관객들은 난리 법석을 떨었다.

이제껏 이런 가수가 몇이나 있었을까? 한 구절만으로 아, 하는 감탄사가 소리가 절로 나오게 만드는 가수라니.

선명하게 들리는 가사와 마치 속에 담아두고 있던 그들의 이야기를 하는 것 같은 가까우면서도 깊은 호소력에 관객들의 눈길이 몽롱하게 가라앉는다.

그건 몰입, 관객들은 수의 음악에 서서히 빨려 들어가 잠식당하고 있었다.

주름진 너의 눈가와 상처 입은 지난날도
나로 인해 아파하던 네 눈물까지
다 잊어줘 그리고 바라만 볼게, 너만

수의 라이브가 깔리는 시점은 뮤직비디오 스토리상 회상 장면이다.

국정원에 함께 발탁된 남녀 주인공이 연수 과정을 거치면서 서로 간에 호감을 쌓아간다. 아주 빠르게 치고 나가면서도 두 남녀의 애정이 꽤나 설득력 있고 수의 가사와 묘하게 매치가 되어 더 감정을 극대화시켰다.

내게 웃음만, 내게 웃어줘.
힘든 세상을 바라볼 용기를 쥘 수 있도록
함께 있어서 슬픈 시간 동안

수의 굵직하면서도 애처로운 목소리가 앰프를 타고 콘서트장에 퍼졌다.

수는 노래하며 한 사람을 떠올렸다.

고은은.

'그저, 사랑해' 라는 곡을 완성하는 기간 동안 수의 머릿속에는 오로지 고은은만이 가득 차 있었고 그건 열창을 하는 지금도 마찬가지다.

이 곡이 그녀를 위한 헌정 곡, 세레나데라고 해도 과언이 아닌 이유다.

수는 그 감정을 듬뿍 담아서 노래했다.

수를 만나고 바둑마저 포기한 아픔.

수를 만나고 부모와 의절한 슬픔.

수를 만나고 숨을 수밖에 없었던 애처로움.

이 노래의 멜로디, 가사, 애드리브 등 작은 세포 하나하나에 고은은과 겪은 추억과 기억이 얼룩져서 묻어 있었다.

그러한 수의 감성과 뮤직비디오에서 보이는 남녀 주인공의 감정이 묘하게 맞물렸다. 애초에 그걸 염두에 두고 편집을 한 까닭도 있었기에 감동이 더해졌다.

함께 걸어갈 내일이 행복할 수 있도록
내 마지막 소원은 이 세상 끝나는 날
하루만 더, 너보다 단 하루 더

널 볼 수 있기를
널 그리워할 수 있기를
바랄게

"……!"

잔잔한 초반의 저음에 취해 있던 관객들의 손등에 소름이
싹 끼쳤다.

그리움이란 포인트에 힘을 주고 시원하게 올라가는 수 특
유의 고음이 정수리까지 짜르르 하고 울린 것이다. 그리고 이
어지는 가성까지.

완벽한 강약의 조절.

고음을 넘나들면서 흐트러지지 않고 고조되는 깊은 감성
에는 사랑의 절실함이 강하게 묻어났다.

특히 마지막에 바랄게라는 가사는 관객들의 귀에 콕 박혀
시큰하게 만들었다.

'하루만 더 살길 바란다는 가사가 귀에서 떠나질 않아.'

'뭐야, 그게…… 내가 죽어서도 날 하루만 지켜보다가 따
라온다는 거잖아.'

'이 사람도 날 위해 그래줄까? 그래줬으면 좋겠는데……'

세상에는 셀 수도 없이 많은 연인과 부부가 있다.

수의 신곡 '그저, 사랑해'의 가사와 수가 표현하는 노래의 감동은 그들로 하여금 한 번 더 사랑에 대한 소중함과 절실함을 깨닫게 해주는 계기가 되었다.

생각할 여지를 주는 음악.

자신을 돌아보게 하는 음악.

추억에 빠뜨리는 음악.

오로지 수의 음악이기에 이 모든 걸 가능하게 만들었다.

1절을 끝으로 다시 무대 조명이 꺼졌다.

동시에 오케스트라 연주도 잔잔하게 가라앉았다. 뮤직비디오 본연의 느낌을 살리기 위한 배경음악 정도로만 들리는 크기다.

잠시 더디게 흘러가던 뮤직비디오의 스토리에 탄력이 붙었다.

국정원 연수를 끝내고 해외에서 다시 만난 남녀 주인공이 서로의 머리에 총구를 겨누는 비관적인 상황에서도 그들은 끝내 서로에 대한 감정을 놓지 못했다.

―거기 서! 가면 쏴버릴 거야. 진짜 쏜다고!

여주인공은 알 수 없는 미소를 남기고는 그대로 몸을 돌려 버렸다.

앞선 전개를 보았기에 여주인공을 연기한 장신위안의 행동이 어둠에서 남주를 돕기 위한 것임을 알았다. 관객들의 가슴이 짠하게 울렸다.

'나 역시 저 남자와 같아. 늘 곁에 있으며 희생하고, 챙겨주는 은은 씨의 내조가 없었다면 지금의 나도 없었을 거야.'

남자들은 성공한 뒤 아내에 대한 고마움과 소중함, 그리고 가치를 잊는 경우가 허다하다. 본인이 이룩한 성공이 스스로 만들어낸 모습이라고 착각을 하는 경우가 많다.

그러나 그게 가능한 데는 알게 모르게 내조를 한 아내의 공도 빼놓을 수가 없다.

수만 해도 진성화재배 결승에서 고은은의 도움이 없었다면 부담감과 패배감에 사로잡혀 우승을 일궈낼 수 없었을 것이다.

간주 구간을 채운 뮤직비디오 스토리가 어느 정도 마무리되어 간다.

수는 감정을 추스르고 몰입의 감정을 놓지 않았다. 동시에 포인트 하나를 점검했다.

'2절은 중국어로.'

지금 쇼케이스가 이루어지고 있는 장소는 홍콩이다. 영어와 중국어를 주로 사용하는 지역이다 보니 조금 전에 한국어로 부른 것이 콘서트장을 찾은 대부분의 관객에겐 생소할 수밖에 없다.

보통 국내 가수들과 달리 중화권 인기투표에서 역대 몰표를 받는 수다. 아무래도 중국 팬들을 무시할 수 없는 입장이다.

그렇기에 1절은 한국어로, 2절은 중국어로 부르기로 결정했다.

'좋아, 들어가 볼까?'

빵빵한 오케스트라진의 웅장한 연주에 맞춰 박자를 타던 수가 마이크에 입을 가져가려던 때였다.

뚝!

뮤직비디오와 싱크로를 맞춰 연주되던 간주 소리가 확 줄어들었다. 관객들이 듣고 있던 소리의 크기로 따지자면 거의 1/10 수준이다. 무대와 멀리 떨어진 관객일수록 더 소리가 작게 들렸다.

"……!"

초유의 방송 사고에 수의 눈에 힘이 들어갔다.

'앰프에서 연주 소리가 안 나고 있잖아?'

무대 경험이 많은 수는 연유를 단숨에 파악할 수 있었다.

정확한 건 확인을 해야 하겠지만 기기적인 오류나 결함으로 인해서 오케스트라 연주가 앰프로 확성되지 않아 말 그대로 생음악으로 관객들에게 전달되는 꼴이 되고 말았다.

총괄 디렉터를 담당하던 현진영 감독의 얼굴이 하얗게 질렸다.

'하필 이럴 때!'

초유의 방송 사고가 발생했다.

관객들만 있다면야 다시 하면 그만이지만 쇼케이스는 전 세계로 생중계되고 있다. 현재 실시간 시청자수만 해도 무려 1억 명이 넘는다.

그 와중에 이런 일이 벌어졌으니, 역대 전무후무한 초유의 방송 사고가 터진 격이다.

"뭐해! 빨리 다시 연결하지 않고!"

"시도하는 중인데, 연이어 오류가 나는 바람에……."

"오류를 찾으라고! 그게 네 일인 거 몰라? 멍하니 눈 뜨고 있을 거야? 아냐, 비켜! 내가 직접 한다."

무대 아래에선 현진영 감독이 음향 감독을 향해 고래고래 소리를 질렀다. 걷잡을 수 없는 상황에 몰리기 전에 부랴부랴 사태 수습에 나선 것이다.

"제길."

그러나 현진영 감독은 쉽게 해결될 거라는 생각이 들지 않았다.

아예 소리가 나지 않았다면 전선 연결이나 다른 요소를 점 검해서 쉽게 파악이 가능하지만 소리가 확 줄었다는 얘기는 그보다 기기 자체의 말썽인 가능성이 큰 까닭이다.

현진영 감독은 최선의 조치를 취하면서 도화지에 수성 펜 으로 크게 글자를 써서 수에게 보였다.

그냥 불러요!

숨 막히는 순간 현진영 감독이 내린 판단은 일단 고다. 사과를 하고 다시 점검을 거친 뒤 쇼케이스를 진행하면 지금까지 이어온 감정이 깨지고 만다.

그걸 알기에 강행을 선택했다.

'수 씨만 믿어요.'

무책임할 수도 있는 부탁이다.

그러나 생방송은 늘 이런 위험부담을 안고 있고 그걸 슬기롭게 대처하고 넘기는 것도 가수와 제작진의 몫이다.

'어쩌지? 시간이 얼마 없는데…….'

뮤직비디오 스토리의 국면 전환 타이밍에 맞춰 수의 노래가 시작되어야 한다.

만약 타이밍을 놓쳐 1, 2초라도 공백이 있거나 정적이 깔리게 되면 관객들은 의아하게 느낄 것이다.

그 의아함은 지금까지 공들여 쌓아온 감정의 탑을 사르르 무너뜨리고 말 것이다. 그리되면 모든 게 허사가 되고 만다.

'하, 돌겠네. 이대로 연주가 깔리면 분명 뭔가 이상하다고 느낄 텐데.'

이대로라면 수의 음량과 연주진 반주의 음 크기가 맞지 않는다. 그 차이가 음악의 전체적인 통일성과 몰입까지 완전히 깨버릴 것이다. 최악의 무대로 전락하고 마는 것이다.

이미 몇몇 관객은 이상한 낌새를 눈치챈 듯 수군거리는 모습도 보였다.

'선택은 없어. 못 먹어도 고야.'

결단을 내린 수가 고개를 휙 돌려 연주진 쪽을 응시했다.

상황을 인지하고 다음 오더를 기다리던 지휘자의 눈이 수와 정면으로 마주쳤다.

수는 재빨리 고개를 저었다. 동시에 한쪽 손을 흔드는 시늉을 했다. 짧지만 강렬한 신호에는 메시지가 담겨 있었다.

'연주, 멈추세요!'

3

"……."

지휘자의 눈동자가 흔들렸다.

정면으로 수를 응시하는 시선 너머로 정말이냐고 확인을 요구하는 듯하다.

'정말이십니까? 그랬다간…….'

우려 섞인 망설임에 수는 재차 손을 저으며 생각을 확고하게 밝혔다.

'저 믿고 연주 멈춰주세요.'

아주 짧은 찰나였지만 두 사람은 프로 중의 프로였다. 서로 간의 커뮤니케이션을 가졌고 어느 게 더 나은 선택인지에 대한 결론을 내렸다.

스윽.

시선을 연주진으로 돌린 지휘자가 지휘봉과 손짓을 딱 멈추며 사인을 보냈다.

그만.

곡의 끝을 고한 것이다.

"⋯⋯!"

예정에 없던 곡의 끝맺음에 연주진도 적잖이 당황했다.

기기적인 결함이 발생했다는 건 느끼고 있었지만 연주를 멈추라는 사인이 떨어질 줄은 꿈에도 생각지 못한 것이다.

그러나 연주진 모두는 숙련된 프로였다. 의아하게 느낄지언정 의심은 하지 않는다. 지휘봉이 멈춰 선 것과 거의 동시에 연주도 멈췄다.

수의 눈빛이 가라앉았다.

'내 차례야.'

수로서는 최선의 선택을 했다.

아무리 연주가 훌륭하더라도 목소리와 볼륨이 맞지 않는다면 그것만큼 실망스러운 무대도 없다. 그러느니 아예 지금 판을 엎고 다시 짜는 게 낫다.

'⋯⋯믿어보자. 수백 번 연습하고 온몸으로 익힌 내 노래를.'

수는 지그시 눈을 감았다.

관객들이 느끼는 감정의 몰입을 깨지 않고 어떻게 이어가느냐는 전적으로 수에게 달렸다.

수가 마이크에 입을 대고 노래를 시작했다.

"가시에 찔린 듯⋯⋯."

마이크를 타고 수의 육성이 콘서트홀에 퍼졌다.

그 어떤 악기의 소리도 개입되지 않은 순수한 목소리 그 자체.

속된 말로 생음이라고 하는 육성 그 자체로 노래를 시작한 것이다.

"어? 뭔가 이상한데?"

"그러게. 아까부터 소리가 좀 이상했는데, 연주를 아예 안 하네?"

"아무래도 방송 사고 났나 봐."

그러나 관객들은 민감했으며 예리했다.

앞서 연주진들의 반주 소리가 확 줄어든 걸 인지하고 뭔가 문제가 생긴 걸 눈치챈 것이다. 몇몇 관객은 자기들끼리 숙덕거리면서 이 상황에 대해 떠드는 모습까지 보였다.

'망했어.'

현진영 감독의 낯빛이 굳어졌다.

관객들이 동요하는 모습만 보더라도 사태의 심각성을 읽을 수 있다. 그나마 다행인 건, 수가 눈을 감고 있어 현 상황을 깨닫지 못한 것이다.

현장 상황이 이럴진대, V—Star앱과 각종 포털 사이트를 통해 생중계로 보고 있는 시청자들의 반응이 좋을 리 없다.

─소리 왜 이래? 방송 사고 아냐?

─이거 그냥 생목 아냐?

─ㅉㅉ 이게 뭐니? 아주 개판이구나, 개판.

─와, 이건 욕 좀 먹어야겠다. 리허설 안 하냐? 이딴 사고를 치네.

─ㅠㅠ 우리 수 오빠 쇼케이스인데 이게 뭐예요.

─ㅋㅋㅋㅋㅋㅋㅋㅋㅋㅋㅋㅋㅋㅋ

─캬, 생라이브네? 이수 거품 빠지나요.

─거품이라니요! 보컬의 신 무시합니까?

─우리 오빠는 그냥 불러도 대박 잘 불러요! 들어보고 그런 말 떠드세요!

그 시각.

실시간으로 채팅이 오가는 온라인과 달리 수는 담담하게 노래에 집중하고 있었다.

가시에 찔린 듯 아파하는 널

보는 내 눈길은

오늘만 사는 나보다 더 아파하고

반주 없는 수의 라이브에 관객들은 깜짝 놀라고 말았다.

5만석 규모의 관객이 들어 찬 이 엑스포 아레나에 온전히 수의 목소리만이 고독하게 울려 퍼졌다.

누군가의 소리만으로 채우기엔 너무도 큰 공간이기에 여백이 느껴질 수밖에 없는 노릇이건만 어째서인지 부족함 따윈 느껴지시 않는다.

"뭐야, 이거……."

주어도 없는 누군가의 나지막한 중얼거림이 지금 관객들이 겪고 있는 심정을 보여줬다.

얼마 되지 않는 구절에 불과했지만 정적 속에 고독을 머금고 울려 퍼지는 수의 보이스에 점차 집중하고 있는 스스로를 느낀 것이다.

내게 웃음만, 내게 웃어줘
힘든 세상을 바라볼 용기를 쥘 수 있도록
함께 있어서 슬픈 시간 동안

"아!"

놀라운 일이 벌어졌다.

연주가 없는 상황에서 수의 라이브 공연이 이어짐에도 혼란스러워하거나 소란을 부리지 않았다. 분명 처음에는 일부 이상이 생겼음을 눈치챈 관객이 있었음에도 어느샌가 모두 수의 음색에 빠져 있었다.

오히려 이 순간 선명하게 귀에 꽂히는 수의 목소리에 더 집중이 되는 기이한 현상이 발생하고 말았다.

"아까보다 소리가 더 아프게 들려."

"이건 노래가 아니야. 꼭 독백 같아."

그래.

이 순간 수의 목소리는 콘서트홀을 가득 메웠다. 여백 따위는 느껴지지도 않는다. 오히려 수의 목소리를 담기에 이 5만 석 규모의 콘서트홀이 작게 느껴지는 착각마저 들었다.

"아아……."

관객석의 누군가 침음을 흘리며 낮게 흐느꼈다.

왜일까?

1절과 달리 중국어로 불리는 2절의 가사가 더 절절하게 가슴에 와 닿아서?

그것도 아니면 수의 노래가 너무 감동적이라서?

다 맞는 말이다.

관객들의 가슴에 울리는 작은 파장, 시큰하게 올라오는 묵직한 감정에 그 모든 것이 작용한 것이 분명한 사실이다.

그러나 결정적인 요소는 게 아니다.

"또 짠해, 난 중국어도 모르는데…… 목소리를 듣고 있는 것만으로도 여기가 쿡쿡 쑤셔."

무대 뒤편의 지아가 가슴을 어루만지며 울컥하는 감정을 삼켰다.

늘 그랬다.

수의 노래를 듣고 있자면 이상하게 가슴 한켠에 있던 감정들이 치밀어 오를 때가 있었다.

개인적으로 수의 팬으로서 음악을 들을 때도, 또 음악을 하는 동료로서 수에게 피처링 도움을 받아 함께 듀엣 무대를 섰을 때도 똑같은 느낌을 받았다.

"이건 단순히 노래를 잘한다고 해서 가능한 일이 아니야."

지아는 지금 가슴을 울리는 이 복합적인 감정을 이끌어낸 정체를 한마디로 정의했다.

"소리…… 이건 세상에서 가장 아름다운 소리야."

대한민국의 사람들 깊숙한 곳엔 한이라는 정서가 깔려 있다. 우리의 전통 소리라는 판소리를 듣고 있으면 괜스레 마음 한구석이 짠해지고, 본인이 정의할 수 없는 감정에 빠져들고 만다.

늪과 같은 소리.

그것은 우리 민족의 핏속에 흐르는 한이다.

그저 소리만으로도 5만 관중을 압도하는 수를 올려다보는 지아의 얼굴에 경외감이 서린다.

"기적을 노래하는 가수……."

익명의 네티즌이 누군가 썼던 댓글을 고스란히 따라서 읊었다.

그녀도 안다. 입에 담고도 지금 중얼거린 이 말이 얼마나 낯 뜨거운 표현인지를 말이다. 아마 이 순간이 지나고 나면 다시 이런 표현을 쓸 일은 없을 것이다.

그러나 이 순간 그녀가 느낀 감정을 표현하기에 이보다 더 좋은 비유는 없었다.

함께 걸어갈 내일이 행복할 수 있도록
내 마지막 소원은 이 세상 끝나는 날
하루만 더, 너보다 단 하루 더

"……!"

후렴구에 접어든 수의 목소리에 힘이 실렸다. 가성과 고음을 넘나들며 수가 선보이는 소리는 판소리 그 이상의 한 서린 감성과 깊이까지 더해져 관객을 그야말로 압도했다.

전기라도 흐르듯 온몸을 관통하는 소름에 관객들은 그저 넋을 놓을 수밖에 없다.

널 볼 수 있기를
널 그리워할 수 있기를
바랄게

수가 더없는 애처로움을 담아서 2절 후렴부를 마무리 지을 때였다.

현진영 감독의 신호에 맞춰 무대가 암전되더니 다시 뮤직비디오 영상이 흘러나왔다.

이중 스파이를 하던 여주인공과 남주인공이 다시 사건 현장에서 만나게 되면서 모든 음모를 알아가게 되는 과정을 담았다. 그 와중에 호쾌한 액션과 칸을 주름 잡은 장신위안의 눈빛 연기가 극의 애절함을 더했다. 또, 수의 스캔들로 추가 촬영되어 출연한 지아 역시 남자 주인공을 남몰래 사모하는 역할로 열연을 펼치며 눈길을 끌었다.

관객들이 뮤직비디오에 모든 시선을 뺏긴 사이, 대기하고 있던 스태프 하나가 무대 위로 뛰어 올라오더니 해드셋을 건넸다.

수가 헤드셋을 끼자마자 상황에 대해서 물었다.

"사운드는 고친 겁니까?"

이미 지나간 잘잘못을 가릴 때가 아니다. 과거보다는 앞으로 있을 무대에 촉각을 세우고 신경을 써야 할 때다.

─면목이 없습니다, 5분은 더 걸릴 것 같습니다.

현진영 감독은 쥐구멍에라도 숨고 싶은 심정이다. 겨우 문제를 찾았지만 세팅을 바꾸고 다시 테스트 작업까지 거치려면 최소 5분이 소요된다는 것 자체가 그의 무능력으로 비치기 때문이다.

"하아."

수가 한숨을 내쉬었다.

5분이라니.

하이라이트로 접어든 뮤직비디오 영상은 끽해야 2분 남짓으로 끝이 난다.

그 뒤로는 절정으로 접어든 남녀 주인공이 쫓고 쫓기는 총격 끝에 결국 죽는 장면으로 이어진다.

그 타이밍에 맞춰서 초호화 연주진이 자랑하는 오케스트라 반주가 깔리면서 극의 긴장감과 남녀주인공의 이루어지지 않은 슬픔을 담을 예정이다.

근데 그게 다 수포로 돌아갔다. 이대로라면 연주 자체가 불가능한 까닭이다.

─일단 연주를 진행하고, 세팅이 끝나면 바로 내보내겠습니다.

"말 같지 않은 소리 마세요."

─…….

평소 상대를 존중하는 화법을 구사하는 수였지만, 오늘만큼은 달랐다.

이 쇼케이스는 수에겐 더없이 중요한 무대다.

마찰을 줄이고자 감정을 추슬렀지만, 사태를 이 지경으로까지 내몬 현진영 감독에게 좋은 말이 나갈 리는 없었다.

─그럼 어떻게…….

현진영 감독이 말을 흐렸다.

시간이 촉박하다.

조금 있으면 뮤직비디오의 절정에 다다를 것이고 어떤 식으로든 대처를 해야만 한다.

"연주하지 마세요."

─하, 하지만!

"제가 감당하겠습니다. 아무것도 하지 마시고, 다음 무대에 맞춰 사운드를 고치는 데 주력하세요."

그 말을 끝으로 수는 헤드셋을 벗어서 스태프에게 던지며 내려가라고 손짓했다. 스태프는 인사를 할 틈도 없이 그대로 뛰어서 무대를 내려갔다.

'그 방법뿐이야.'

수는 결단을 내렸다.

이윽고 무대 아래 비치된 모니터를 통해서 총에 맞은 여주인공을 끌어안고 오열하는 장면이 나왔다. 이제 남주의 짧은 절규를 끝으로 오케스트라 연주가 흘러나와야 한다.

—눈 떠! 눈을 뜨란 말이야!

지금이다.
수는 입가에 대고 있던 마이크에 복부로부터 차오른 호흡을 내쉰다. 그리고 그 위에 아주 쉬운 발음 하나를 얹는다.

아아…… 아아…… 아

다시 적막해진 콘서트홀을 가득 메우는 소리.
놀랍게도 그것은 허밍이었다.
"……!"
관객들의 입이 떡하니 벌어지며 넋을 놓고 말았다.
앞서 수가 반주도 없이 홀로 선사한 라이브 역시 전율 그 자체였다.
5만 석 규모의 콘서트장을 소리 하나만으로 압도하다 못해 사로잡는 마성의 힘은 그가 왜 보컬의 신이라 불리는지를 여실히 증명했다.
그러나 이건 그 수준을 넘어섰다.

아아…… 아아아…… 아

그 어떤 가사의 전달도, 기교도 들어가지 않는다.

허밍은 소리 그 자체다. 멜로디는 있지만 그 이상의 뭔가를 억지로 집어넣기엔 무리가 따를 수밖에 없는 구조다.

유일하게 그것이 가능한 게 성악이다. 소프라노, 테너…… 서정적인 소리, 감미로운 음색 등 이 모든 건 오페라에서나 들을 법한 소리다.

대중가요를 부르는 가수들이 소화하기엔 창법 자체가 확연하게 달랐다.

하물며 5만 석 규모의 콘서트장을 개인의 목소리로 가득 채우는 일은 세계적인 소프라노, 테너라 할지라도 결코 쉽게 할 수는 없는 일이다.

근데 그걸 수가 해내고 있다.

더없이 슬픈 곡조로.

더없이 아릿한 아리아를.

여주인공을 잃고 오열하는 남자 주인공의 심정을 그대로 대변하듯이.

허밍이 배경음악이 되어서 수십 명의 초호화 연주진이 만들어낼 오케스트라 연주를 오롯이 본인의 목소리로 대체해 냈다.

"흐윽."

"아씨, 나도 모르게 눈물이……."

"저렇게 죽으면 안 되는데…… 너무 딱하잖아."

관객들은 저마다 가슴을 꽉 움켜쥐었다. 상당수 여성 관객의 눈가는 촉촉하게 젖어들었다.

"아, 쪽팔리게."

"당신 울어요?"

"어? 나 눈물 났어?"

감정이 메마른 편인 남자들도 의식하지 못한 사이에 눈물을 보이기도 했다.

단순히 뮤직비디오에 몰입한 까닭에? 여주인공이 죽어서?

아니다.

여주인공의 죽음이 가슴 아프긴 하지만, 눈물을 훔칠 정도까진 아니다.

그걸 가능케 한 게 수의 허밍이다.

수의 소리에는 이상한 마력이 있었다.

앞서 라이브에서 그걸 증명했다.

근데 이 허밍은 그보다 더 순수한 소리 그 자체에 가깝다.

그저 나지막이 깔리는 허밍에 불과한데, 자연스럽게 관객의 가슴 깊숙한 곳까지 파고들어서 꾹꾹 눌려 있던 감정의 작은 균열을 무너뜨리고 만다.

"아…… 눈물이 멈추질 않아."

지아는 계속 흘러내리는 눈물을 닦아내느라 경황이 없었다.

미치도록 슬퍼서?

아니다.

'그저, 사랑해' 음원 내레이션에도 참가하고 뮤직비디오에도 출연했다. 스토리부터 감성까지 전부 꿰차고 있다고 해도 과언이 아니다.

그런데도 지아는 눈물이 멈추질 않았다.

왜?

수의 소리에 감응을 받아서다.

그냥 듣고만 있는데도, 힘든 사회에서 그녀 스스로를 지키기 위해 쳐둔 빗장이 무너지고 감정의 봇물이 쏟아져 나오는 기분이 들었다.

"아…… 화장 지워지면 안 되는데."

겨우 감정을 추스르고 메이크업 아티스트를 불러서 화장을 수정했다. 전 세계에 생중계가 될 터인데, 눈 화장이 번진 채로 무대에 올라갈 수는 없는 노릇이다.

"여자를 막 이렇게 울리고, 하여간 나쁜 남자야."

사납게 무대 위의 수를 흘겼지만, 그녀의 눈길에 악감정은 보이지 않았다. 뭐랄까, 한바탕 눈물을 쏟아내고 나니 가슴이 뻥 뚫리고 후련해진 기분마저 들었다.

어린 나이에 연예계 생활을 하면서 겪게 된 갖은 고초, 유혹, 스토커, 피로 등 복합적으로 누적된 많은 아픔으로 인해 쳐둔 제방이 와르르 무너지고 말았다.

"저 사람들을 봐, 오빠."

지이는 울먹거리는 관객들의 시선을 눈에 담았다.

수의 소리엔 누군가를 감화시키는 힘이 있다.

그것은 위로.

그것은 치유.

힘든 세상을 격정적으로 살아가는 감정의 피로함을 깨끗하게 씻어내 주는 힘이었다.

"……."

현진영 감독은 할 말을 잃은 듯 무대 위의 수를 넋 놓고 바라보았다.

당장 이 사태를 수습해야 한다는 압박감에 쫓긴다는 것도 까맣게 잊고 수의 아리아에 푹 빠지고 말았다.

"감독님, 고쳤습니다!"

음향 감독의 외침에 그제야 정신을 퍼뜩 차렸다.

"테스트는?!"

"지금 마쳤습니다."

"좋았어, 수 씨의 허밍 끝나면 클라이맥스 후렴은 연주 넣어!"

그제야 현진영 감독도 한숨 돌릴 수가 있었다.

전 세계에 생방송되는 시점에서 이런 쇼케이스를 망친다면 그의 경력과 신용 모두 바닥에 떨어졌을 것이다.

경외심이 절로 들 만큼 경이로운 수의 음악이 아니었다면 이 위험한 상황을 이렇게 기적처럼 넘기는 일은 불가능했다.

'더 소름이 돋는 건, 싱크로야. 그 어떤 지휘나 박자를 잡아줄 악기도 없이…… 리허설 때와 똑같은 싱크로를 보이고

있어.'

현진영 감독은 현장 경험이 풍부하다.

아시아의 다른 실력 있는 뮤지션들과도 꽤나 작업을 해봤다.

그런데 이런 가수는 처음이다.

그저 허밍만으로 이 콘서트홀을 꽉 채우는 것도 불가능에 가까운데, 뮤직비디오 스토리에 허밍으로 싱크로를 맞춘 것이다.

이걸 가능하게 만든 수에게 그는 오싹함을 느낄 수밖에 없었다.

'당신은 내가 본 뮤지션 중에서 최고야.'

현진영 감독은 재빨리 지휘자에게 신호를 보냈다. 사운드가 돌아왔으니 연주를 해도 된다는 메시지다.

단숨에 신호를 파악한 지휘자의 눈빛이 변했다. 수십 명이 넘는 초호화 연주진을 진두지휘하기 위해선 마음가짐도 달라야만 한다.

동시에 현진영 감독은 수에게도 이 사실을 알리는 걸 잊지 않았다.

수리 완료! 후렴에 연주 들어감!

무대 옆쪽에 수만이 볼 수 있게 마련된 모니터에 뜬 메시지를 수는 놓치지 않았다.

아아아……

영원할 것 같았던 허밍이 점차 끝을 고해갔다.

그걸 알아챈 관객석에서 나지막한 탄성이 터져 나왔다.

"벌써……."

그들은 말을 흐리며 차마 하지 못한 말을 삼켰다.

'언제까지고 듣고 싶은데.'

'이 허밍이 끝나지 않았으면…….'

그러나 그들의 바람은 이루어지지 않았다.

일몰마냥 서서히 사라진 소리 뒤에 무거운 침묵이 내리깔렸다.

그리고 이어지는 뮤직비디오.

총격전을 끝으로 남녀주인공은 모두 비극으로 치닫고 만다. 총상을 입은 남자 주인공은 먼저 간 여주인공의 손을 꼬옥 잡는다. 국정원 여후배, 지아가 연기한 캐릭터는 뒤늦게 등장해 지원사격을 했지만 사태는 걷잡을 수 없는 사태로 흘러가고 말았다.

결국.

지이잉! 지이잉!

그간 숨죽이고 있던 오케스트라 연주가 재개됐다.

"……!"

타이밍은 매우 절묘했다.

허밍의 여운이 채 가시기도 전에, 뮤직비디오의 전개에 딱 맞춰 치고 들어오는 느낌이 들자 그 효과는 굉장히 컸다.

마치 음향기기 사고가 애초에 없었던 듯했다.

수의 생라이브와 허밍으로 이어진 여운에 오케스트라가 혼을 빼앗으며 장악해 버린다.

거기에 2절을 연주하지 못한 아쉬움을 털어내듯 지휘봉을 힘차게 휘두르는 지휘자의 손짓에 맞춰서 악기의 소리도 생명을 갖는다.

웅장하다 못해 광오한 연주, 그러나 그 애처로운 음색이 콘서트홀을 가득 메웠다.

그리고 거기에 수가 목소리를 얹었다.

함께 걸어갈 내일이 행복할 수 있도록
내 마지막 소원은 이 세상 끝나는 날
하루만 더, 너보다 단 하루 더

널 볼 수 있기를
널 그리워할 수 있기를
바랄게

아!

절정에 다다른 오케스트라 연주와 하나가 된 수의 노래가 완진체가 되었다.

안 그래도 5만 명의 관객을 압도하고 장악하던 노래에 초호화 연주진의 오케스트라까지 합쳐지자 5만 석 규모의 콘서트홀로도 담기 버거운 그런 음악이 되어버리고 말았다.

실시간으로 쇼케이스 중계를 보고 있던 전 세계 시청자들도 그 감정을 고스란히 전해 받고는 경탄을 감추지 못했다.

　—미친, 분명 음향 사고 아니었나?

　—쩐다, 쩔어 위기를 기회로 바꾸는 남자라니!

　—역시 우리 오빠예요. 너무 감동적이었어요 〉_〈!

　—하아, 이런 건 직접 가서 들어야 하는데.

　—쇼케이스 티켓 십만 원? 망할ㅋㅋㅋㅋㅋㅋ 저 한 곡으로도 티켓값 뽑고도 남았겠다.

　—ㅇㅈ 방구석에 앉아서 싸구려 스피커로 들어도 이 정돈데 가서 들으면 어떨지 상상이 안 가네요.

　—봤죠? 이게 우리가 찬양하는 보컬의 신 리 쇼우!

　—ㅠㅠ 진짜 출장이고 나발이고 다음 신곡 쇼케이스 때는 무조건 간다. 과장한테 사표 던져서라도 간다.

　—오래도록 간직하고 싶은 영상이네요.

　—ㅋㅋㅋㅋㅋㅋ최소한 여기서 흥미진진하게 쇼케이스 망하길 기대한 인간들은 제대로 물먹은 듯!

갑론을박을 주고받던 네티즌들의 반응도 칭찬과 호평일색으로 돌아섰다.

누군가의 댓글처럼 안타깝지만 실시간 생중계로 쇼케이스를 시청한 상당수는 지금 직접 콘서트장을 찾은 관객들이 피부로 느끼는 감동의 절반도 채 느끼지 못했다.

"오길 정말 잘했어."

"딴 게 아니야…… 이 음악이 감동 그 자체야."

"평생 잊지 못할 무대였어."

수의 신곡을 들은 관객들은 한참이고 그 여운에 빠져 헤어나오질 못했다. 다시는 이런 무대를 보지도, 들을 수도 없겠지만 지금 그들의 귀가 들은 이 감동과 소리는 영원토록 가슴에 남아서 간직될 것이다.

무대가 끝나고 난 뒤, 정적이 찾았다.

몇 초간의 여운에서 깨어나자 관객들은 약속이라도 한 듯 의자에서 벌떡 일어나 기립했다.

와아아아아!

콘서트홀이 떠나갈 듯한 함성!

수백 번에 가까운 콘서트 디렉팅을 했던 현진영 감독과 스태프들도 들어보지 못했던 그런 어마어마한 함성이었다.

"……"

완창을 한 수가 감고 있던 눈을 뜨고 정면의 관객을 바라보았다.

그 자리에 서서 수의 이름을 연호한다. 손이 닳아버릴 듯 박수를 치기도 하고 휘파람을 세게 불기도 한다. 그것도 모자라 야광봉을 미친 듯이 흔들며 열광한다.

수가 전한 감동에 대한 감사를 그들 나름대로의 표현으로 보답하는 것이다.

그것도 무려 5만 명의 관객이!

수는 감당할 수 없는 만족감과 전율을 느꼈다.

그건 이 자리에 서지 않으면 절대 느끼지 못하는 기분이다.

세상 전부를 가진 것 같은 든든함에 절로 피가 뜨거워진다. 이 무대에 서 있는 지금 이 시간을 영원토록 기억하고 싶다.

수 역시 밀려드는 감격에 떨리는 목소리로 입을 열었다.

"여러분."

관객들은 더 열광적으로 수의 이름을 연호한다. 그 모습만 보고 있자면 광신도가 아닌지 착각이 들 만큼 열렬하다.

수는 그런 관객들을 향해 한 번도 지어본 적이 없는 미소를 지어 보였다.

"저랑 약속 하나 해요."

약속이란 말에 관객들의 눈에 호기심이 피어올랐다.

도대체 무슨 약속을?

"저 언제까지고 여기 서 있겠습니다. 십 년, 이십 년이 지나도 쭉. 그러니까 건강하세요. 우리 함께 나이 먹어가요."

조금은 뜬금없는 고백.

그러나 언제고 꼭 팬들에게 전하고 싶었던 수의 진심이자 약속이었다.

Chapter 6

1

"아, 아직도 소름이 가시질 않아."

"오길 정말 잘했어."

"그지? 나도. 콘서트 했으면 좋겠다. 아! 우리 나도 가수다 방청객 신청할까?"

수의 신곡 '그저, 사랑해'의 쇼케이스는 성황리에 막을 내렸다.

열기와 감동으로 가득 차 있던 엑스포 아레나는 그 여운을 잊지 못한 관객들이 아쉬움 가득 찬 발걸음을 돌리며 서서히 비어갔다.

5만 석 규모의 관객이 빠져나가는 데만 해도 적지 않은 시간이 소요됐다. 또 워낙 많은 사람이 대중교통으로 몰리면서 일대에 교통 공황이 일어났다는 후문이다.

어쨌든 확실한 건, 쇼케이스는 대단히 성공적이었다는 것이다.

끼이익.

쇼케이스를 마친 수가 대기실에 들어서자 박수 세례가 쏟아졌다.

짝짝짝.

"고생했어요!"

"수고했습니다, 수 씨."

"쇼케이스 멋졌어요! 사람들도 굉장히 감동받은 눈치라고요!"

수를 향해 쏟아지는 찬사와 칭찬, 격려는 이 전무후무한 쇼케이스의 성공을 자축하는 의미였다.

비단 이것이 수 혼자가 있어서 가능한 일이었던가?

여기 이 자리에 모인 사람들뿐만 아니라 오늘 쇼케이스가 진행될 때까지 작은 곳 하나하나에 손을 보태준 모두의 공이다.

"여러분 덕분이에요. 저야말로 감사합니다."

수는 깍듯하게 고개를 숙여 보였다. 누군가 한 명의 대상을 지목한다기보다는 전체를 아울러 감사의 마음을 담았다.

때마침 현진영 감독이 대기실에 들어왔다.

그는 앞선 음향 사고로 인해 고개도 들지 못했다.

"뭐라 말씀을 드려야 할지…… 죄송합니다. 제가 좀 더 확실하게 체크를 했어야 했는데."

그 옆에 선 음향 감독도 몸 둘 바를 몰랐다.

프로의 세계에서는 이런 사소한 실수가 전체를 그르치는 경우가 허다하다. 백 번을 잘하다가도 한 번의 실수로 모든 것을 잃을 수도 있기에 그들은 차마 고개를 들지 못했다.

"실망입니다, 현 감독. 믿고 맡겼는데, 이런 실수를 합니까?"

장위안 대표의 표정이 살벌해졌다.

특별히 잘 좀 부탁한다고, 거듭 신신당부를 했다. 그럼에도 불구하고 이런 사태를 초래한 것에 적지 않은 분노를 느꼈다.

"저 앞엔 5만 명의 관객이 있었고! 전 세계 1억 명이 넘는 시청자가 보고 있었습니다. 근데 이런 사고를 내고 말 한마디로 넘어가기엔 너무 뻔뻔하단 생각 안 드나요?"

현진영 감독은 고개를 푹 숙이고 있었다. 뭐라 변명조차 할 수가 없었다.

그때 옆에 있던 음향 감독이 나섰다.

"저희 불찰인 건 압니다. 그래도 시간이 너무 촉박했어요. 하루 반나절 만에 5만 석 규모의 설비하는 것만 해도 버거운데, 테스트에 리허설까지…… 말할 자격 없는 것도 맞지만 조금만 헤아려 주세요."

"그만해. 쪽팔리게 뭐하는 짓이야?"

현진영 감독이 으름장을 놓으며 말을 막았다.

"쪽팔린 게 아니라 전……."

"변명을 하는 것 자체가 쪽팔린 걸 몰라서 그래?"

"……."

현진영 감독이 시선을 돌려서 장위안 대표와 수를 보며 머리가 땅에 닿을 듯 허리를 숙여서 사죄했다.

"죄송합니다, 손해배상을 청구하면 수용하겠습니다."

음향 감독의 말에 장위안 대표의 분노가 정수리까지 닿았다.

"가관이네요. 수 씨가 아니었으면 이 사태 이렇게 못 넘어갔습니다. 그러면 그 뒷감당 하실 수나 있었겠습니까?"

"드릴 말씀이 없네요. 죄송합니다."

"일은 신뢰인데, 신뢰가 깨진 것 같네요. 손해배상은 계약서대로 청구하겠습니다."

잠자코 대화를 지켜보던 수가 조용히 손을 들며 앞으로 나섰다.

"현 감독님."

"네, 수 씨."

"몇 달을 공들여 준비한 쇼케이스였어요. 전 세계 1억 명의 시청자가 보고 있었고, 저 역시 화가 났었습니다. 지금도 화가 가시질 않고요."

"죄송합니다."

고개를 숙인 그를 지그시 내려다봤다.

"이 일은 저도 그냥 넘어갈 수가 없네요."

수가 시선을 돌려서 장위안 대표를 바라보며 입을 열었다.

"장 대표님, 이렇게 하는 거 어떨까요?"

"말씀해 보세요. 수 씨의 뜻에 따르겠습니다."

"계약금을 포함하여 쇼케이스를 준비하는 데 들어간 최소 비용은 지불하세요."

"뭐, 뭐라고요?"

장위안 대표가 잘못 들은 게 아닌가 싶어 눈을 깜빡였다.

그러나 수는 그의 반응에도 아랑곳하지 않고 말을 이어갔다.

"나머지 감독님께 수익이 되는 부분은 전부 기부하도록 하겠습니다."

"기부요?"

수가 눈을 응시했다.

"싫으십니까? 그러면 싫으시다면 법대로 해도 좋습니다."

"시, 싫을 리가요."

현진영 감독의 입장에선 쌍수를 들고 환영할 일이다.

그도 그럴 것이, 얼마 전 본인의 회사를 차리고 디렉터 겸 대표를 도맡아 처리하는 중인 까닭이다. 아직 자금 상황이 넉넉지 않다 보니 손해배상청구까지 들어오게 되면 회사가 휘청할 게 뻔했다.

"그럼 이 일은 이렇게 넘깁시다."

수가 딱 못을 박았다.

장위안 대표는 아직도 분이 가시지 않은 듯 보였지만 수가 저렇게까지 나오니 더는 따지고 들 수가 없었다.

'어디까지나 실수니까. 그 덕분이라고 하기엔 그렇지만 생각지도 못한 무대를 관객들한테 선사할 수 있던 것도 있지.'

수는 최대한 긍정적으로 생각하고 받아들였다. 하루 반나절 만에 모든 준비를 마쳐야 하는 고충과 심정도 능히 이해하는 바이며, 이 정도 선에서 마무리 짓는 게 좋아 보였다.

대강이나마 결론을 내리자 무대 해체를 위해 현진영 감독과 음향 감독이 먼저 물러갔다.

장위안 대표도 서류 처리와 반응을 점검하기 위해 대기실을 나섰다.

수가 막 편안한 옷차림으로 갈아입고 호텔로 돌아가기 위한 채비를 갖출 때였다.

"어? 지아 씨?"

마찬가지로 거동이 쉬워 보이는 청바지에 코트를 걸친 지아가 대기실을 찾았다.

"가기 전에 인사하고 가려고 들렀어요."

"아! 간 줄 알고. 오늘 정말 감사했어요."

"됐거든요? 맨날 입으로만 감사하대. 밥도 한번 안 사면서. 스캔들 이후로 쇼윈도 부부마냥 행세나 시키고."

"……제가 시켰다고요?"

지아가 혼잣말을 중얼거리자 수는 어이가 없다는 듯 입술을 실룩거렸다.

"흥! 아니던가? 기억이 잘 안 나서."

"밥 꼭 살게요."

더는 이상한 말이 나오지 않게 원천봉쇄를 하려는 수다.

"그럼 저 가볼게요. 또 볼 일이 있으려나 모르겠네."

"밥 산다니까 그러시네."

막 지아가 대기실을 나서려던 때였다.

똑똑.

노크 소리와 함께 스태프 한 명이 문을 스윽 열더니 고개를 내밀었다.

"저, 배우 안아름 씨가 축하해 준다고 오셨는데요?"

"누구?"

반문은 수가 아닌 문에서 가장 가까운 데 서 있던 지아의 입에서 터져 나왔다.

"사전에 허락을 구한 게 아니면 만날 수 없다고 했는데도, 다 아는 사이시라고 해서……."

스태프의 말이 채 끝나기도 전에 대기실의 문이 활짝 열렸다.

"대화가 길어지는 것 같아서…… 살짝 실례 좀 했어. 괜찮지?"

기다리고 있던 아름이 참지 못하고 화사한 미소를 동반해 대기실에 들어왔다. 그러면서 동시에 안을 훑더니 지아를 향해 아는 척을 했다.

"국보소녀의 지아 선배님이죠? 반가워요. 오늘 무대 인상적이었어요."

"조금 당황스럽네요. 여기서 뵐 줄은 몰랐는데."

지아는 기분이 썩 좋지 않았다. 뭐랄까, 웃고는 있지만 아름의 시선에 왠지 모를 우월감과 그녀를 깔아보는 듯한 오만한 기분이 물씬 배어 있는 까닭이다.

'이 여자가 날 물로 보나?'

선배라는 호칭을 붙이고는 있으나 더 불쾌하게 느껴지는 이유가 그것 때문이리라.

"여기는 어쩐 일로 왔지?"

그때 두 사람 사이에 목소리가 끼어들었다. 오늘 아름이 이곳을 찾게 만든 당사자인 수다. 한데 수의 반응이 영 반가운 눈치가 아니었다.

"어쩐 일이긴, 쇼케이스 끝난 거 축하한단 말 전하러 왔지."

아름의 눈이 초승달처럼 휘었다. 마치 자신의 풍성한 몸매를 자랑하듯 지아를 보란 듯이 지나치더니 수에게 장미 다발을 건넸다.

"어제는 고마웠어."

"어제?"

지아의 입 밖으로 말이 튀어나오자 아름이 말없이 웃어 보였다. 그 눈빛이 굉장히 마음에 들지 않는다. 꼭 우린 네가 모르는 깊은 사이라고 돌려서 얘기하며 끼지 말라는 투다.

또 그게 사실이기도 했다.

'얘야, 네가 넘보기에 수 씨는 너무 괜찮은 남자란다. 포기하렴.'

마치 언니가 동생을 타이르며 애초에 선을 그어버리는 듯한 느낌을 물씬 풍겼기에 지아의 입장에선 굉장히 불쾌했다.

실제로는 어제 아무 일도 없었고 오히려 수는 그녀를 라운지에 버려두고 혼자 객실로 돌아가 버렸다. 그게 밝혀진다면 오히려 꽤나 민망한 상황이 펼쳐질 텐데도, 그녀는 전혀 개의치 않아 보였다.

'수는 자상한 남자니까.'

이전에도 그녀가 텐프로에서 일하는 걸 감춰주기 위해서 남자 친구 행세를 해준 적이 있다.

'사람은 쉽게 안 변하는 법이지.'

믿는 구석이 있기에 이런 식으로 지아의 앞에서 뻗댈 수도 있었다.

그런데 수에게서 예상지도 못한 반응이 튀어나왔다.

"어제 고마울 일이 있었나?"

"어? 아, 있지. 왜 없어."

아름이 살짝 당황했다. 그러나 충무로가 주목하는 여배우인 만큼 그녀는 전혀 내색하지 않았다.

"난 없던 걸로 기억하는데."

"풉! 여전하네. 그 시각까지 마주 앉아서 얘기 들어주는 거면 충분한걸."

지아의 눈이 가늘어졌다. 살짝이나마 숨소리도 거칠어졌다. 그도 그럴 것이 참 오해하기 좋게 돌려서 말하는데 재주가 있었다.

지아가 수를 노려봤다.

꼭 추궁을 하는 듯한 눈빛이다.

'언니랑 헤어졌을 리는 없고…… 어제 저 여시랑 뭔 짓을 한 거야?'

다른 여자도 아니고 고은은이기에 수를 깔끔히 포기했다. 한데 고은은을 버리고 한눈에 보기에도 가증스럽고 여자의 적인 아름을 다시 만난다면 수에게 실망할 것 같았다.

"고맙다니 민망하네. 나야말로 어제 널 그렇게 라운지에 버려두고 가서 미안했는데."

"버, 버려두다니…… 꼭 좋은 말 두고 그렇게 말하더라, 넌."

수가 생각지도 못한 상황에서 진실을 까발리며 훅 들어오자 아름의 동공이 심하게 흔들렸다.

'얘가 미쳤나? 안 이러다 왜 이래?'

보는 눈도 많은데 배려 없게 저런 식으로 떠드는 수가 순간 멀게 느껴졌다.

"그거 나 주려고 가져온 거지?"

"응? 어. 자."

수가 꽃다발을 건네받았다. 수십 송이의 장미에 코를 가져가 꽃 냄새를 맡았다.

"미안한데, 꽃만 받으마."

"어?"

수의 말에 아름이 영문을 모르겠다는 듯 고개를 갸웃거렸다.

"마음은 못 받아준다는 말이야."

"……."

아름의 표정이 딱딱하게 굳어졌다.

데뷔 이후 처음 겪는 모욕이었으며 망신이다.

2

쇼케이스를 마친 수는 기진맥진했다. 고되게 몸을 쓴 건 아니지만, 예기치 못한 사고부터 시작해 온 신경을 다 쓴 까닭에 조금의 기력도 남아 있지 않았다.

'5만 관객한테 기를 뺏긴 기분이야.'

수의 음악은 관객의 감정을 터치한다. 관객이 원치 않아도 멋대로 깊숙한 곳까지 파고 들어가서 그들로 하여금 동요를 일으키게 헤집어놓는다.

그걸 가능케 하기 위해 수는 그 이상의 정신력과 감성을 소비해야만 했다.

그래야만 사람의 감정을 움직일 수 있는 까닭이다.

밴의 보조석에 앉아 있는 매니저 승원이 염려하듯이 물었다.

"괜찮으시겠어요? 그냥 호텔로 가서서 푹 쉬심이……."

한눈에 보기에도 진기가 쭉 빠진 수는 거짓말 조금 보태서 산송장 같았다. 조금의 활력이나 생기도 보이지 않았다.

"그럴 순 없어요. 오늘 약속은 정말 중요하거든요."

수는 고개를 창밖으로 돌렸다.

화려한 홍콩의 밤거리에 시선을 두고 있지만 하나도 눈에 들어오지 않는다. 그의 머릿속은 오늘 만나기로 한 사람에 대한 생각으로 가득 차 있었다.

'란커그룹의 리밍 회장님, 사적으론 내 장인어른.'

수는 그와의 첫 만남을 떠올렸다.

그리 유쾌하지 않았다. 아니, 불편하다 못해 불쾌감마저 들었다.

그는 수에게 호의적이지 않았으며, 인정하지도 않았다. 면전에서 대놓고 모욕을 준 것도 모자라서 평생 무시하겠다고 선언했다.

그때 수가 느낀 감정은 그야말로 최악이었다.

'그럼에도 불구하고 난 회장님을 돕는다.'

이유?

간단하다.

수가 미치도록 사랑하는 여자의 아버지.

그 이유만으로도 도울 이유는 충분하고도 넘친다.

"도착했습니다."

수를 태운 밴이 홍콩 외곽에 위치한 한 호텔의 지하 주차장에 도착했다.

쇼케이스 때문에 몰려든 관객들로 인해 수가 머무는 호텔과 엑스포 아레나 주변은 사람이 넘쳐 났다. 그 까닭에 약속 장소도 일부러 정반대에 위치한 이 호텔로 잡았다.

밤임에도 선글라스로 얼굴을 가리고 모자를 눌러쓴 수가 매니저 승원과 경호원 한 명을 대동하고 호텔 로비로 올라갔다.

"오셨습니까?"

수가 로비에 들어서자마자 앞머리가 희끗한 중년 지배인이 정중하게 인사했다. 중화권에서 수의 인기가 절정을 치닫다 보니 귀빈급 인사를 대우하듯 직접 마중 나온 것이다.

"굳이 안 나오셔도 됐는데……."

"그런 말씀 마십시오. 저희 호텔을 방문해 주신 것만으로도 영광입니다. 이쪽으로."

수는 끄덕이며 지배인의 뒤를 따랐다. 동시에 속으로 생각했다.

'이래서 사람이 출세해야 한다는 건가?'

최근 중국에 올 때면 수는 다른 세상에 온 것 같다는 인상을 받았다. 과분할 정도의 인기도 그렇지만 어딜 방문하든, 누굴 만나든 사람들의 태도가 너무도 달라졌다. 그들이 자신을 보는 눈길을 전부 헤아릴 수 없지만 분명한 건 경외심도 섞여 있다는 것이다.

'이럴수록 나다움을 잊지 말아야겠지.'

안다, 그게 마음먹기만큼 쉬운 게 아니라는걸. 그래도 수는 한결같은 모습으로 남고자 했다.

"여기입니다."

최상층 라운지 바로 아래층 복도 끝에 다다르자 지배인이

대리석 문을 가리켰다. 한눈에 보기에도 일반 손님들은 엄두도 내지 못할 귀빈이나 VVIP만이 출입이 가능한 곳이었다. 사소한 장식 하나까지 고급스럽다.

똑똑.

노크까지 곁들인 마지막 에스코트를 끝으로 지배인이 물러섰다.

"감사합니다."

수는 꾸벅 예의를 차리고는 응접실로 들어섰다.

사방을 가로막은 전면 유리창 너머로 홍콩의 전경이 한눈에 들어온다. 하지만 무겁게 깔린 공기의 무게가 전경뿐만 아니라 방 안을 메우고 있는 최고급 가구와 인테리어마저도 희석되게 만든다.

"오랜만에 뵙습니다."

수가 정중하게 허리를 굽히며 인사를 올렸다.

등을 돌린 채 뒷짐을 지고 홍콩의 전경을 바라보는 리밍의 뒷모습은 그야말로 작은 거인이었다.

"날 보자고 했다고?"

인사에 대한 답 따위는 없다. 그는 시선조차 주지 않은 채 온전히 자신이 할 말만 떠들었다.

"……드리고 싶은 말이 있어서 뵙자고 했습니다."

"해봐."

여전히 그의 태도는 냉랭하다. 전혀 달라진 게 느껴지지 않는다.

'노여움이 가시질 않았어. 하긴, 장인어른의 눈에는 내가 딸을 뺏어간 천하의 호래자식으로 보이겠지.'

이건 한류스타로 군림하는 수의 인기나 경제적 가치와는 별개다.

부모로서 원치도 않는 놈한테 자식을 뺏긴 분노도 어느 정도 바닥에 깔려 있었다.

"아버님을 돕고자 합니다."

"······."

리밍은 말이 없다.

분명 들었음에도.

수도 재촉하지 않았다. 차분하게 그의 대답이 오길 기다렸다.

"날 돕는다? 왜지?"

"그야······ 회장님은 제 장인이시기 때문입니다."

"난 자네를 사위로 받아들인 적도, 인정한 적도 없네만?"

리밍의 완강한 태도는 여전했다.

그러나 수는 실망하지 않았다. 이미 예상했던 일이고 쉽게 인정을 받을 기란 기대조차 없었다.

"······그러신다 한들 상관없습니다. 제 의지로 돕고 싶습니다."

"돕고 싶다······ 자네 내가 만만한가?"

야경을 물끄러미 내려다보고 있던 리밍이 몸을 돌렸다.

수는 첫 만남에서 느꼈던 위압감을 다시 한 번 느꼈다.

이태리산 수제 명품 정장에 수천만 원을 호가하는 명품 시계보다도 그의 눈빛에서 작지만 함부로 할 수 없을 것 같은 위화감이 전해진다.

"그런 말씀 마세요."

"그게 아니면? 기업이 흔들리는 모습을 보이니 이런 동정까지 받게 될 줄이야."

목소리는 차분하지만 리밍의 표정은 좋지 않았다.

이건 자존심의 문제다. 일개 기업을 중국 재계 순위에도 들 그룹으로 만든 이의 자존심 말이다.

그 역린을 수가 건드렸다.

'마음 상하시는 거 당연해. 하지만 지금은 숨기기보다 밝히는 게 나아.'

매도 먼저 맞는 게 낫다고 했다. 여기서 멈출 거면 애초에 말도 꺼내지 않았을 것이다.

"뭐라고 하셔도 제 뜻은 한결같습니다. 은은 씨를 위해서 아버님을 도울 겁니다."

"기가 차는군."

리밍이 픽 웃었다. 명백한 비웃음이다.

"자네가 뭘 도울 수 있지? 노개런티 CF? 아니면 그깟 푼돈 몇 푼 투자?"

리밍의 눈이 싸늘하게 가라앉았다.

"어림없는 소리 마. 너 따위 없어도 란커그룹은 건재해. 무너지지 않아."

어째서일까?

절대 그럴 일이 없다고 으름장을 놓는 모습에서 수는 조금 전 마주했던 작은 거인이 억지를 부린다는 인상을 받았다.

"내가 미쳤지. 이 자리를 나오다니."

리밍이 몸을 돌려 발걸음을 뗄 때였다.

"……썩은 살을 도려내는 건 맞습니다. 다른 계열사도 병들게 하니까요."

"뭐?"

"근데 푸드케어는 아닙니다."

"……!"

리밍의 동공이 심하게 흔들렸다. 설마 하니 수의 입에서 란커그룹 브랜드인 푸드케어가 튀어나올 줄은 꿈에도 몰랐던 까닭이다.

그러나 놀라는 것도 잠시뿐. 리밍은 더없는 불쾌감을 느꼈다. 아니, 이건 란커그룹을 일군 그에게 모욕이었다.

"네, 네까짓 게 지금 나한테 사업에 대해 이래라저래라하는 거야? 나 리밍한테?"

"저도 건방진 소리인 건 압니다. 그래도 해야겠습니다. 란커그룹이 살기 위한 유일한 방법입니다. 푸드케어 지켜야 합니다."

수는 거기까지 말하고 뒷말을 삼켰다.

'그래야만 반등이 가능합니다. 제가 나서고, 은은 씨 뱃속의 아이가 태어나면…… 란커그룹은 다시 올라설 수 있다

고요.'

이건 어디까지나 계획이고 구상이다. 리밍에게 말을 꺼내기엔 시기상조다.

그러나 이거 하나만큼은 확실하다.

란커그룹이 살기 위해서는 푸드케어가 필요하다.

"건방이 하늘을 찌르는군. 그걸 지금 내가 몰라서 이럴 것 같나?"

"아시면서 왜 매각을……."

"그 이유를 내가 굳이 설명을 해야 하나?"

"……."

리밍의 삐딱한 태도에 더는 대화를 이어가기가 쉽지 않았다.

"그래도 전 도울 겁니다. 어떤 식으로든."

"알 바 아니니까 맘대로 해."

그 말을 끝으로 리밍은 비서와 수행원들을 대동하고 응접실을 나가 버렸다.

"하…… 결국 이렇게 되어버렸네."

수는 착잡함을 감추지 못했다. 긍정적인 대답을 바란 건 아니다. 리밍의 성정으로 미루어 볼 때 고맙다는 말은커녕 면박이나 당하지 않으면 다행이라 생각하긴 했다.

근데 막상 닥치고 나니 속상한 것도 사실이다.

"뭘 기대한 거야? 지금까지처럼 내가 해왔던 방식으로 살자."

다른 건 보지도 바라지도 말자. 다 버리고 수를 택한 고은은의 미소를 지켜주기 위해서라면 뭐든 할 것이다. 그게 남편으로서 수가 해야 할 도리였다.

"더 있어봐야 뭐하냐? 가서 쉬자."

더는 이곳에 있을 이유가 사라진 수가 응접실을 나서려던 때였다.

끼이익.

수보다 한 템포 앞서서 응접실의 문이 열리고 생각지도 못했던 이가 모습을 드러냈다.

설마 하던 눈초리로 여자를 살피던 수의 입에서 경악성이 터져 나왔다.

"어, 어머님?"

한 번도 직접 뵌 적은 없지만 고은은의 휴대전화에 찍힌 사진으로 본 기억이 있다.

'……은은 씨랑 많이 닮았어. 한눈에도 어머니라는 걸 알 수 있을 정도야.'

나이는 숫자라는 걸 증명이라도 하듯 이바나는 곱게 늙었다. 아니, 늙었다는 표현이 무색할 만큼 그녀의 미모와 몸매는 훌륭했다. 나이를 속이고 만났다면 나이 조금 많은 연상의 누나라고 착각하고 교제를 이어갈 수 있을 만큼 관리했다.

수가 단번에 그녀를 알아보자 이바나가 살짝 입꼬리를 올리며 웃었다.

"초면인 것 같은데, 용케 알아보네요. 잠시 저 들어가도 되죠?"

"네, 그럼요. 들어오세요."

그렇게 초대받지 않은 손님 이바나와 수가 본의 아니게 마주 앉게 되었다.

"차라도 드릴까요?"

"아뇨, 괜찮아요."

"아, 네."

생각지도 못한 만남인지라 수도 어디서부터 대화를 풀어 나가야 할지 막막했다.

"……."

이바나는 손에 턱을 괴고는 빤히 수를 응시했다.

눈 한 번 깜빡이지 않고 뚫어져라 보는 시선이 어찌나 부담스러운지 수가 진땀을 뺐다.

짧은 정적을 먼저 깬 것은 이바나였다.

"가만히 보니 잘생겼네요."

"네? 저요? 가, 감사합니다."

오히려 당황한 건 수다. 이 와중에 외모 칭찬을 할 거라고는 꿈에도 생각지 못한 까닭이다.

"말 편하게 할까 하는데, 괜찮지?"

"그럼요. 당연히 편하게 하셔야죠."

사적으로 그녀는 장모님이다. 하대를 하는 건 당연하다.

"그이는 나 여기 온 거 모르고 있어. 물론 앞으로도 모를 거야."

"아⋯⋯."

이바나가 이마로 흘러내린 앞머리를 쓸어 올렸다. 그 손길이나 모습이 묘하게 고은은과 매치되었다.

"입이 잘 안 떨어지지만 해야겠지. 그게 도리니까."

"무슨 말씀을?"

"자네 아이를 가진 걸 알면서도 모진 말로 지우라고 해서."

"⋯⋯."

"정말 미안했네."

이바나가 고개를 푹 숙였다.

그건 진심 어린 사과였다.

Chapter 7

1

"……괜찮으니, 고개 드세요."

수는 불편한 듯 얼른 이바나를 만류했다.

그녀가 실수를 한 건 맞으나, 장모의 사과를 이런 식으로 받는 것도 꽤나 불편한 일이다.

"사과는 나중에 은은 씨에게 하세요. 진짜 상처받은 건 제 아내니까."

수는 아내라는 말에 힘을 주었다. 장인장모가 아무리 반대를 하더라도 헤어지지 않겠다는 의지의 표현이기도 했다.

"그 애 상처 많이 받았나?"

"네."

"내 생각이 짧았어. 그 아이에게 그런 모진 말을 하는 게 아니었는데……."

한국을 떠나오고 나서 이바나는 내내 그게 마음에 걸렸다.

그룹의 이미지가 안 좋아지고 자금이 막히다 보니 그녀로서도 어쩔 수 없는 선택이었다. 이 난국을 타개하려면 정략결혼을 통해 투자를 받는 방법만이 유일했으니까.

그러나 돌이켜 보면 못할 짓이었다.

임신을 한 딸의 안위를 챙기지는 못할망정 가슴에 대못을 박았으니 그 심정이 오죽했을까.

"미안하다는 말 꼭 전해주고."

"네."

수가 끄덕였다.

이거면 됐다. 두 모녀의 앙금이 단단해서 한 번에 깨지지 않을 것이다. 이런 식으로 중간에서 수가 찬찬히 녹이는 수밖에 없다.

"그 말씀을 하시려고 찾아오신 건가요?"

"아니, 겸사겸사. 우리 그이가 만난다기에 조용히 따라나섰지. 얘기는 잘됐고?"

"……."

"표정 보니 짐작이 가네. 그 사람 남의 말에 귀 기울일 정신이 아니거든."

수가 고개를 들어 그녀를 직시했다.

갑자기 나타나더니 리밍의 얘기를 떠드는 그녀는 아주 오래전부터 알고 지낸 사이마냥 친근하게 말을 건네고 있었다.

'이해가 안 가. 갑자기 날 찾아와서 이런 태도를 보이시는 게.'

이런 말 실례인 건 알지만, 이유 없는 호의는 없다. 수는 그녀의 저의가 궁금했다.

"절 찾아오신 이유가 있으시죠?"

"없었는데, 생겼단다. 그이랑 우리 사위의 대화가 결렬되었으니까."

사위라는 말이 묘하게 정감이 가면서도 어색한 느낌이 들었다. 아직 마음의 빗장을 다 열지 않아서일까? 그래도 틀린 호칭은 아니니 수는 잠자코 있었다.

"리 서방. 한국 드라마를 보니 장모들이 사위들을 이리 부른다지?"

"네."

수가 끄덕였다. 중국 내의 한류 열풍이 거세다 보니 의외로 한국 문화를 접할 기회가 많아 보였다.

"윗사람이 먼저 말을 꺼내야 편할 테니 말하겠네. 그이를 만난 이유가 이제 와서 결혼 허락을 바라는 건 아니었지. 맞지?"

"맞습니다."

"란커그룹과 관련된 얘기도 맞고? 어디까지나 내 추측이나 부담 없이 대답해 보렴."

"……네."

마치 다 알고 있다는 듯이 대화의 핵심을 짚어내자 수도 숨기지 않았다.

"역시."

짐작이 맞아떨어지자 이바나가 옅게 웃었다.

그녀의 미소를 마주하고 있자 새삼 고은은이 엄마를 참 많이 닮았다는 생각이 들었다. 이래서 모녀지간이라는 건가.

"실은 리 서방을 찾아온 이유도 그 때문이야."

"이유?"

"그 말을 하기 전에 분명히 밝힘세. 그이는 자넬 사위로 받아 들이지지 않았지만, 난 다 인정하고 받아들이기로 했네."

"이제 와서 갑자기 왜……."

"부모니까."

이바나가 단호하게 얘기했다.

"그리고 자네 곁의 우리 은은이가 너무 행복해 보이니까."

"……."

"나도 알아. 그런 모진 말을 해놓고 이제 와서 장모 대접받을 자격 없다는 거. 그래서 날 어찌 대하든 신경 쓰지 않을걸세."

이바나도 염치라는 게 있었다. 불쑥 나타나서 사위로 인정했으니 장모로 인정하고 받아들이기를 강요하는 건 무리라는 걸 알고 있었다.

그럼에도 불구하고 그녀는 꾹꾹 눌러두었던 속내를 솔직히 꺼냈다.

"그런데도 이리 말을 꺼내는 건, 자네가 우리 그이를 도와줬으면 해서네."

"역시."

아무리 사위의 입장이고 먼저 돕고자 나선 입장이라지만 그녀의 태도가 수의 입장에서 그리 달갑지만은 않았다.

노골적으로 수를 이용하려는 기색이 역력한 까닭이다.

"표정을 보아하니, 기분이 좋아 보이지 않는데?"

"자진해서 돕겠다고 나선 입장이지만, 마냥 좋을 순 없네요."

수도 솔직하게 맞받아쳤다.

그러자 이바나가 미소를 머금었다.

"이해해 주게. 그게 사업가를 남편으로 둔 아내이자 여자의 삶이라는 걸 말이야."

"……!"

온화한 미소 너머에서 수는 말 못할 깊은 사연을 짐작했다.

중국 재계서열 순위 100위에 들 만큼 란커그룹을 키우는 동안 리밍 회장은 자연스럽게 집안과 멀어질 수밖에 없었을 것이다.

사업이란 고독한 것이니까.

"자네라면 그 맘을 조금은 알지 않을까? 경우는 다르지만, 스타의 아내로 사는 은은이의 마음은 과연 편할까?"

"……."

그 말에 수는 꿀 먹은 벙어리가 되고 말았다. 돌이켜 보면 수를 사랑하게 됨으로써 그녀가 잃은 게 너무도 많았다.

이바나는 잔잔한 미소로 말을 이었다.

"남편의 삶을 따라가는 것, 그것이 곧 아내의 삶이야."

"아내의 삶……."

"요새 독립적인 젊은 애들은 이런 말 싫어한다던데, 어쩌겠나? 나나 고은은이나 천상 여자인걸. 내조가 적성에 맞는 거지."

생각을 하게 만드는 그녀의 말에 수의 표정이 깊어졌다.

"너무 고민하진 말고, 어떤가? 이젠 내 심정을 조금이나마 이해하겠나?"

"다는 아니지만…… 어느 정도는 알 것 같습니다."

이바나가 빙긋 웃었다.

"그렇다면 다행이네. 진짜 얘기를 할 수 있게 된 거니까."

"진짜 얘기요?"

수가 시선을 그녀의 눈에 맞췄다.

누나라고 해도 믿을 만큼 잘 간직된 미모였지만 세월의 풍파와 연륜이 깃든 눈빛의 깊이만큼은 그녀의 나이가 결코 적지 않음을 짐작케 해줬다.

"그 사람 옆에 있으며 나도 사업이란 게 뭔지 조금은 알게 됐어. 그이가 초조함에 사람 보는 눈을 잃었지만, 난 적아를 가릴 줄 알아."

그녀가 들고 있던 한정판 명품 가방에서 서류봉투를 꺼냈다.

"리 서방은 내 사위야. 그지?"

마치 확인을 받으려는 듯한 물음이다. 그러나 부정할 수도 없는 말이다.

"네, 장모님."

수도 그녀의 말을 받았다.

이바나가 또 싱긋 웃었다. 그 미소가 더없이 인자하고 잘 어울린단 생각이 든다.

"난 자네의 편이네. 그렇기에 이걸 맡기는 거고."

"이건?"

"나 가면 보도록 하게."

이바나가 그리 말하며 휴대전화를 꺼내더니 어딘가로 전화를 걸었다. 수행원으로 짐작되는 사람과 통화가 끝나자 그녀가 말했다.

"자네 매니저에게 음식 좀 맡겼네."

"음식이요?"

"은은이 가져다줘. 고향 음식 생각 많이 났을 거야. 보양식이니까 먹고 기운 차리라고 해."

"⋯⋯꼭 전하겠습니다."

다른 건 몰라도 오늘 이바나를 만나 가장 보람된 일이라고 생각하는 수였다.

"건강하게. 그게 우리 딸을 위한 일이니."

이바나는 작별을 고하고 VVIP 응접실을 나섰다. 수는 깍듯하게 고개를 숙이는 것으로 그녀에 대한 예의를 다했다.

"생각지도 못한 만남이라 그런가? 피곤하군."

쇼케이스가 끝나고 제대로 쉬지도 못하고 연달아 리밍과 이바나를 만났으니 심신이 지칠 수밖에 없었다.

"도대체 뭘 주고 가신 거지?"

수는 앞에 놓인 봉투를 들어서 안에 든 내용물을 꺼내봤다.

"이, 이건!"

수의 눈에 힘이 들어갔다. 휙 고개를 돌려 좀 전에 이바나가 나간 문을 뚫어져라 응시했다.

"……장인어른을 생각하는 장모님의 마음 잘 알겠습니다."

2

호텔에서 하룻밤을 묵은 수가 인천공항행 비행기에 올랐다. 사전에 수의 스케줄이 알려지게 되면 공항이 마비될 것을 우려해 철저히 비밀리에 부쳤다. 워낙 은밀하게 움직인 까닭에 공항에서 몇몇 팬이 알아본 것을 제외하곤 큰 문제없이 한국 땅을 밟을 수 있었다.

그렇게 수가 쇼케이스를 마치고 돌아오는 사이에 한국의 포털 사이트는 앞다투어 수와 관련된 기사를 쏟아내는 데 정신이 없었다.

─황제의 귀환! 이수 신곡 쇼케이스 무려 5만 명 관객 몰려.

─이수, 신곡 쇼케이스 인터넷 생방송 동시 시청자가 1억

명 돌파! 역대 최고 갱신!

—드디어 공개된 '그저, 사랑해' 뮤직비디오! 막상 보니 기대 이상?!

—진정한 신? 이수, 그가 부른 무대는 기적 그 자체였다.

—국내 7대 음원차트 올킬! 중화권 및 동남아 음원사이트 점령. 보컬의 이수, 그의 성공 신화는 계속된다!

하나하나 정리하기 힘들 정도로 많은 분야와 시각을 담은 기사들이 범람했다.

그중 눈에 띄는 몇 개를 뽑자면 수의 가창력에 대한 호평이다.

이 부분에 대해선 여지가 없는 게 5만 명의 관객과 1억 명이 넘는 시청자가 수가 전하는 감동에 몸서리를 치는 걸로 기억됐다.

지금도 쇼케이스 도중 수가 부른 '그저, 사랑해' 무대가 인터넷 동영상 사이트에서 엄청난 조회수를 자랑하며 폭주하고 있었다.

또 뮤직비디오 반응도 호평 일색이다.

최근 국내 뮤직비디오가 아이돌 위주로 맞춰지다 보니 전통 발라드를 구사하는 스토리형 뮤직비디오가 오히려 참신함을 주고 몰입하게 만든 것이다.

그 외에도 음원차트 싹쓸이 같은 기사들도 있었지만 크게 신경 쓰지 않았다.

다른 가수도 아닌 수다.

음원차트 올킬은 이제 어느 정도 당연하게 받아들여졌다. 그 정도로 수의 위상은 격상되었다.

한국 땅을 밟은 수는 밴을 타고 본가로 향했다.

지금까지 나온 기사들을 쭉 훑어보던 수는 생각지도 못한 기사를 발견하게 되었다.

—이수, 신곡 쇼케이스장을 찾은 수상한 여자. 그녀의 정체가?

—청순미의 화신! 충무로의 여왕 안아름, 홍콩 이수 쇼케이스에 등장?

—단순한 우정? 아니면 다시 시작된 연인? 심상치 않은 안아름과 이수.

—슈퍼스타Z 이후의 결별은 거짓말? 솔솔 피어오르는 이수와 안아름의 재결합설.

"망할 기자들."

수는 인상을 팍 썼다.

아니다 다를까, 이런 기사들이 뜨지 않을까 우려했는데 정말 올라왔다.

기자 명함을 팠지만 실제 하는 일은 소설가와 다를 바 없는 이들이니 이런 자극적이고 엮기 좋은 소재를 그냥 넘어갈 리 만무했다.

기자들의 추측성 기사는 그야말로 한편의 러브 스토리 그 자체였다. 지아의 스캔들이 시들거리면서 화제성이 떨어진 마당에 수의 쇼케이스에 등장한 아름은 잘만 엮으면 한동안 우려먹을 수 있는 소재였다.

"하…… 귀찮아 죽겠네."

수는 인상을 꽉 썼다.

어제의 피로가 다 가시지도 않은 마당에 신경 쓸 일이 생겨 꽤나 성가셨다.

"은은 씨가 신경 쓸 일이 하나 더 생겼군."

원치 않는 엮임에 고은은이 신경 쓸 걸 생각하니 벌써부터 미안한 마음이 앞섰다. 안 그래도 임신한 그녀를 방치하다시피 해서 염치가 없던 터였다. 이 일로 말미암아 속이 상하는 건 원치 않았다.

수가 휴대전화를 꺼내 장위안 대표에게 전화를 걸었다.

"대표님, 저예요."

―수 씨! 한국 지금 도착하신 거예요?

"네, 지금 본가로 가고 있어요. 그보다 기사 보셨죠?"

―봤습니다. 설마 했는데, 기자들이 또 소설 한 편 거하게 썼더군요.

수화기 너머의 장위안 대표의 목소리도 어딘가 탐탁지 않아 보였다.

설레발치기 좋아하는 한국 기자들이 이런 식으로 수를 엮을 때마다 누가 상처를 받을지 그도 잘 알고 있는 까닭이다.

"빠른 조치 좀 부탁드릴게요."

─안 그래도 지금 반박 기사 언론사에 썼습니다. 좋은 동료로 지내는 중이라고. 길어야 십 분 내로 올라갈 거예요.

"감사합니다. 본가 들렀다가 사무실로 갈 테니 그때 뵙죠."

─사무실로요? 피곤하실 텐데 쉬지 않고?

쇼케이스다 뭐다 해서 기진맥진할 수가 무리를 하다 저번처럼 탈이 나지 않을까 우려하는 말투였다.

"마음은 그러고 싶은데 K팝스타들 생방송 무대가 코앞이잖아요. 조금이라도 애들 봐주고 어드바이스해 주려고요."

─허! 하여간, 지독한 완벽주의라니까. 알겠습니다, 이따회사에서 뵙죠.

통화 종료 버튼을 누른 수는 가볍게 숨을 돌렸다. 도둑이제 발 저는 심정이라면 이해라도 가겠는데, 그것도 아닌 마당에 가슴이 답답했다.

머지않아 목적지인 서울 본가에 도착했다. 지하 주차장 엘리베이터와 가까운 곳에 밴을 댄 수는 누군가 볼세라 서둘러올라탔다. 엘리베이터가 멈추자마자 현관 비밀번호를 누르고 들어갔다.

"저 왔어요."

수가 연락도 없이 등장하자 안방과 작은방에서 뛰어나온엄마와 고은이 깜짝 놀랐다.

"얘야!"

"수, 수 씨가 이 시간에 여길 어떻게?"

수는 말없이 웃어 보이며 신발을 벗고 들어왔다.

"바로 회사 가봐야 해요. 얼굴 보고 가려고 들렀어요."

"그러니? 밥은?"

"배고파요."

"잠시만 기다리렴. 엄마가 바로 차려주마."

무엇보다 고생하고 온 자식의 끼니 걱정에 엄마는 곧장 부엌으로 향했다.

"요 며칠 잘 지냈어요? 와! 우리 아내 너무 오랜만에 보는 거 같다."

수가 너스레를 떨었지만 그 말속엔 표현 못 할 미안함이 듬뿍 담겨 있었다.

그 마음을 달래주기 위해 홍콩에서 이바나에게 건네받은 함을 내밀었다.

"이거…… 장모님이 손수 만드신 거라고 은은 씨 가져다주래요."

"어, 엄마가요?"

고은은은 깜짝 놀라다 못해 멍하니 수의 손에 들린 찬합을 바라보았다.

모진 말로 그녀의 가슴에 대못을 낸 엄마이기에 이런 식으로 음식을 전해줄 거라곤 꿈에도 생각지 못했다.

"또 이 말도 전해달라고 하셨어요. 미안하다고."

"……."

경악으로 커진 그녀의 눈동자에 물기가 차올랐다.

다른 사람도 아니고 엄마한테 아이를 지우라는 말을 들었을 때 그녀가 느꼈을 비참함과 아픔은 가시로 심장을 후벼 파는 듯했을 것이다. 그랬는데 그 서운함이 눈 녹듯이 사르르 녹아버렸다.

수는 그런 고은은을 꼭 안아주었다. 흐느끼는 그녀에게 등을 토닥여 체온을 전해주며 위로했다.

"괜찮아요, 다 괜찮아요."

부엌에서 요리를 하던 엄마가 무슨 일인가 싶어 나왔다. 수가 손짓을 하자 끄덕이며 못 본 척 넘어가는 모습이다.

두 사람은 고은은이 겨우 감정을 추스르고 나서야 소파로 자리를 옮겨 해후를 나눴다.

"생각도 못 했는데…… 까다로운 두 분 만나고 오느라 수 씨가 고생 많았어요. 쉬지도 못했을 텐데."

"저보다야 우리 은은 씨가 더 힘들었죠. 우리 튼튼이는 잘 커요?"

튼튼이.

상해로 가기 전 합의 끝에 결정한 아이의 태명이다. 아직 딸인지 아들인지는 모르나 제발 아무 탈 없이 튼튼하게만 태어나 주기를 바라는 명목아래 붙였다.

"네, 아빠가 나가서 딴짓한다고 오면 호되게 맴매해 달래요."

"따, 딴짓이요? 돈 벌어 오는 거 아니고요?"

고은은이 입꼬리를 살짝 올리며 웃는다.

평소와 다름없는 미소였건만, 마주하고 있는 수는 가시방석에라도 앉은 듯 불편했다.

'꼭 불륜이라도 저지르고 온 기분이야.'

수가 어색하게 웃으며 머리를 긁적였다.

"오늘 중에 반박기사 나갈 거예요. 신경 쓰지 마요."

"신경 안 써요."

고은은도 조용히 수의 품에 안겼다. 개방적으로 큰 까닭인지 시어머니 앞에서도 그녀의 스킨십은 구애를 받지 않았다.

"당신인 딴짓할 사람이 아니란 거, 잘 알아요."

"고마워요. 믿어줘서."

"그리고 우리 아버지 사업 도우려고 이리저리 알아보는 것도요. 말을 안 해서 그렇지 매번 고맙게 느끼고 있어요."

늘 미안한 건 고은은이다.

임신은 축복받아야 마땅한 일이지만, 그 때문에 처가의 일마저 이 사람에게 모두 떠맡긴 게 아닌가 싶어 미안했다.

'도와드려도 좋은 소리 안 하실 분이 우리 아버지셔. 그런데도 돕겠다고 나서는 모습을 보면 너무도 딱해 죽겠어.'

다른 사람은 몰라도 고은은만큼은 수의 고충을 십분 이해했다.

부부이기에.

수가 마주 웃었다.

"그런 말 마요. 사위 된 입장에서 당연히 해야 할 일인걸요?"

"수 씨……."

말 한마디로 천 냥 빚을 갚는다고 했던가. 장인장모를 대하는 수의 말 한마디는 임신 중에 홀로 방치한 수를 향한 분노마저도 싹 잊게 만들었다.

그때 부엌에서 한창 식사를 준비하던 엄마가 소리쳤다.

"새아가! 미안한데, 잠깐 와서 이것 좀 데워주지 않으렴?"

"네, 어머니! 수 씨, 이따가 얘기해요."

고은은은 기분 좋은 얼굴로 부엌으로 향했다. 그러더니 이젠 주부 티가 제법 나는 노련한 손놀림으로 식사 준비를 거들었다.

두 고부를 흐뭇하게 바라보던 수는 소파에 앉아 휴대전화를 뒤적거렸다.

"반박기사가 떴네."

수는 검색어 1위까지 오른 반박기사 내용을 쭉 훑어보았다.

—[공식] 스카이블루 측, 이수와 영화배우 안아름 열애설 정면으로 반박.

—[공식] 이수와 안아름은 좋은 친구 사이, 응원을 위해 쇼케이스 방문.

—[공식] 스카이블루 측, 스캔들 관련 유언비어 유포 시 강력 법적 대응 고려.

"장 대표님이 내 마음에 쏙 들게 기사를 내주셨네."

이런 게 파트너일까?

장위안 대표는 더 이상 아름과 얽히길 바라지 않는 수의 의지를 십분 헤아려 강경 대응도 불사하겠다는 뜻을 보였다. 네티즌들의 추론이나 추측성 얘기를 모두 차단할 수는 없지만 사전에 터무니없는 관계로 엮어 들어가 입소문이 퍼지는 걸 차단하고자 함이다.

"그건 그렇고 안아름, 넌 반박기사도 낼 생각이 없는 거냐?"

어느 포털 사이트를 뒤져 봐도 아름이 열애설을 반박했다는 기사는 보이지가 않는다. 몇몇 기자가 소속사 측에 공식적인 답변을 요구했지만, 묵묵부답으로 일관했다. 여배우 입장 쪽의 스캔들이 더 치명적인 걸 감안하면 꽤나 이례적인 대응이다.

"아니야."

수는 바로 생각을 수정했다.

쇼케이스를 찾은 5만 명의 관객, 동시 시청자 1억 명을 돌파하는 기염.

지금 아시아권에서 수의 인기와 인지도를 감안한다면 아름이 한참 미치지 못한다.

"이런 식으로 날 이용하는 건가?"

그녀의 진심이 뭔지는 알지 못한다. 그러나 흘러가는 정황으로 볼 때 유쾌하지는 않다.

스캔들이 난 것만으로도 두 사람의 관계에 사람들이 의심을 가질 것이다. 국내에서야 슈퍼스타Z 당시 연인 관계였다는 걸 다들 알고 있으니 크게 문제가 될 게 없다.

그러나 해외는 다르다.

수와 스캔들이 났다는 이유만으로도 중국과 동남아의 모든 팬이 관심을 갖는다.

지아가 그랬다.

알게 모르게 수와 연인 관계일지도 모른다는 사실이 알려지자 이슈로 떠올랐다.

공공연한 비밀이지만 그 여세를 몰아 TG엔터테인먼트에서 지아를 필두로 국보소녀의 활동 영역을 넓혔다는 건 모르는 사람이 없을 정도다.

아름도 아마 꽤나 사람들 입방아에 오를 것이다.

그게 꼭 긍정적인 영향이 간다고는 할 수 없지만, 확실한 건 아시아 대중들에게 얼굴과 이름 세 글자만큼은 확실하게 각인시킬 수 있을 것이다.

"이게 좋은 걸까? 내 전 여자 친구라는 꼬리표가 계속 따라다닐 텐데?"

그런 의문이 들었지만 수는 금세 신경을 꺼버렸다.

"내 알 바 아니지."

어차피 남남이다. 또 다시는 엮이고 싶지 않은 관계다.

"다 차렸다, 와서 밥 먹어!"

"네, 엄마."

수는 소파에서 일어났다.

3

홍콩 일각.

이틀간 수의 쇼케이스 준비로 눈코 뜰 새 없이 바빴던 시간을 보낸 조선족 김숙진은 모처럼 한가로운 시간을 보내고 있었다.

홍콩의 거리가 훤히 내려다보이는 3층 테라스 카페에 앉아 아메리카노 한 잔에 베이글…… 한국에서 흔히 말하는 된장녀 콘셉트였지만 지금의 여유가 그녀는 싫지 않았다.

"힘들 게 일한 자, 이 순간을 즐기라는 말도 있잖아? 날 위해 이 정도 사치쯤이야."

온갖 폼을 다 잡으며 김숙진이 커피를 입에 가져갔다. 쓰디쓴 원두 고유의 맛이 입안을 채우자 저도 모르게 인상을 써버렸다.

"이놈의 아메리카노는 언제 먹어도 맛대가리 없어."

그녀는 조선족이다. 어려서부터 한국어와 중국어를 사용하다 보니 양쪽에 다 능통했다. 그 재능을 살려서 지금은 통역 일을 하고 있다.

수의 쇼케이스에서도 현장 진행을 돕는 통역 스태프로 일을 도맡아 한국인 기술자들과 중국인 노동자들 간의 커뮤니케이션을 도왔다.

"샤오메이!"

멀리서 친구가 오자 김숙진이 반갑게 손을 흔들었다.

중국인 친구 샤오메이는 그녀와 비슷한 20대 중반으로 그리 예쁘진 않았지만 스타일에 매우 신경을 쓰는 유형의 여자였다.

"너 어제 리 쇼우 쇼케이스에서 일했다며? 진짜야?"

연예계나 가십에 관심이 많은 샤오메이는 오자마자 어제의 일을 떠들어댔다.

"그럼. 가까이서도 보고 노래도 직접 들었지. 부러워?"

"완전…… 운도 지지리도 좋은 년. 나도 동영상으로만 봤는데 대박이드만. 소름이 쫙!"

"죽이긴 했지. 근데 진짜 대박은 따로 있는 거 아냐?"

"진짜 대박?"

김숙진의 눈초리가 가늘어졌다. 그런 그녀의 태도가 기대감을 고조시킨다.

"뭔데, 뭐기에 그렇게 폼을 잡아?"

"지금 검색어 1위 뭔지 알지?"

"아! 오다 봤어. 리 쇼우 전 여친이던가? 스캔들 난 거 말하는 거지? 역시 남자가 괜찮으니까, 저번 지아도 그렇고 같은 여자가 봐도 와 소리가 나오더라. 근데 부인했던데?"

김숙진이 검지를 획획 저었다.

"그건 공식적인 발표고. 이 몸이 또 귀신같은 순발력을 발휘하여 그 결정적인 상황을 녹음했다는 것 아니겠니?"

"결정적인 상황?"

"이름하여! 대한민국 여배우, 청순미의 화신 아름이 우리의 스타 리 쇼우에게 가차 없이 까이는 상황이라고나 할까."

"뭐?!"

샤오메이의 반응이 당연하다는 듯 김숙진이 의기양양한 얼굴로 팔짱을 꼈다.

"기대해. 요걸 어떻게 쓸지."

언제 터질지 모를 시한폭탄이 그녀의 손에 쥐여 있었다.

Chapter 8

1

수와 안아름의 스캔들은 그야말로 뜨거운 감자였다.

전성기라는 말이 무색할 만큼 톱의 반열에 든 두 가수와 연기자의 재결합 소식은 대중들의 관심과 이목을 끌기에 충분했다.

특히 청순미의 화신, 충무로의 여왕으로 불리며 한참 주가를 올리고 있는 안아름의 남자가 수라는 사실에 많은 남자가 실망했다.

반대로 수는 과거 많은 여성 편력을 자랑했던 70년대 국민가수와 비교하는 기사들이 쏟아졌다.

공식적으로 반박 기사들을 내고는 있지만, 수와 엮이는 여자들이 다들 헉 소리가 절로 나올 만큼 한가락 하는 까닭이다.

국민 며느리로 불리는 국보소녀의 에이스 지아.

청순미의 화신, 충무로의 여배우 안아름.

스캔들을 정면으로 부인했다지만 이미 지아와 수는 절친한 사이인 게 널리 알려져 있다. 다정하게 볼을 붙이고 찍은 사진은 두 사람이 아무리 부인을 하고 아니라고 잡아떼더라도 의심할 여지가 충분하다.

네티즌이나 상당수의 대중 사이에 두 사람이 은밀하게 비밀 교제를 하고 있을지도 모른다는 추측과 찌라시도 나돌 정도다.

안아름은 말할 필요도 없다.

이미 그녀와 수는 한 차례 깊은 만남을 이어가던 관계다. 아름이 연예계에 모습을 드러내고 미모로 언론에 주목을 받은 시점도 수가 슈퍼스타Z에서 두각을 나타내던 시기다.

과거의 연인이었던 두 사람이 다시 만날 가능성은 충분히 있으며, 아시아의 별 수와 한국이 낳은 충무로의 여배우 아름은 누구도 반박할 수 없을 만큼 잘 어울리는 한 쌍이었다.

결국 대한민국 상위 0.001%에 드는 여자와 스캔들이 터진 것만으로도 수의 화려한 여성 편력은 도마에 오를 만했다.

이미 몇몇 남성 커뮤니티에서는 수가 전생에 나라를 구한 것도 모자라서 남자들의 공공의 적이라는 말도 나돌았다.

그만큼 사람들의 입방아에 수라는 이름이 오르내렸다.

그러다 보니 관심 없는 척하며 수의 기사들을 찾고 있던 박정수에게 소문이 들어가는 것도 당연한 결과였다.

"뭐가 어째?"

스캔들 기사를 접한 박정수가 인상을 팍 쓰며 자리에서 일어났다. 스마트폰을 쥐고 손을 부들부들 떨던 박정수가 신경질적으로 의자를 발로 걷어찼다.

팍!

녹음실 바닥에 의자가 나뒹굴었다. 그런데도 분이 풀리지 않는지 숨을 거칠게 내쉬었다.

"미친년, 뭐? 화보 촬영? 아, 그래. 했겠지. 했을 거야. 근데 여길 처 가?"

박정수의 눈에 핏대가 섰다. 이마에 도드라진 핏줄이 그의 분노가 어느 정도인지를 짐작케 했다.

그는 수의 얘기만 나오면 민감해졌다. 본인은 의식하지 못했지만 이미 수의 존재가 머리와 가슴 깊이 트라우마로 똬리를 틀고 자리를 잡아버리고 말았다.

그저 밟고 지나가는 벌레로 여기던 수가 그와 동등하게 서더니 저 멀리 앞서갔다. 다시 따라잡았다고 생각할 즈음 수는 보이지 않을 만큼 더 앞서 가버렸다.

좁히면 좁힐수록 멀어지는 수와의 격차에 열등감을 느끼게 됐다.

물론 본인은 그러한 걸 인정하지 않겠지만, 다른 이의 눈에는 분명하게 그것이 보이고 있었다.

박정수는 휴대전화 목록을 뒤져 아름에게 전화를 걸었다.

긴 신호대기음이 이어졌지만 그녀는 끝내 받지 않았다.

"뭔 짓거리를 하는지 모르지만, 좋은 말로 할 때 처 받아라."

마치 코앞에 세워놓고 협박을 하듯 위협적으로 중얼거리며 연신 전화를 걸었다.

1통, 2통, 3통…….

아름은 잘나가는 여배우다 보니 당연히 스케줄이 많다. 그러다 보면 개인적인 전화를 제때에 받을 수 없는 경우가 다반사다.

그러나 박정수는 그런 걸 개의치 않았다.

받을 때까지 건다.

그는 이성을 잃고 아름에게 집착했다.

"뭘 하기에 안 받는데!"

통화가 지연될수록 박정수는 참기 힘든 화를 느꼈다.

그에게 아름은 조금 특별한 여자다. 케이블 음악방송사 사장을 아버지로 둔 그는 어려서부터 음악의 본고장 미국을 기점으로 해외 곳곳을 돌아다니며 음악을 익혔다. 아직 졸업을 하진 못했지만 버클리 음대라는 엘리트 코스도 밟고 있었다.

그런 그가 수에게 밀렸다.

열등감은 트라우마로 발전했고 어떤 식으로든 수를 밟고 일어서지 못하면 감정 조절이 어려울 정도로 집착했다.

그런 박정수에게 아름은 유일한 탈출구이자 해소였다.

그는 보란 듯이 수에게 말하고 싶었다.

봤느냐!

널 찬 여자가 내게로 왔다.

이게 너와 나의 격차이다. 이제 주제 파악이 되냐?

충무로가 기대하는 여배우로 아름이 승승장구하자 박정수의 어깨에도 힘이 들어갔다.

그런데 상황이 변했다.

자신과의 약속을 스케줄이 있다는 핑계로 깬 아름이 홍콩에서 있었던 수의 신곡 쇼케이스에 등장했다. 마치 언론에 보란 듯이 대놓고 얼굴도장을 찍는 모습을 보니 부아가 치밀었다.

본인은 자각하지 못했지만, 어쩌면 수에 대해 유일하게 우월감을 느끼고 있던 것이 바로 아름에 관한 것이었다.

한데 그마저도 잃어버리면 패배에 쩔어버릴 수밖에 없을 것이다.

그래서 그는 아름에게 집착했다.

유일하게 수에게서 이기고 있다는 기분을 느끼게 해주는 대상이 바로 그녀인 까닭이다.

수십 통이 넘는 전화 끝에 드디어 기다리고 기다리던 목소리를 들을 수가 있었다.

—여보세요.

아주 담담하면서도 무미건조한 목소리. 한 번도 그를 이렇게 사무적으로 대한 적이 없었다.

그러나 박정수는 자신의 감정을 다스리지 못해 그녀의 변한 태도를 전혀 의식하지 못했다.

"이제야 받네. 스케줄 바쁜 건 아는데, 전화 한 통 정도는 시간 빼서 받을 수 있지 않나?"

─촬영 중이에요.

"누가 그걸 모릅니까?"

박정수는 잔뜩 심통이 난 아이처럼 굴었다.

"나 지금 획 돌기 직전입니다. 홍콩 왜 갔어요?"

─말했잖아요, 화보 촬영 때문이라고.

마치 모범 답안지처럼 딱 나오는 대답에 박정수가 주먹을 말아 테이블을 세게 내려쳤다. 존중 따위는 잊어버리고 반말이 먼저 튀어나간다.

"그거 말고! 왜 이수의 쇼케이스에 갔냐고 묻는 거잖아!"

─…….

"대답 해봐, 어서! 진짜 언론의 말대로 둘이 그렇고 그런 사이야?"

그의 추궁에 돌아오는 대답은 정적뿐이었다.

짧은 침묵을 깬 건 아름의 한숨이었다.

─정말 질리네.

"뭐?"

─우리 헤어지죠. 더는 못 만나겠어요.

"지, 지금 뭐라고 하는 거야? 헤어지다니?"

박정수가 귀를 의심했다. 얼마 전까지만 해도 자신의 품에 안겨서 사랑을 속삭이던 그녀의 입에서 나온 말이라곤 믿을 수가 없을 만큼 충격적인 말이다.

　─당신이란 남자 끔찍해.

　"자, 잠깐만 기다려 봐."

　─이젠 의심까지? 최악이야.

　뚝!

　아름은 더 이상 대화를 이어나가고 싶은 생각이 없다는 듯 전화를 끊어버렸다.

　"여보세요! 여보세요! 미쳤냐? 너 제정신이야?"

　실감이 가지 않던 헤어지자는 말이 와 닿자 수화기에 대고 소리를 질렀다.

　그는 어쩔 줄을 몰라 하며 다시 통화 버튼을 눌렀다. 초조해하며 기다렸으나 아름은 전화를 다시 받지 않았다.

　"이년이 진짜! 오냐, 내가 너 아니면 여자가 없는 줄 알아? 없는 줄 아냐고!"

　박정수가 눈을 부라리며 이를 아득바득 갈았다. 흡사 자신을 가지고 놀다가 수로 갈아탄 듯 태도를 바꾼 아름을 떠올리자 자기도 모르게 말아 쥔 주먹이 부르르 떨렸다.

　굉장히 모욕적이다. 너무 불쾌해서 참을 수가 없다. 성질 같아선 당장 그녀를 찾아가 멱살이라도 잡고 싶다.

　"아니야…… 이건 아니라고."

　하지만 그러한 분노는 희석이라도 되어버린 듯 갑자기 픽 식어버렸다. 꼭 활활 타던 장작이 비를 맞아 불길을 다 잃어버린 것과 흡사하다.

그건 그가 느끼는 분노라는 감정보다 다른 더 잃기 싫은 소중한 것이 있기 때문이다.

"지가 뭘 잘했다고 큰소린데? 스캔들까지 내고…… 하지만 그게 아닐 수도 있잖아. 내가 실수한 걸 수도 있어. 왜 거길 갔느냐고 물어보는 게 순서인데……."

박정수는 신 내림 받은 무당이 떠드는 것마냥 혼잣말을 반복했다.

순간의 감정을 이기지 못하고 아름에게 화를 냈지만, 오히려 아름이 정색을 하고 헤어지자고 말하니 자신이 실수를 한 게 아닌가 돌아보게 되었다.

이런 감정의 역행이 가능한 이유는 박정수의 마음에 있었다.

"빌어먹을, 이대로 헤어진다고? 말도 안 돼. 난 이 이별을 받아들일 수 없어."

그래.

박정수는 안아름을 많이 좋아하고 있었다.

아니, 사랑한다.

적지 않은 여자를 만나봤지만 개중에 아름이 최고였다. 청순함의 화신이란 소리를 듣는 미모는 볼수록 빠져들었고, 자신에게 맞춰주는 성격은 퍼즐을 맞추듯 그를 편안하게 만들었다. 또 밤마다 돌변하는 그녀의 침대 위는 그야말로 황홀함 그 자체였다.

남자가 끌릴 만한 여자의 전부를 가지고 있다고 해도 과언이 아니다.

그래서 헤어지잔 말에 오히려 더 소심하게 반응할 수밖에 없는 것도 그였다.

"이대로 헤어지면 난 평생 후회할 거야."

박정수는 자리를 박차고 녹음실을 나섰다.

쪽팔리지만 찾아갈 생각이다.

그녀보다 사랑하는 마음이 더 크기에 손해를 보는 건 그가 될 수밖에 없었다.

2

같은 시각.

아름은 스캔들로 인해 떠들썩해진 언론을 의식한 듯 따로 마련해 둔 초호화 오피스텔에서 몸을 숨기고 있었다. 숨기고 있다는 표현을 썼지만, 정확히는 스케줄이 없는 시간을 마사지를 받거나 운동을 하며 쉬고 있다는 표현이 맞다.

"어쩜 이리도 내 생각대로 움직일까?"

아름은 소파에 다리를 꼬고 거만하게 앉아 쉴 새 없이 울려대는 휴대전화를 보았다.

떡하니 뜬 박정수라는 이름의 세 글자와 진동 소리가 지금 그녀를 애타게 찾고 있는 그의 심정을 대변하고 있었다.

"안달이 좀 나지? 아! 어쩜 남자들은 하나같이 이리도 단순할까?"

아름은 그대로 소파에 누워 버렸다. 짧은 반바지와 나시 차림의 그녀는 멍하니 천장을 올려다보며 중얼거렸다.

"딱 한 사람만 빼고 말이야."

천장에 한 남자의 얼굴이 그려졌다.

수다.

대학시절에도 그는 늘 그녀에게 거리감을 뒀다. 그러다 우연한 기회로 가까워지고 사귀게 되자 더없이 잘해줬다.

그녀의 집안이 망하고 다시 만났을 때, 수는 철저하게 선을 그었다. 만약 텐프로가 발각되지 않았다면 말을 붙이기도 쉽지 않았을 것이다.

"맺고 끊는 게 확실한 남자지. 여자가 끌릴 수밖에 없는 남자라니까."

홍콩에서 그녀는 보기 좋게 차였다.

그런데도 아름은 웃었다.

차이는 게 썩 기분이 좋진 않지만, 그 상대가 수라면 얘기가 달라진다. 도전해 볼 가치가 있는 남자, 쉽게 얻지 못하는 걸 얻었을 때의 성취감은 무엇과도 비교가 되지 않는다.

"그래 봐야 안 될걸? 나만큼 이수, 너란 남자를 잘 아는 여자가 또 있겠니?"

아름은 테이블 옆에 타다 놓은 에이드를 홀짝였다. 시원한 탄산이 그녀의 성격만큼이나 톡톡 입안에서 쏘아댄다.

"K팝스타들 생방송 무대에서 날 보며 놀랄 네 얼굴을 생각하니 벌써부터 기대되네."

아름은 이미 손을 써뒀다. 따로 K팝스타들 제작진과 소속사가 얘기를 나눴고 특별 참가 자격으로 현장 객원 MC를 맡아 진행하기로 이야기가 끝난 상황이다.

서프라이즈 이벤트로 언론에 알리지도 않고 암암리에 진행된 까닭에 관계자 중에서도 극소수만이 알고 있다.

"넌 계속 까. 난 계속 들이댈 거니까. 넘어오나 안 오나 보자고."

질리도록 남자를 경험해 봤기에 아름은 자신했다.

지금의 이 팅김과 밀어냄이 진심일지라도 수는 자신에게 넘어올 것이다.

왜?

남자는 그런 족속이니까.

희대의 미녀와 만나면서도 평범하기 그지없는 여자와 바람을 피우는 게 본능인 종족이 바로 남자란 걸 알기 때문이다.

박정수의 집착 어린 전화가 딱 끊겼을 때다. 한 통의 문자가 도착했다.

누구에게서 온 것인지 알기에 그녀는 담담하게 문자메시지를 확인했다.

─진성그룹 황진국 이사님 접대. 오늘 저녁 8시 청담동 요정 가시나무.

"스캔들이 터진 날 접대라…… 좀 별로긴 한데, CF를 생각하면 가야겠지?"

싫어할 법도 하건만, 아름은 미소를 잃지 않았다. 그에게 남자는 그저 비즈니스를 위한 상대에 불과할 뿐, 그 이상 그 이하도 아니기에.

3

쇼케이스가 끝났음에도 숨 돌릴 틈도 없이 바쁘게 하루가 돌아갔다.

생방송을 앞둔 K팝스타들 출연자들을 일일이 봐주며 조언을 해주느라 적지 않은 시간을 소비했다.

"다 좋은데, 몰입이 너무 과해. 감정 과잉은 네가 경계해야 할 1순위야."

조혜진은 묵묵히 고개를 끄덕였다.

최근 트레이닝을 통해 많은 발전을 이뤘다. 특히 약점이라고 지적받았던 감성 부분에서 미비하게나마 전달이 가능해지고 있었다. 그야말로 장족의 발전이다.

"지호는 기초가 많이 좋아졌어. 이때가 중요해. 당장 기교를 넣고 무대에서 잘하겠단 생각에 무리를 하면 배운 걸 다 잊어버려."

"무슨 말인지 알겠어요. 무리 안 할게요."

변지호도 수긍하고 받아들였다.

흔한 소리, 가창력이 부족하다는 평가를 듣던 그는 기초를 다지게 되며 몰라보게 달라졌다. 소리의 이음이 매끄러워지고, 소리가 막힘없이 흘러나오자 그 자체만으로도 곡에 집중력을 갖게 되었다.

이럴 때 괜히 무대에서 잘하겠다는 압박감에 사로잡히면 옛 버릇이 불쑥 튀어나오게 된다. 그게 버릇과 습관의 무서운 점이다. 앞으로도 노래를 할 때면 머리로 인지하고 조심해야만 한다.

그 뒤로도 전효주, 임한울을 차례차례 돌아가며 조언을 해 줬다.

또 수는 시간을 내서 중간 점검도 직접 했다.

국내 최고의 보컬트레이너들과 기획자들이 머리를 맞대 선곡하고 무대를 준비한 만큼 현역 가수들 못지않게 완성도가 높았다.

"굿! 이 정도면 시청자들이 까무러치겠는데?"

수도 자신감을 보였다. 그만큼 훌륭하게 곡을 소화해 냈으며 괄목상대의 발전을 보였다. 이들의 발전에 이바지한 공이 큰 수로서는 흐뭇할 수밖에 없다.

점검을 마친 수는 대표실로 향하기 위해 계단으로 걸음을 뗐다. 승강기가 있지만 일부러 계단을 이용했다. 요새 스케줄에 쫓기느라 운동을 할 시간이 턱없이 부족해져 틈틈이 이런 식으로나마 몸을 움직이고자 했다.

"하…… 오늘처럼 떨리는 정산일은 또 처음이네."

중얼거리는 수의 얼굴에 기대감이 잔뜩 서렸다.

정산일!

세 달에 한 번 스카이블루가 수익을 배분하여 수에게 정산금을 지급하는 날이다.

보통 매출내역표와 함께 통장에 자동으로 돈이 입금된다.

이미 수는 몇 차례 정산을 받은 바 있다. 그간 수령한 액수만 무려 50억에 육박한다. 상류층이라고 불러도 좋을 만한 부를 단시간에 축적한 것이다.

"아무래도 액수가 달라서 그런가?"

오늘 수가 이렇게 기대하는 데는 그만한 이유가 있다. 대학 시절을 고려하면 상상도 못할 거액을 쥐었고, 더 이상 금전적으로 부족하지 않지만 오늘만큼은 정산될 액수에 신경이 많이 쓰였다.

왜 그러냐고?

그 액수가 상상도 못할 만큼 큰 까닭이다.

스카이블루의 한국지부 창업 공신인 수를 위해 신곡 발표와 동시에 벌어들인 수입을 선지급해 준다고 공언한 것이다.

거기에 CF 촬영과 각종 상품, 그리고 팬미팅, 음원 판매, 동영상 조회수 등 앞서 정산되지 못한 금액도 일시에 지불된다고 했다.

그 액수를 정확하게 얘기해 주진 않았으나, 너무 큰 만큼 장위안 대표를 직접 만나 이야기를 듣기로 했다.

똑똑.

여비서가 대표실을 노크해 수의 도착을 알렸다.

"이사님 오셨습니다."

"들어오라고 하세요."

여비서가 비스듬히 열어준 문틈으로 수가 몸을 집어넣었다.

"오셨어요? 이쪽으로 앉으세요."

수와 장위안 대표가 테이블을 사이에 두고 대각선으로 앉았다.

"흐흐."

"왜 웃으십니까?"

"왜긴요, 그저 부러워서 웃지요."

장위안 대표가 실없는 사람처럼 살살 웃었다.

"그만 놀리시고 정산 얘기나 하죠."

"아! 하긴, 엄청 궁금하실 텐데 시간 끌면 안 되죠. 제가 잘못했네요."

수는 고개를 절레절레 저었다.

도대체 정산액이 얼마가 나왔기에 골려먹으려고 저리도 능글맞게 구는지 자못 궁금했다.

장위안 대표가 테이블 위로 매출내역표를 내밀었다.

"이게 그간 수 씨가 벌어들인 수입이에요. 3개월치고요. 추가적으로 대표님 특명으로 신곡 '그저, 사랑해' 발표로 벌이들인 쇼케이스 수익, 상품 판매 수익, 음원 수입까지 예측 계산해서 책정했습니다."

수는 끄덕이며 매출내역표를 쭉 넘겨보았다.

날짜를 기준으로 음원, 공연, 활동, CF 등 소분류로 나뉘어 있었는데 그 끝에 실매출과 스카이블루 측과 수의 수익분배금이 따로 기재되어 있었다.

"제가 다 잘하는데, 유일하게 셈에 약해서요. 또 믿고 하는 일인데 일일이 봐서 뭐하겠어요? 실입금액만 알고 싶네요."

"역시, 월드 스타는 스케일이 다르네요. 자잘한 거에 신경을 쓰지 않다니."

"하…… 그만 좀 놀리세요."

수가 질린다는 듯 한숨을 푹 내쉬었다. 최근 사이가 가까워질수록 능글거리는 장위안 대표 때문에 여간 골머리를 썩는 게 아니었다.

'예전처럼 사무적이고 무뚝뚝한 장 대표님이 그립네.'

그러나 어쩌겠나. 알았다고 말을 하면서도 장위안 대표의 행동은 바뀔 기미가 보이지 않는걸.

"그러실 줄 알고 맨 뒷장에 총매출액과 수 씨에게 입금될 정산액을 따로 기입해 뒀습니다."

"그래요?"

수는 눈으로 대략의 매출 내역만 훑어보고 맨 끝장까지 넘겼다. 그의 말대로 한눈에 알 수 있게 모든 정산 관련 액수가 깔끔하게 정리되어 있었다.

"실입금액이 저한테 들어오는 돈인가요?"

"네."

수가 실입금액 항목을 찾아서 확인했다. 몇 개인지 셀 수도 없이 적힌 숫자의 향연을 뒤에부터 세어 들어갔다.

'일, 십, 백, 천…… 억, 십억, 백억?'

수는 잘못 본 게 아닌가 싶어 눈을 비볐다.

다시 처음부터 액수를 확인했다. 행여 또 실수하지 않을까 싶어 첫 자릿수부터 손가락으로 짚어가면서 확인했다.

"배, 백팔십삼억? 내가 잘못 본 거 아니죠?"

"저런! 수에 약하시다더니, 옆에 한글로 써드릴걸 그랬네요. 정확히는 183억 8,253만 원 정도네요."

"……"

수는 할 말을 잃었다. 입에 지퍼라도 채운 듯 좀처럼 떨어지질 않는다.

'정말 이게 입금액이라고?'

마음속으로 몇 번이고 질문을 던지며 의문을 표했다.

183억이라니.

정말 상상도 못 했던 액수다. 앞서 몇 차례에 걸쳐 정산받은 50억에 비교하면 경악스러울 정도로 매출이 늘은 셈이다.

더 나아가서 이 액수를 벌어들일 수 있게 한 중화권의 스케일에 놀랐다.

'일본에서 톱 인기를 찍은 그룹이 대략 이 정도 벌었다고 들었는데…… 엔화의 가치를 감안해도 중화권 인구수를 넘을 순 없다는 건가?'

왜 사람들이 중국, 중국 노래를 부르며 어떻게든 진출하려

고 하는지 조금은 알 것 같았다. 국내 시장만이라면 감히 짐
작도 할 수 없는 매출을 올리는 게 중국 시장에선 가능했다.

돈의 스케일 자체가 다르다고나 할까?

장위안 대표가 말했다.

"이해를 돕기 위해 슬쩍 한마디 보태자면 183억 맞습니다.
오후에 입금될 거고요."

"큰돈이네요."

"큰돈은 앞으로도 입금될 겁니다. 이 정도 액수는 드물겠
지만 꾸준히 30억 정도는 매달 입금될 거예요. 그러니까 재테
크 잘하세요."

수야 K팝스타들 출연자 점검을 위해 회사를 찾았다지만
장위안 대표는 굳이 토요일인 오늘 출근을 할 이유가 없었다.
그저 수에게 이 소식을 전해주고 생색을 내며 놀려주고자 나
온 것이다.

"그것도 그거고 한 가지 드릴 말씀도 있습니다. 저번처럼
통장 세 군데에 나눠서 입금해 드릴까 하는데, 이 액수에서
세금을 공제해야 되는 거 알고 계시죠?"

"네, 알고 있습니다."

"실은, 그 세금 관련해서 물어볼 말이 있습니다. 정산일을
조금 늦추면 편법으로 세금 액수를 좀 낮출 수 있는데, 어떻
게, 생각 있으신가요?"

장위안 대표의 말이 조심스러웠다. 이대로라면 수는 세금
폭탄을 맞게 된다. 최소 20억 이상이다. 어쩌면 40억에 육박

하거나, 그 이상일 가능성도 농후하다.

그러다 보니 수를 위해서 조금의 편법을 이용해 세금을 낮추는 방법을 제의한 것이다.

"편법이란 게, 탈세인가요?"

"음, 아니라곤 말 못 하겠네요. 다는 아니지만 상당수는 그러니까요."

"아뇨. 그냥 다 내주세요."

수는 단호하게 선을 그었다. 뉴스를 보다 보면 탈세 혐의로 잡혀 들어가는 재벌이나 연예인이 한 달에 한 번씩은 꼭 나온다. 그럴 때면 돈을 저리 많이 벌고도 세금이 뭐가 아까워서 요리 빠지고 저리 빠지려는지 이해가 가지 않았다.

'내가 버는 만큼 내는 게 당연해.'

이 부분에선 타협을 하고 싶지 않았다. 또 이런 생각을 갖는 스스로가 대견했다.

'꼭 이러니까 애국자가 된 기분이네.'

본인이 생각하고도 웃긴지 픽 하고 웃어버렸다.

"잘 생각하셨어요. 저도 이런 말 드리긴 싫었지만 몇몇 소속 연예인 중에는 세금 다 내는 걸 극도로 싫어하는 부류도 있거든요."

"그래요? 전 모두 납세해 주세요."

장위안 대표가 만족스럽게 고개를 끄덕였다.

차후 탈세 혐의가 씌워지기라도 하는 날엔 득보다 잃는 게 더 많다. 특히 지금처럼 수의 이미지가 상한가를 달리는 시기라면 더하다. 탈세라는 딱지가 붙게 되면 그 타격은 직격타일 테니까.

세금도 적지 않은 돈이지만 더 큰 것을 위해 감수하는 수가 대견스러웠다.

"그러고 보니 따로 자산 관리사 두어야 하지 않겠어요?"

"고민은 드네요."

수긍이 가긴 했지만 딱히 그 말에 응하진 않았다.

이 정도 액수라면 따로 자산 관리사를 두어 재테크든 투자든 여러 면에서 볼 때 전문가에게 맡기는 게 낫다. 그러나 그리되면 단점이 발생하는데 돈의 유동성이 현저히 줄어든다는 것이다.

'애초의 계획은 복지재단 설립이었는데, 이 돈이면 충분히 하고도 남고.'

수에게 찾아온 기적을 똑같이 기적으로 누군가에게 베풀고자 했다. 이미 사업 계획까지 다 나온 상황이었으며, 자금 출연 이후 본격적인 설립을 눈앞에 두고 있었다.

'사정이 생겨서 미루게 됐지.'

수의 말대로 복지재단 설립은 연기됐다. 그것도 무기한으로.

자본금도 충분한 마당에 뭐가 문제냐고 하겠지만 수 입장에서는 어쩔 수 없는 선택이었다.

'푸드케어 인수.'

그래.

수가 최우선적으로 고려하고 있는 란커그룹의 계열사 브랜드인 푸드케어의 인수다.

이미 지난번 만남을 통해서 리밍 회장의 매각 의지를 확인한 이상 어떤 식으로든 푸드케어가 다른 회사에 매각되는 걸 막아야 하는 입장이 되었다.

장 대표와 대화를 마친 수는 이사실로 자리를 옮겼다.

의자에 등을 기대고 앉은 수가 전화를 건 상대는 다름 아닌 류시시다.

"저예요. 그 일은 알아보셨어요?"

─네, 생각보다 상황이 좋지가 않아요. 매매가가 생각 이상이에요.

수도 예상했던 일이다. 힘을 쓰지 못하는 분유업계에서 유일하게 선방을 하며 점유율을 늘려가고 있는 브랜드가 푸드케어다. 여러모로 검토해 보아도 투자 가능성이 높다 보니 다른 기업들도 눈독을 들일 게 당연하다.

"대략적인 매입 낙찰가는 알아보셨어요?"

─아마 한화로 치면 천억 수준일 거 같아요.

"……생각보다 높은 액수군요."

수의 표정이 어두워졌다. 정산금을 보탠다고 해도 인수 가능 액수를 고려하면 턱없이 부족하다.

─도모에 쪽도 반응이 시원찮아요. 호의적으로 대하긴 하는데, 뭐랄까…… 자기 패를 보여주지 않아요.

"그쪽도 쉽진 않군요."

―어쩌죠? 이대로라면…….

그녀가 뭘 걱정하는지 알고 있다. 자금이 부족하다면 인수에 나설 수 없으며, 인수에 나선다고 하더라도 승패는 불 보듯 뻔하다.

한참을 침묵하던 수가 중얼거렸다.

"아무래도 그분을 만나봐야겠네요."

―그분이요?

"제가 또 연락드리겠습니다."

수는 거기까지 말하고 전화를 끊었다. 아직 정해지지 않은 얘기를 괜히 꺼낼 필요는 없으니까.

휴대전화를 집무 탁자에 내려놓은 수의 눈이 깊어졌다. 서재를 응시하는 수의 눈동자에 한 여자의 얼굴이 어리기 시작했다.

"문 대표님을 만나봐야겠어."

청담마녀.

그녀라면 가능할지도 모른다.

Chapter 9

1

　느지막한 저녁.

　서울에 위치한 모 대학교 공개홀에 삼삼오오 모여든 관객
이 어느새 인산인해를 이뤘다.

　어림잡아도 몇천 명에 육박하는 관객은 오늘 이곳에서 있
을 예정인 K팝스타들 생방송을 관람하기 위해 거리를 가리지
않고 찾아왔다.

　그래.

　오늘 K팝스타들 생방송이 이곳에서 있을 예정이다.

　선출된 톱 12는 소속사에 관계없이 이 무대에서 선의의 경
쟁을 펼치게 될 것이다. 그리고 그 결과 무려 세 사람이 오늘
무대를 마지막으로 K팝스타들을 떠나게 된다.

잔인하지만 어쩔 수 없다. 그것이 서바이벌 오디션 K팝스타들의 룰이니까.

"입장 시작하겠습니다!"

공개홀 야외까지 길게 늘어선 관객들을 향해 스태프가 있는 힘껏 소리쳤다.

지정 좌석제가 아니라 선착순으로 진행되다 보니 맨 앞줄에 앉기 위해 이른 시간부터 공개홀을 찾아 대기하고 있던 관객도 꽤 됐다.

긴 시간을 기다렸던 그들에겐 출입을 알리는 스태프의 외침이 반갑기 그지없었다.

"누가 1위 하려나. 우리 내기할래?"

"할 거 있어? 난 에이미. 이건 애초에 게임이 안 돼."

"난 이하나! 들을수록 노래가 좋은 것 같아."

잠시 화장실을 다녀온 친구 하나가 말을 보탰다.

"근데 스카이블루에 캐스팅된 참가자들도 기대되지 않아?"

"앗! 깜빡했네. 영상 뜬 거 보니까 장난 아니게 늘었긴 하더라."

"에이! 그래도 우승하긴 역부족이지. 난 무조건 에이미."

"아니지, 어차피 우승은 이수 아니냐!"

"그러네?"

생방송 라운드의 순위를 예측하며 공개홀에 입장하는 여대생들의 표정엔 기대감이 넘실거렸다.

반면, 관객 입장을 시작한 공개홀과 달리 무대 뒤의 대기실은 긴장감으로 가득했다.

소속사별로 세 군데로 나누어둔 대기실에서는 리허설을 마친 참가자들이 양손을 비비며 자기 나름대로 긴장을 풀기 위해 애쓰는 중이었다.

스카이블루라는 메모가 붙은 대기실 안.

"밖에 관객들 장난 아니더라고요. 기죽어요, 언니."

"기죽지 마. 수 쌤이 했던 말 기억 안 나? 즐기자."

연륜도 있고 길거리 공연 경험도 있어 사정이 좀 나은 전효주가 동생인 조혜진을 격려했다.

"더도 말고 덜도 말고 오늘 탈락만 안 했으면 좋겠어요."

"그렇게 될 거야."

출연자들은 그렇게 저마다의 방식으로 다독이며 생방송 무대를 기다렸다.

그 시각.

모든 메이크업을 마친 수는 누군가와 통화를 나누고 있었다.

"네, 대표님. 내일이요? 알겠습니다. 그러면 사무실에서 뵙는 걸로 하겠습니다."

뚝 전화를 끊은 수는 짧게 한숨을 쉬더니 천장을 올려다봤다.

"뮤 대표님에게 손 내밀고 싶진 않았는데……."

수의 표정은 썩 밝지 않았다.

방금 전의 전화 상대는 문채원 대표. 아무래도 그녀에게 도움을 청해야 하는 게 마음에 걸렸다.

"아서라, 왜 내 마음대로 도와줄 거라고 판단하냐? 문 대표님한테 거절당할 수도 있잖아. 크게 기대는 하지 말자."

그리 마음을 고쳐먹고 곧 시작될 스탠바이를 기다리고 있을 때였다.

똑똑.

노크 소리에 옆에서 대기하고 있던 매니저 승원이 대신 대답했다.

"네!"

"으차!"

동시에 수도 소파에서 일어났다. 큐 사인이 떨어지기 전에 심사위원석으로 나갈 참이다.

끼이익.

그때 조용히 대기실 문이 열렸다.

스탠바이를 알려주기 위해 찾아온 FD일 거라는 예측과 달리 전혀 다른 인물이 방문했다.

"……!"

못 볼 것을 본 듯 수의 동공이 크게 확장됐다.

대기실을 찾아온 뜻밖은 인물은 바로 아름이다. 그것도 촉촉함을 머금은 순백의 화장에 간소하지만 더 없이 우아한 드레스 차림이었다.

여길 올 거라곤 정말이지 상상도 못 했던 인물의 등장에 수는 놀람을 감추지 못했다.

"네가 왜 여기에?"

아름이 미소를 지었다.

"또, 또. 인사하러 온 친구한테, 꼭 그리 남처럼 굴어야 해?
친근하게 아는 척해 달라고."

"너⋯⋯."

수는 낮게 그녀를 부르며 눈을 직시했다. 어찌 된 영문인지
묻는 눈길이다.

아름은 그저 웃기만 할 뿐, 쉬이 대답을 하지 않고 고개를
돌렸다.

그녀와 눈이 마주친 매니저 승원이 선녀라도 본 듯 황홀한
표정을 말을 더듬었다.

"와, 시, 실물이 훨씬 예쁘시네요."

"칭찬 고마워요. 이 사람 매니저죠? 앞으로도 잘 부탁드려
요."

"네? 네, 아무렴요. 당연한 말씀을. 헤에."

아름의 미소에 사르르 녹아 버린 승원이 헤픈 웃음을 흘렸
다. 본인도 이러면 안 된다는 걸 인지했지만 마주 보고 있자
주체가 되지 않았다.

"아! 나 여기 왜 있냐고 물었지? 나 오늘 객원 MC 맡기로
했어."

"뭐?"

"뭘 그리 놀라? 소속사에서 진행한 얘기라 나도 엊그제서

야 알았는걸. 처음엔 좀 그랬는데, 와보니 좋네? 겸사겸사 네 얼굴 한 번 더 볼 수 있고."

"……."

환하게 웃는 아름을 앞에 두고 수는 입을 다물어 버렸다.

'저 말이 사실일까?'

사람을 의심하는 버릇은 좋지 않다. 그런데 끈덕지게 우연처럼 마주치게 되는 아름을 보고 있으면 그녀의 모든 말이 믿어지지가 않았다.

'너무 완벽한 거짓말. 그래서 더 수상한 마음이 들어.'

의심은 가지만 증거는 없다. 수는 더는 묻지 않고 덮었다.

"그랬구나."

"또 퉁명스럽게 군다. 그냥 온 거니까, 싫은 티 그렇게 내지 말지?"

아름은 허리에 살짝 손을 얹곤 눈을 흘겼다.

"헉!"

옆에 있던 매니저 승원이 숨이 멎을 듯 크게 헛숨을 들이켰다. 새침하게 눈을 치켜떴을 뿐인데, 감당하기 버거운 미모에 그만 흠뻑 빠져서 헤어 나오질 못했다.

"재미없어. 좀 환영해 주면 어디가 덧나? 흥! 나 갈게. 심사 잘하고."

"너도."

막 몸을 돌리려던 그녀가 뭔가 생각이 난 듯 멈춰 섰다.

"어? 너 머리에 그거 뭐야?"

"머리?"

수가 뭐가 묻었나 싶어 거울을 보며 찾아봤으나 별문제가 없어 보였다.

"아무것도 없는데?"

그리 반문을 하던 때, 아름의 손길이 그녀의 머리 위에 눈송이처럼 앉아 있던 먼지를 집어냈다.

"여기 있지?"

"그러네. 고맙다."

"고맙다는 말 들으려고 한 말은 아닌데…… 욕심 생기네. 고마우면 그거 줘."

"뭐?"

주다니.

겨우 먼지 떼어내 주고 뭘 달라고 하는 건지 싶을 때였다.

쪽.

아름이 자신의 검지와 중지에 키스를 하더니 그대로 수의 입술에 가져다댔다.

너무 순식간에 일어난 일이라 어안이 벙벙하게 있던 수의 표정이 삽시간에 굳어져갔다.

"너 이게 뭐하는……."

"행운의 키스야. 오늘 잘하라고."

수의 기분 따위는 생각도 하지 않은 행동을 저지른 아름은 그대로 몸을 돌렸다.

문고리를 잡고 선 그녀가 멈춰 서더니 희미하게 떨리는 음성으로 중얼거렸다.

"너무 힘들어서 딴생각이 들었는데, 우연이더라도 너 보니까 기운이 좀 나네. 고마워."

마음 짠하게 말을 남긴 그녀가 작별을 고하며 대기실을 휙 나가 버렸다.

"이사님, 너무 부럽습…… 헙."

그 모습을 넋 나간 듯이 보고 있던 승원이 자기도 모르게 중얼거리다가 입을 다물었다. 살벌하게 가라앉은 수의 표정에서 심상치 않음을 느낀 것이다.

"어쩌라는 거지?"

그녀가 어떤 마음을 먹고 어찌 굴든 수는 신경 쓰지 않았다. 그런데 이런 식으로 자꾸 자기를 걸고넘어지는 행동이 이어지자 짜증을 넘어선 불쾌함마저 들었다.

"저 이사님, 아까 아름 씨가 나가기 전에 한 말이요. 우울증 같지 않았어요? 힘드셔서 안 좋은 생각을 많이 하신 것 같던데……."

눈치를 살피던 승원이 조심스럽게 운을 떼었다. 아름이라는 여자를 브라운관을 통해서만 보고 실제 만난 건 오늘 처음이지만 그녀가 남긴 뒷말이 자꾸 귀에 맴돌며 걱정이 가는 모양이다.

"그럴지도 모르죠."

돌아오는 수의 대답은 퉁명스럽다. 과거의 연인이 남보다 못하다곤 하나, 이건 그 이상의 반응이다.

"조금은 신경 써주시는 게······."

"아뇨. 자기가 알아서 잘할 겁니다."

다른 사람은 몰라도 수는 안다. 안아름이라는 여자가 어떤 여자인지.

절대 손해 보는 일을 하지 않으며, 자신의 가치를 잘 알고 그걸 이용할 줄도 안다. 그만큼 스스로를 소중히 여기고 결코 소홀히 여기는 일이 없다.

잠시 소란이 지나고 나자 드디어 기다렸다는 듯이 FD가 대기실을 찾았다.

"대기해 주세요!"

수는 성가신 모든 것을 머릿속에서 지워 버리고 소파에서 일어섰다. 조금 전까지만 해도 갖가지 감정이 깊이 스며들어 있던 눈동자에서 잡념이 사라져 버렸다. 눈동자에는 오로지 오늘 녹화와 참가자들의 가능성을 읽어 더 나은 심사를 하기 위한 집중력만이 가득했다.

"그 녀석들이 시청자들을 얼마나 놀래줄지 기대해 보자고."

2

공개홀은 발 디딜 틈도 없었다. 좌석은 만석이 된 지 오래고 관객석 뒤편에 따로 마련된 장소에는 서서라도 생방송을 보고 싶은 이들이 콩나물시루처럼 빽빽이 모여들었다.

모든 준비가 끝나자 마침내 정우 PD의 사인에 맞춰 생방송이 시작됐다.

매 시즌마다 진행을 맡은 정현무가 오늘도 마이크를 쥐고 오프닝 멘트에 나섰다.

"대한민국이 주목하는 서바이벌 오디션 K팝스타들. 그 첫 생방송 무대가 막을 올렸습니다. 저는 오늘 MC를 맡게 될 정현무입니다!"

사소한 말실수도 방송 사고가 될 수 있는 상황이지만 정현무는 입에 기름칠이라도 한 듯 수월하게 진행을 이어갔다.

"많은 시청자분이 기다려 준 오늘 톱 12의 무대가 몹시 기대되는데요? 오늘의 주인공들을 소개하기에 앞서 심사위원 세 분을 소개해 드리겠습니다! 박수로 맞이해 주세요!"

정현무가 화려하게 피날레를 하듯 손을 쫙 뻗으며 정면에 위치한 심사위원석을 가리켰다.

그러자 기다렸다는 듯이 카메라가 심사위원석을 앵글에 담으며 무대 뒤편에 설치된 대형 스크린에 세 사람의 모습을 내보냈다.

"양태석 심사위원님, 참가자들에게 한 말씀 해주시죠."

지목을 받은 양태석이 마이크를 집었다.

"어…… 오늘을 위해 이를 간 걸로 압니다. 잘하려고 하기보단 편안한 마음으로 어…… 좋은 결과 있기를 바랍니다."

생방송은 방송에 익숙한 양태석도 말을 더듬거린다.

이어서 박준형 차례다.

"이 무대를 너무도 오고 싶어 했던 참가자들인데요. 아쉽게도 오늘 몇 명은 떨어지게 되죠? 후회를 안 남겼으면 좋겠어요. 그게 다예요."

마지막 차례는 수다.

지목을 받아 마이크를 쥐자마자 공개홀이 떠나가도 남을 만큼 큰 함성과 환호성이 벼락처럼 지축을 흔들었다. 그 정도가 도를 넘어선지라 스태프뿐만 아니라 두 심사위원마저도 멍할 지경이다.

유일하게 수만이 이런 환영인사에 익숙한 듯 차분하게 말을 이었다.

"짧게 말하겠습니다."

수가 호흡을 골랐다. 다시 차분하게 입을 열었다.

"오늘 여러분이 이 자리까지 오가며 써내려 온 모든 게 기적입니다. 지금 모습 그대로도 당신들은 훌륭한 싱어(Singer)입니다."

사람들이 바라는 건 희망.

그리고 기적.

K팝스타들 생방송 무대에 진출한 톱 12가 보여준 드라마 같은 여정만으로도 시청자들은 희망을 보고 기운을 얻었다. 그것만으로도 그들은 대단한 가수임을 수는 꼭 알려주고 싶었다.

수가 미이크를 내려놓자 본격적인 K팝스타들 생방송 경연의 시작을 알리는 축포가 터졌다. 그 외에 각종 레이저 효과까지 더해지며 현란함을 선보였다.

'허! 화려해진 거 보소. 일 년 새에 슈퍼스타Z는 구닥다리가 된 느낌이네.'

수는 단순히 시간이 지나 더 무대가 발전한 거라고 느꼈다.

하지만 실상은 시청률이 이 모든 무대 장비를 가능케 했다. 광고가 완판되는 것도 모자라 회를 거듭할수록 연신 시청률을 갱신했다.

거기에 스카이블루의 어마어마한 지원까지 더해지자 연출자 입장에서 가장 골머리를 앓는 부분인 제작비에서 자유로워졌다.

그 결과가 이거다.

서바이벌 오디션 역사상 유례를 찾아볼 수가 없는 무대와 비교를 거부하는 최고급 음향 시설까지 갖출 수 있었다.

"자, 톱 12의 소개에 앞서 시청자 여러분이 깜짝 놀랄 분을 소개해 드리겠습니다. 제작진이 비밀에 부친 까닭에 저도 오늘에서야 알게 된 사실…… 청순미의 화신, 여배우 안아름 씨를 객원 MC로 모시겠습니다!"

타이밍에 맞춰서 앞줄 관객들 사이에 자리 잡고 있던 아름을 카메라가 비췄다.

대형 스크린에 등장한 미모의 아름을 확인한 남자 관객들이 미친 듯이 열광하며 조금이라도 실물을 보기 위해 몸을 이리저리 틀었다.

"안녕하세요, 배우 아름이에요. 꼭 오고 싶었던 K팝스타들 생방송 무대에 초청을 받아서 영광이에요. 막상 여기 서 있으니 무대에 서게 될 참가자분들이 얼마나 긴장될지 조금이나마 알겠네요."

그녀의 소개가 끝나기가 무섭게 심사위원석을 사이에 두고 정현무가 질문을 던졌다.

"심사위원분들도 아름 씨가 MC인 줄 몰랐다면서요?"

"네, 저도 어제서야 알았답니다. 덕분에 이런 영광스러운 자리에도 서고 너무 기쁘네요."

남자 관객들은 입을 헤 벌리고 넋을 놓았다. 꼭 생각지도 못한 횡재수를 올린 듯 푹 빠졌다.

"기쁘다니 저도 기쁘긴 한데…… 혹시 오늘 오신 이유가 스캔들의 주인공이신 이수 심사위원님 때문은 아니시죠?"

수의 표정이 싹 굳어졌다.

아름이 객원 MC를 보는 것도 기분이 상하는데, 생방송 무대에서 어울리지 않는 저런 질문을 하는 정현무가 납득이 가았다.

'생방송에서 정현무 씨가 생각 없이 멘트를 칠 리가 없어. 작가가 대본을 쓰고 정PD님이 검수했을 거야. 그리고 아름의 동의도 얻었을 거고.'

단순해 보이는 대화지만 그렇지가 않다. 이 대화가 오가고 생방송으로 송출이 되기까지 적지 않은 사람의 동의와 검수가 필수적으로 따라붙게 마련이다.

즉, 소속사와 제작진 간에도 이 언급이 합의가 되었다는 의

미다.

수는 대형 스크린에 교차로 뜨는 아름을 빤히 쳐다봤다.

'더는 안 되겠다. 내 나름대로 조치를 취해야겠어.'

무시가 답이라고 생각했다. 그런데 그게 아닌 거 같다.

좀 더 강하게 어필을 하거나, 그래도 이런 식으로 제멋대로 군다면 제재를 가할 것이다.

아름이 빙긋 웃었다.

그녀는 수의 언급에도 불편한 기색이 전혀 없어 보였다.

"어떻게 아셨어요?"

"오! 그 말씀은?"

"내 님 보러 온 거라고 말씀은 드리고 싶지만, 전 이 자리에 참가자분들의 쟁쟁한 무대를 보고자 왔답니다."

"후우."

잔뜩 기대했던 정현무가 안도의 한숨을 내쉬는 시늉을 했다.

"천만다행이네요. 아무리 이수 심사위원이라지만, 안아름 씨가 커플이 되시면…… 대한민국 남자들은 운답니다."

아름이 미소를 잃지 않았다.

"이쯤하고 생방송 1라운드 규칙을 시청자분들께 설명드리 겠습니다. 전 시즌에 비해 점수의 비중이 바뀌었는데요. 대국 민문자투표로 50점, 심사위원 점수 50점으로 도합 100점으로 점수가 매겨지게 됩니다."

작년 시즌과 비교해 룰의 변경점이 특히 눈에 띄었다. 주목할 점은 바로 심사위원 반영점수가 30점에서 50점으로 대폭 인상되었다는 점이다.

'대국민문자투표가 팬 투표라는 말들이 많아서겠지.'

충분히 이해할 수 있는 대목이다.

수가 참가했던 슈퍼스타Z만 해도 박정수의 외모에 열광한 여성 팬들로 인해 대국민문자투표가 폭주한 전례가 있다.

"마지막으로 하나 더, 이번 시즌부터 공정성을 기하기 위해 각 심사위원 소속사에서 트레이닝을 받은 참가자의 공연에 해당 심사위원은 심사에 참여할 수 없습니다. 즉, 점수에 반영이 안 된단 말이겠죠?"

이 역시 바뀐 부분이다. 팔은 안으로 굽는다고, 해당 소속사에서 트레이닝을 받은 참가자에게 심사위원의 마음이 기우는 부분이 있게 마련이다. 그걸 미연에 차단하고자 함이다.

"자! 그러면 이쯤하고 톱 12의 영상을 봐볼까요?"

말이 끝나기가 무섭게 무대뿐만 아니라 관객석을 비추던 조명까지 일제히 꺼졌다.

유일하게 발광하는 대형 스크린을 통해 그간 톱 12의 일상적인 모습이 보였다.

한 공간에 모여 소소한 이야기를 나누더니 제작진이 등장하여 미션을 주는 장면부터 본격적으로 이야기가 담겼다.

―이번 생방송 1라운드의 미션 주제는 가장 잘 부를 수 있는 곡입니다.

미션곡이 공개되자 이어서 바로 생방송 무대 순서를 뽑기 위한 추첨이 시작됐다. 저마다 희비가 엇갈리는 추첨 속에서 무대 순서까지 정해졌다.

그리하여 첫 번째로 무대에 오르게 될 참가자는 우승 후보 0순위 에이미로 결정이 났다.

'첫 무대부터 에이미 양이라…… 뒤에 참가자들이 부담되겠는걸?'

워낙 압도적인 가창력을 지닌 에이미다 보니 비교가 될 수밖에 없다.

첫 무대부터 관객을 압도해 버리면 뒤이어 무대에 서게 될 참가자들이 묻힐 공산이 큰 까닭이다.

'얼마나 발전했는지 기대가 되네.'

박준형이 대표로 있는 다다를 선택한 에이미가 트레이닝을 받으며 생방송 무대를 준비하는 과정이 짧게 영상으로 보여졌다.

주목할 점은 에이미를 직접 트레이닝한 박준형의 인터뷰다.

"와…… 서프라이즈! 에이미 양은 더 가르칠 게 없어요. 이 그자체로 완성된 싱어예요. 제가 옆에서 해줄 수 있는 건 고작 그의 음악이 자리를 잡을 수 있도록 하는 게 다예요."

박준형은 특유의 황홀한 표정으로 에이미에 대한 칭찬을 늘어놓았다. 조금 과하다는 생각이 들기도 했지만 그가 느끼기 그렇기에 어느 누구도 토를 달지 않았다.

오히려 박준형의 극찬을 받은 에이미가 실전이나 다름없는 생방송 무대에서 어떤 무대를 보여줄지 자못 기대가 됐다.

영상이 끝나며 암전되어 있던 공개홀에 다시 조명이 켜졌다.

심사위원을 포함한 관객들이 영상에 온 정신이 쏠린 사이 무대 위에서는 채비를 마친 에이미가 뒤돌아선 채 우월한 몸매를 과시하듯 힙을 우측으로 빼고 서 있었다.

딱, 딱, 딱.

그녀의 쭉 뻗은 손가락이 튕기는 박자에 맞춰서 반주가 흘러나왔다.

BMK의 '꽃피는 봄이 오면' 이라는 곡이다.

파워 보컬로 정평이 난 BMK의 대표곡으로 기성 가수들의 리메이크가 여전히 활발히 이루어지는 한국적인 가사가 매력적인 노래다.

"니가 떠난 그……."

에이미는 첫 소절부터 여유로운 표정과 제스처로 무대를 장악했다.

마치 이곳이 그녀의 안방이라도 되듯이 아주 편안한 음색을 뿜내며 점차 무대를 자신의 것으로 만들었다. 거기에 특유의 폭발적인 고음이 곁들어지자 공개홀을 찾은 관객들의 가슴에 불을 지폈다.

마치 이 생방송 무대가 본인 콘서트의 한 코너인 것마냥 즐기는 그녀의 모습을 보고 있으면 아마추어라는 생각이 전혀 들지 않는다.

'그녀는 지금 이대로도 스타야.'

수도 인정할 수밖에 없는 부분이다. 애초에 우승 후보로 점찍었을 정도니까.

'근데 오늘 무대에는 큰 점수를 주기 애매해.'

수의 눈빛이 예리하게 빛났다. 꿈틀거리는 귀는 사소한 음정이나 박자도 놓치지 않고 모조리 포착해 내고 있었다.

'뭐가 변한 거지? 전혀 발전한 게 없는데?'

제자리걸음.

클라이맥스까지 소화한 에이미의 무대를 본 수의 평가다.

에이미의 잠재 능력과 가능성을 고려하면 이전 무대에서 발전한 바 없이 지금껏 봐왔던 느낌을 그대로 가져간 것 같아 아쉬움이 더욱 컸다.

흐뭇해하는 박준형을 제외한 양태석과 수의 차례로 심사평이 이어졌다.

"에이미 양은 볼 때마다 사람을 놀래네요. 오늘 모습은 정말이지 세계적인 팝 가수들 못지않았어요. 이런 폭발적인 고음에 여유라니. 제 점수는요."

띠리리.

긴장을 고조시키는 전자음이 딱 멈추며 전광판에 점수가

떴다.

96점.

이견이 없는 점수다. 그러나 박수를 치는 관객들의 표정은 어딘지 모르게 심심했다. 말은 하지 않았지만 이렇게 얘기하고 있는 듯하다.

'이 정도는 예상한 무대야.'

'뭔가 좀 심심한데?'

'적응이 돼서 그런가…… 별 임팩트가 없네.'

그러나 먼저 심사를 한 양태석은 관객들의 그런 심리를 전혀 읽지 못했다.

이어서 수가 마이크를 잡았다.

"에이미 양은 여전하네요. 흠잡을 것 없는 발성, 고음, 타고난 무대 장악력까지…… 적수가 있을까 싶을 정도로 대단했습니다."

"감사합니다."

에이미가 조용히 마이크를 들어 답례했다. 다른 사람은 몰라도 존경하는 수의 심사평이 칭찬 일색인 만큼 감사하다는 말을 꼭 하고 싶었던 까닭이다.

"근데 말이죠, 좀 아쉬웠던 게 있었네요."

"……"

환했던 에이미의 표정이 살짝 굳어졌다.

"시청자분들은 에이미 양의 무대를 좋아합니다. 저도 마찬가지고요. 그렇지만 욕심이 좀 드네요. 이제까지 에이미 양이 보여주지 않았던 음악에요. 제 점수는……."

띠리리.

점수가 떴다.

91점.

열광적인 반응과 앞선 반응을 보면 살짝 아쉬운 점수다. 당사자인 에이미도 그런 감정을 숨기지 못하고 표정에 여지없이 드러냈다.

그녀가 퇴장한 이후 두 번째로 무대에 오른 참가자는 강길수다.

예선에서 올드한 바이브레이션을 구사했다가 핀잔을 들은 뒤, 수에게 마음의 울림이란 재평가를 들으며 인기를 끈 참가자다.

TG엔터테인먼트에 캐스팅된 강길수는 우승 후보로 언급되기엔 부족했지만 탄탄한 기본기와 가창력을 겸비한 실력파임에 분명하다.

마찬가지로 영상을 통해 트레이닝을 받는 모습이 나온 뒤 선곡 과정, TG엔터테인먼트의 대표 양태석의 인터뷰 영상이 나왔다.

"길수가 살아온 짧은 인생이 아픔이에요. 그 아픔을 그대로 표현할 수 있게 도와주고 싶었어요. 그러면서 락 발라드의 느낌을 어떻게 하면 살릴 수 있을까 고심하다가 선곡한 곡이 임재범 씨의 비상이란 곡이에요."

홀로 무대에 우두커니 선 강길수의 고독한 노래가 시작됐다.

"누구나 한 번쯤은……."

강길수는 지그시 눈을 감고 가슴의 쌓아뒀던 감정이란 격랑을 고요하게 내보냈다. 비상이란 곡 제목에 맞춰 이 힘든 세상에 맞서서 견뎌내고, 언젠가 다시 올라가서 날개를 펴고 비상할 것임을 소리쳤다.

저 관객들을 향해.

그리고 시청자들을 향해.

그 외침은 고음과 적절히 조화되어 더없이 군더더기 없는 무대를 완성했다.

하지만 흐뭇한 아빠 미소를 짓고 내려다보는 양태석의 표정과 대조적으로 수는 인상 쓰듯 일그러진 얼굴을 하고 있다.

"최악이야."

음악 소리에 묻혀 어느 누구도 듣지 못한 말. 그러나 수는 분명하게 자신의 지금 심정을 밝혔다.

'엉망진창이야. 억지로 감정을 욱여넣고 있어. 발전은커녕 지금 길수의 수준조차 제대로 파악 못 하고 있는 꼴이야.'

수는 실망에 실망을 거듭했다. 아직 두 명의 참가자밖에 보지 못했지만 전혀 발전한 기색이 없기 때문이다.

힐끗.

양태석과 박준형을 번갈아 본 수가 마음속으로 둘에게 질문을 던졌다.

'선배님들은 도대체 뭘 하신 겁니까?'

지난 3주간 발전이 없는 에이미와 강길수.

그 둘을 보며 수가 느낀 실망이란 화살은 대한민국을 대표하는 소속사 대표이자 기획자 두 심사위원에게 향했다.

Chapter 10

1

"아…… 이런 색깔의 음악을 보여줄 거라곤 생각도 못했네. 그 깊은 감성에 감탄했습니다. 태석이 형의 선곡이 주효했네요."

훈훈한 박준형의 심사평이 끝난 이후 점수가 전광판에 떴다.

93점.

앞선 에이미의 무대보단 적지만 충분히 경쟁력이 있는 점수다.

'너무 과분하게 주는 거 아냐?'

수는 입밖으로 자기도 모르게 튀어나올 뻔한 말을 삼켰다.

수의 기준에서 볼 때, 오늘 강길수의 음악은 수준 미달이었다.

감성을 살리는 것도 좋고, 혹독한 트레이닝을 통해 곡을 재해석하고, 무대의 연출에 신경 쓴 것도 다 좋다.

그런데 정작 노래가 별로다.

전부에 신경을 썼지만, 정작 본질은 잡지 못하고 외형만 치장한 꼴로밖에 비치지 않았다.

'내가 다 옳은 건 아니지만, 이건 좀 아니야. 핀트가 어긋나 버렸어.'

수 스스로 인지한 대로 수라고 해서 다 옳은 건 아니다.

미리 말하지만 박준형과 양태석은 대한민국 최고의 기획자다.

박준형의 재능을 발굴하고 키우는 능력은 업계에 정평이나 있다.

양태석은 실질적인 음악성은 좀 떨어질지 몰라도 스타성을 발굴하고 스타로 만들어내는 데 일가견이 있다.

각각 다른 스타일과 방식으로 대한민국 톱의 반열에 오른두 사람이기에 누가 옳고 나쁘다고 규정하는 건 불가능하다.

수도 그 다름을 인정한다.

다만, 생각에서 다소 차이가 있다. 정확하게 말하면 관점의차이라고 볼 수 있다.

드디어 수의 심사 차례가 됐다. 수는 마이크를 집은 채 생각을 정리하곤 조심스럽게 입을 열었다.

"좀…… 많이 아쉬웠습니다."

수가 처음 던진 한마디에 좌중의 분위기가 싹 가라앉았다.

"길수 씨가 겪어온 작지만 거친 풍파를 이겨내고 비상하고 싶단 의지, 느껴졌습니다. 그런데 그 의지를 담기 위해 기본을 지키지 못했습니다."

그가 언급한 기본은 도대체 뭔가?

시선이 온전히 수에게 쏠린다. 수가 느끼진 못하겠지만 지금 안방의 TV를 통해 보고 있는 많은 시청자의 눈도 수에게 향한다.

"화려하지만 알맹이가 약했습니다. 편곡과 해석도 중요하지만 조금 더 전달 그 자체에 신경을 썼으면 좋을 뻔했네요."

수는 에둘러 말했지만 당사자는 정확히 그 말뜻을 알 수 있었다.

'알맹이는 노래를 말하는 거고. 노래를 못했단 얘기야.'

강길수의 표정이 살짝 굳어졌다. 카메라가 찍고 있으니 웃곤 있지만 악평에 가까운 평가를 들은 만큼 속이 편치 않았다.

심사위원석에 나란히 앉아 있는 양태석도 마찬가지 입장이었다.

'허! 오늘따라 수가 좀 까다롭게 심사하네? 내가 보기에 저 정도면 충분히 좋아진 건데.'

입 밖에 내진 못했지만 그게 그가 느끼고 있는 솔직한 심정이다.

음악적인 소질은 떨어지지만 그 역시 한국 음악계를 이끈

선두 주자다. 많은 대중가요를 접하고 트렌드를 이끄는 가수들을 발굴해 스타로 만들었다. 그만큼 듣는 귀만큼은 빼어나다. 또 전문지식은 떨어지지만 특유의 감은 타의 추종을 불허한다.

강길수의 비판은 돌려 말하면 그를 향한 화살이기도 하다.

내심 강길수의 무대가 마음에 들고 흐뭇했던 그였기에 더더욱 심기가 불편했다.

'좀 그러네.'

내색은 하지 않았지만 서운함을 느끼는 양태석이다. 그 감정은 모르긴 몰라도 스카이블루에서 트레이닝을 받은 참가자들의 무대를 평가할 때 무의식적으로 튀어나올 공산이 컸다.

"제 점수는요."

띠리리리.

전광판에 점수가 떴다.

86점.

수의 심사평만큼이나 아쉬운 점수다.

실망한 기색을 설핏 보이며 강길수가 무대를 퇴장했다.

다음 순서는 배수민이다.

교복이 더없이 잘 어울리는 여고생인 그녀는 개인 팬카페가 생길 만큼 남성팬들에게서 열렬한 지지를 받는 참가자다.

속된 말로 지금도 더없이 귀엽지만, 3년 뒤가 더 기대되는 미모라며 벌써부터 걸그룹 미모 담당으로 가게 될 거라는 여론도 들끓는다.

그녀가 캐스팅된 기획사는 다다.

그간의 트레이닝 과정 영상이 흐른 뒤, 박준형의 인터뷰가 뒤를 이었다.

"수민 양은 실전에 강한 타입이에요. 또 감성 발라드 타입이죠. 그래서 선곡한 곡이 이은미 씨의 애인 있어요입니다. 한 가지 더 긍정적인 요소는, 이 노래의 가사의 아픔을 수민 양이 잘 이해하고 있거든요."

맨발의 디바로 알려진 이은미, 그녀의 대표곡 애인 있어요 를 선곡했다.

노래방 애창 순위 상위권에 늘 포진해 있는 이 곡은 나이를 막론하고 특유의 호소력으로 사랑을 받고 있는 노래다.

앞선 영상이 흐릿해지며, 배수민의 인터뷰 영상으로 넘어 갔다.

"저랑 헤어진 남자애가 새 여자 친구를 사귀었더라고요. 그리고 제게 말했어요. 왜 저는 없냐고, 새로 소개해 주냐고……."

배수민의 사연은 가사와 정확하게 일맥상통한다. 좋은 사람을 만나라고 권하는 전 연인에게 아직도 나는 당신뿐이라는 감정을 담아 노래한 곡이 바로 애인 있어요라는 곡인 까닭이다.

'기대되는데? 비록 고등학생의 사랑이긴 하지만 그렇기에 더 애틋할 시기지. 이유 없이 더 뜨거워지는 나이니까.'

수도 고등학교 시절이 있었다. 노력에 비해 썩 성적도 좋지 않았던 시절이다. 그럴 때면 곁에 있던 여자 친구란 존재가 적지 않은 위로가 되어 주었다.

지금 돌이켜 보면 뭐가 그리 좋았었나 싶지만, 당시에는 그녀가 없으면 숨이 멎을 것처럼 힘들었다.

용광로보다 더 뜨겁게 타오르는 나이, 그때가 딱 그럴 때였다.

이윽고 무대에 조명이 켜지며 간주가 흘러나왔다. 초호화 오케스트라진이 연주하는 반주는 그 자체로도 웅장했다.

"햇살이 눈부셔……."

실전에 강한 타입이라고 했던가?

생방송 무대에 선 배수민에게서 떨림 따위는 느껴지지 않았다. 수십수백 번 이상을 무대에 선 원곡 가수의 여유로움마저 느껴진다.

'타고난 무대 체질이야.'

수도 주변에서 본 기억이 있다.

무대공포증.

무대에만 서면 본인의 실력의 반도 내지 못하고 주눅이 드는 이도 분명히 있다. 그런 맥락에서 볼 때 배수민은 축복받은 유형이다.

'나쁘지 않아.'

곡도 괜찮다. 앞선 두 참가자의 무대에 비해서 꽤나 만족스러운 수준이다.

그러나 그런 만족도가 머지않아 산산조각 나버리고 말았다.

'이 밋밋한 편곡은 또 뭐야?'

느낌은 나쁘지 않다. 비록 어리지만, 어리기에 더 강렬한 사랑의 감정을 이 곡에 그럴싸하게 녹여내는 데 성공했다.

그런데 문제는 편곡이다. 더없이 평이하다 못해 루즈하게 만들어 버렸다.

'고음이 호소력을 떨어뜨리는 것도 있어. 그런데 이런 식으로 가성으로 바꿔 버리면……'

가성도 좋은 소리임에는 분명하다. 더 애틋하고 감미로운 소리이기에 활용 여하에 따라 감동을 두 배로 줄 수도 있다.

하지만 오늘은 아니다.

이건 감정을 폭파시켜야 할 클라이맥스에서 김이 픽 새어 버리는 느낌이다.

'목이 안 좋은 건가? 그건 또 아닌데.'

목 컨디션도 크게 무리가 없다. 이상이 있었다면 첫 소절을 부르는 순간 수가 알아채지 못했을 리가 없다.

'결국 이런 식의 표현이 더 낫다고 생각했다고밖에 볼 수 없어.'

수가 힐끗 박준형을 응시했다. 양손으로 턱을 받치고 배수민을 내려다보는 박준형의 시선인 흐뭇함이 차올라 있다. 그뿐만이 아니다. 감정이 고스란히 표정에 드러나는 그의 얼굴은 마치 이게 우리 다다의 기획력이자, 내 편곡의 힘이라고 과시하는 듯한 모습이다.

'편곡이야 해석의 여하니 그렇다 친다는 건가? 시청자들이 그렇게 호락호락하지 않을 텐데. 자칫 이하나 양과 비교가 될 수도 있고. 그건 수민 양한테 큰 상처가 될 거야.'

수는 두 가지를 짚었다.

맨발의 디바가 부른 원곡의 위상을 고려할 때 시청자들이 어떻게 받아들일지에 대한 여부.

앞선 라운드에서 가성의 정점, 대중가요의 미곡이란 평가를 들은 이하나와의 비교다. 만약 이하나가 가성을 주로 다루는 음악을 들고 나온다면 필연적으로 사람들은 더 우월한 이하나에게 표를 찍을 수밖에 없다.

'비교는 수민 양에게도 상처가 될지 몰라.'

물론 더 낫고, 못하고의 비교는 서바이벌 오디션에 참가하면서 피할 수 없는 일이다.

아무리 그래도…….

굳이 가성을 택해서 그런 자초하지 않아도 될 위험을 감수해야 할 필요가 있느냐는 질문을 받는다면 수는 단호히 아니라고 대답할 것이다.

완창이 끝나고 심사가 이어졌다.

이번엔 수가 먼저 마이크를 잡았다.

"어리지만, 수민 양이 느꼈을 감정이 곡에 고스란히 배어 있어서 좋았습니다. 다만, 가성의 처리가 좀 밋밋하지 않았나 싶네요. 그 역시 감정의 표현이기에 존중하지만…… 판단은 시청자분들이 내려주지 않을까 합니다."

조심스럽게 가성 부분을 언급한 수가 마이크를 내려놓았다.

칭찬 일색을 기대했던 이하나의 눈에 살짝이지만 실망감이 서렸다.

그건 박준형도 마찬가지다.

'뭐 이런 걸 걸고넘어져? 가성이 곡의 느낌을 더 살리는 걸 모르나?'

본인 역시 가수이자 작곡, 작사, 프로듀싱까지 도맡아하는 박준형 입장에선 기분이 좋지 않았다. 가성의 지적은 본인이 직접 손을 댄 편곡을 걸고넘어진 기분을 받아서다.

띠리리리!

전광판에 점수가 떴다.

89점.

역시나 높지 않은 점수다.

카메라가 박준형을 잡자 그는 다 이해한다는 듯 정면을 보며 고개를 끄덕이는 시늉을 했다. 그러나 속마음은 부글부글 끓었다.

'네 기준으로 판단하는 건 아니지. 이따가 투표 결과 보면 틀렸나는 걸 알 기야.'

가성의 편곡이 옳았다는 걸 확신하는 박준형.

문제는 뒤이어 양태석도 그 지점을 같이 지적했다는 점이다.

"저도 다 좋은데 그 가성이 살짝 걸렸습니다. 감정이 등산을 하듯이 확 치달아 올라가다가 절벽을 만나서 뚝 떨어지는 느낌을 받았거든요. 제 점수는요."

띠리리.

92점.

박준형의 표정이 딱딱하게 굳었다. 설마 하니 양태석까지 그런 식으로 판단할 줄 몰랐다는 눈초리다.

이윽고 네 번째 참가자가 무대에 올랐다.

스카이블루로 캐스팅된 조혜진이다.

그간의 과정을 담은 영상이 재생되었다.

감성이 부족하다는 지적을 받은 조혜진이 그걸 메우기 위해 영화나 고전소설을 읽는 것들이 내용의 주를 이뤘다.

'영화? 좋긴 하지만, 아직 어려서…….'

'간접 체험으론 한계가 있을 텐데? 기술적인 부분에 공을 들이는 게 나았을 건데.'

아니나 다를까, 박준형과 양태석은 속으로 의문을 표했다.

수의 트레이닝 방식에 일정 부분 공감을 표하지만 단기간에 승부를 내야 하는 서바이벌 오디션의 특성상 너무 먼 미래를 바라본 무책임한 트레이닝이라는 생각이 든 까닭이다.

'수한테는 미안한 말이지만 크게 달라질 거란 기대는 들지

않네.'

'이 친구야, 모든 일엔 순서라는 게 있는 법이라고. 멀리 보고 느리게 가는 게 꼭 능사는 아니야.'

전혀 다른 관점에서의 해석과 판단을 내렸다. 누가 옳고 그르고를 가릴 수 없을 만큼 일리가 있는 말이었다.

이윽고 수의 인터뷰 영상이 나왔다.

"가수는 두 부류가 있죠. 장점을 살려야 하는 가수와 단점을 보완해야 하는 가수. 혜진 양은 후자예요. 감성을 채우지 못하면 그녀는 가수가 될 수가 없어요. 이 곡으로 혜진 양은 진짜 가수가 될 겁니다."

확신에 찬 수의 인터뷰 영상을 끝으로 반주가 흘러나왔다. 중후하지만 무겁게 깔리는 첼로의 연주가 그 자체만으로도 어머니를 떠오르게 해 시큰해진다.

"앞산 노을 질 때까지……."

"……!"

겨우 한 구절을 뗀 조혜진의 호소력에 관객들의 등골을 타고 소름이 싹 번졌다.

비록 한 소절에 불과했지만 이 공개 홀에 자리한 관객, 시청자들은 오싹한 전율을 느꼈다. 몇몇 이는 닭살을 손으로 문지르기도 했다.

"나 소름 돋았어."

"너도?"

"막 감동적인 것도 아닌데 왜 그런 거지?"

몇몇 관객은 의아함을 느끼며 몇 마디 말을 주고받았다.

겨우 한 소절을 듣고 오한이라도 든 듯 소름이 쫙 끼치다
니. 본인들 스스로도 이해가 가지 않는 까닭이다.

다만 관련업계 종사들만이 어렴풋이 그 이유를 짐작할 뿐
이다.

'첼로 반주를 멈추고 생라이브로 불러서 그래.'

'갑자기 귀에 보이스가 꽂혀서 그런가?'

'사모곡, 원래 이 참가자가 이런 목소리였나? 곡에 잘 어울
려.'

다 맞는 얘기며 일리가 있는 말들이다.

하지만 어디까지나 추측일 뿐, 그들 역시 왜 이런 기분을
느꼈는지에 대한 명확한 이유를 꼽진 못했다.

그만큼 몰입도가 높은 조혜진의 노래에 관객들은 의식하
지도 못한 사이 푹 잠기듯 빠져들어 갔다.

호미 자루 벗을 삼아
화전 밭 일구시고
흙에 살던 어머니

잔잔하지만 귀에 속속 박히는 조혜진의 목소리에 관객들
뿐만 아니라, 시청자들도 귀신에 홀린 듯 그만 빠져 버리고

만다.

너무 애처로워서?

너무 감동적이라서?

너무 슬프기에?

아니다.

사람의 감정을 끌어당기기엔 조혜진이 무대에서 보여준 건 너무 적다.

그런데도 전율이 가시지 않는 이유는…….

"소리!"

음악적 지식이 빼어난 박준형이 생각난 걸 그대로 입 밖에 뱉었다.

어찌나 놀랐던지 눈으로 보고 귀로 들으면서도 믿기지 않는다는 표정을 짓고 있었다.

'믿을 수 없어. 이 소리는…… 사람의 감정을 움직이는 소리야.'

여기서 말하는 소리란, 노래의 음절을 구성하는 최소한의 단위다.

정상급의 가수들은 소리만으로도 관객의 감정을 움직인다.

쉽게 말해 어머니라는 단어를 똑같이 울부짖어도 애처로움을 느끼게 하는 사람이 있는가 하면, 신경질적으로 들리게 하거나, 그저 호명 정도로 느껴지게 하는 사람도 있다.

바로 그것이 소리의 차이다.

지금 조혜진의 소리는 귀에 꽂히는 것도 모자라 고막을 타고 심장까지 들어와 쿵쿵 북을 치듯이 울린다. 바로 감정이란 북을 때리는 것이다.

'불과 얼마 전까지 감정이 결여된 흔한 소리를 냈었는데 어떻게⋯⋯.'

박준형은 침을 꿀꺽 삼켰다.

가수와 일반인의 차이는 바로 이 소리에서 갈린다.

더 들어봐야 확실해지겠지만, 오늘 그녀가 낸 소리는⋯⋯.

프로의 소리였다.

2

무대 위.

조혜진은 이전에 볼 수 없던 집중력을 발휘했다. 행여 몰입이 깰까 눈을 꼭 감은 채 관객석은 쳐다보지도 않았다.

사모곡.

태진아가 부른 이 곡은 어머니를 향한 애틋함과 서글픔을 듬뿍 담은 곡이다.

감성이 부족한 그녀를 위해 수가 고민 끝에 선곡해 준 곡으로, 누구나 떠올리는 것만으로도 눈물이 날 수밖에 없는 어머니란 존재를 매개로 그녀가 몰입할 수 있게 했다.

'하나만 조심하자. 감정 과잉.'

수가 충고해 준 말을 잊지 않기 위해 스스로 조심하며 또 신경 썼다.

어째서인지 지금 그녀는 평소 연습 때와는 비교도 되지 않을 만큼 생각 이상으로 감정이 충만했다. 그 전에 느껴보지 못했던 감성이다. 그 정도가 너무 과해서 본인조차 당혹스러울 정도였다.

'컨트롤해야 해. 이걸 못 하면…… 내 음악이 불편하게 들릴 수도 있어.'

그녀는 의식하려고 애썼지만 마음먹은 대로 잘되지 않았다.

무대.

관객.

주인공이 되어버린 나.

외적으로도 그녀를 흥분되게 만드는 요소도 많았다. 더구나 어머니란 존재는 그 자체만으로도 애틋하기 그지없는 존재다.

상황과 존재라는 변수가 등장을 하면서 그녀의 노래도 연습 때와는 다른 국면에 접어들었다.

감정 과잉과는 별개로 그녀는 이 무대에서 뭔가 이상함을 느꼈다.

'왜 이러는 거야, 자꾸.'

별거 아닌 가사를 부르는 것만으로도 그간 보았던 고전 영화와 고전 소설의 장면이 머리에서 스쳐 지나가며 그 공간으로 자신을 데려다 놓는다.

수의 특이한 트레이닝 효과다.

근데 오늘은 그 정도가 너무 심하다. 그러면 안 된다고 다짐을 해도 머리가 기억해서 제멋대로 끄집어 내놓는다.

'그래, 그 끔찍했던 트레이닝을 떠올려 보자. 그냥 몸이 기억하는 대로 부르는 거야.'

트레이닝을 떠올리는 것만으로도 그녀의 몸이 사시나무처럼 잘게 떨렸다.

대치동 살쾡이의 녹음은 진저리가 날 만큼 독하기로 정평이 나 있다. 처음엔 살짝 겁을 먹긴 했지만 끽해야 얼마나 힘들겠냐고 생각하며 자신만만해했다. 여기까지 온 만큼 어떤 고된 트레이닝도 버텨낼 자신도 내심 있었다.

그러나 선곡이 결정된 뒤에 시작된 수의 트레이닝은 헛구역질이 나올 정도로 혹독했다.

그래도 결국 버텨냈다. 그리고 그 악착같은 노력의 결실을 오늘 이 자리에서 맺고 싶었다. 고스란히 노래에 녹여내고 결과로 보여주고 싶었다.

나 이만큼 성장했다고!

하지만 쉽지 않았다.

후렴구에 접어들 무렵에는 꽉 억누르고 있던 감정 과잉이란 족쇄가 그녀도 모르게 탁 풀어지는 느낌이다.

'왜 이러지 자꾸……? 평소완 달라. 내 가슴보다, 내 소리에 더 슬퍼져.'

처음 느껴보는 기분이다.

너무 생소한 느낌인지라 어떻게 정의를 해야 할지도 모르겠다.

늘 감정과 소리가 따로 논다는 지적을 받았던 그녀다.

그런데 오늘은 어딘가 달랐다.

이런 말 웃길지 모르지만, 본인이 지금 부르고 있는 소리 그 자체에 몰입이 되어버리고 빨려들어 가는 인상을 받았다.

마치 한 명의 청중처럼.

너무 당황한 그녀가 실눈을 떠서 심사위원석을 쳐다봤다. 안 보려고 했건만, 너무 걱정이 돼서 어쩔 수가 없었다.

"……."

수는 말없이 미소를 짓고 있었다.

'웃고 계셔?

그걸 보자 이상하게 안심이 됐다. 마주하는 것만으로도 마음을 누르고 있던 부담이라는 추가 한결 가벼워지는 느낌이다.

문득 생방송 전 수가 마지막으로 한 말이 떠올랐다.

"네가 흘린 땀을 믿어. 그거면 돼."

그러고 보니 수가 편곡 과정에서 한 음, 한 음 손수 짚어주며 예시를 들어주었던 게 생각난다.

본인이 가수로서 사람의 감정을 움직이는 소리를 내는 법을 체계적으로 일러주었다. 구강 구조와 공명점을 정확하게 일러주더니, 음계별로 소리를 내는 방법을 강제로 외우도록 만들었다.

그런 기계적인 연습에 당시 그녀는 의아함을 품었다.

감정은?

항상 그녀의 가슴에 똬리를 틀고 앉아 있던 그것에 강박관념이 있었다.

그러나 수는 다 잊으라고 했다.

하지만······.

걱정스러워하는 그녀의 어깨를 두드려 주며 자신을 믿어달라고 오히려 안심을 시켜주었다.

그래서 시키는 대로 했다.

그 결과가 이거다.

'뭐가 뭔지 모르겠어. 근데 느낌이 좋아.'

감성이 전혀 실리지 않았지만 수가 시키는 대로 소리를 내는 법을 외웠다. 마치 앵무새처럼.

신기한 건 그럼에도 불구하고 수가 짚어내는 소리의 음절 하나하나에 사람의 감정이란 풍선을 톡톡 건드는 힘이 있었다는 점이다.

다 좋은데, 결정적으로 수는 감정을 얹는 법을 알려주지 않았다.

어째서?

모르겠다.

그런 의문을 품을 사이도 없었다. 그땐 혹독한 트레이닝을 쫓아가는 것만으로도 버거웠으니까.

그런데 무대 위에서 그 의문이 서서히 풀려갔다.

기계적으로 외운 음계.

무대와 관객이 주는 기이함.

고전 영화와 소설로 누적된 감성.

그녀가 의식하지 못한 사이에 이 모든 게 하나로 합쳐지고 있었다.

조화롭게.

합일을 이뤄낸 감성과 소리는 그녀 특유의 탄탄한 발성과 하나가 되었다.

그간 숨죽이고 있던 그 조화가 후렴구에 폭발한다.

긴 세월을 숨죽이고 있던 휴화산처럼.

그리고.

폭발한 그녀의 재능이 드디어 관객의 마음을 움직인다.

3

조혜진은 지금 치해진 상황과 잡념을 싹 잊었다. 본인도 의식하지 못한 사이에 음악과 일체가 되어 후렴구에 모든 걸 쏟아냈다.

땀에 찌든 삼베 적삼
기워 입고 살으시다

소쩍새 울음 따라

하늘 가신⋯⋯.

가슴을 시큰하게 울리는 후렴 구간의 절정이나 다름없는 부분에서 반주가 딱 끊긴다.

고요하다 못해 정적이 쫙 깔리는 공개 홀.

그리고 길게만 느껴지는 침묵.

흡.

짧게 숨을 마신 조혜진이 마이크를 양손으로 감싸듯이 안고는 소리쳤다.

어머니이이이!

음을 길게 끌던 조혜진이 한 번 더 치고 올라간다.

소름이 쫙 끼치도록 올라가는 고음!

"⋯⋯!

숨을 죽이고 있던 관객들의 등골을 타고 전율이 번진다.

그간 감정이 결여된 밋밋하던 소리라는 평가를 받았던 것과 대조적으로 더없이 애처로운 소리다. 가슴 깊은 곳에 숨어 있던 어머니란 존재를 향한 감정의 풍선을 바늘이 톡 하고 터뜨려 버린다.

흑.

어디선가 누군가의 낮은 흐느낌이 들렸다.

누구도 기대하지 않았던 무대였기에, 관객들도 방심하고 말았다. 설마 이렇게 훅 밀고 들어와서 무방비인 감정의 격랑이란 봇물을 터뜨려 버릴 줄은 몰랐다.

그 모습 그리워서 이 한밤을 지샙니다

마지막의 속삭임 어린 구절을 표현한다.

그 순간 감정의 몰입이 극에 달했는지, 대형 스크린에 잡힌 그녀의 눈매에서 희미한 물줄기가 흘러내리는 게 잡혔다.

시대는 변해도 어머니는 변하지 않는다.

그 느낌 그대로를 살려 어머니란 존재가 주는 감정을 고스란히 전달한 결과다.

언제까지나 듣고 싶은 그 무대는 1절로 끝이 나는 듯 보였다.

첫 생방송 무대인만큼 무려 12명의 참가자가 무대에 서야 한다. 그 까닭에 2절까지 소화하게 되면 시간 관계상 진행이 어려웠다.

그때까지도 꾹 감고 있던 조혜진이 눈을 떴다.

너무도 조용한 관객석.

그걸 보는 그녀의 가슴은 덜컹 내려앉았다.

'바보, 또 이런 실수를······.'

수의 조언을 무시하고 너무 몰입해 버린 것을 자책할 때였다.

와아아아아!

짝짝짝!

공개 홀이 떠나갈 듯한 함성과 기립 박수가 관객석에서 터졌다.

"최고야!"

"조혜진! 조혜진!"

"……"

처음 겪는 반응에 조혜진은 얼떨떨한 반응을 지우지 못했다. 그런 그녀를 깨운 건 무대에 등장한 정현무다. 그 역시 현역 가수 이상의 무대를 보여준 그녀에게 적당히 놀란 눈치였다.

"괴, 굉장한 무대였습니다. 이거 여운이 가시질 않네요."

그사이에 감정을 추스른 관객들이 박수를 멈추며 의자에 앉았다. 아직도 여운이 채 가시지 않는 눈길로 좀 전에 느꼈던 감정들을 대화로 나눴다.

"충격적이다. 나 다른 가수가 뒤에서 대신 불러주는 줄 알았다니까."

"쩐다, 쩔어. 발성은 그대로인 거 같은데, 소울이 미친 듯이 느껴지더라."

"야! 이런 게 진짜 음악 아니냐? 고막뿐만 아니라 마음까지 정화되는 기분이야."

"하… 있잖아, 우리 나도 가수다 보러 온 거 아니지?"

"그, 그러게. 이건 오디션 참가자 수준이 아니잖아."

조혜진이 직접 들었다면 너무 기뻐서 눈물을 왈칵 쏟아버릴 것 같은 칭찬들이 관객석에서 오갔다. 모르긴 몰라도 안방에서 그녀의 노래를 들은 시청자들도 비슷한 반응을 보일 것이다.

그런 현장의 반응을 가장 정확하고 빠르게 캐치한 건 정우 PD다.

"6번 카메라 비추고, 곧장 7번 카메라를 내보내! 어서!"

그의 말이 떨어지기가 무섭게 6번 카메라가 찍고 있는 영상을 생방송으로 송출했다.

무대 위의 모습.

정확히는 조혜진이다.

관객의 기립 박수가 얼떨떨한지 어안이 벙벙한 표정이 고스란히 카메라에 잡혔다.

그녀가 송출된 지 10초쯤 되었을까, 카메라가 7번으로 넘어갔다.

심사위원석.

정확히는 수를 전담 마크하고 있는 개인 카메라다.

대형 스크린에 수의 얼굴이 떴다.

"……."

수는 여전히 특유의 미소를 머금고 있었다.

때론 침묵이 더 많은 말을 할 때도 있는 법. 그의 미소는 많은 의미의 해석을 낳았다.

누군가는 프로듀서로서 품 안의 새 조혜진의 성장을 흐뭇하게 보는 미소로.

누군가는 마치 보란 듯이 자신이 이런 사람이란 걸 과시하는 오만한 미소로.

제각각 받아들이는 건 달랐지만 수를 보고 있는 관객과 시청자들은 공통적으로 경외감 비슷한 감정을 느꼈다.

"마이더스의 손, 그 자체야. 그 자체라고!"

"이게 마법 아니냐?"

"소리만 잘 낸다는 조혜진을…… 진짜 아티스트로 만들어 버렸어."

그래.

감격스러운 감동을 선사해 준 조혜진보다 그런 그녀를 있게 해준 수가 더 대단해 보였다.

기적을 만든 건 그녀지만, 기적을 가능케 만든 건 바로 그인 까닭이다.

Chapter 11

1

경기도 인근의 다세대주택.

회사원 딸은 거실의 소파에 앉아 과자를 먹으며 K팝스타들을 시청 중이었다.

"대, 대박…… 립싱크 아냐? 그 영화 뭐더라, 무대 뒤에서 누가 대신 불러주는 가수가 숨이 있는 거 아니지?"

딸은 비 맞은 중마냥 중얼거렸다. 그녀는 열렬한 K팝스타들 시청자다. 매 시즌을 빼놓지 않고 시청했다. 주말마다 만날 남자 친구가 없다는 안타까운 현실 때문이지만 우여곡절을 겪고 성장하는 참가자들을 보며 위안을 얻는 이 시간이 좋았다.

"와, 쟤는 스카이블루에 캐스팅된 거 자체가 로또네. 발전

수준이 아니라, 진짜 가수가 됐잖아?'

조혜진이 스카이블루 수에게 캐스팅된 걸 보며 꽤나 의아해했다. 혹시 시청자의 입장에서 알아채지 못한 재능이 있는 건가 싶었지만, 솔직히 회의적이었다.

아무리 수라도 그 짧은 시간 안에 뭘 할 수 있겠어?

조혜진은 음악의 근본인 감성이 부족하다. 그건 속성 과외라 할지라도 단시간 내에 채울 수 있는 성질의 것이 아니었다.

그래서 크게 기대하지 않았는데, 수와 조혜진이 그녀의 예상을 산산조각 내버렸다.

때마침 TV 속에서 수가 잡혔다.

말없이 웃어 보이는 모습을 보고 있자면 사람을 잘 만나면 인생이 바뀐다는 말의 의미를 조금은 알 것 같았다.

"앗! 일단 투표 먼저 하자."

그녀는 휴대전화를 만지며 문자 투표에 참가했다.

다수의 참가자에게 중복 투표가 가능한 시스템. 그러나 문자비가 추가로 부담이 되는 만큼 한 명의 참가자에게만 투표하기로 마음먹었다.

"무조건 조혜진! 내가 볼 때 이번 라운드 1위는 너다!"

에이미 대 이하나.

둘에게만 쏠리던 우승의 무게추가 바뀌었다.

2

인터넷 방송 온라인 커뮤니티 사이트.

K팝스타들 중계 저작권을 매입해 동시 생방송 중인 사이트 내의 채팅방에는 수천 명이 넘는 네티즌이 모여 떠들고 있었다.

slalldin : 애들 수준 진짜 떨어지네. 강길수 무대 완전 별로네요.

nalala : 에이미는 여전히 잘하긴 하네.

ryuxiu : 잘하긴 하는데 밋밋했어요. 좀 질리기도 하고요.

kaka : 이거 뭔 재미로 보냐? 어차피 우승은 이하나 아니면 미쿡 에이미 아니냐?

sexybody : 왜 보긴 인마, 에이미랑 몸매랑 배수민 얼굴 보려고 보지. 흐흐.

kaka : 노래는 안 듣냐?

sexybody : 하. 나도 가수다 듣다가 애들 노래 들으면 감흥이나 오디?

nalal : 인정. 솔까 별로긴 해요.

K팝스타들의 시청률이 고공행진을 하는 것과 달리 네티즌들의 반응은 신랄했다.

참으로 요상한 습성인데, 지금도 K팝스타들을 시청하면서도 그들을 비꼬고 비아냥거림을 즐긴다. 관계자와 참가자들의 수준을 비하하면서 자신이 더 우월한 사람이 된 걸 즐기는 격이다.

그런 일관된 반응을 보이던 네티즌들의 태도가 돌아선 건 조혜진의 노래를 듣고 나서부터다.

slalldin : 감동ㅠㅠ 소름ㅠㅠ 이거 뭐냐? 개 잘 부르잖아.

gabunta : 뭐냐? 차에서 노래 듣다가ㅋㅋㅋㅋㅋㅋㅋㅋㅋㅋ 나도 가수인 줄 알았다

qoqoqd : 운 사람 있음? 나 움. 눈물 뚝.

yunasoa : 시바. 안 되겠다. 엄마랑 저녁 먹으러 본가 갑니다 ㅅㄱ

kaka : 찬양해라, 갓수! 갓수!

sexybody : ㅅㅂ 이수가 이걸! ㅋㅋㅋㅋㅋㅋㅋㅋㅋㅋㅋㅋㅋㅋㅋㅋㅋㅋㅋ

ryuxiu : 이거 솔직히 개사기 아니냐? 저거 보면 나도 이수한테 트레이닝 받으면 ㅅㅂ K팝스타들 우승각 아니냐?

gamja : 헐. 동감ㅎ 진짜 갓수인듯.

Edg : 이수 재평가 갑니다. 무명그룹 하모니 차트 역주행도 시킴. 고로 갓수!

kaka : 아시아 여자들에게 고한다. 갓수를 꼬셔라! 공부하지 마라. 갓수 꼬시면 겜 셋이다!

좀처럼 뜻을 꺾지 않는 네티즌들의 의견조차 바뀌었다.

조혜진이 보여준 변화와 감동은 토를 달 여지가 없다. 자신들의 귀로 듣고도 이전의 그녀와 같은 참가자가 맞는지 믿겨

지지 않을 수준이다.

그보다 더 경악스러운 건 그런 건 불가능을 가능케 만드는 수라는 남자다.

그래서 네티즌들 사이에 새로운 별명이 붙었다.

갓수.

신을 뜻하는 영어 갓(God)과 이수의 이름을 딴 수가 합쳐진 신조어로 수의 존재가 신에 가깝다는 의미를 담은 말이다.

최근 젊은층 사이에서 심상치 않게 쓰이는 이 표현은 특정 분야에서 정말 빼어난 능력을 선보이는 이에게 붙여진다.

수의 찬양으로 도배되다시피 한 채팅창에 누군가의 한 줄기 채팅이 올라왔다.

kai : 정말 재능 기부네요. 저도 저런 선생님이 정말 만나고 싶네요. 제 진짜 재능 알아봐 주고 발전시켜 줄 수 있는…….

너무 감성적이고 진지한 말인지라 네티즌들 누구도 대꾸하지 않았다. 또 수천 명이 동시에 치는 채팅들에 밀려 눈 깜짝할 사이에 위로 밀려 버리고 말았다.

그러나 kai라는 닉을 쓰는 네티즌은 그 순간 진심을 담아서 썼다.

은사라는 개념이 사라져 가는 대한민국의 현실.

재능의 발견과 개발보다는, 주입식 학업을 강요하는 사회에서…….

그 역시 수 같은 은사를 꼭 만날 수 있길 마음속으로 바랐
다.

3

"……."

객원 MC를 보고 있던 아름은 자기도 모르게 눈가를 훔쳤
다. 화장이 지워지면 어쩌나 서둘러 수습했지만 충혈된 눈동
자가 그녀가 눈물을 보였음을 짐작하게 만들었다.

그도 그럴 것이 오래전 여의고 추억 속에 묻어뒀던 엄마가
떠오른 까닭이다.

"수, 네 끝은 도대체 어디니?"

시간이 흐를수록 수가 보여주는 행보에 말이 나오지가 않
았다.

대학 시절 만나던 그 남자가 맞나?

왜 자신의 눈은 이거밖에 안 되었을까?

조금만 더 기다렸다면, 저 사람이 가진 전부가 내 것이 되
지 않았을까?

자꾸만 드는 아쉬움에 수에게 더 욕심이 생긴다.

오늘처럼 불가능을 가능하게 만든 무대를 보니 더 뜨겁게
갖고 싶은 소유욕을 느낀다. 원래 제 것이 남의 것이 되었을
때, 더 미친 듯이 원하는 게 못된 여자의 심리기에.

"너란 남자, 갈수록 더 욕심이 나네. 내가 왜 이러나 싶을 만큼……."

가끔 여자는 이성적으로 이해가 가지 않는 선택을 하기도 한다.

지금의 아름이 그랬다.

4

공개홀.

무대 위의 정현무가 토크 시간을 체크하며 생방송 진행에 열을 올렸다.

"깜짝 놀랐습니다. 무슨 일이 있으셨던 거예요? 소름이 끼치도록 굉장한 무대였어요."

"……."

그러나 돌아오는 대답은 없다.

조혜진은 뭔가에 홀린 듯 멍하니 정신을 차리지 못하고 있었다.

이 찰나의 침묵이 시청자 입장에선 몇 분처럼 길게 느껴질 수도 있는 상황이다. 경험 많은 진행자 정현무는 시간을 벌기 위해 관심을 돌렸다.

"전 듣는 내내 여기가 짠해서 죽는 줄 알았는데요. 여러분은 어떠셨나요?"

슬쩍 관객석의 반응 유도를 위해 시선과 함께 질문을 던졌다.

그러자 관객들이 기다렸다는 듯이 함성과 환호, 잠시 그쳤던 박수 세례로 보답했다.

"조혜진! 조혜진!"

"최고였어요!"

"짱입니다! 완전 짱이요!"

선풍적인 인기를 끌었던 모든 서바이벌 오디션 프로그램을 통틀어서 이런 열광적인 반응이 또 있었을까 싶을 정도로 엄청난 열기가 전해졌다.

"어? 어……."

이 순간 가장 얼떨떨한 사람은 당사자이자 주인공은 조혜진이다. 거짓말을 조금 보태면 눈앞의 사람들의 열광에 꿈을 꾸는 게 아닌가 착각이 들 정도였다.

그걸 깨워준 이가 있으니, 정현무였다.

"혜진 양, 이제까지 실력을 숨기고 있으셨던 거 아니에요?"

정신을 차리기까지 시간을 끌어준 것도 모자라 눈으로 신호까지 주자 조혜진도 현실로 돌아올 수가 있었다.

"그, 그런 건 아니고요. 그저 오늘이 마지막 무대라는 생각으로……."

"저런! 벌써 약한 소리를 하면 안 되죠. 이수 심사위원님. 오늘 혜진 양의 무대 어떻게 생각하시나요?"

아무래도 대화를 이어가기 쉽지 않다는 판단을 내린 정현무가 화살을 수에게 돌렸다.

말없이 그저 옅은 미소를 머금고 있던 수가 조용히 마이크를 들었다.

그 제스처만으로도 공개홀에 다시 열광의 도가니에 빠졌다.

"이수! 이수!"

처음엔 이수를 열창하던 관객. 그중 목청이 좋은 남고생 친구들이 공개홀이 떠나가라 외쳐 댔다.

"갓수! 갓수!"

점차 동화되기 시작한 젊은 학생과 대학생들을 필두로 갓수라는 말이 전염병처럼 번져 나갔다.

입에 착착 달라붙는 것도 있었지만 이 순간의 감동과 경외심을 한 단어로 담아 부르기에 그보다 더 알맞은 말이 없는 까닭이다.

"갓수! 갓수! 갓수!"

이제 모든 이가 동화되어 갓수를 외친다.

잠시 그 열기와 환호에 답례를 하듯 좀 더 진한 웃음을 머금어 보인 수가 입을 열었다.

"혜진 양에게 너무 고맙습니다. 많이 답답했을 텐데 묵묵하게 절 믿고 따라줬으니까요. 오늘로 그녀는 아마추어라는 타이틀을 벗었습니다. 진짜 싱어가 된 그녀가 자랑스럽습니다."

수는 철저하게 모든 공을 조혜진에게 돌렸다. 오늘의 주인공은 그녀이길 바라는 마음이다.

'잘해줘서 고맙다.'

수야말로 그런 그녀에게 감사했다. 꼭 자식의 성공을 흐뭇하게 바라보는 부모의 마음이 이러지 않을까.

"역시, 제자를 아끼는 수 심사위원님의 말씀이 잘 느껴지네요. 그럼 심사평을 들어보겠습니다. 먼저 박준형 심사위원님."

지목을 받은 박준형이 마이크를 들었다. 그에게서 어떤 심사평가 나올지는 황홀한 그의 표정만으로도 대충 짐작이 갔다.

"저였던가요? 감성이 부족해서 가수가 되기엔 부족하다고 말을 했던 심사위원이?"

끄덕.

그때의 일을 기억한 듯 조혜진이 고개를 주억거렸다.

멀리서지만 그 모습을 확인한 박준형이 한숨을 짧게 내쉬었다.

"하. 제가 무슨 짓을 하려고 했던 거죠? 그 말 다시 담을 수도 없고…… 사과하겠습니다. 오늘 혜진 양의 무대는 최고였어요."

예선 이후 처음으로 듣게 된 심사위원들의 칭찬. 그것도 평생에 한 번 들어볼까 말까 한 극찬에 그녀의 표정이 밝아졌다.

"그 짧은 시간에 이런 눈부신 성장을 한 혜진 양도 대단하

지만, 전 이수 심사위원이 더 대단한 거 같네요. 당신 애한테 무슨 마법을 부린 거야?'

거의 추궁에 가까운 말투에 수는 황당하다는 웃어 보였다.

'마법은 없어요. 전 그저 혜진 양이 깨달을 수 있게 도와준 것뿐이에요.'

수는 가슴 한구석이 뿌듯해지는 걸 느꼈다.

박준형은 거침없이 말을 이어갔다.

"흠잡을 게 없는 무대였습니다. 제 점수는요."

띠리리리!

전광판의 숫자가 거침없이 올라간다.

99점.

숫자가 뜨자 정현무가 격앙된 듯 올라간 음으로 소리쳤다.

"99점! 무려 99점이 떴습니다!"

"100점을 드리고 싶었지만, 다음에 듣게 될 조혜진 양의 무대를 기대하며 1점을 아껴두겠습니다."

박준형이 마이크를 내려놓았다.

앞서 수의 짠 평가에 불편하던 마음은 온데간데없이 사라졌다. 경쟁을 요지로 하는 프로그램이지만 참가자의 눈부신 성장은 그런 마음마저 싹 잊게 만들 만큼 기분 좋은 것이었다.

'잘나가는 가수, 작곡가, 심지어 프로듀서인 것도 인정해. 근데 이런 능력까지 보여줄 줄은 몰랐어.'

박준형은 즉시 수에 대한 평가를 수정했다. 이건 단순히 재능을 감싸고 있는 껍질을 깼다고 해서 가능한 일이 아니다.

'이제 알 거 같아. 네가 왜 에이미나 이하나 양을 대신해 조혜진 양을 뽑아 갔는지. 너는 자신이 있었던 거야, 그 지?'

아직도 기억이 생생하다.

우승 유력 후보를 캐스팅하지 않고서도 자신만만하기 그지없던 수의 표정이 뇌리에서 가시질 않는다. 그때 당시 허세를 부린다며, 자신의 능력을 너무 과대평가하고 있다며 수를 비웃었던 것도 떠오른다.

그래.

수는 자신이 있었던 것이다.

조혜진의 재능을 알아본 것도 있지만 어떻게 하면 그 재능이라는 장작에 불꽃을 피울 수 있을지도 정확하게 인지하고 있었던 것이다.

'너 진짜 무서운 놈이구나.'

앞으로 다다와 스카이블루는 많은 분야에서 부딪치게 될 것이다. 특히 소속 가수들의 앨범 발매 시기에 따른 경쟁은 피하려야 피할 수는 없는 정면 승부가 될 가능성이 농후하다. 그때를 생각하면 살짝 걱정이 들기도 한다.

"다음 양태석 심사위원님은 어떻게 들으셨는지?"

바통을 넘겨받은 양태석이 마이크를 쥐곤 심사평을 이어 갔다.

"혜진 양, 엄마 많이 사랑하시죠? 저도요. 듣는 내내 어머니가 생각나서 가슴에 구멍이 난 거 같더라고요. 지금도 계속 아릿하네요."

"가, 감사합니다."

"이런 생각을 해봤어요. 수 씨가 혜진 양의 재능을 알아보지 못하고 떨어뜨렸다면 지금의 혜진 양이 있었을까? 너무 후회가 됐을 거 같네요. 훌륭한 노래를 들려준 혜진 양과 그런 혜진 양을 알아본 수 씨, 두 분 다 박수를 받아 마땅한 무대였습니다. 제 점수는요."

띠리리리.

전광판에 점수가 떴다.

100점.

역대 K팝스타들 어떤 참가자도 기록해 보지 못한 경이로운 점수이기에 관객석에서도 탄식과 함성이 터져 나왔다.

"배, 백점! 백점입니다! 역대 최고 점수를 기록했습니다!"

"아…… 아."

이 순간의 감격을 이기지 못한 조혜진이 손으로 입을 가리고 눈물을 글썽거렸다.

그간의 서러움이 저 아래 깊은 곳에서 치밀어 올라왔다. K팝스타들에 출연을 하면서도 늘 누군가의 들러리로 지내왔다. 그녀라고 해서 그러고 싶어서 그랬던 게 아니다. 막상 출연을 하고 나니 이하나, 에이미 같은 천부적인 재능을 타고난 이들과 경쟁이 되지 않았기 때문이다.

그랬는데, 오늘 만큼은 그녀들과 견주어도 부족한 게 없었다.

평생 조연으로 살아야 했을지도 모르던 그녀가 주연이 된 오늘, 그녀는 이날을 평생 잊지 못할 것이다.

"저…… 한마디만 해도 될까요?"

복받친 감정을 겨우 추스르며 조혜진이 어렵게 입을 열었다.

"네, 하세요."

정현무는 20초 남짓한 시간이 남은 걸 체크하고 수락했다.

"아니, 잠시만요."

조혜진은 알 수 없는 말을 남기더니 다짜고짜 심사위원석을 향해 상체를 푹 숙였다. 머리가 땅이 박을 듯 숙여진 고개는 좀처럼 들 생각을 않는다.

"……!"

대본에도, 리허설에도 없었던 그녀의 돌발 행동에 제작진은 물론이거니와 심사위원, 관객들마저도 당황하고 동요했다.

박고 있던 머리를 든 그녀는 그제야 옅게나마 웃고 있었다.

"말로는 제 고마움이 다 표현될 거 같지 않아서…… 이수 심사위원님 정말 감사합니다. 감사해요."

수는 심장이 벅차올랐다.

이런 감정은 처음이다. 한류스타가 되고, 진성화재배에서 우승하고, 집필한 책이 베스트셀러에 올랐었을 때도 느껴보지 못했던 뿌듯함과 성취감이다.

'어쩌면…… 내가 가장 행복을 느낄 때는 내 재능을 나눠
줄 때일지도 몰라.'

스윽.

수가 조용히 검지를 치켜세웠다.

그녀의 말대로 백 마디 말보다 한 번의 행동이 더 많은 의
미를 담을 때가 있다. 오늘의 무대가 최고라는 걸 한 번 더 그
녀에게 각인시켜 주고 싶었다.

"지금까지 4번 조혜진 양의 무대였습니다. 조혜진 양을 응
원해 주시는 시청자분들께서는 아래 번호로 4번 또는 조혜진
이라는 이름을 써서 보내주시면 되겠습니다. 이어서 다음 참
가자를 모시겠습니다."

무대가 암전되며 대형 스크린을 통해 다음 참가자의 영상
이 공개됐다. 그사이 조용히 조혜진은 무대를 내려왔다.

그러면서도 미련이 남는지 다시 돌아서서 다음 참가자가
올라 준비 중인 무대와 관객석을 번갈아 보며 다짐했다.

'오늘의 떨림, 설렘, 희열…… 평생 아로새겨 둘 거야.'

꼭 가수가 될 것이다.

그래서.

언제까지고 저 무대에 서 있고 싶다. 꼭.

5

"······."

대기실 소파에 앉아 현장 모니터를 보고 있는 에이미의 표정은 딱딱하게 굳어 있었다.

"분명 노마크였는데······."

에이미에게 있어서 조혜진은 고려 대상도 아니었다.

이런 표현이 거칠지 모르지만 자신을 더 돋보이게 해줄 그저 그런 참가자 중의 한 명이자 프로그램이 끝나면 만날 일이 없는 지나치는 인물쯤으로 여겼다.

뭐, 운이 좋다면 기획사와 계약을 해서 음원을 낼 기회는 있겠지만 결코 자신과 어깨를 나란히 할 가수는 될 수 없다고 자신했다.

그런데 오늘 보며 그런 생각이 싹 바뀌었다.

'내 우승의 가장 큰 걸림돌은 이하나가 아니라, 재일지도 몰라.'

에이미는 살짝 긴장했다.

교포인 그녀가 이해하기에 사모곡의 가사는 너무도 어려운 어휘로 이루어져 있다. 어머니란 단어만으로 감정을 느끼기엔 턱없이 부족했다.

그런데도 그녀의 노래를 듣는 내내 캐나다에 있을 엄마를 떠올리자 시큰했다.

감정을 움직이는 힘!

앞선 조혜진에게서 볼 수가 없던 것이었다.

'싫어. 수 심사위원님한테 첫 번째는 내가 되고 싶다고.'

먼 타국에서 아메리칸 아이돌마저 거부하고 엄마의 땅 한국으로 와 K팝스타들에 참가한 이유는 오로지 수 때문이다.

수의 음악을 누구보다 사랑하며, 그에게 배움을 받고 싶어서다. 더 나아가 인간적인 교류까지 나누고 싶은 사람이었기에 다 버리고 한국행을 선택했다.

그렇기에 늘 수에 눈에 들고 싶었다.

예선전에서 수의 조언을 받고 한 단계 성장한 이하나를 보며 미친 듯한 질투를 느낀 것도 그 때문이다.

그래서 밟았다.

제작진이 와일드카드라는 명목으로 살려내지 않았다면 오늘 이 자리 이하나의 무대는 다른 이가 대신하고 있었을 것이다.

'우승은 양보 못 해. 네들이 어떤 무대를 보이더라도, 우승을 하고 스카이블루를 선택하는 건 바로 나 에이미일 거니까.'

동경하는 이를 향한 갈망.

그녀를 최고로 이끄는 원동력이었다.

6

생방송 무대는 계속해서 이어졌다.

개중에는 에이미와 더불어 우승 후보로 꼽히던 이하나의

무대도 있었다.

순백의 드레스 차림으로 무대에 오른 그녀는 특유의 감미로운 저음을 기반으로 사람의 감정을 흔드는 노래를 선보였다.

훌륭한 노래라는 것에는 이견의 여지가 없었지만 앞선 조혜진의 무대와 비교하면 어딘지 밋밋함을 지우지 못했다.

"90점 드리겠습니다."

박준형마저도 아쉬움에 다른 참가자들과 비교해 크게 높은 점수를 주지 않았다.

그건 수도 마찬가지였다.

"제 점수는……."

전광판에 뜨는 숫자, 91점이다.

어딘지 모르게 아쉬움이 크게 남는 점수다. 우승 후보인 걸 감안하면 여전히 2% 부족한 인상을 준 무대였다.

그러나 사람들은 실망하지 않았다.

아직 스카이블루에서 트레이닝을 받은 세 명의 참가자가 남은 까닭이다.

'또 못 알아볼 정도로 성장한 거 아냐?'

'미리 심호흡하고 들어야겠어.'

'갓수가 또 무슨 짓을 했나 기대되네.'

조혜진의 비약적인 성장으로 말미암아 덩달아 다른 세 명의 참가자도 기대를 받았다.

제비뽑기의 순서대로 차례가 돌아왔고 세 사람도 무대에

올랐다.

변지호는 엠시더맥의 사랑의 시를 열창했다.

감미로운 곡조와 가성이 매력적인 이 곡의 느낌을 살리기 위해 혹독하게 트레이닝 받은 다양한 창법들을 십분 발휘했다.

딱 듣는 순간 깜짝 놀랄 만큼 발전을 하긴 했지만 아쉽게도 조혜진만큼의 감동을 주진 못했다. 그래도 각각 91점, 91점을 받으며 선방했다.

전효주도 마찬가지였다.

특이한 보이스를 지닌 그녀는 그간 선곡하지 않았던 R&B장르의 곡을 선택했다. 바로 거미의 어른 아이라는 곡이다.

생소한 선곡에도 그녀는 꽤 훌륭하게 소화해 냈다.

다만, 그녀답지 않게 사소한 실수를 저지르며 곡의 몰입을 해친 게 옥의 티였다.

그래도 각각 91점, 89점을 받으며 선방을 한 건 고무적이다.

TOP 12에 오른 참가자들의 무대를 고려하면 상위 라운드의 진출을 긍정적으로 내다볼 수 있는 점수다.

모든 경연이 끝나고 TOP 12가 준비한 짧은 뮤지컬 무대가 있었다.

이벤트격인 공연이었는데 꽤 공을 들인 모양인지 관객들이 즐거워하며 좋은 반응을 보였다.

"자, 대국민 문자투표를 종료하며 다음 라운드에 진출할 참가자를 호명하겠습니다. 우선 심사위원 점수 1위를 받은 참가자는 문자투표 결과에 상관없이 다음 라운드에 진출을 하게 됩니다. 그러면 K팝스타들 생방송 1라운드 명예의 1위는……."

정현무가 뜸을 들이는 사이 긴장감을 고조시키는 북소리가 울린다.

두두두둥!

재차 메모지를 확인한 그가 힘껏 외친다.

"조혜진 양입니다!"

"아……."

지목받은 조혜진이 그 자리에 털썩 앉아 감격의 눈물을 흘렸다.

"심사위원으로부터 극찬을 받은 조혜진 양은 심사위원 점수 1위를 받은 것은 물론이거니와 대국민 문자투표에서도 당당히 1위에 올랐습니다. 축하합니다. TOP 9의 자리에 앉아주세요."

조연에서 주연으로 올라온 그녀가 눈물을 훔치며 의자에 앉았다.

이어지는 호명에 에이미, 이하나, 강길수, 배수민 등을 포함한 실력자들이 TOP 9에 들었다.

스카이블루 소속의 임한울과 변지호는 5위, 8위로 각각 TOP 9에 합류했다.

"두 명의 탈락자가 결정된 가운데 마지막 한 명의 탈락자만 남게 되었습니다. 전효주 양, 송승헌 군 앞으로 나와주세요."

다다와 TG엔터테인먼트 소속의 가수들이 한 명씩 탈락이 확정됐다.

이제 남은 건 무대에서 몇 차례 실수를 보인 전효주와 춤꾼으로 좋은 무대를 보여준 송승헌이다.

"오늘 둘 중 한 사람은 이 무대를 떠나게 됩니다."

수가 굳은 얼굴로 무대를 내려다본다.

본인의 일도 아니건만, 꽤나 긴장한 듯 보였다. 품 안의 자식 일 같아 그럴 것이다.

'꼭 붙었으면……'

그러한 기도가 하늘에 닿기도 전, 정현무가 합격자를 발표했다.

"TOP 9에 진출할 마지막 합격자는…… 전효주 양입니다! 축하합니다."

합격이 정해지자 전효주는 참고 있던 눈물을 왈칵 쏟아냈다.

기사회생. 죽다 살아난 격이다.

그제야 수의 표정도 조금 펴졌다. 그녀의 생존에 안도한 것이다.

"이렇게 해서 TOP 9이 결정됐습니다. 이만 축하의 말을 전하며 저는 물러가겠습니다. 시청자 여러분 감사합니다."

K팝스타들 생방송 1라운드 종료.

TOP 9 생존.

그중 스카이블루 전원 생존.

『내일을 향해 쏴라』 20권에 계속…

초대형 24시 만화방

신간 100%, 샤워실, 흡연실, 수면실(침대석), 커플석, 세탁기 완비

■ 강북 노원역점 ■

서울 노원구 상계동 340-6 노원역 1번 출구 앞 3층
02) 951-8324 (화용빌딩 3층)

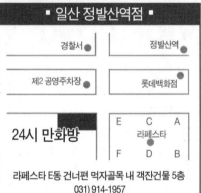

■ 일산 정발산역점 ■

라페스타 E동 건너편 먹자골목 내 객잔건물 5층
031) 914-1957

■ 일산 화정역점 ■

경기도 고양시 덕양구 화정동 984번지 서일빌딩 7층
031) 979-4874 (서일사우나 건물 7층)

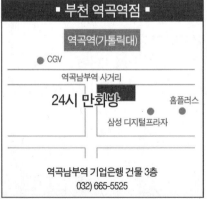

■ 부천 역곡역점 ■

역곡남부역 기업은행 건물 3층
032) 665-5525

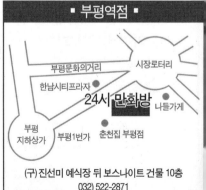

■ 부평역점 ■

(구)진선미 예식장 뒤 보스나이트 건물 10층
032) 522-2871

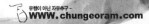

올 스탯
슬레이어

올 스탯 슬레이어 1

비츄 장편 소설

초판 1쇄 찍은 날 §2015년 8월 21일
초판 1쇄 펴낸 날 §2015년 8월 28일

지은이 §비츄
펴낸이 §서경석

편집책임 §김현미

펴낸곳 §도서출판 청어람
등록번호 §제387-1999-000006호
등록일자 §1999. 5. 31
어람번호 §제1-2209호

주소 §경기도 부천시 원미구 부일로 483번길 40 서경B/D 3F (우) 420-822
전화 §032-656-4452 팩스 §032-656-4453
http://www.chungeoram.com
E-mail §chungeorambook@daum.net

ISBN 979-11-316-90379-3 04810
ISBN 979-11-316-90378-6 (세트)

올 스탯 슬레이어 ①

슬레이어

FUSION FANTASTIC STORY

비츄 장편 소설

CONTENTS

프롤로그   7

CHAPTER 1   15

CHAPTER 2   45

CHAPTER 3   71

CHAPTER 4   91

CHAPTER 5   107

CHAPTER 6   151

CHAPTER 7   201

CHAPTER 8   229

올 스탯
슬레이어

프롤로그

네온사인이 번쩍이는 밤거리. 현석은 짐짓 짜증난다는 표정으로 눈앞의 여자를 쳐다봤다.

"그러니까 좀! 불가능한 건 아는데, 내 눈에만 예쁘라고."

"그런 말 좀 하지 마. 부끄럽게……."

여자는 현석의 팔을 툭 치면서 부끄러운 듯 고개를 숙였지만 딱히 기분이 나빠 보이지는 않았다.

"부끄러운 건 문제가 아냐. 네가 너무 예쁜 게 문제지."

현석은 짜증난다는 투로 얘기했지만 그의 눈빛은 굉장히 자상했다. 적어도 여자가 느끼기엔 그랬다.

'이 짓도 지겹다.'

그러나 현석의 진심은 아니었다. 심지어 여자의 이름도 가물 가물했다. 아까 듣기는 들었는데 제대로 기억이 안 난다.

'수희… 였던가?'

사실 현석이 이 짓을 시작한 지. 더욱 정확히 말하자면 길거리 혹은 술집에서 마음에 드는 여자를 발견하여 헌팅을 하고 연락처를 받아 연락하며 호감을 얻은 다음 잠자리까지 데려가는 짓을 시작한 지 어언 4년. 처음엔 여자를 꼬이는 재미도 있고 섹스도 굉장히 즐거웠지만 이젠 딱히 그런 즐거움이 느껴지지 않았다.

"그러니까 그렇게 예쁘게 웃지 말라고. 저 봐, 다 너만 쳐다보잖아."

"아냐. 오빠, 절대 아니야. 목소리 좀 작게 해. 어휴 진짜."

여자와 몇 마디만 나눠보면 대략적인 성향이 느껴진다. 그 성향에 따라서 '작업'을 실천하는데 여자들을 꼬이는, 좀 더 점잖은 말로 유혹하는 방법은 거기서 거기였다.

"근데 진짜 덥다. 우리 집에서 에어컨 틀어놓고 편하게 영화나 한 편 볼래?"

"오빠네 집에서?"

"응. 덥기도 덥고, 그게 편하기도 하고."

패턴은 거의 똑같았다. 추우면 추우니까 따뜻하게 전기장판

위에서 영화나 한 편 보자. 더우면 더우니까 에어컨 틀어놓고 영화나 한 편 보자.

그가 생각하기엔 참으로 어처구니없는 핑계였지만 의외로 여자들에게 100이면 90은 통하는 방법이었다. 물론 호감을 어느 정도 쌓았다는 가정 아래 말이다.

여기서 여자가 머뭇거린다면 아무 일도 아니라는 것처럼 그저 가볍고 장난스런 표정과 웃음을 보이며 한마디 더해주면 된다.

"아무 짓도 안 할 거야."

"누가 뭐래?"

그날도 현석은 헌팅에 성공했고 이름도 제대로 기억나지 않는 여자와 잠자리를 가졌다. 요즘은 흥분이 잘 안 되어서 발기도 잘 안 되고 발기 지속 시간도 길지 않았다.

그가 요즘 섹스를 하는 건 예전처럼 섹스가 좋아서라기보다는 그저 습관이었다. 해서 좋은 건 아니지만 안 하면 뭔가 허전한 그런 느낌말이다.

현석은 운동도 상당히 열심히 한 편이라 여자들이 보기에 굉장히 훌륭한 몸매를 지녔다.

너무 크지도 않고, 그렇다고 너무 마르지도 않은 적당한 체격에 얼굴이 작고 어깨가 넓으며 상체보다 하체가 훨씬 길었다. 비율이 굉장히 좋고 외모 또한 상당히 준수한 편이었다.

그는 수희라는 이름을 가졌을 것이라 짐작되는 여자를 껴안듯하여 침대에 눕혀놓고 그녀의 머리를 쓰다듬었다. 그리고 입술을 살짝 내밀고 작게 말했다.

"뽀뽀."

'쪽' 소리가 났다. 보통 잠자리까지 이르고 나면 여자들은 현석에게 매우 깊은 호감을 느끼곤 했다. 운동을 열심히 했다는 것은 잠자리에서 굉장한 메리트를 지닌다.

운동을 제대로 해보지 않고서, '나는 침대 위의 메시다' 혹은 '낮져밤이(낮에는 지고 밤에는 이긴다)' 라고 말하는 걸 보면 현석은 피식피식 비웃곤 한다.

그도 그럴 것이 둔부의 힘, 허벅지의 힘, 그리고 단련된 척추 기립근에 의한 허리의 힘과 운동 반경 자체가 운동을 열심히 한 사람과 하지 않은 사람은 크게 차이가 나는 법이니까.

현석은 마치 사랑스러운 애완견을 바라보는 듯한 눈길로 그녀를 쳐다보며 살짝 웃어주었다. 진심이라기보다는 그저 습관이었다. 이러한 행위를 여자들은 굉장히 좋아했다.

현석이 다시금 입술을 살짝 내밀고 웃으며 말했다.

"뽀뽀."

또다시 '쪽' 소리가 났다. 사실상 현석에게는 새로운 것도 아니었다. 그에게 여자들은 마치 프로그래밍된 생물체 같은 느낌이었다. 이렇게 하면 저런 반응을 보이고, 또 저렇게 하면 이런 반응을 보인다.

다른 것들은 둘째 치고, 적어도 처음 만나 잠자리까지 데려가고, 그 이후로 깊은 호감을 얻는 건 거의 같은 과정을 거쳤다.

여자가 쫑알쫑알 뭐라고 얘기를 하고는 있는데, 현석은 주의 깊게 듣지 않았다. 다만 끝말을 따라 해주거나 '와~ 진짜?' 와 같은 추임새를 넣거나 가끔씩 여자의 감정에 동조하면서 '그랬어? 진짜 나쁜 놈이네 그거' 라는 등 별 의미 없는 맞장구만 쳐주었다.

어차피 열심히 들어봐야 별 내용 없고, 하도 이런 상황이 반복되다 보니 겉으로야 티가 안 나지만 속으로는 다른 생각만 하는 중이었다.

'뭔가… 귀찮네.'

처음에는 여자의 벗겨진 팬티 혹은 현관에 놓인 구두, 침대 옆에 내팽개쳐진 스타킹 등을 몰래 찍어서 친구들에게 '인증샷' 까지 보냈었다. 친구들은 굉장히 부러워했고 현석도 그때는 일종의 우월감을 느꼈었다.

그렇다고 현석이 헌팅과 섹스에만 열을 올린 것은 아니다. 그는 모든 방면에서 두루두루 재능을 보였고 두루두루 노력했다. 그런데 그 말을 달리하자면 상당히 많은 것을 적당히 잘한다는 뜻이고, 좀 더 깊게 얘기하자면 특출나게 잘하는 것은 없다는 뜻이다.

공부도 적당히 잘했고 운동도 적당히 잘했다. 피아노도 남들 앞에서 뽐낼 정도로는 연주할 줄 알았고 노래도 그 정도는 했다.

'지루해.'

그렇다 보니 모든 것에 깊게 파고들기보다는 이것저것 다양하게 접해봤고, 29살이 된 지금은 딱히 뭔가에 매진하거나 몰두하지 않았다.

학생시절 때에는 취업이라는 목표가 있어서 치열하게 살았다.

권태로움을 느낄 여력이 없었다. 치열하게 공부하여 전기기사와 전기공사기사 자격증을 취득하고 전공 면접에서 좋은 성적을 거두어 공기업 중에서 최고라는 한전에 취업했다.

거기까진 좋았다.

한전에 취업한 것도 좋고, 부업으로 번역 아르바이트를 하는 것도 좋았다. 안정적인 직장과 동시에 수입이 제법 짭짤한 부업까지 가지고 있는 거니까.

삶이 안정되고 경제적인 여유가 생기자 모든 게 평화롭고 편했다. 하지만 예전과 같은 치열함은 없었다. 목표를 잃고 그저 하루하루를 살아가는 조금 잘난 남자일 뿐이었다.

현석은 여자의 머리를 쓰다듬으며 그녀의 앞머리를 넘기고서 눈을 마주치고 다정한 목소리로 말했다.

"아, 예쁘다."

마치 프로그래밍된 기계처럼 그는 대화를 능숙하게 이어가고, 비록 착각일지언정 그녀가 정말 사랑받고 있다는 느낌이 들도록 해주었다. 그에겐 굉장히 익숙하고 자연스러운 일이었다. 마치 숨을 쉬는 것처럼 말이다.

심지어 헤어지는 과정도 그에게 있어선 아주 쉬웠다.

그녀가 싫어하는 행동을 조금씩 하면서, 연락을 조금씩 늦추면서, 천천히 그녀가 자신을 싫어하게 만들면 그만이었으니까 말이다.

여자의 입장에서 본다면 완전히 쓰레기 같은 짓이지만 실상을 살펴보면 그렇지도 않았다. 여자도 현석과 헤어지는 과정에서 딱히 충격을 받거나 슬퍼하지 않았다. 그런 면에서 현석은 재능을 타고나기도 했고 연습을 많이 하기도 했다. 자연스럽게 헤어지고 연락하지 않는 방법은 그에게 여자를 유혹하는 방법만큼이나 쉬웠다.

'정말 지루해.'

그러나 이젠 그 익숙함과 자연스러움이 권태가 되어 다가왔다.

그리고 그 날.

현석의 일상이 완전히 깨져 버렸다.

CHAPTER 1

그날, 현석은 간만에 여자 없는 아침을 맞이했다. 사실상 옆에 여자가 없는 날보다 있는 날이 훨씬 많은 현석이다. 그러니까 옆에 여자가 없는 날은 굳이 따져보자면 '평범하지 않은 날'의 범주에 속한다는 거다.

[튜토리얼 모드에 진입합니다.]

그래도 옆에 여자가 없다는 것 정도는 일상적인 일로 넘어갈 수 있었다.

[유현석 님은 슬레이어로 선택되었습니다.]

현석은 몸을 벌떡 일으켰다. 자꾸만 이상한 알림음이 들려왔다. 알림음이라고 하기에도 이상했다.

분명 목소리가 인식은 되는데 실제 목소리는 아닌 것 같았다. 귀를 통해 들리는 것이 아니라 뇌를 통해 들리는 것 같은, 그런 기분이었다. 그렇지만 그런 기현상을 단숨에 이해할 만큼 유현석은 초자연적 현상에 익숙하지 못했다.

"거기 누구 있어요?"

침대에서 내려왔다.

'내가 아직 잠이 덜 깼나⋯⋯.'

화장실 문을 열어봤다. 화장실 안에는 아무도 없었다.

[본 시스템은 슬레이어로 전직한 유현석 님을 돕기 위한 시스템으로 활성화를 원하실 때엔 머릿속으로 튜토리얼을 떠올리면 됩니다. 본 시스템은 의지로 발현되는 시스템이며 실사용자인 유현석 님에게만 해당되는 사항입니다.]

현석은 망치로 머리를 얻어맞은 것 같은 기분이 들었다. 도대체 이게 무슨 일인지 모르겠다.

"미친⋯⋯. 내가 아직도 꿈을 꾸나?"

세수를 해봤다. 해봤는데도 소용없다. 정신병에 걸린 것 같기도 했다. 들리지도 않는 환청이라니……

알림음은 계속해서 슬레이어라는 것에 대하여 설명을 하고 있었다. 그러나 현석은 그 내용에 전혀 집중하지 못했다. 슬레이어니, 앞으로 나타날 괴물에 대한 대비라느니, 그런 건 아무래도 좋았다. 이 말도 안 되는 꿈에서 빨리 깨어났으면 좋겠다고 생각했다.

'병원을 가봐야 하나?'

평범한 사람에게 갑자기 환청이 들리면 그건 정신병이다. 현석은 여자를 유혹하는 스킬과 방법에 대해서는 능통하지만 그걸 제외하면 그냥 평범한 사람이었다.

다른 사람들의 눈으로 보면 조금 잘난, 그렇다고 특출난 건 아닌 그런 사람이었다. 그렇다 보니 지금 일어난 이 상황을 제대로 파악하지 못했고 이해하지도 못했다.

그렇게 3일이 지났다.

*   *   *

현석은 현실을 받아들였다. 실제로 3일이란 시간은 그리 짧은 시간이 아니다.

여러 가지를 시험해 본 결과, 지금 일어나고 있는 이 일은 꿈도 아니고 그렇다고 정신병에 걸린 것도 아니었다. 다행인 것은 현석은 제법 현실에 순응할 줄 알고 또 상황을 이용할 줄 안다는 것이었다.

'스탯창'

그의 스탯창 펼쳐졌다. 실제로 나타나는 것이 아니라 머릿속에 저절로 그려졌다. 마치 눈에 보이는 것처럼 말이다.

〈스탯창〉

1. 이름: 유현석

2. 나이: 29

3. 신장: 181㎝

4. 체중: 82㎏ ― BMI: 과체중

5. 직업: 슬레이어(0/5) ―칭호가 없습니다. 칭호의 효과를 받을 수 없습니다.

(―)(―)(―)(―)(―)

6. 전투 능력: 튜토리얼 모드로 인하여 상세한 설명이 펼쳐집니다. 이후 튜토리얼 모드에서 벗어나면 설명이 사라지지만 사용자가 원할 때에 언제든지 활성화할 수 있습니다. (현재 잔여 스탯 포인트 0)

(1) 힘 : 22(―7) ―근력에 영향을 미칩니다. 근력은 물리 공격력을 결정하는 가장 중요한 요소입니다. 체력에도 영향을 미치며 힘

1당 H/P가 10포인트 증가합니다.

(2) 지성: 24(―7) ―지능에 영향을 미칩니다. 지성은 비물리 공격력을 결정하는 가장 중요한 요소입니다. 정신력에도 영향을 끼치며 지성 1당 M/P가 10포인트 증가합니다.

(3) 체력: 14(―7) ―지구력에 영향을 미칩니다. 체력은 H/P와 스태미나를 결정하는 가장 중요한 요소입니다. 체력 1당 H/P 40포인트 증가합니다.

(4) 민첩: 22(―7) ―민첩성에 영향을 미칩니다. 민첩은 회피율과 공격 적중률을 결정하는 가장 중요한 요소입니다. 민첩 1당 회피율과 적중률이 10포인트 상승합니다.

7. 비전투 능력

(1) 정력: 3 ―정력에 영향을 미칩니다. 정력을 결정하는 가장 중요한 요소입니다. 정력 1당 스태미나가 1포인트 증가합니다.

현석은 이제 현실을 받아들였다. 튜토리얼 모드가 뭔지는 안다. 게임을 시작할 때에 초보자들을 위해 이런저런 것들을 설명해 주고, 혹은 필요하다면 퀘스트 형식을 통해 게임 신행 방법을 알려주거나 아이템 혹은 돈을 주기도 한다.

'그런데 이건 도대체 뭐냐?'

다른 포인트들. 그러니까 힘 22, 지성 24 등의 포인트가 높은 것인지는 잘 모르겠지만 체력과 정력의 포인트는 상당히 낮았다.

다행히 튜토리얼 모드에는 상세한 설명을 제공한다고 되어 있었고 그에 따른 상세한 설명을 볼 수 있었다. 특히나 정력의 경우는 빨간색으로 표시되어 있었는데,

[현재 정력이 14 이하이므로 발기력이 7포인트 감소합니다.]

라는 추가 설명이 덧붙여져 있었다.

[지속된 섹스로 인하여 흥분도가 저하된 상태이며 양기가 굉장히 부족한 상태입니다. 주의를 요합니다.]

'이건 나도 느끼던 바였고…….'

이건 원래부터 느끼던 바였다. 발기도 잘 안 될뿐더러, 애무를 하다 보면 죽는 경우가 허다했다. 일단 삽입에 성공하고 나면 그 이후로는 어찌어찌 괜찮았지만 성공 자체가 잘 안 될 때도 많았다.

'아무래도 이 포인트는 당시 상태를 기점으로 형성된 모양이야.'

[정력은 남성의 근간이라 할 수 있습니다. 지나치게 낮은 정력 포인트로 인하여 전체 능력치에 페널티가 적용됩니다.]

[정력 페널티로 인하여 체력이 7로 하락. 현재 정력이 10 이하

이므로 페널티가 적용됩니다. 본래의 H/P의 50퍼센트만 활성화됩니다. 현재 H/P는 150입니다.]

현석은 이 페널티들이 뭔지 잘 몰랐다. 그저 요즘 몸이 피곤하고 회복이 잘 안 되는 것이 나이를 먹어서인가 싶었는데, 그러한 사실을 여실히 보여주는 스탯창이라는 생각이 들었다.

'하기야 여자한테 기가 빨린다는 말도 있지.'

아주 가끔이지만 현석도 그런 여자를 만나기도 했다. 그럴 때면 정말 기가 빨린다는 느낌을 받곤 했는데 어쨌든 꼭 그런 게 아니어도 요즘 온몸이 무기력하고 심각할 정도는 아니었지만 다리도 가끔 풀리곤 했다.

'포인트는 10을 기점으로 10 이하이면 페널티가 적용되는 것 같아.'

다시 한 번 스탯창에 대한 검토를 끝냈다.

튜토리얼 모드를 통해 알게 된 것인데 그는 스탯창 말고도 스킬창과 퀘스트창을 활성화할 수 있었다.

'이왕에 이런 일이 벌어진 거… 인벤토리 같은 게 있었으면 아주 편했을 텐데.'

인벤토리는 무형의 저장 공간이 아니던가. 그런 게 실제로 있다면 굉장히 유용하고 좋았을 텐데 아쉽게도 인벤토리창은 활성화되지 않았다.

'퀘스트창.'

이번에는 퀘스트창을 활성화해 보았다. 지금 당장 내게 주어진 퀘스트는 하나였다.

Q. 정력을 회복하라!

현재 유현석 님은 슬레이어들 중에서도 가장 낮은 정력 수치를 기록하고 있습니다.

유현석 님의 스탯 중 가장 높은 스탯인 지성 24의 50퍼센트인 12 이하이므로 상당한 페널티가 적용되고 있습니다.

정력은 직접 전투 능력은 아니지만 다른 모든 능력에 영향을 미치는 굉장히 중요한 스탯이므로 꾸준한 투자가 필요합니다.

필요 최소 정력: 12

'정력을 도대체 어떻게 회복하라는 거야?'

그런데 문제는 정력을 어떻게 회복하라는 건지 모르겠다. 스탯창을 보면 잔여 스탯 포인트라는 것이 있는데, 게임처럼 레벨을 높이고 몬스터를 잡으면 스탯 포인트가 생기는 것 같기도 하다. 하지만 이곳은 현실이다. 몬스터 따윈 없다.

적어도 약 한 달 동안 그는 그렇게 생각했다.

*　　　　　*　　　　　*

한 달 후.

튜토리얼 모드라는 것에 어느덧 익숙해질 무렵. 사실상 익숙해지고 자시고 할 것도 없었지만 어쨌든 스탯창이라는 것과 퀘스트창에 대해 알게 되고 그 스탯들에 대한 파악이 끝났을 무렵 세상이 변했다.

지금껏 지구에 존재하지 않던 생물들이 생겨나기 시작했고 그 생물들은 인간에 대해 상당한 적개심을 품고 있다는 것이 밝혀졌다.

그것들은 일반적인 동물과는 달리 머리 위에 하얀색으로 이름이 표시되었고 게임 속의 H/P 바와 같은 것이 생겨나 있었다. 육안으로 확인해도 그랬고 사진 혹은 영상으로 촬영해도 똑같았다.

세계 곳곳에서 피해가 속출했다. 괴수영화처럼 그러니까 고질라나 킹콩같이 거대한 개체는 나타나지 않았지만 모기, 개, 고양이 등의 형상을 한 괴물들이 활개를 치기 시작하면서 목숨을 잃는 사람들도 생겼다.

모기나 곤충류 같은 경우는 일반 사람이 한 대 제대로 치면 죽는 수준에 불과했다.

머리 위에 '모기'라고 이름이 보인다고 해서, 그리고 H/P 바가 보인다고 해서 엄청나게 강한 모기는 아니었다. 모기는 모기

일 뿐이었다.

그러나 개만 하더라도 얘기는 달라졌다.

작은 개 종류라고 하더라도 어린아이를 능히 죽일 수 있는 힘을 가졌다. 심지어 남미의 한 대형견은 성인 남성을 7명이나 물어뜯고 나서야 경찰에게 사살당했다.

일반적이지 않은 생물체들. 사람들은 그것들을 일컬어 '몬스터'라고 명명했다.

각국에서는 몬스터에 의한 피해가 속출하지 않도록 각고의 노력을 기울였다. 사람들은 개인적으로도 대비책을 강구했다.

총기 소유가 불법인 한국에서는 스턴건이 불티나게 팔렸다. 갑자기 미친개가 나타나서 사람을 공격할지 모를 일이었으니까.

다행인 점을 꼽으라면 당장 몬스터의 위험도가 아주 높지는 않다는 것이었다. 특히 대한민국의 경우 날파리, 하루살이, 모기 등의 작은 몬스터가 주를 이루고 있었다.

어디까지나 참고자료로써 통계자료를 살펴보자면 인구 약 1명당 몬스터 1마리가 출몰하는데, 그중에서도 위협적인 몬스터의 비율은 약 0.001퍼센트 정도 되었다.

그러니까 통계적으로 살펴보자면 10만 명 중 1명이, 위협적인 몬스터를 만난다는 뜻이었다. 고작 0.001퍼센트였지만 또 그게 그렇게 적은 수치는 아니었다. 대략적으로 인구 5천만 명인 한국을 예로 들자면 확률 상 500명 정도는 위협적인 몬스터를 만난다는 뜻이었으니까.

따라서 뉴스가 심심치 않게 들려오곤 했다.

—전남 무안군에서 진돗개 몬스터가 출몰하여 2명이 부상을 입는 사건이 발생했습니다. 부상을 입은 2명은 62세 이모 씨, 56세 김모 씨로 퇴근길에 갑자기 나타난 진돗개의 습격을 받았다고 합니다. 다행히 스턴건을 소지하고 있던 26살 박모 씨의 용감한……

그에 따라 슬슬 몬스터 대응 단체가 나타나기 시작했다.

대한민국의 경우는 아직 목격되지 않았지만 미국, 캐나다 등지에서는 곰처럼 꽤 커다란 몬스터들도 출몰하곤 했으니까. 국가적인 차원에서도 대응기구를 설립하고 출입 금지 구역을 선포하는 등의 노력을 기울였다.

"한국은 또 늦지."

현석은 눈살을 약간 찌푸리며 뉴스를 껐다. 개인적으로 대비책을 세우고 있고 또 강력한 몬스터가 나타나고 있지는 않지만 언제 강력한 몬스터가 나타날지 모를 일이다. 다른 선진국들은 이미 국가 차원의 몬스터 대응기구를 설립했다. 일부는 새로이 조직했고 일부는 군인들 중 일부를 차출하여 새로운 조직을 설립하기도 했다.

어쨌든 한국은 아직까지 강력한 몬스터가 나타나지 않았다
는 이유로 새로운 기구를 설립하지 않았다.

'하지만 더 강한 놈들이 나타날 가능성이 높지 않을까?'

튜토리얼로 시작했다. 그렇다면 더 상위의 무언가가 있을 수
있다는 소리였다.

현석이 전기 파리채를 세차게 휘둘렀다.

타닥! 타닥!

무언가 걸리긴 걸린 모양이다. 몸이 근질근질한 것으로 보아
아마 모기였던 것 같다. 파리채를 살펴보니 모기가 맞았다. 그
런데 그냥 모기가 아니었다.

'운이 좋았어.'

[최하급 몬스터 모기를 처치하였습니다. 3/100]

모기 말고도 하루살이도 같이 걸렸는지 알림음이 들려왔다.

[최하급 몬스터 하루살이를 처치하였습니다. 100/100]

[100마리 처치 퀘스트가 완료되었습니다. 퀘스트 완료로 인해
스탯이 1 부여됩니다.]

[현재 모기 슬레이어 칭호의 적용으로 민첩이 1 증가된 상태입

니다.]

[현재 하루살이 슬레이어 칭호와 모기 슬레이어 칭호의 적용은 동시에 이루어지지 않습니다. 하루살이 슬레이어 칭호로 인한 스탯 증가 효과가 상쇄됩니다.]

지금 그는 퀘스트를 수행하는 중이었다. 몬스터 100마리당 스탯 포인트를 1씩 주는 튜토리얼 모드의 퀘스트였다.

현재 그는 튜토리얼 시스템의 추천에 따라 모든 포인트를 정력에 투자하고 있었는데 현재까지 잡은 모기의 수는 정확히 399마리였다.

그러니까 현석은 이 퀘스트를 두 번 클리어했고 또다시 시작한 셈이다.

퀘스트를 클리어하는 데 하루도 안 걸렸다. 정확히 말하면 2시간 정도 걸렸다. 당장 뒷산에만 올라가도 날파리 몬스터들이 떼를 이루고 있었으니 말이다.

그중에서도 사냥 자체는 10분도 안 걸렸다. 나머지 시간은 뒷산까지 이동하는 시간과 전기 파리채를 사는 데 걸린 시간이었다.

운 좋게 하루살이 몬스터가 군집을 이루고 있는 것을 발견하여 전기 모기채를 휘둘러서 쉽게 사냥했다. 조금 더 사냥을 하다가 날씨가 너무 더워서 저녁에 사냥하고자 집으로 돌아왔더니 운 좋게 한 마리 더 잡았다.

[스탯 포인트는 정력에 투자하는 것을 추천합니다.]
[정력 포인트는 반드시 올려야 하는 포인트입니다.]
[현재 정력은 9포인트입니다.]

'최소 필요 정력이 12였으니까……'
확신은 아니지만 필요 정력 12를 채우는 순간, 튜토리얼 모드가 깨지고 진짜 본 게임이 시작될 것 같다는 기분이 들었다.
그때, 어떤 생각이 떠올랐다.
'그런데… 가만?'

*　　　*　　　*

현석의 예상은 틀리지 않았다. 계속해서 주의음을 알려대며 정력 포인트를 올리라고 요구했던 건 튜토리얼 모드의 함정일 것이라는 예상 말이다.
사실상 경보음이 계속해서 울리며 정력을 올리라고 요구할 때에는 현석 스스로도 모르게 정력을 올릴 뻔했을 정도였다. 그러나 그는 튜토리얼 모드의 알림을 모두 무시하고서 다른 스탯들을 많이 높였다.

'좋았어.'

스탯창을 열어 다시 한 번 확인해 보았다.

〈스탯창〉

1. 이름: 유현석

2. 나이: 29

3. 신장: 181㎝

4. 체중: 87㎏ —BMI: 과체중

5. 직업: 슬레이어 (4/5)

(하루살이 슬레이어)

(모기 슬레이어)

(개미 슬레이어)

(벌 슬레이어)

(—)

6. 전투 능력 —튜토리얼 모드로 인하여 상세한 설명이 펼쳐집니다. 이후 튜토리얼 모드에서 벗어나면 설명이 사라지지만 사용자가 원할 때에 언제든지 활성화할 수 있습니다. (현재 잔여 스탯 포인트 0)

(1) 힘 : 99(—9) —근력에 영향을 미칩니다. 근력은 물리 공격력을 결정하는 가장 중요한 요소입니다. 체력에도 영향을 미치며 힘 1당 H/P가 10포인트 증가합니다.

(2) 지성: 99(−9) ─지능에 영향을 미칩니다. 지성은 비물리 공격력을 결정하는 가장 중요한 요소입니다. 정신력에도 영향을 끼치며 지성 1당 M/P가 10포인트 증가합니다.

(3) 체력: 99(−9) ─지구력에 영향을 미칩니다. 체력은 H/P와 스태미나를 결정하는 가장 중요한 요소입니다. 체력 1당 H/P 40포인트 증가합니다.

(4) 민첩: 99(−9) ─민첩성에 영향을 미칩니다. 민첩은 회피율과 공격 적중률을 결정하는 가장 중요한 요소입니다. 민첩 1당 회피율과 적중률이 10포인트 상승합니다.

7. 비전투 능력

(1) 정력: 40 ─정력에 영향을 미칩니다. 정력을 결정하는 가장 중요한 요소입니다. 정력 1당 스태미나가 1포인트 증가합니다.

체중이 5㎏ 증가했다. BMI 수치상으로는 과체중이지만 문제될 건 없었다. 그는 튜토리얼 모드에 진입하기 전부터 과체중이었다. 골격 근량이 운동을 하지 않는 사람들보다 훨씬 많기 때문에 체중이 많이 나가는 것일 뿐이었다.

또 눈여겨보아야 할 것은 스탯을 전부 99에 맞추어 찍어놓은 것이다.

일부러 노리고 한 것은 아니었다. 공짜로 스탯을 벌고 있다 보니 좋은 게 좋은 거라고, 그냥 똑같은 숫자를 만들어 올리는 중이었다. 그런데 스탯이 높아진다고 해서 뭐가 좋아진 건지는 잘 모르겠다.

'솔직히 이제 지겹군.'

아예 사냥을 위해서 시골로 내려가 하루살이와 모기 등 벌레형 몬스터들을 싸그리 잡았다.

전기 파리채보다 더 좋은 건 바로 에프킬라와 라이터였다.

저번에는 운 좋게(?) 벌집을 발견했는데 벌집 통째로 태워 버렸고 개미몬스터의 굴에 끓는 물을 부어 대량 학살을 자행하기도 했다.

그러나 모든 수치를 99까지 올리는 건 대단히 힘겨운 일이었다. 처음에는 신기하기도 했고 재미있기도 했지만 더 이상은 못 해먹겠다.

'뭐가 좋아지는 것도 없고.'

스탯이 이렇게 높아지면 뭔가 메리트가 있어야 하는데 그것도 아니었다.

다만 수치상으로 스탯이 높아질 뿐 표면적으로는 달라지는 게 아무것도 없었다. 기분 탓인지 체력은 조금 좋아진 것 같은 기분도 들긴 했지만 그뿐이었다.

'정력을 올리지 않은 건 어쨌든 잘한 일인 것 같다.'

튜토리얼 모드에서 정력을 올리라고 그렇게 알림을 띄웠는데 현석은 그 알림을 무시했다. 정력을 일정 수치, 그러니까 최내 스탯의 1/2 만큼 채우지 않았다.

스탯창을 연구하다 보니 알게 된 것인데 정력이 최대 스탯의 1/2 이상이 되지 않으면 최대 스탯과 정력의 스탯 포인트만큼 전체 능력치에 페널티가 적용되었다. 완전히 밑바닥. 리미트 최소 기준이 바로 10이고 그 이상부턴 이러한 법칙이 적용되었다.

현재 최대 스탯이 약 99포인트이므로 정력 스탯은 49포인트가 되어야 하는데 현재 정력 포인트는 40. 따라서 −9만큼의 페널티가 적용되고 있는 중이었다.

'얼른 100까지만 맞춰보자.'

뭐가 좋아지는 건지는 잘 모르겠으나 권태로웠던 삶에 일종의 활력소가 되어준 튜토리얼 모드였다. 그리고 이왕 시작한 거 지겹기는 해도 100까지 맞추면 모양새도 좋지 않은가. 현석은 그렇게 생각했다.

에프킬라와 라이터를 사용한 소형 화염방사기(?)와 전기 파리채로 무장한 그는 다시금 사냥길에 올랐고—사냥길이라고 해봐야 근처 개천—다시금 하루살이 100마리를 잡아 스탯 포인트 1을 획득했다.

'이번엔 힘.'

별다른 이유는 없었다. 힘이 가장 위에 나타나 있는 스탯 포인트여서 가장 먼저 투자했다. 이건 이제 일상이나 다름없는 일이었다.

정력을 올려야만 한다는 알림음은 무시했다. 그런데 또 다른 알림음이 들려왔다.

[튜토리얼 모드 내, 한계 포인트에 도달했습니다.]
[튜토리얼 모드 클리어의 조건을 충족했습니다. 이지 모드로 강제 전향합니다.]
[슬레이어 중 최초로 힘 포인트 100에 도달했습니다. 장사의 칭호가 부여됩니다. 이는 슬레이어의 칭호와 별도로 적용 가능한 칭호입니다.]
[최초의 장사 칭호로 인해 보너스 스탯이 3 부여됩니다.]

원래 튜토리얼 모드를 깨려면 정력 포인트를 올려야만 했다. 그런데 힘이 100을 넘어서자 튜토리얼 모드가 클리어됐단다.
'100포인트를 기점으로 뭐가 달라지나보군.'

[이지 모드(easy mode)에 진입합니다.]
[튜토리얼 모드의 조언을 무시하여 지나치게 높은 스탯을 소유 중입니다.]
[이는 이지 모드 진행 시 방해요인이 될 수 있습니다. 일정 부분 페널티가 적용됩니다.]

계속해서 머릿속에 떠오르는 알림음에 정신이 없을 지경이었다.

'이지 모드는 또 뭐야?'

＊　　　　　＊　　　　　＊

하루 사이에 세계가 다시 한 번 발칵 뒤집혔다.

그저 몬스터라는 이름을 가지고 있을 뿐 일반 벌레와 다를 것이 없었던 몬스터들이 더욱 강해졌다. 특히 위협이 되는 것은 모기 몬스터였는데 간밤에 모기 몬스터에 물려 죽은 어린아이가 전 세계적으로 3,000여 명에 이르게 되었다.

대부분 3세 이하 어린아이였으며 일부는 고령자였다.

건강한 성인이라고 해도 모기 몬스터에 물려 가려움을 호소하며 피부과를 찾는 경우까지 생길 정도였다.

〈몬스터, 점점 진화하는 생물체인가?〉

〈전 세계적인 재앙. 3,000여 명의 어린 불씨, 하룻밤 사이에 꺼져 버려.〉

〈건강한 성인이라도 안심할 수 없어.〉

〈특단의 대책이 필요한 시점.〉

사실 전 세계적으로 3,000명이라는 수치는 그리 많은 수치는 아니었다.

다만 그것이 대부분 어린아이들이고 하룻밤 사이에 동시 다발적으로 일어난 일이라면 이야기는 달라진다. 아이를 가진 부모의 입장에서는 엄청난 공포가 되어 다가오는 것이다.

'이런 미친……'

현석은 입술을 살짝 깨물었다. 이지 모드에 진입한다는 알림을 듣고 바로 그 다음 날 이런 참사가 벌어졌다.

확실했다. 이건 게임이 아니었다.

어제까지는 기분이 좋았다. 최초의 장사 칭호로 인해 보너스 스탯이 3이나 주어졌고 덕분에 다른 스탯을 모두 1씩 올려 전부 100으로 만들었다. 당장에 좋은 점은 없어도 어쨌든 100으로 정렬된 숫자는 그의 기분을 좋게 만들어 주었다.

더욱 황당한 건 모두 최초 스탯 돌파자라 하여 칭호가 하나씩 부여되었는데 덕분에 보너스 스탯이 12에 달한다는 것이었다.

출근을 했는데 모든 사람들이 하나같이 그 얘기뿐이었다.

"선배님, 간밤에 그 소식 들으셨어요?"

현석에게 다가온 건 27세의 김소현.

아주 예쁜 얼굴은 아니지만 싹싹한 태도와 밝은 성격 덕택에 이곳, 그러니까 남자가 득실거리는 한전에서 예쁨과 사랑을 독차지하고 있는 여자였다.

"아아, 그래 들었어."

"진짜 무서워요, 진짜 이러다 무슨 일 생기는 거 아니에요?"

"글쎄……."

현석은 아무렇지도 않은 듯 한 번 피식 웃고선 어깨를 으쓱해 보였다.

마음만 먹으면 김소현을 잠자리까지 데려갈 자신이 있었으나 그는 주변의 여자와는 웬만해서는 잠자리를 가지지 않았다. 친분 관계가 얽히고설켜 있으면 괜히 건드리지 않는 게 좋았다.

소현은 200원짜리 밀크커피를 뽑아와 현석에게 주면서 말했다.

"선배님 그런데 그거 알아요?"

"뭐가?"

"인터넷에서 떠다니는 소문이긴 한데요, 몬스터들이 나타났잖아요? 그런데 그 몬스터들을 처리하는 능력자들, 그니까 뭐라 더라… 슬레이어라는……. 서, 선배님?"

현석은 저도 모르게 커피를 떨어뜨렸다. 많이 식어 있어서 화상을 입지는 않았지만 그의 바지에 갈색 커피가 잔뜩 묻어버렸다.

"아! 미, 미안하다. 놀랐지?"

"아니 저 놀란 건 상관없는데 선배님 바지가……. 여기 계세요, 제가 닦을 거 좀 가져올게요."

현석은 머리가 멍해졌다.

인터넷에 떠다니는 소문이란다. 슬레이어, 슬레이어가 나타나고 있단다. 슬레이어는 현석 혼자만이 아니란 소리였다. 아직 업무 시간이 되지 않았다. 현석은 컴퓨터를 켜서 바로 인터넷을 확인해 봤다.

공론화한 것은 아직 없었다. 다만 루머처럼 퍼져 있는 게시판의 작성 글들이 보였다.

─나 하루살이 슬레이어 됨. 스탯 무려 20이 넘음. 개 쎄짐.

─오 ㅊㅋㅊㅋ ㅋㅋㅋㅋ 근데 정력 포인트 빨리 채워야 할 듯 ㅇㅇ.

─ㅇㅇ. 난 이제 3만 올리면 됨. 튜토리얼 빨리 깨야 할 듯함요.

─님들. 지능도 열심히 올려야 됨. 나중 되면 전투 필드를 펼치는데 그거 지능이랑 관련되어 있는 듯.

심지어 슬레이어의 카페도 생겨나 있었다. 연령대가 높지는 않은 듯했다.

'이니… 연령대가 높은 사람들도 분명 있겠지. 카페에 가입하

지 않았을 뿐.'

말투를 보나 행동거지를 보나 나이가 상당히 어려 보였다. 그 어린 사람들이 스스로를 슬레이어라고 주장하면서 글을 남겼는데 원래대로라면 이런 글들은 상대할 가치도 없는 글이었다.

튜토리얼 모드? 스탯? 지능 포인트? 그런 건 게임에나 있는 말이다. 그냥 어린아이들이 모여서 장난으로 노닥거리는 것. 그이상도 이하도 아니었다. 그러나 현석은 안다. 이건 절대 장난이 아니다.

'몬스터가 나타나고 이젠 능력자들이 나타나는 건가. 도대체이 무슨⋯⋯.'

*   *   *

하룻밤 사이에 3,000여 명의 어린아이가 죽은 그날 이후로 세계 각국은 빠르게 움직였다.

대부분의 선진국은 이미 몬스터 대응기구가 마련되어 있었고, 대부분의 몬스터가 작은 벌레형임에 초점을 맞추어 재빨리 대규모 방역을 시작했으며 모기 몬스터의 독에 대항할 수 있는 백신을 개발하여 싼값에 판매했다.

덕분에 사망자 수는 기하급수적으로 떨어졌다. 다행이라면 다행인 일이었다.

〈이번에도 늑장 대응. 소 잃고 외양간을 고치는 격.〉

〈무능한 한국 정부. 아직 몬스터 대응기구 설립도 하지 않아.〉

그러나 그건 일부 선진국의 얘기였다. 사실상 선진국이라고 해도 발 빠른 대처에 들어간 건 미국과 일본을 비롯한 10여 개국에 불과했다. 그것도 대도시 위주로 대책이 수립된 거지 시골 쪽은 아직 대처하지 못했다.

한국의 경우, 대처를 훌륭하게 했다고는 못하겠지만 그래도 어느 정도는 대처했다. 그 날 이후 전국적인 방역 작업이 시작되었고 모기 몬스터의 씨를 말려 버리다시피 했으니까.

그러나 문제는 몬스터 대응기구를 설립하지 않았다는 것이었다. 이에 김근희 대통령이 성명을 발표하고 하루빨리 대책기구를 설립하겠다고 공표했다.

이에 인터넷 여론이 들끓었다. 방역 자체는 굉장히 잘한 편이었으나 여론은 정부를 믿지 못하겠다는 쪽으로 기울었다.

특히 아이들을 잃은 젊은 부모들에게서 그러한 경향이 나타났는데 아무도 그들을 탓하지는 못했다. 하룻밤 사이에 아이를 잃은 그들은 뭐라도 원망을 해야만 했고 그 타깃이 정부가 되었을 뿐이었다.

―그래도 이만하면 꽤 잘 했음. 더 이상 뭘 더 어떻게 대처하라는 거임? 정부가 무슨 초능력자 집단도 아니고.

―맞습니다. 하룻밤 사이에 전국적인 방역 작업이 펼쳐졌고 그에 따라 모기 몬스터에 의한 사망자 수는 한 자릿수에 머물게 되었습니다. 이는 굉장히 발 빠른 대처로써 저도 정부를 신뢰하지는 않지만 잘한 건 잘한 거 아닙니까?

정부에 긍정적인 말들도 오갔지만 인터넷 여론 자체는 정부를 비판하는 목소리가 더 높았다. 인터넷에선 그랬고 오프라인에서는 약간 달랐다. 몬스터 대응기구를 빨리 설립하지 않은 건 문제가 있지만 그래도 이번 일은 잘 처리했다는 의견이 많았다.

현석은 눈을 살짝 감았다.

'이만하면 잘하긴 했지.'

정부의 대처를 가지고 왈가왈부할 생각은 별로 없었다. 다만 그는 스스로에게 생긴 변화에 집중했다.

'이지 모드라……. 뭐가 달라진 거지?'

뭐가 달라진 건지 모르겠다. 몬스터가 조금 강해졌을 뿐이었다.

그나마 강해진 벌레형 몬스터들도 대규모 방역 작업을 통해 싸그리 죽여 버렸다. 물론 하루, 아니, 몇 시간만 지나면 또 벌레들이 생겨날 터였다.

바로 지금처럼 말이다.

'그렇게 씨를 말렸는데 또 어디서 튀어나온 건지.'

그때 알림음이 들려왔다.

[최하급 몬스터 하루살이를 발견했습니다.]

[이지 모드로 인한 전투 필드 개방이 허락됩니다.]

[전투 필드를 개방하시겠습니까? Y/N]

CHAPTER 2

전투 필드가 펼쳐졌을 때 현석은 기함을 토해야만 했다.

"젠장… 이게 어떻게 된 일이야?"

테이블 위에 있던 하루살이를 향해 손바닥을 내뻗었는데 몸이 잠깐 자신의 통제를 벗어났다. 몸이 자신의 의지와는 완전히 다르게 놀았다.

쿠과광!

요란한 소리와 함께 테이블이 완전히 부서져 버렸다. 그냥 부서진 게 아니라 산산조각이 나버렸다.

[최하급 몬스터 하루살이를 사냥했습니다.]
[최하급 몬스터는 몬스터스톤을 생성하지 않습니다.]

여태까지와는 조금 달랐다. 몸의 능력 자체가 튜토리얼 모드와는 확연히 달라졌다.

[이지 모드에 적합하지 않은 과도한 힘입니다.]
[규격을 초과한 과도한 능력치로 인하여 스탯 보너스와 경험치가 생성되지 않습니다.]
[레벨 시스템에 제한이 걸립니다.]
[경험치 시스템에 제한이 걸립니다.]

알림음이 계속해서 울려왔다. 정신이 없어서 무슨 말인지 제대로 듣지도 못했다. 그는 산산조각 난 테이블을 멍하니 쳐다봤다.
'이건 도대체……?'

[타깃이 없습니다. 전투 필드가 사라집니다.]

일시에 힘이 쭉 빠지는 느낌이 들었다. 손을 조심스레 움직여 보았다.

아까와는 다른 감각, 몸이 갑자기 무거워진 느낌이다.

'전투 필드가 펼쳐지면… 내 모든 능력치가 갑자기 상승한다.'

아마도 그런 것 같다. 사냥감이 있을 때에 전투 필드가 펼쳐지고 그 내에선 100까지 올려놓은 스탯이 힘을 발휘하는 것 같았다.

'그런… 거군.'

정확히 알 수 없었다.

'이 힘에 익숙해지려면 노력을 많이 해야겠어.'

이건 분명 컨트롤을 요하는 일이다.

만약 본의 아니게 전투 필드를 펼쳤다가 일반 사람을 건드리기라도 했다가는 살인을 할 수도 있는 일이다.

'일단 저녁이 되면 뒷산에라도 올라가 보자.'

몬스터가 있어야 전투 필드를 펼칠 수 있는 것 같았다. 그렇다면 몬스터가 제법 존재하는 뒷산에 올라가 이 힘을 다루는 연습을 해야만 했다.

너무나 안정적이어서 권태로웠던 그의 삶이 조금씩 변하기 시작했다.

*   *   *

세세는 시시각각 변하기 시작했다. 이와 같은 변회는 과학적으로는 도저히 설명할 수 없는 성질의 것이었다.

현석의 경우 튜토리얼 모드가 이지 모드로 변화하게 되었다. 그런데 현석뿐만 아니라 세계 각지에서 자신이 슬레이어라 주장하는 능력자들이 나타나게 되었다. 일종의 도시괴담, 혹은 루머처럼 떠돌아다니던 이야기들이 실제가 되어 등장한 것이다.

나타나게 된 능력자의 종류는 크게 세 종류였다. 아직 정확한 명칭이 붙었다거나 한 것은 아니지만 인터넷에서 젊은 층을 중심으로 분류하기 시작했는데 첫 번째는 전투 슬레이어, 두 번째는 회복 슬레이어, 세 번째는 보조 슬레이어였다.

이 중에서 가장 문제가 되는 것은 바로 전투 슬레이어였다. 각 개인마다 능력치가 다르긴 했지만 전투 슬레이어의 경우 일반인을 훨씬 상회하는 능력을 지닌 경우가 대부분이었다.

갑자기 힘을 거머쥐게 된 많은 사람이 범죄에 가담하기도 하고 혹은 실수로라도 상해를 입히는 일이 벌어졌다.

이에 각국 정부는 공권력을 총동원하여 전투 슬레이어의 자유를 제한하고 그들의 신변을 파악하여 구속하기 시작했다.

'전투 슬레이어와 보조 슬레이어라……'

현석은 생각에 빠져들었다.

전투 슬레이어는 단독으로 힘을 발휘하지 못한다. 이건 실험을 통해 증명되었다. 전투 슬레이어가 단독으로 펼치는 전투 필드는 그 시간이 매우 짧았다. 끽해야 5분 남짓. 그 와중에는 일반 사람보다 강한 힘을 발휘할 수 있지만 그 시간이 지나면 전투 필드는 사라지고 원래의 몸으로 돌아오게 된다.

그런데 보조 슬레이어가 있는 경우에는 얘기가 달라진다. 보조 슬레이어는 말 그대로 전투 슬레이어와 회복 슬레이어를 보조하는 역할이었다.

그들 자체로는 힘이 없지만 전투 필드를 펼치고 회복 필드를 펼치는 능력을 가졌다. 그리고 현석은 아직 모르고 있지만 보조 슬레이어의 경우, 전투 필드 내에서 망가진 무생물을 전투 필드 이전의 상태로 되돌리는 힘까지 가지고 있었다.

'회복 슬레이어는 전투 필드 내에서 생긴 외상에 탁월한 힘을 보인다지.'

그리고 회복 슬레이어는 게임으로 치자면 힐러 혹은 사제와 같은 역할이었다. 아직 능력이 제대로 밝혀지지 않아서인지 원래 그래서인지는 알 수 없지만 그들은 외상치료에 탁월한 힘을 보유하고 있었다. 물론 2가지 제한이 붙기는 했다. 전투 필드 혹은 회복 필드 내에서 입은 상처여야만 하고, 회복 필드가 펼쳐져야만 그 힘을 발휘할 수 있었다.

전투 슬레이어와 마찬가지로 회복 슬레이어가 자체적으로 회복 필드를 펼치면 그 시간이 굉장히 짧고 효율도 낮다고 알려져 있었다.

'약간의 힘을 가졌다고 날뛰는 긴 니무 어리석은 짓이야.'

실제로 사고를 치는 전투 슬레이어들은 호전적인 성격을 지녔거나 비교적 나이가 어린 사람이 대부분이었다.

10대에서 사고가 제일 많이 일어났고, 20대에서도 사고가 많이 발생했다. 그 이상의 연령대 역시 사고가 일어나지 않는 건 아니지만 통계상으로는 10대보다는 20대가, 20대보다는 30대가, 그리고 30대보다는 40대가 사고를 일으킬 확률이 적었다.

물론 전투 슬레이어의 힘은 일반인을 뛰어넘는다.

하지만 그렇다고 현대 무기 앞에서도 날뛸 수 있을 정도는 절대 아니다. 일례로 미국에서는 강한 힘을 갖게 된 20대 중반의 어느 슬레이어가 경찰이 발포한 총에 목숨을 잃는 상황까지 벌어졌었다.

'일단 몸을 사리면서 사태를 지켜보자.'

각국은 능력자들을 회유하는 한편 신변을 조금 과하다는 느낌이 들 정도로 구속했다.

그럴 수밖에 없었다. 지금껏 보고된 적도 없고 과학적으로 어떻게 증명할 수도 없는, 어떻게 보면 미지의 존재들이니까. 어디로 어떻게 튈지 모르는 상황에서는 당분간 관리가 필요하기도 했다.

며칠이 지났을 때 또 새로운 사실이 알려졌다.

—이번에 도봉산 근처에서 새로이 나타난 멧돼지의 경우,

무기에 강력한 내성을 가지고 있음이 확인되었습니다. 전 세계적으로 나타난 이 기현상은 실드라고 이름 붙게 되었으며……

이른바 실드. 즉, 물리 방어막을 몸에 두른 몬스터들이 나타나기 시작한 것이다. 덕분에 제대로 대처하지 못한 40대 멧돼지 사냥꾼이 사망하는 안타까운 사건이 벌어졌다.

실드는 여분의 H/P와 같은 개념이었다. 하루살이나 모기 같은 최하급 몬스터라 할지라도 실드를 두르게 된 몬스터는 훨씬 강했다.

인간에게 크게 위협이 될 정도는 아니었으나 적어도 예전보다는 훨씬 강해졌다는 뜻이다. 전기 파리채로 살짝 부딪치기만 해도 죽었던 몬스터들은 이제 적어도 두어 번은 때려야 죽게 되었으니까 말이다.

멧돼지의 경우는 그 실드가 더욱 단단했는지 엽총으로 무장한, 그것도 멧돼지 사냥의 베테랑인 사냥꾼이 목숨을 잃었다.

─그러나 이 실드는 슬레이어의 힘에 취약하다는 사실이 새로이 알려지면서……

그리고 그 실드는, 현대 과학력을 응용한 일반적인 공격보다도 슬레이어의 직접 타격에 취약하다는 사실이 밝혀졌다.

＊　　　＊　　　＊

전화가 왔다.

—Hello. This is 종원. How are you?

"퍽킹, 퍽킹이다."

현석은 피식 웃었다. 현석은 인간관계가 상당히 좋은 편이다. 그러나 표면적으로 좋다는 거지 깊은 관계는 몇 없다.

그중에서 종원은 좀 특별한 녀석이었다. 중학교 때부터 줄곧 같은 반이었고 15년이 지난 지금도 꾸준히 연락을 하고 있는 녀석이다. 단순히 연락만 하는 차원이 아니다. 학창 시절에는 우리 우정 평생 변치 말자며 몰래 술을 먹다가 학생주임 선생에게 걸려 엄청나게 맞았던 기억도 있다.

현석이 진짜 친구라고 생각하는 거의 단 한 명뿐인 사람이 바로 종원이었다.

종원의 과거 별명은 미친개.

그 미친개가 공부를 더해서 박사까지 취득한 뒤 돌아오겠다며 난데없이 미국으로 간 지 벌써 2년이 넘었다.

—친구가 오랜만에 전화했는데 다짜고짜 욕질이냐?

"네 목소리는 퍽큐를 부르는 목소리야."

―너 인마, 우리 나이가 이제 좀 있으면 서른인데 언제까지 욕하면서 살래? 나처럼 아름답고 예쁜 언어를 구사하란 말이야, 존나 병신 같은 새꺄.

"갑자기 왜?"

시시콜콜 아무 때나 연락하는 사이는 아니다. 아주 어쩌다가 특별한 일이 있을 때에만 서로 연락하는데 그럼에도 불구하고 전혀 어색하지 않고, 성인이 된 이후로 거의 사용하지 않는 욕이 아무 거리낌 없이 자꾸 튀어나오는 것을 보면 참 이상한 일이다.

―나 한국 돌아간다.

"벌써? 박사는?"

―땄지, 병신아. 형을 뭘로 보냐?

"까는 소리하고 있네."

난데없이 박사 학위를 취득하겠다고 떠난 것이 2년 전이다. 심지어 그땐 석사도 못 딴 상태다.

'박사는 개뿔.'

말도 안 되는 일이다. 종원이 말했다.

―나 슬레이어 됐다.

"슬레이어?"

―그래, 안 놀라냐?

"놀라긴 개뿔, 사고나 치지 마라 병신아. 요즘 사고치는 애들

많더라."

현석은 흠칫 놀라긴 했지만 애써 내색하지는 않았다. 얘기를 들어보니 종원은 꽤나 강력한 슬레이어가 된 모양이었다. 그래서 박사 학위는 때려치우고 슬레이어로서 활동하기로 마음먹었다나 뭐라나.

현석은 고개를 절레절레 저었다.

"하여튼 추진력 하나는 쓸데없이 좋다니까. 너 기억나냐? 갑자기 박사 학위 따겠다고 지랄하더니 얼마 지나지도 않아서 미국으로 나른 거?"

이번에 슬레이어가 되더니 슬레이어로 활동하고 싶어졌나 보다.

아닌 게 아니라 슬레이어의 대우는 비교적 좋은 편이었다. 슬레이어의 육체적 능력이 일반인보다 훨씬 뛰어나다 보니 각국은 그들을 우대하여 포섭하고 있는 실정이었으니까.

4일 뒤, 종원은 정말로 한국에 입국했다.

종원은 팬티 바람으로 소파에 앉아 오징어 다리를 질겅질겅 씹으면서 말했다.

"치사한 새끼. 마중도 안 나오냐?"

"일하고 있는데 마중을 어떻게 나가? 집은?"

"원룸 구할 거야. 구할 때까지 니네 집 좀 쓰자. 근데 너 요새 운동 좀 열심히 했나 보다. 몸이 장난 아닌데?"

현석은 원래부터 몸이 좋았다. 20살 때부터 꾸준히 운동으로 단련해 왔으니까.

"좋아진 건 내가 아니라 너지. 슬레이어가 되니까 몸도 좋아지냐?"

종원은 벌떡 일어섰다.

"야 인마, 너 앞으로 형을 알아 모셔. 나 몸값 되게 높은 녀석이야."

"어련하시겠냐. 그 허세는 여전히 안 죽었구나."

현석은 한숨을 푹 내쉬었다. 그 모습에 종원은 답답하기라도 한 듯 인상을 찌푸렸다.

"아니, 허세가 아니라니까?"

"닥쳐 이 증폭기 앰플리파이어 새끼야. 왜? 세계에서 제일 강한 슬레이어라고 하지? 아, 너랑 있으면 욕이 절로 튀어나온다 진짜."

20살 이후로는 욕을 거의 사용하지 않았다. 그런데 어떻게 된 게 중고등학교 친구들, 그중에서도 특히 종원을 만나면 욕이 저절로 튀어나왔다.

종원이 짐짓 진지한 표정을 지었다.

"어떻게 알았냐?"

"까고 있네."

"야, 내가 슬레이어로 각성했을 때 힘이 무려 38이었어. 난 지금 48씩이나 된다고. 내가 미국 통계자료를 살펴봤는데 적어도 공식적으로는 나보다 스탯이 높은 사람이 없었다니까?"

현석은 몸을 움찔했다.

'힘이 48이라고? 그게 공식적인 미국 최고기록이라고?'

현석은 현재 슬레이어 등록을 하지 않은 상태다. 아마 현석과 같은 사람들이 제법 될 거다. 나서지 않고 뒤에서 조용히 관망하고 있는 사람들 말이다. 그런데 힘 48이 공식적인 미국 최고기록이라는 것이 조금 놀라웠다.

"힘 48이 최고가 확실해?"

"이건 너니까 말해주는 거야. 이거 나름 고급 정보라고. 스탯 수치는 기밀을 요하는 거니까."

"기밀은 무슨, 난 모든 스탯이 100이거든."

그 말에 종원이 푸하하! 크게 웃었다.

"그래그래, 너 100해라. 귀여운 자식. 난 먼저 잔다, 인마."

"바닥에서 자라. 침대는 내 거다."

그 말에도 아랑곳 않고 침대 위로 올라가려는 종원을 현석은 바닥으로 굴러 떨어뜨리고 침대에 누워 생각에 빠져들었다.

'힘이 48이 공식적인 최고 기록이라니……. 그럼 난 뭐지?'

기쁘다기보다는 묘한 위화감이 들었다.

그의 모든 스탯은 100에 이른다. 처음 힘이 100에 도달했을 때에 장사의 칭호를 얻으며 +3의 보너스 스탯을 얻었고 그것을 골고루 지성, 체력, 민첩에 투자했다. 덕분에 최초 100포인트를 달성하여 그가 가지게 된 칭호는 '장사', '현인', '돌쇠', '날쌘돌이' 총 4개였으며, +12의 보너스 스탯을 받게 됐다. 이것은 아직 스탯 포인트로 남겨둔 상태다.

다시 말해, 그의 현재 모든 능력치는 100에 이르며 잔여 포인트는 9개 남은 상태다. 다만 정력이 그에 따르지 못해 페널티를 받고 있는 상황이다.

그의 생각이 깊어졌다.

'나와 같은 방법을 떠올린 사람이 분명 있을 거야.'

그렇다면 이지 모드에 진입하기까지 100을 달성한 사람이 분명 있을 거다.

'아니, 가만… 튜토리얼 진행 방식이 모두 다르다면?'

나름대로 일리가 있는 가설이다.

사실상 튜토리얼에서 요구하는 대로 정력을 무조건 올린 사람들이 태반일 것이다. 어쨌든 아무것도 모르는 상황에서는 시키는 대로 하는 것이 가장 마음 편하니까.

'애초에 정력이 나처럼 낮은 상태로 시작하는 사람도 거의 없을 테고.'

거기에 더해, 똑같은 퀘스트가 주어지지 않았다면? 자신만 운 좋게 이런 퀘스트가 걸린 것이었다면? 그리고 그 퀘스트를 잘 활용한 것이었다면?

그렇다면 얘기는 달라진다. 진행 방식이 모두 다르고 현석의 경우만 운이 좋아 어찌어찌 스탯 100을 달성하게 된 거라면?

'생각해 보니……. 내 칭호들은 포인트 100을 최초로 달성한 사람에게 주어지는 거였지.'

시스템 알림에 오류가 없다면 가장 먼저 100을 달성한 건 자신이 맞다는 생각이 들었다.

현석이 입을 열었다.

"야, 종원아. 자냐?"

"아직."

"너 튜토리얼 모드에서 이지 모드로 어떻게 진입했냐?"

"당연히 퀘스트였지. 모기 몬스터 500마리와 여우 몬스터 10마리, 곰 몬스터 5마리랑… 또 뭐였더라……. 하여튼 그런 거 좀 잡았어. 진짜 대박은 그 독수리 몬스터였는데 내가 그놈 잡으려고 사격 연습까지 했다니까. 워낙 빨라서 잡을 수가……. 야, 인마. 내 말 듣고 있냐?"

"듣고 있어."

듣고 있다. 자신의 예상이 맞았다. 퀘스트의 내용은 사람마다 모두 다른 모양이다.

현석의 경우는 100마리를 처치할 때마다 스탯 1이 부과되었다. 어찌 보면 사기적인 퀘스트였다. 현석처럼 활용했다면 엄청난 스탯 포인트를 가질 수 있었으니까.

종원이 자랑스레 말했다.

"뭐 어쨌든, 보상으로 난 스탯을 무려 20개나 얻었단 말이야. 그래서 내 능력은 장난이 아니라는 거지."

"그래."

현석이 다시 생각에 빠져들었다.

'내 능력치는 도대체 뭐야?'

아무래도 상황을 더 지켜봐야겠다는 생각이 들었다.

종원의 말을 들어보면 능력치 100은 엄청난 수치다. 그러나 그렇다고 섣불리 자신을 드러낼 필요는 없다는 생각이다. 돈이 궁한 것도 아니다. 생활도 충분히 안정적이다. 그렇다면 한 발자국 떨어져서 상황을 지켜보는 게 좋을 것 같았다.

능력치 100의 슬레이어. 어느 정도의 힘인지는 알 수 없다. 그러나 신처럼 완벽한 무력은 아닐 것이 분명했다. 튀어나온 돌은 정을 얻어맞게 마련이다. 초등학교 시절, 현석은 그걸 뼈저리게 경험했다.

'일단 뒤에서 좀 더 지켜보도록 하자.'

＊　　　　　＊　　　　　＊

얼마 전, 슬레이어의 능력을 갖고 첫 퀘스트를 받았을 당시 현석은 일단 정력을 올리기로 했다.

사실상 정력이란 포인트는 전체적인 능력에 전반적으로 영향을 끼치는 능력치였고 꼭 스탯이 아니라 하더라도 체력의 부재를 한창 느끼고 있는 터라—운동할 때의 체력과는 약간 다른 의미로—몸에 좋은 걸 해서 나쁠 것이 없기 때문이었다.

　'일단… 규칙적인 생활, 복분자 액상 주스 정도면 되려나.'

　과도하게 많은 성생활 때문에 기력이 떨어진 건 알겠다. 그러니까 아무래도 당분간 성생활을 조금 자제하고 규칙적인 생활을 하면서 몸에 좋다는 복분자를 섭취해 보기로 했다. 물론 운동도 열심히 했다.

　'과연 이렇게 한다고 정력 포인트가 오를까?'

　인터넷상에서는 운동을 열심히 했더니 힘 스탯이 1 증가했다는 글을 본 적이 있다. 그러나 확실한 내용은 아니었다. 워낙에 '카더라' 통신이 많기 때문에 결국 믿을 거라곤 직접 실험해 보는 것뿐이었다.

　몸에 나쁜 것도 아니고 오히려 몸에 좋은 습관인데 손해 볼 게 없는 장사 아닌가.

　'그래도 확실히 동기부여는 되네.'

　구체적인 숫자로 포인트가 표시되다 보니 아무래도 동기부여가 됐다.

　현석은 일찍 자고 일찍 일어나는 습관을 들였다. 복분자를 인터넷으로 주문하여 먹기 시작했다. 규칙적인 생활과 몸에 좋은 식습관이 확실히 정력 스탯을 올리는데 도움이 됐는지 3일째 되던 날 변화가 일어났다.

[정력 스탯이 1 상승합니다.]
[몸에 활력이 생깁니다. 신체 활성률 57퍼센트. 회복 속도가 증가합니다.]
[정력을 제외한 다른 모든 능력치의 영향을 받습니다.]
[정력을 제외한 수치로 신체 나이 26세 판정. 모든 회복 속도가 증가합니다.]

뭔가 기분이 좋아졌다. 신체 나이가 26세란다.

열심히 운동해 왔고 나름 동안 소리도 많이 들으면서 지내긴 했지만 이제 곧 30줄을 바라보는 현재에 있어서 20대 후반과 20대 중반은 그 느낌이 달랐다. 적어도 현석에게 있어선 그랬다.

결국 현석은 포인트를 100까지 올려서 튜토리얼 모드에서 이지 모드로 강제전향 되었고, 그렇게 세 달이 흘렀다.

종원이 문을 열고 들어왔다. 집 비밀번호를 알고 있어서 이토록 제멋대로 구는 경우가 있었다. 현석은 그럴 때마다 잔소리를 하긴 했지만 집 비밀번호를 바꾸지는 않았다. 그러니까 종원이 이처럼 마음대로 오가는 것이 좋지만은 않지만 집 비밀번호를 바꾸고 싶을 만큼 싫은 건 아니라는 뜻이었다.

종원은 이미 어느 정도 술을 먹고 왔는지 얼굴이 시뻘게진 상태로 말했다.

"야, 짜식아. 형이 이번에 제법 쏠쏠한 수입을 얻어왔다."

"여기가 너네 집이냐?"

"그런 자잘한 건 신경 쓰지 말자고."

말을 듣자 하니 이번에 그가 속한 길드에서—길드에 관한 설명은 아래에 하기로 한다—호랑이 몬스터를 잡았고 몬스터스톤을 획득했단다. 이 몬스터스톤이라는 것이 돈이 제법 되는 모양이었다.

"야, 종원아. 거기 앉아 봐."

현석은 종원을 소파에 앉혔다.

"왬마, 술이나 한잔 하자니까. 오늘 내가 쏜다고."

"그게 아니야."

"너 또 네가 무슨 포인트 100이니 뭐니 헛소리 지껄이려고 그러냐?"

종원이 킥킥대고 웃었다.

현석이 놈은 슬레이어라는 것이 부러운 건지 가끔 '내가 포인트 100이면 어떨 거 같아?' 하고 현실성 없는 질문을 던지곤 했는데 오늘도 왠지 그런 헛소리를 할 것만 같았다.

"자세하게 말하자면 힘 스탯을 100을 찍은 덕분에 장사라는 칭호가 생겼고 보너스 스탯이 3개 추가됐어. 그리고 다른 스탯도 최초 100을 찍은 사람이 나라서 9개의 추가 스탯이 더 생겼고. 그러니까 무슨 일이 벌어졌는지 알아?"

종원은 피식 웃었다. 이건 말도 안 되는 얘기다.

"똥이라도 쌌냐?"

현석은 고개를 절레절레 저었다. 일단 사태를 관망하고자 일부러 자신을 드러내지 않고 정력 포인트와 스탯 포인트를 올리는 동안 세상은 많이 변했다.

정부 소속의 슬레이어들이 생겨났고 또 민간 업체들이 생겨나기 시작했다.

민간 업체들이 발 벗고 나서서 몬스터를 사냥하게 된 것은 바로 몬스터가 사망할 때마다 내뱉는 아이템과 몬스터스톤 때문이었다. 아이템은 물론이거니와 몬스터스톤은 굉장히 비싼 값에 거래가 되었다.

몬스터스톤이라는 것이 그 활용 가치가 무궁무진할 정도의 보물이라 알려지고 있는 형국이었는데, 드랍률 역시 나쁘지 않았다. 어쨌든 몬스터 사냥을 전문적으로 시작한 업체들을 일컬어 길드라고 했는데 이는 한국뿐만 아니라 전 세계에서 공통적으로 일어나고 있는 현상이었다.

이익이 있는 곳에 사람들이 움직이는 건 현대사회에 있어서 당연한 얘기다. 이미 상당한 규모와 힘을 지닌 길드가 생겨났고 정부들 역시 발 빠르게 그에 대한 조세 내용과 법조항을 개정하는 등 빠른 대처를 보였다.

종원은 힘에 비중을 둔 근거리형 전투 슬레이어로서 국내에서 다섯 손가락 안에 드는 엘리트 길드인 I'UET에 소속되어 활약하고 있는 중이다.

"종원아, 나 진지하다. 그리고 너니까 말하는 거야. 나는 내 힘을 마구잡이로 드러내고 싶은 생각이 없어. 조절도 힘들뿐더러 슬레이어가 되고 싶은 생각도 딱히 없어."

"얼씨구? 소설을 써라. 모든 능력차 100이라고? 뭐 잘못 먹었냐 진짜? 이거 몰카야?"

종원은 여전히 믿지 않았다. 현석이 말을 이었다.

"내가 그런 능력을 가지고 있다면 번거로운 일이 생길 가능성이 높아. 어떻게 이렇게 되었냐부터 시작해서 수많은 영입시도와 견제 등. 내가 모두를 압도할 수 있는 강한 힘을 가졌다면 모를까, 어중간하게 강한 힘은 정을 맞게 되니까. 이런 게 아니라도 아까 밝혔듯 슬레이어라는 직업은 내게 별로 메리트가 없어."

종원은 여전히 인상을 찡그렸다.

그래, 이해는 할 수 있겠다.

모든 능력치 100이 정확히 어느 정도의 힘을 가졌는지는 알 수 없지만 그래도 쪽수 앞에서는 장사 없다고, 혼자 힘으로 모든 문제를 타파할 수는 없는 노릇이었다.

백 번 양보해서 현석의 능력치를 시기한 어떤 단체에서 비밀리에 현석을 회유하거나 혹은 납치를 할 수 있다고 가정하자. 그게 아니더라도 귀찮은 일이 생길 수 있다고 가정해 본다면 힘을 숨기며 귀찮은 일을 피하고 싶다는 것도 이해가 가능한 일이다. 힘을 숨기고 아직까지 표면에 드러나지 않은 사람들도 꽤 있을 거란 예측이 많긴 했으니까.

그런데 그런 문제들은 둘째 치고,

'하기야 딱히 슬레이어를 할 필요도 없는 놈이지.'

현재 슬레이어의 수입과 비교해서 현석의 수입은 그리 뒤처지는 편이 아니다. 현석은 굉장히 안정적이고 편한 직장 생활을 하고 있고 번역 아르바이트를 통해 짭짤한 수익도 올리고 있다.

군이 목숨을 걸고 싸워야 하는 미래가 불확실한 슬레이어로 전향할 필요가 없는 상태다.

"근데 모든 능력치 100? 진짜 좆 까는 소리 하고 있네. 그게 말처럼 쉬운 줄 아냐?"

종원은 킥킥대고 웃다가 얼굴을 굳혔다.

"이래도 못 믿겠냐?"

"전투… 필드?"

전투 필드는 주변에 몬스터가 있을 때에 펼칠 수 있다. 그리고 이 전투 필드 내에서 슬레이어는 슬레이어로서 가진 힘을 펼칠 수 있다.

그래, 좋다. 전투 필드를 펼칠 수 있다는 건 슬레이어라는 걸 드러내는 거고, 슬레이어라면 누구나가 펼칠 수 있는 능력이었다.

하지만.

'여긴… 몬스터도 없잖아. 말도 안 돼!'

하종원은 믿을 수 없다는 눈으로 현석을 쳐다봤다.

하종원은 소위 말하는 엘리트 슬레이어였고 슬레이어에 대해 굉장히 잘 안다고 자부하고 있었다. 그런데 그의 상식이 방금 깨져 버렸다.

주위에 몬스터도 없는데 전투 필드가 펼쳐졌다. 육안으로는 보이지 않지만 분명 느껴진다. 이건 전투 필드다.

"나한테만 그런 건지는 잘 모르겠는데 지성 능력치가 100포인트에 도달하니까 전투 필드의 1차 제한이 풀리더라. 몬스터 없이도 펼칠 수 있고 반경도 넓어졌어. 스킬창 설명도 더 자세해 졌고. 원하면 읽어줄 수 있는데."

"미친……."

일반적으로 전투 슬레이어는 주변에 몬스터가 있을 때에만 전투 필드를 펼칠 수 있다. 그 말은 즉, 몬스터와 싸울 때에만 슬레이어로서의 힘을 사용할 수 있다는 거다. 그래서 일부에서는 아주 약한 몬스터를 잡아 펫처럼 데리고 다니면서 제약없이 전투 필드를 펼쳐 슬레이어로서의 힘을 사용하자는 주장도 제기되었으나 그것은 소용이 없었다. 생포되는 순간, 몬스터는 몬스터가 아니게 되는 건지 전투 필드가 펼쳐지지 않았으니까.

"전투 필드를 몬스터 없이 펼칠 수 있다는 건 사기인데."

일상생활에서도 초능력을 발휘하는 초능력자라는 뜻 아닌가.

"하지만 시간은 그렇게 길지 않아. 나 혼자 펼칠 수 있는 시간은 그래 봐야 20분 정도야. 현재 레벨이 7이거든."

현석은 종원의 눈치를 살폈다. 종원은 충격이라도 받은 듯 아무런 말도 하지 못했다. 눈만 끔벅거렸다. 그러다가 이내 정신을 차린 듯 버럭 소리를 질렀다.

화가 난 건 아니었다.

"야 이 새끼야! 이런 건 얼른얼른 말을 해야지! 20분? 미친놈아! 난 3분이 한계야! 안 그래도 우리 I'UET에 빈자리 남아 있는데 너 들어와라. 내가 적극 추천해 줄게. 전투 필드 스킬이 레벨 7? 미친놈아! 이런 걸 왜 이제야 말해!"

CHAPTER 3

현재 종원이 속해 있는 길드는 I'UET이다. 국내 굴지의 재단인 한진재단의 소속이며 몬스터 사냥 길드라고 할 수 있겠다.

이들은 말 그대로 무력을 활용하여 무에서 유를 창조하는 굉장히 고부가가치를 창출하는 인력으로서 비교적 좋은 대우를 받았다. 일단, 기본적으로 받는 연봉이 평균적으로 4천만 원은 넘었다.

'확실히 그런 길드에 들어가게 되면 바람막이는 되어주겠지.'

지금 당장 현석이 가진 패를 모두 내보일 필요는 없다. 누군가 초능력 같은 것이 있어서 자신의 능력치를 꿰뚫어 보는 것이 아니라면 들킬 염려도 없고.

'하지만 굳이 슬레이어가 되는 게 나한테 이득인가?'

슬레이어는 어쨌든 목숨을 걸어야 하는 직업이다. 물론 벌이가 지금보다 나아질 가능성은 있지만 그래도 불확실한 직업인 것이다.

막말로 당장에 몬스터가 사라지기라도 한다면, 혹은 어디 심하게 다치기라도 한다면 벌어먹고 살 벌이가 없다.

그에 반해 현재 자신이 다니고 있는 한전은 말 그대로 철밥통이다. 공기업인 데다가 연봉 상승률도 굉장히 높으며 복지도 좋다. 그렇기 때문에 현석은 굳이 슬레이어가 될 필요성을 느끼지 못했다.

'아주 강한 힘을 가진 슈퍼히어로가 되겠다는 꿈을 가지는 건 철부지 어릴 때면 족해.'

종원은 못내 아쉽다는 듯 말했다.

"아, 너 같은 인재가 있으면 진짜 좋을 텐데."

"됐다. 슬레이어는 아직 미래가 너무 불분명해. 위험하기도 하고. 나도 이제 나이가 있는데, 굳이 편한 길 때려치우고 불확실한 길로 가고 싶지 않다. 너랑 나는 달라. 나는 안정적인 게 좋아."

박사 학위를 중간에 때려치우고 슬레이어를 하겠다고 뛰어든 녀석이다. 어린 시절부터 그랬다. 이 녀석은 하고 싶은 건 밑도

끝도 없이 일단 도전하고 봤다.

그게 틀린 건 아니다. 그래도 종원처럼 살아가라면 그렇게 살 자신은 없었다. 자신은 종원과는 다르다며 고개를 저었다.

"에라이, 사나이의 로망도 없는 새끼."

종원은 투덜거렸지만 더 이상 강요할 생각은 없어 보였다. 어릴 적부터 봐왔던 현석이다 보니 성격 파악도 끝난 지 오래다. 이렇게까지 말하는 걸 보면 아직은 슬레이어의 힘을 별로 활용할 생각이 없는 게 확실했다.

"그 로망 찾다가 골로 간다 새끼야. 나에 대한 건 내가 직접 밝힐 때까지는 비밀로 하고."

＊　　　　＊　　　　＊

현석은 나름대로 평온한 생활을 이어갔다.

뉴스에서는 연일 슬레이어의 활약상에 대해 보도되고 있다. 이제 몬스터가 출몰하고 그것을 사냥하는 등의 뉴스는 거의 일상이 되어버렸다. 안타깝게도 몬스터를 사냥하다가 죽는 슬레이어들도 생겨났지만 위업에 비하면 작은 피해여서 별로 중점적으로 다뤄지지는 않았다.

몬스터가 사망하면 시체가 생기지 않는다. 아이템과 몬스터 스톤이 나타날 뿐이다.

몬스터스톤은 그 용도가 굉장히 다양했다. 약에 첨가하면 부작용 없는 뛰어난 효력을 보였고—아직 임상 실험이 진행되고 있는 단계지만 특히나 정력제에 미량 투여하면 그 효과가 굉장히 좋은 데다 부작용이 사라진다는 보고가 있어 벌써부터 음성적인 루트로 제작, 판매되고 있다—또한 대체 에너지원으로서 매우 훌륭한 자원이기도 했다.

기존의 석탄, 석유 등을 활용하는 화력발전 시설에 이 몬스터스톤을 혼합하여 사용하게 되는 경우 엄청난 에너지 이득이 생기게 된다는 것이 밝혀지면서 석유를 대체하는 대체에너지원으로도 각광받고 있는 상황이다.

특히 새로운 발전시설을 지을 필요도 없이 기존의 시설과 융합할 수 있다는 점에서 굉장히 고무적이었다.

이쯤 되자 몬스터의 출현이 오히려 재앙이 아니라 선물이라는 얘기가 나올 정도였다. 원자력 역시 상당히 위험한 발전자원인데, 그 효율성이 주는 이득 때문에 어쩔 수 없이 사용했었다. 몬스터의 몬스터스톤 역시 마찬가지라는 소리다. 몬스터의 존재 자체는 위협적이지만 그 위험성보다는 이득이 훨씬 크다는 것이 중론이었다.

현석은 나갈 준비를 하면서 중얼거렸다. 뉴스에서는 슬레이어에 관한 이야기를 또 내보내고 있었다.

"이제 사냥법도 어느 정도 자리 잡히기 시작했군."

시간이 지나면서 각 몬스터별 공략법이 나오고, 또 슬레이어들의 수준이 높아지면서 사망하는 슬레이어의 수는 굉장히 적어졌다고 한다. 레벨 시스템, 경험치 시스템이 제한당하고 있는 현석과 달리 다른 슬레이어들은 사냥을 하면 할수록 강해진다고 하니까.

　"그런데 여기서 끝이 아닐 것 같단 말이지."

　현석뿐만 아니라 모든 사람들이 예상하고 있다. 더욱 강한 몬스터가 나올 수도 있다는 예상은 이미 사람들의 예상이 아니라 확신이었다.

　"뭐, 일단은 내 일이나 열심히 할까?"

　신발을 신었다. 정력 포인트를 올리며 규칙적이고 바른 생활을 시작한 이래로 그는 새로운 취미를 하나 가졌다. 20대 초반에 했던 봉사였는데, 보육원 시설 봉사였다. 나름대로 보람도 있고 재미도 있었다.

　햇살 보육원. 현석이 가입한 봉사단체에서 봉사하고 있는 시설들 중 하나다. 약속 시간이 아직 10분 정도 남았는데 벌써 대여섯 명의 봉사단원이 모였다. 이 그룹을 이끄는 봉사단장이라 할 수 있는 장영택이 손을 흔들며 현석을 맞이했다.

　"어, 현석 씨? 안녕하세요? 오랜만이에요."

　"아, 영택 형님. 안녕하세요?"

　영택의 나이 43세. 14살의 차이가 있는지라 현식은 영택에게 각듯이 예의를 차렸다. 현석의 인사에 영택이 활짝 웃으며 말했다.

"이제 한 분만 더 오시면 출발하도록 하죠."

시간이 흘렀다. 현석이 인상을 찌푸렸다.

'도대체 지금 몇 시야?'

현재 시각 12시 40분. 원래 약속 시간이 12시 30분이었는데 한 명이 오지 않아 출발을 못했다. 보육원 측과 약속된 시간이 있는지라 장영택이 10분만 더 기다려보고 출발하자는 얘기를 했다.

그리고 10분이 지났을 때, 한 여자가 헐레벌떡 뛰어왔다.

"늦어서 죄송합니다!"

＊　　　　　＊　　　　　＊

여자의 이름은 강평화. 나이는 26세. 평범한 사무직 회사원. 명랑하고 밝은 성격의 소유자라는 정보를 장영택에게 전해 들은 현석은 가볍게 고개를 끄덕였다.

명랑하고 밝은 성격이고 자시고 현석은 약속 시간을 함부로 어기는 여자를 별로 좋아하지 않는다. 여자에 있어서 달관한 경지(?)에 이른 현석이다. 아무리 예쁘고 성격이 좋아도 미운털 박히는 건 한순간이다. 다만 그걸 겉으로 표현하지는 않지만.

"자, 인원도 다 모였으니까 출발하죠."

봉사단 소유의 봉고차에 탑승하여 20여 분간 이동했다. 햇살 보육원의 아이들은 2주일에 한 번 오는 현석 일행을 굉장히 반긴다.

나이 대는 굉장히 어리다. 5~13세 아이들인데 그중에서도 초등학교 고학년쯤 되는 여자아이들은 현석에게 호감을 가지는 건지 종종 얼굴을 붉히며 수줍어하는 모습도 보였다.

봉고차가 도착하자마자 그네를 타고 놀던 어린아이 한 명이 그네에서 내려와 고개를 높이 쳐들었다.

"현석 아저씨다!"

"여!"

현석이 손을 높이 들어올렸다.

이름은 김민수. 7세의 남자아이인데 유독 현석을 따르며 좋아하는 아이였다. 민수는 활짝 웃으며 현석을 향해 쪼르르 달려왔다. 그 모습에 현석도 함박웃음을 지었다.

티 없는 아이들의 웃음을 보고 있노라면 괜스레 마음이 즐거워지는 기분이 들었다.

"오구오구. 우리 민수, 잘 지냈어?"

옆에서 장영택을 비롯한 다른 봉사단원들이 민수는 현석 아저씨만 좋아라하네. 우리는 찬밥이네 하며 짐짓 눈을 훔쳤다.

"엉엉, 슬프다 슬퍼. 엉엉."

장영택이 우는 척을 하자 민수는 허리에 손을 척 올리고선 어깨를 쭉 폈다.

"사내대장부는 우는 거 아니랬어요."

그리고 민수의 눈빛을 보아하니, 아저씨는 울고 있으니까 사내대장부가 아니다라고 말을 하는 것만 같았다. 그것도 어깨를 쭉 펴고 턱을 한껏 치켜든 상태로.

"누가 그랬어?"

"현석 아저씨가요."

민수가 현석의 다리춤에 매달렸고 다른 아이들도 봉사단원들을 맞이한답시고 뛰어나왔다.

와아—! 하고 함성 소리가 들렸는데 어린아이들이 어찌나 목청이 좋은지 운동장이 쩌렁쩌렁 울렸다.

"이 맛에 봉사하러 온다니까요."

장영택이 흐뭇한 미소를 지으며 아이들을 쳐다봤다.

아이들은 저마다 친하고 좋아하는 단원들 앞에 서서 애교 비슷한 것들을 잔뜩 피우고 있는데 장영택 앞에는 아무도 없었다. 장영택은 좀 슬퍼졌다.

봉사단원 중 한 명인 슬기가 장난스레 위로했다.

"영택 오빠는 뭐……. 애들하고 직접적으로 마주친 적이 별로 없잖아요."

장영택은 아이들과 어울린 적은 별로 없다. 보통 아이들과 어울려주는 건 여자들 몫이고 남자들은 그 외의 힘쓰는 일을 많이 했었으니까. 그러나 슬기의 위로는 별로 위로 같지 않았다.

"그럼 현석 씨는?"

현석의 앞에는 아이들이 바글바글했다. 사실상 서너 명에 불과했지만 영택의 눈에는 그렇게 보였다.

"현석이는 잘생겼잖아요."

"애들도 외모지상주의냐?"

"시대가 시대잖아요. 애들도 잘생긴 사람 좋아해요."

"꿍. 다시 태어날 수도 없고. 현석 씨도 10살만 더 먹어봐요. 그럼 그 인기도 사라질걸?"

현석이 민수의 머리를 쓰다듬으며 피식 웃었다. 장영택의 장난스런 너스레는 뭐랄까, 기분이 좋아지는 너스레였다. 정말로 현석을 질투하는 게 아니라 그저 농담이란 게 느껴져서 기분이 나쁘지 않았다.

"자, 그럼 들어가죠."

장영택은 씁쓸한 마음을 뒤로하고 현석과 함께 걸음을 옮겼다. 이따가 아이들과 공놀이를 하겠다고 약속하고서 지금은 청소를 하기 위해 보육원 건물 내로 들어갔다.

*　　　　*　　　　*

청소는 시간이 꽤 오래 걸린다. 동시에 별로 쉬운 일도 아니다. 하지만 이 봉사를 다닌 지도 벌써 1년이 되어가는 영택과 현석에게는 익숙한 일이기도 했다.

청소를 끝마치고 아이들과 약속한 대로 공놀이를 하러 밖으로 나간 순간,

"어, 어? 저, 저게 뭐죠?"

장영택이 흠칫 놀랐다.

공간이 일그러지는가 싶더니 그 공간에 갑자기 뭔가가 나타나기 시작했다. 그와 동시에 현석이 소리쳤다.

"피해!"

굉장히 다급한 목소리로 외쳤지만 현석의 말은 너무나 모호했다. 운동장에 있던 아이들과 몇몇 선생들, 그리고 봉사단원 중 한 명인 강평화는 현석의 목소리에 놀라 현석 쪽을 쳐다보기만 할 뿐 별다른 행동을 취하지는 않았다.

"모두 피하라고요!"

그리고 그제야 나타난 무언가를 발견한 선생들과 강평화의 얼굴이 새파랗게 질려가기 시작했다.

최근 들어 세상을 바꿔버린 몬스터. 사람들은 몬스터의 존재를 모두 알고 있다.

그러나 사실 일반인들이 몬스터를 보는 것은 어렵다. 모기나 하루살이와 같은 몬스터가 아닌, 정말로 위협이 되는 몬스터들

말이다. 전국적으로, 몬스터에게 상해를 입은 사람들의 숫자는 매년 번개에 맞는 사람들의 숫자보다 조금 더 많을 뿐이었으니까.

주위에서 번개를 맞은 사람을 찾기란 굉장히 어려운 일이다. 그만큼 확률이 적다는 소리고, 일반인들에게 위험한 몬스터는 어쩌다가 정말 운이 나쁜 경우에 조우하게 되는, 어쩌면 천재지변과도 같은 것이었다.

결과적으로 몬스터라는 걸 인지하기는 했으나 어떻게 행동해야 할지는 제대로 알 수가 없었다. 그건 선생들도, 봉사단원들도 마찬가지였다.

컹! 컹!

개의 형태를 한 몬스터였다. 굳이 분류하자면 진돗개와 같은 형태였는데 진돗개보다 덩치가 더 컸고 눈이 시뻘겋게 달아올라 있었다.

몬스터가 입을 크게 벌려 이빨을 드러내고 침을 질질 흘리면서 아이들 쪽으로 달려들었다.

그때 현석에게만 들리는 알림음이 들려왔다.

[전투 필드를 펼치시겠습니까? Y/N]

생각하고 자시고 할 것도 없었다. 아까까시만 해도 해맑게 웃으며 현석의 다리춤에 대롱대롱 매달리던 민수는 이미 울음을 터뜨렸다. 선생들도 다리가 굳어 제대로 움직이지 못하고 있는데 아이들은 오죽하랴.

"미친!"

현석은 성인군자는 아니었다. 오히려 자신에게 피해가 될 법한 상황은 피해가는 타입이었다. 이러한 자신의 행동이 자신에게 이득이 될지, 안 될지를 판단해서 행동하는 그런 부류 말이다. 그런데 막상 위급한 상황이 닥치자 현석은 일단 내달리고 봤다. 당연히 전투 필드도 펼쳤다.

전투 필드라는 것이 다른 사람의 눈에도 보이는 게 아니다. 자신에게만 들리는 알림음처럼 전투 필드를 펼친 사람, 그리고 전투 필드 내의 슬레이어에게만 느껴진다.

현석이 매우 우스꽝스런 모습으로 내달리는데—힘 조절을 제대로 하지 못해 우스꽝스럽게 날아올랐다가 이상한 모습으로 착지하는 모습을 보였는데 살살 뛰려고 노력해 봐도 한 걸음에 3미터 이상을 뛰었다. 점프 높이는 2미터가 넘었다—또 다른 전투 필드가 펼쳐져 있음을 느꼈다.

그리고 몬스터는 한 명을 목표로 달려가고 있는 듯했다.

'강평화?'

강평화. 아까 지각을 했던 여자다. 몰랐는데 슬레이어였던 모양이다. 다만 현석과 마찬가지로 경험이 없는 초짜인지 일단 전투 필드를 펼치긴 펼쳤는데 어찌할 바를 모르고 있는 모양이었다. 척 봐도 겁먹은 것이 보일 정도였으니까.

아마 슬레이어로 각성하기는 했으나 슬레이어로서의 힘을 사용해 본 적은 없는 것 같았다.

그나마 다행인 것은 몬스터가 강평화만을 노리고 달려들고 있다는 것. 적어도 아이들은 아직 피해를 입지 않았다. 현석이 소리쳤다.

"뭐해요! 빨리빨리 애들 대피시키란 말이야!"

현석의 목소리가 쩌렁쩌렁 울렸다. 마치 확성기나 대형 스피커 수십 개를 모아놓고 소리를 치는 것 같았다. 그 천둥과도 같은 목소리에 찔끔 놀란 선생들이 얼른 정신을 차리고 아이들을 건물 내로 대피시키기 시작했다.

그리고 몬스터 역시 현석의 목소리에 반응했다. 강평화만을 노리고 정신없이 내달리던 몬스터가 잠깐 멈추더니 현석을 노려보며 으르렁거렸다.

현석은 극한의 긴장상태에 이르렀다. 물론 모든 능력치가 100에 이르는, 종원의 말을 빌리자면 괴물과도 같은 능력을 지녔지만 실전은 처음이다. 애초에 슬레이어로서 살아갈 생각이 없었던 현석이었으니까. 몬스터는 침을 질질 흘리면서 당장에라도 달려들 것처럼 모양새를 취하다가 컹컹! 크게 짖어댔다.

현석은 몬스터를 쳐다봤다.

'달려들지 않아?'

강평화는 현석에게 관심을 돌린 몬스터가 자신을 지나쳐서 스쳐가고 나서야 바닥에 주저앉아 울음을 터뜨렸다. 이것만해도 사실 잘한 거다. 만약 여유만 있었으면 잘했다고 칭찬이라도 해주고 싶을 정도였다. 전투 필드를 펼침으로써 어그로를 끌어왔고 덕분에 아이들은 다치지 않았으니까.

현석은 강평화가 어떻게 하고 있는지 신경 쓰지 못하고 몬스터와 대치하며 몬스터를 노려봤다.

솔직히 겁은 났다. 조금 난 정도가 아니라 굉장히 많이 났다. 일반 대형견도 아니고 몬스터다. 광견병 걸린 대형견만 해도 무서운데 이놈은 실드를 몸에 두른 몬스터가 아닌가.

투견보다도 살벌한 기세를 내뿜는 놈의 모습에 다리가 후들후들 떨려왔다.

30초 정도 시간이 흘렀다. 그리고 현석은 느낄 수 있었다.

'나를 두려워하고 있어……?'

원래 짖는 개는 물지 않는다는 말을 어디선가 들은 적이 있는 것 같다. 정말 위험한 개는 짖지 않는 개라고, 겁먹은 개나 크게 짖는다는 말을 들어본 것 같은데 그 말의 진실 여부는 차치하고서라도 시간이 지나면 지날수록 몬스터의 기가 눌려가고 있는 것처럼 보였다.

'공격… 해볼까?'

삽시간에 굉장히 많은 생각이 오갔다. 그러나 함부로 움직일 수는 없었다. 힘 조절도 못하고 경험도 없다. 여기까지 달려오는 것만 해도 굉장히 힘들었다. 내 몸이 내 몸 같지 않은 상태인데 뭘 할 수 있을까. 공격을 성공시킨다 하더라도 그것이 놈의 성질을 더욱 긁어놓을지도 모를 일이었다.

그때, 검은색 쿠페 3대가 운동장을 향해 질주해 왔다.

쿠페에서 누군가가 내렸다.

"야! 이 대책 없는 새끼야!"

현석은 다리가 풀릴 뻔했다. 조금 안심이 되었다. 종원과 국내 굴지 대기업 한진재단에서 운영하는 I'UET 길드의 멤버들인 듯했다.

나중에 얘기를 들어보니 운 좋게 이 근처에 있다가 제보를 받고 출동했다는데, 어쨌거나 I'UET는 한국 내 다섯 손가락 안에 들어간다는 길드이니 이런 몬스터쯤은 가볍게 처치할 수 있을 거라고 생각했다.

아니나 다를까. 차에서 내린 6명의 슬레이어는 자리를 잡고서 착실하게 그리고 천천히 몬스터를 공략하기 시작했다. 보호 장구도 확실히 착용했다.

종원 역시 몇 번인가 팔을 물리긴 했으나 두터운 보호 장구를 차고 있어서 다치지는 않은 모양이었다.

약 30분이 지나자 몬스터를 두르고 있던 실드는 여지없이 깨져 나갔고 그 이후로부터 쏟아지는 슬레이어들의 공격에 몬스터는 몬스터스톤과 개고기를 남긴 채 사라져 버렸다.

"어디 다치신 곳은 없습니까?"

I'UET를 이끌고 있는 부단장 박성형이 현석에게 정중하게 물어왔다. 부산 사투리 억양이 강하게 묻어나왔는데 그의 눈빛에는 자신감과 남모를 포스가 잔뜩 풍겨 나왔다.

그가 I'UET의 부단장이라는 것을 모르는 현석도 평범한 사람은 아닌 것 같다는 인상을 받았다.

"예… 뭐, 감사합니다."

"운이 좋았습니다. 다행입니다."

박성형 입장에서는 운이 좋았던 거다.

완전 초짜들의 경우, 슬레이어가 되었다는 고취감에 빠져 무턱대고 몬스터에게 덤벼드는 바보 같은 놈들도 있다.

슬레이어가 되었다고 바로 초인이 되는 건 아니다. 다만 실드를 쉽사리 깰 수 있고 신체 능력이 조금 올라가는 정도일 뿐이니까. 그런 의미에서 몬스터가 현석을 공격하지 않고 있던 것은 그야말로 행운이었다. 적어도 박성형이 보기에는 그랬다.

'이상하긴 이상하군. 어째서 공격하지 않았을까?'

인간에게 적개심을 품고 있는 몬스터는 인간에게 무차별적인 공격을 행한다.

'알아볼 필요는 있겠어.'

종원이 말했다.

"부단장님, 저 이 녀석과 친구인데 잠깐 얘기 좀 하겠습니다."

"그래, 많이 놀라셨을 테니 신경 써드려라."

딱히 근무시간이 정해져 있는 건 아닌지 성형은 고개를 끄덕이며 자리를 피해주었다.

하종원이 버럭 소리를 질렀다.

"이 미친 새끼야!"

하종원이 현석의 뒤통수를 강타했다. 퍽! 소리가 났다.

"아오, 씨발······."

욕설을 내뱉은 건 다름 아닌 종원이었다.

"뭐냐? 이 미친 방어력은?"

아직 전투 필드가 펼쳐져 있던 상태. 나름 세게 때렸건만 H/P는 0.01퍼센트도 줄지 않았다. 만약 박성형이 봤다면 엄청나게 의심을 품었을 상황이지만―누가 뭐래도 하종원은 힘 스탯의 최강자니까―다행히(?) 그들의 주위엔 아무도 없었다.

현석이 뒤통수를 긁적거렸다. 뒤통수를 얻어맞았으니 기분이 나쁜 것 같기도 한데, 아프지도 않고 오히려 하종원의 H/P가 약간 떨어져 내린 것을 보니 웃기기도 했다. 반탄력 같은 것이 작용한 것 같았다.

유명한 슬레이어인 종원에게 얻어맞았지만 전혀 아프지 않은 현석이 진지하게 물었다.

"좀 애매해서 그런데… 이거 내가 사과해야 하는 상황이냐? 네 H/P가 줄었는데?"

"몰라 새끼야. 내가 때렸는데 내 H/P가 줄어들었네. 괴물 같은 새끼."

현석이 태평스레 말했다.

"니네 길드 회복 슬레이어한테 회복 받아. 별것도 아닌 걸로 욕질이야?"

"개놈 새끼. 친구 손가락 분질러 놓고선 한다는 소리 보소."

물론 엄청 오버한 거다. H/P만 깎였을 뿐 부러지지 않았다. 그 와중에, 다른 길드원들은 진돗개 몬스터가 드랍한 아이템을 수거하기 시작했다.

그 모습을 보던 현석의 눈길이 한 곳에 닿았다.

"어라……? 저건?"

CHAPTER 4

햇살 보육원에 나타난 맹견류 몬스터가 내뱉은 몬스터스톤은 세금을 제외하고 200만 원에 거래됐다. 종원이 팔았다는 말이 아니라 국가에서 가격을 그렇게 책정한 거다.

현재 몬스터스톤은, 더욱 정확히 말하자면 화이트스톤은 국가 차원에서 관리된다. 무조건 국가에 팔아야만 하고 국가가 수량과 유통을 관리하고 있다. 거의 대부분의 나라가 이러한 방식을 채택하고 있다. 어쨌든 그 주먹만 한 돌덩어리 하나가 200만 원이나 한다는 사실에 현석은 새삼스레 놀라워했다.

"30분만에 200만 원을 벌다니."

"이것도 우리가 최대한 안전하게 천천히 잡아서 그렇지 솔직히 맘먹고 잡으면 10분이면 때려잡을걸."

현석은 피식 웃었다. 저 말이 과장은 아니어도 슬레이어에 대한 좋은 점을 부각시켜 자신을 슬레이어계로 끌어들이고 싶어 하는 티가 팍팍 났기 때문이다.

"그래 봐야 너 개인한테 떨어지는 건 30만 원 정도라며?"

"고정급인 월급 외에 따로 성과급으로 받는 거니까 괜찮지. 30분 일하고 30만 원 더 받는 건데. 게다가 소속 길드 이외의 활동이 보장도 되니까 자유도 면에선 최고지 거의."

"됐다, 일 없다."

"야, 그럼 그건 둘째 치고 힘 조절 연습은 안 하냐? 혹시라도 아주 위급한 상황인데 그 힘 가지고 못 쓰면 아쉽잖아."

"안 그래도 연습은 계속하고 있다. 잘 안 돼서 그렇지."

죽자 살자 열심히 연습에 매달린 건 아니지만 어쨌든 힘 조절을 연습을 하긴 했었다. 그래도 이 무지막지한 신체 능력치를 다루는 건 조금 더 시간이 있어야 할 것 같았다.

"그래라, 혹시라도 너한테 맞는 아이템 떨구면 내가 가져와 볼게."

"나한테 맞는 아이템?"

"그런 거 있잖아. 뭐 체술이나 격투술 같은 거."

"놔둬라. 내 힘 가지고 체술 익혔다가 실수로라도 엄한 사람이나 엄한 물건 치면 그거 어떻게 감당해?"

"그런가……?"

몬스터를 사냥하면 비급 같은 것이 가끔 떨어지곤 했다. 스킬북이라고 불리는데 엄청난 무공문서 같은 건 아니지만 어느 정도 효과는 본다고 했다. 드랍률이 극악해서 문제지.

'현석이 놈이 그냥 주먹질만 제대로 해도 웬만한 몬스터는 쌈 싸먹겠는데.'

종원은 어떻게든 현석을 슬레이어계로 끌어들이고 싶었다. 현석의 능력치라면 슬레이어계의 폭풍이 될 거란 막연한 생각이 들었다. 본인의 의지가 없다는 게 참 아쉬울 뿐이었다.

그리고 또다시 세 달이 흘렀다.

때는 가을을 지나 이제 슬슬 겨울을 향해 달려가고 있었고 현석은 힘을 다루는 것에 익숙해져 갔다.

딱히 몬스터를 사냥하는 것은 아니었지만 집 안에서 전투 필드를 펼쳐놓고 일상생활을 해보는 것이었다.

현재 현석의 전투 필드 레벨은 7.

햇살 보육원에서의 사건 이후로 연습을 꽤나 열심히 해왔다. 종원의 말대로 힘을 가지고 있는데 제대로 쓰지 못하면 억울할 것 같아서였다. 또 한 가지 좋은 점은, 그가 이 활동에 집중하게 되면서 자연스레 여자를 멀리하게 됐다는 거다.

여자가 좋아서라기보단 뭔가 마음이 허하고, 눈을 떴을 때 옆에 아무도 없다는 그 기분이 별로라서 여자를 꼬였는데 지금은 자연스레 그러한 것들과 멀어지게 됐다.

그 덕분인지 정력 스탯이 계속 올라가서 현재는 50포인트에 이르렀고 아침에 발기도 잘 안 되던 녀석이 아침마다 고개를 뻣뻣이 들어 올리기 시작했다.

'좋아, 이제 젓가락질도 자연스러워졌어.'

상당히 세심한 컨트롤을 필요로 하는 젓가락질도 자연스러워졌다. 내심 만족스러워 흐뭇한 미소를 짓고 있는데 전화가 왔다.

전화를 받은 현석이 소리를 버럭 질렀다.

"무슨 말 같지도 않은 소리야!"

＊　　　　＊　　　　＊

현석에게는 나이 차이가 많이 나는 동생이 한 명 있다. 나이 차이는 무려 11살. 그렇다 보니 어린 시절에는 현석이 업어 키웠다고 해도 과언이 아닐 정도다.

이름은 유민서. 어려서부터 뭐든지 열심히 하려고 하고 싹싹하며 예의도 바른 아이여서 민서는 가족과 주변 사람들의 사랑을 듬뿍 받으면서 자랐다. 지금은 고등학교 2학년이며 내년이면 입시를 준비해야 할 나이다.

현석은 주말을 맞이해 강원도 원주에 있는 본가로 내려갔다.

집안에서 현석은 약간 독특한 위치였다.

부모님이야 워낙에 순박한 사람들이다 보니 현석이 가장의 역할을 수행하고 있다고 해도 과언이 아니었다. 26세 이후로는 집안의 웬만한 대소사는 현석이 결정했고 부모님도 현성의 결정을 존중하는 편이었다.

물론 현석이 이렇게 해라 저렇게 해라, 강격한 태도나 거만한 태도를 보인 적은 없었지만 어쨌든 현재 집안의 가장은 현석이라고 할 수 있었다. 특히나 민서와 관련된 문제에 대해서는 부모보다도 훨씬 더 큰 영향력을 행사하는 사람이 바로 현석이었다.

"아니, 엄마랑 아부지는 애가 아무리 졸라도 그렇지… 허락하시면 어떡해요? 민서는 고 3이에요."

민서가 목소리를 조금 높였다.

"하지만 중학생도 슬레이어로 활동하는 경우가 있다고!"

민서는 '오빠는 잘 알지도 못하면서!' 라고 소리치고 싶은 걸 꾹 눌러 참았다.

민서는 굉장히 서운했다. 오빠라면 분명 같이 기뻐해줄 줄 알았는데 오히려 화만 잔뜩 내고 있지 않은가. 화가 난다기보다도 서운했고, 아이러니하게도 서운해서 화가 났다.

"그거야 걔네들 얘기지. 너 잘 들어. 그런 위험한 일 따위는 안 돼, 절대."

현석이 쐐기를 박았다.

"오빠 분명히 말했어, 안 된다고."

"엄마 아빠도 허락했는데!"

서운해진 민서는 급기야 눈시울이 붉어졌다. 슬레이어로 각성해서 굉장히 좋아했다. 그것도 심지어 보조 계열이었다. 전투 필드, 회복 필드를 펼쳐주며 리스토어라는 특수한 스킬을 가진 계열이다.

보조 슬레이어는 일반 슬레이어보다 그 숫자가 확연히 적다. 전투 필드 내에서 부서진 무생물체를 전투 필드가 펼쳐지기 전의 상태로 되돌리는 힘을 가지고 있는데, 전투 필드가 펼쳐지는 시작부터 끝까지 그곳에 있어야만 복구를 시킬 수 있다고 알려져 있다.

그래서 현석이 반대하는 거다. 전투 필드 내에 들어가면 일단 몬스터는 전투 필드 내의 사람들을 제1순위로 공격하게 된다.

어그로가 어떻게 튀는지는 아직 정확히 파악되지 않았으나 가끔씩 보조 슬레이어들도 불의의 공격을 받는 경우가 있다고 알려져 있다.

"그거야 엄마랑 아부지가 잘 모르셔서 그러는 거지. 그게 얼마나 위험한 일인지 알기나 해? 안 그래도 몬스터들이 점점 강해지고 있는 판국이야. 심지어 알려지지 않은 신종 몬스터의 경우는 데이터가 아예 없어서 엘리트 슬레이어들이라 할지라도 엄청나게 긴장하고 사냥하고 있어. 그런 위험한 곳을 고작 몇 백만 원 벌겠다고 거기에 뛰어든다고? 공부 열심히 해서 안정적이고 편하고 좋은 직장 잡아. 그게 오빠로서, 또 사회 선배로서, 진심으로 하는 충고야."

"싫어! 싫다고! 난 할 거야!"

민서는 결국 울음을 터뜨리며 자기 방으로 뛰어들어 갔다. 현석은 한숨을 푹 내쉬었다. 이 둘의 모습을 잠자코 지켜보던 아버지, 세권도 한숨을 내쉬었다.

"애가 저렇게 하고 싶어 하는데… 왜 그렇게 반대해?"

"맹견류 몬스터를 본 적이 있어요. 기세가 그냥 개랑은 달라도 완전 달라요."

과장을 조금 하기로 했다.

"크기도 엄청나요. 민서 같은 애는 한입에 집어삼키고도 남을 정도라고요. 실제로 안 보면 몰라요. 진짜 엄청 위험해요. 좋은 일이 널리고 널렸는데 왜 굳이 그런 위험한 일을 자처해서 하려고 해요? 엄마랑 아부지, 적어도 이 문제만큼은 저한테 맡겨주세요. 절대 못하게 할 거니까."

*   *   *

"민서야, 밥 먹어라."

밤이 되었는 데도, 분명 배가 고플 것이 분녕한 네도 민서는 방문을 걸어 잠그고 나오지 않았다.

평소라면 따끔히 혼을 냈을 세권도 오늘은 그냥 내버려 두었다. 민서가 오죽 서운하면 저럴까 싶었기 때문이다.

현석이 민서의 방문 앞에 섰다. 문을 두드렸다.

"민서야, 오빠야. 문 좀 열어."

민서는 대답이 없었다. 그렇게 한 시간 넘게 실랑이를 벌이고 나서야 문이 아주 조금 열렸다.

불도 끄고 있었는지 방 안은 어두컴컴했다. 가느다랗게 열린 문틈 사이로 형광등 불빛이 일직선으로 새어들어 갔다. 문이 열리면서 형광등 빛이 점점 넓어지고 현석의 그림자가 점점 길어졌다. 민서는 침대 끝에 쪼그려 앉아 무릎에 고개를 박고 있었다.

"오빠랑 얘기 좀 해."

"싫어, 안 들을래. 나가."

애초에 나가라고 할 거면 문을 안 열어줬으면 됐는데도, 굳이 문을 열어주고선 나가란다.

민서가 투정을 부렸다.

"저리 가!"

현석은 문을 조심스레 닫고서 민서에게 천천히 걸어가 침대 위에 걸터앉았다. 아무 말도 하지 않고 민서를 물끄러미 쳐다보기만 했다. 3분 정도 시간이 지나자 민서가 고개를 살짝 들어

올려 현석을 쳐다봤다. 그제야 현석이 입을 열었다.

"민서야,"

"……"

"민서가 오빠한테 서운한 거 다 알아. 민서는 슬레이어로 각성해서 진짜 기뻤을 거야. 사실 기쁠 만한 일이기도 하고. 그리고 나한테 그걸 가장 먼저 알려줘서 오빠 진짜 고마웠어."

민서가 조금 더 고개를 들어 올렸다.

"……"

"사실 마음 같아선 오빠도 같이 기뻐해주고 싶었어. 우리 민서가 좋아하는 일이 생겼다는 건 나도 정말 기뻐. 진짜 좋은 일이잖아. 근데 내가 화부터 내고 하지 말라고 해서 되게 서운한 거 잘 알아. 나도 솔직히 축하해 주고 싶긴 했어."

"그럼 축하해 주면 되잖아."

아직 날이 서 있는 목소리. 그러나 그 날카로운 목소리에는 울먹거림이 잔뜩 묻어 있었다.

"근데 내가 축하하고 싶은 건, 네가 슬레이어가 된 걸 축하하고 싶은 게 아냐. 난 단순히 네가 기뻐하고 있는 게 좋은 거야."

현석은 몸을 조금 움직였다.

민서 앞에 바짝 붙어 앉아 민서를 살짝 껴안고서 오른손으로 머리를 쓰다듬었다. 민서가 울먹거리는 게 느껴졌다.

"네가 슬레이어가 된 길 축하해 주지 못해서 미안해. 그래도 오빠가 너 엄청 아끼는 거 알잖아. 오빠가 왜 이렇게 반대하는지 생각 좀 해주면 안 될까? 부탁할게."

"오빠가 걱정하는 건 나도 알아. 하지만 그 정도 위험은 당연한 거잖아."

"너한텐 당연하다 하더라도 나한텐 당연하지 않아. 과잉보호라고 해도 좋고 간섭이라고 해도 좋아. 난 너 과잉보호할 거고, 또 간섭할 거야. 나는 네 오빠고, 너도 지금 이 시기가 얼마나 중요한 시기인지 알잖아."

현석의 설득이 통한 것인지는 몰라도, 민서는 일단 알겠다며 공부를 하겠다고 말했다. 현석 특유의 직감이 '포기하지는 않았구나' 라는 것을 느끼게 해줬지만 현석도 일단은 한 발 물러서기로 했다. 어쨌든 민서는 스스로 말한 것을 지키지 않을 아이는 아니었으니까.

다음 날 아침, 현석은 민서의 자필 편지를 받을 수 있었다.

"뭐야?"

"부끄러우니까 여기서 읽지 마."

"알았어."

현석도, 민서도 서로 한 발씩 양보했다. 민서의 편지는 무려 7장이나 되었는데 그 내용을 요약해 보자면 다음과 같았다.

첫째로, 고마워 오빠, 사랑해 오빠 등과 같은 애정표현.

둘째로, 오빠 말대로 공부 열심히 해서 기말고사 때 최소 전교 10등 안에 들겠다는 약속.

셋째로, 전교 10등 안에 들면 최소한 방학 동안에라도 슬레이어로 활동해 보겠다는 제안.(보조 슬레이어의 경우는 마음만 먹으면 대기업 소속이 아닌 일반 길드에는 얼마든지 들어갈 수 있다.)

넷째로.

'민서가 이런 생각을 가지고 있었다니.'

사실상 다른 내용은 상대적으로 흘려들을 수 있는 말이었다. 그런데 이 네 번째 내용은 조금, 현석에게는 충격이었다.

모르겠어, 오빠는 어떻게 생각할지 모르겠는데 난 어렸을 때부터 오빠를 닮고 싶었어. 오빠처럼 공부도 잘하고 싶었고, 운동도 잘하고 싶었고, 엄마 아빠한테도 잘하고 싶었고 그냥 다… 다 닮고 싶었어. 그러던 사이 나는 오빠랑 내 자신을 자꾸 비교했던 거 같아. 그러면 안 좋은 거 아는데 자꾸만 오빠랑 나를 비교해. 사실 오빠보다 잘한다고 내세울 만한 게 하나도 없잖아. 이런 생각하는 거 나쁘다는 거 알아. 근데 자꾸만 이런 생각이 드는 걸 어떡해. 오빠를 생각하면 고맙기도 하고 좋기도 하고 또 존경스럽기도 하고 그런데, 이상하게 우울해지고 슬퍼질 때도 있어. 나 되게 바보 같지? 근데 이렇게 바보 같은 나한테 오빠보다 더 잘할 수 있는 뭔가가 생겼어. 그래서 더 하고 싶었던 거 같아. 나 이것마저도 못하게 되면 너무 슬프고 우울할 거 같아. 나 오빠 말 잘 들을게. 공부도 열심히 할게. 그니까 나 한 번만 이거 하게 허락해주면 안 돼?

현석은 생각에 빠져들었다.

'기억 속의 나랑 계속 비교를 해왔다니…… 그것만큼 이기기 힘든 싸움도 없는데.'

아마 민서의 기억 속에서 현석은 슈퍼맨이나 만능맨 같은 이미지로 자리 잡았을 확률이 높다. 실제보다 훨씬 더 훌륭한 사람으로 각색되어서 말이다.

그렇게 스스로 만든 이미지와 자신을 비교하면 자신이 초라해지는 건 당연한 일이다. 문제는 그러면 그럴수록 상상 속 이미지는 점점 더 위대해지고 반대로 자신은 점점 더 초라해진다는 거다.

'나 참…… 종원이 놈한테 부탁할 게 또 생겼군.'

갑자기 박사 학위를 따겠다며 미국으로 날랐다가 다시 슬레이어 하겠다고 2년 만에 다 때려치우고 돌아온, 괴짜 친구가 떠올랐다.

'모르긴 몰라도 민서는 분명 10등 안에 들 거야. 그러고도 남을 아이지.'

그렇다면 그 이후의 일은 책임져 줘야 했다. 방학 동안 잠깐만이라도 슬레이어의 일을 해보고 싶단다. 그 정도는 허락해 주기로 했다.

그래도 안전이 제일이다. 그리고 안전을 거의 확실하게 보장해 줄 수 있는 사람이 옆에 있었다. I'UET 소속 하종원 말이다.

현석은 휴대폰을 들었다. 수화음이 들리는 동안 잠깐 생각에 빠져들었다.

'나도 그때까지 좀 더 이 힘에 익숙해져야 하겠지. 슬레잉을 해봐야겠어.'

현석은 분명 이지 모드 규격 외의 스탯을 가지고 있다. 제대로만 활용하면 적어도 민서가 위험에 빠졌을 때 도와줄 수 있을 거라는 생각이 들었다. 그렇다면 이 힘을 단순히 일상생활이 아닌 실제 전투에서도 활용을 해보며 익숙해져야만 했다.

적어도 민서가 겨울방학에 접어들기 전까지는 말이다.

종원이 전화를 받았다.

─무슨 일이냐? 네가 먼저 전화를 다 하고.

"소주나 한잔 하자."

─언제? 지금?

종원은 왜냐고 묻지도 않았다.

─그래라, 나 마침 너네집 근처니까 그 앞으로 간다.

CHAPTER 5

종원과 현석은 임시 길드를 꾸리기로 했다. 종원이 입이 마르고 닳도록 슬레이어의 장점에 대하여 설파하는 것 중에 하나가 바로 '자유도' 다. 종원은 I'UET에 속해 있으면서 정해진 근무시간 혹은 할당량 이외에는 임시 길드를 수립하여 슬레잉을 다니곤 했다.

현석은 종원에게 부탁하여 주말이면 둘이서 같이 슬레잉을 다녔다. 보통은 북한산 일대에 출몰하는 수사슴 몬스터를 슬레잉했는데 현석은 역시나 그 무지막지한 괴력을 발휘하면서 그 이름하여 '원샷 원킬' 의 쾌거를 계속해서 이루어냈다.

때는 겨울.

민서는 약속한 대로 전교 10등 이내에 드는 쾌거를 이루었고 일단 방학 동안만이라도 같이 슬레잉을 다닐 수 있게 됐다.

민서는 제법 상기된 얼굴로, 현석은 무척 마음에 들지 않는 다는 표정으로 임시 길드를 수립하여 그간 지형과 몬스터 출몰 위치 등을 파악해 놓았던 북한산으로 향했다.

I'UET의 하종원이 임시 길드를 모으자 금방 사람이 찼다. 전투 슬레이어는 하종원과 이채림이었다. 이채림은 여성 전투 슬레이어로 얇은 레이피어 같은 검을 사용했는데 강한 한 방보다는 빠른 공격을 통해 몬스터의 시선을 분산하는 역할을 주로 수행한다고 했다. 다만 채림의 경우는 현석을 매우 안 좋게 봤다. 슬레이어도 아닌 주제에 동생 보호랍시고 따라오는 꼴이 마치 치맛바람을 폴폴 풍기는 학부모 같은 모습이 아닌가.

그래서 초반에 아주 잠깐 실랑이가 있기는 했지만 이곳의 지형을 매우 잘 알고 있기 때문에 왔다는 핑계로 잘 무마할 수 있었다.

회복 슬레이어로는 강부름, 보조 슬레이어로는 고범수란 평범한 남자들이 참여했다. 이들은 북한산에서 수사슴 몬스터를 3마리가량 슬레잉에 성공했는데 그중 한 마리가 화이트스톤을 내뱉은 덕분에 모두들 기뻐했다. 특히나 민서의 경우는 처음으로 슬레잉에 참여하는 것이기 때문에 몹시 상기된 모습이었다.

특히나 하루 만에 3마리를 슬레잉했다는 성취감에 굉장히 기쁜 모양새였다.

"그렇게 싱글벙글하지 마. 하종원쯤 되는 녀석이 있으니까 편하게 슬레잉하는 거지, 일반적으로는 수사슴 몬스터도 엄청 위험한 놈이야."

그 말에 상대적으로 기분이 나빴는지 이채림이,

"슬레이어도 아니신 분이 엄청 잘 아시네요."

하고 약간 쏘아붙이듯 말했고 현석은 그저 허허 하고 웃어 버리고 말았다. 어차피 슬레이어로 살아갈 것도 아니고, 필요한 상황이 아니면 슬레잉에 참여할 것도 아닌데 굳이 '나 슬레이어요' 하고 광고할 필요가 없기 때문이다.

만약 현석이 전투 슬레이어에 이름을 넣게 되면, 전투 슬레이어가 3명이나 된다. 수사슴 몬스터는 맷집은 강하지만 공격력은 굉장히 약한 축에 속하는 몬스터여서 전투 슬레이어를 3명이나 쓸 필요가 없다. 심지어 전투 슬레이어 중 한 명이 하종원이다. 그리고 수사슴 몬스터를 슬레잉할 때에는 회복 슬레이어를 빼는 경우가 대부분이다. 다시 말해, 수사슴 몬스터를 사냥하기에는 조금 과한 감이 있는 구성이라는 소리다.

거기에 현석까지 이름을 올리게 된다? 그렇게 되면 엄청나게 비효율적인 구성이 된다. 그렇게 비효율적인 구성을 하게 되면 아무리 하종원이어도 팀을 구하기 힘들다. 보상이 쓸데없이 낭비되어—보통은 수입을 1/N로 나누니까—수입이 줄어드니까 말이다.

그때, 이채림이 뭔가를 발견했다.

"그런데 저건 뭐죠?"

하종원이 인상을 찌푸렸다.

"글쎄요, 저도 처음 보는 건데요. 무지하게 이상하게 생겼네요. 동물형 몬스터가 아닌데……?"

이채림의 표정이 더욱 심각해졌다. 저런 형태, 어디선가 본 적이 있다. 과거 반지의 제왕이라는 영화에서 등장했던 오크와 비슷한 형태였다.

"저걸… 어떻게 하죠?"

하종원이 피식 웃었다.

"어떡하긴 뭘 어떡해요?"

"네?"

"튀어야지."

"예?"

"봐요. 별로 빨라 보이진 않네요. 우리가 뛰면 따라오진 못할 거예요."

이족보행을 하고 온몸이 시커멓고 오른손에 방망이를 들고 있으며 얼굴은 뭉개진 돼지 형상을 하고 있는 그 몬스터는 종원도 처음 보는 몬스터다. 이럴 때엔 굳이 달려들 필요가 없다.

'상부에 보고하고 전력을 갖춰서 다시 와야겠어.'

다행히 몬스터의 경우 생성된 장소에서 일정 거리 이상을 벗어나지 않는 습성이 있다. 모두 그렇다는 건 아니지만 대체적으로 그렇다고 알려져 있다. 강한 몬스터일수록 그 반경이 넓다는 주장도 있는데 아직까지 확실한 건 아니었다.

"튀자."

I'UET 소속이며 꽤나 유명한 전투 슬레이어인 하종원은 냅다 달리기 시작했다. 아니, 더 정확히 말하자면 냅다 달리려고 했다. 그런데 민서가 무언가를 발견했다.

"오빠, 저기 봐요. 누가 저거 슬레잉하려나 본데요."

"뭐라고?"

하종원이 뒤를 돌아봤다. 기존의 몬스터가 아닌, 완전히 새로운 형태. 판타지 소설에서나 등장할 법한 모습의 몬스터가 나타났다. 직접 부딪쳐보기 전까진 얼마나 강할지 아무도 모른다. 강할 수도 있고 약할 수도 있다. 그러나 안전은 중요하다. 무턱대고 달려드는 건 미친 짓이다.

"저런 미친놈들이……."

그런데 저 몬스터를 향해 달려드는 슬레이어들은 아무리 봐도 초짜 같았다.

하종원이 급히 어디론가 전화를 걸었다. 천천히 일을 처리하려고 했는데 일이 급하게 됐다. 저린 생각 없는 미친놈들이 아직도 살아서 활보하고 있을 줄이야.

"저딴 새끼들 때문에 통계에서 사망자 수가 줄어들질 않는 거야."

초짜를 갓 벗어난, 이제 어느 정도 자신감이 붙은 놈들인 것 같다. 그래 봐야 종원의 눈에는 초짜지만.

"예, 지금 제 휴대폰 GPS 켜놨습니다. 이 위치입니다. 가능하다면 빨리요. 모르겠습니다. 완전히 새로운 형태입니다. 그런데 어떤 정신 나간 놈들이 달려들고 있어요. 제가 보기엔 쟤네 죽을 거 같은데요. 예, 알겠습니다. 주시하겠습니다."

민서가 발을 동동 굴렀다.

"오빠, 저 사람들 괜찮은 거야?"

민서는 평범하게 자라온 18살 소녀(?)이다. 눈앞에 위험한 상황에 처한 사람이 있으면 돕고 싶은 게 당연했다.

민서의 말에 현석이 시큰둥하게 대답했다.

"괜찮으니까 끼어들었겠지."

그러나 상황은 전혀 괜찮지 않았다.

*　　　　*　　　　*

슬레이어는 최근 들어 상당히 각광받는 직업이다. 일단 아무나 될 수 없다. 그리고 수입도 제법 짭짤하다. 통계상으로는 평균 월 200 정도지만, 그 통계는 잘못되었다는 것이 중론이다. 슬레이어로 각성했다 하더라도 굳이 슬레잉에 참여하지 않는 사람들까지 통계에 집어넣어 반영했기 때문에 정확하지가 않다. 슬레잉에 참여하지 않는 슬레이어의 소득은 0원이니까 말이다.

하종원의 경우는 대략적으로 월 700 정도 벌어들이고 있었고 이만하면 꽤 고소득자라고 할 수 있었다. 29세의 젊은 나이에 연봉 1억에 가까운 수입을 올리고 있는 거니까.

그런데 또 반대로 생각하면 엄청난 고소득자라고 하기는 힘들다. 왜냐하면 하종원은 슬레이어들 중에서도 상위 10퍼센트 안에 들어가는 엘리트군에 속해 있는데 일반 직종에서도 상위 10프로의 엘리트들이라면 거의 그에 근접한 수준은 받기 때문이다.(하종원의 소득이 적다는 말이 아니라, 생각 외로 엄청난 고소득자는 아니라는 뜻이다.)

어쨌든 수입적인 면은 차치하고서, 슬레이어가 각광받는 이유는 바로 '로망' 때문이기도 했다. 특히나 나이 대가 어린 남학생들의 경우는 슬레이어가 되고 싶어 하는 경우가 많았다.

몬스터를 사냥하는 슬레이어, 사나이의 로망이 아니겠는가. 적어도 그들에게 슬레이어는 거의 동경의 대상이었다.

그리고 중학교 3학년의 소꿉친구들인 박수형, 심형재, 오준환은 동시에 슬레이어로 각성하게 된, 조금은 특이한 케이스였다. 어릴 적부터 같이 자라왔고 골목길을 재패(?)하며 자라온 골목

대장 출신들이다. 학교 내에서도 주먹을 제법 잘 쓰는 편이어서
언제나 자신감 넘치는 아이들이기도 했다. 또 그들은 제법 괜찮
은 슬레이어이기도 했다. 초짜티는 벗었다. 적어도 그들은 그렇
게 생각했다.

"야 씨발, 저거 봐. 새로운 몬스터야."

"저거 왠지 졸라 좋은 템 떨굴 거 같지 않냐?"

"저 새끼 존나 오크 같은데."

"잡을까?"

"좀 위험하지 않겠냐?"

"쫄았냐? 병신아?"

"지랄."

그들은 자신이 있었다. 보통은 전투 슬레이어 5~6명이 짝을
이루어 사냥하는 수사슴 몬스터도 3명이서 작살을 내는 실력
을 가진 그들이다. 사실상 이들이 특출나게 강하다기보다는 다
른 사람들이 안전을 지향하기 때문에 5~6명이 짝을 이루는 것
이었지만.

어쨌든 이들은 자신들이 이 근방에서 수사슴 몬스터를 사냥
하는 슬레이어 중 최고의 실력자라 자부했다. 무엇보다 그들은
겁이 별로 없었다.

"까짓것 뒤지기밖에 더하겠냐?"

그렇게 셋은 새로이 나타난 몬스터에게 달려들었다. 그들은

따로 무기를 사용하지 않았다. 스탯 자체는 제법 준수한 편인지 주먹과 발을 사용해서 싸우는 타입이었다.

"이거나 먹어랏!"

박수형이 가장 먼저 주먹을 내질렀다. 오크라 짐작되는 몬스터의 안면과 박수형의 주먹이 부딪쳤다.

'좋아, 제대로 들어갔다!'

박수형이 회심의 미소를 지음과 동시에,

"으아악!"

그는 곧바로 비명을 질렀다.

몬스터의 실드가 주는 반탄력 때문에 박수형의 주먹 뼈가 으스러진 듯했다. 상황이 이쯤 되면 바로 도망을 치는 게 맞다. 가장 자신 있는 정권을 약점이라 할 수 있는 안면에 꽂아 넣었는데 주먹이 박살 났으면 일단 도망쳐야 한다. 가서 무기를 가져오든 새로운 스킬을 익혀오든 다른 방법을 모색해야 한다는 뜻이다.

그러나 그들은 도망치지 않았다. 이건 게임이 아니라 현실이다. 이런 행위는 무모한 짓, 그 이상도 이하도 아니다. 자신을 중수 이상이라 생각하지만 초보라는 걸 증명하는 꼴이었다.

"씨발! 이 개새끼가 수형이를!"

뒤이어 오준환이 오크의 두터운 종아리 쪽에 로우킥을 날렸다.

빠각!

커다란 소리와 함께,

"으아악!"

오준환은 발목에 엄청난 통증을 느껴야만 했다. 오크는 크르 릉거리며 뜨거운 콧김을 내뿜으며 오른손을 휘둘렀다. 그 오른 손엔 커다란 나무 몽둥이가 들려 있었다. 그나마 다행인 건 다 리가 멀쩡한 수형을 향해 공격이 가해졌다는 것이었다. 다리가 망가진 준환에게 그랬다면, 준환은 어쩌면 지금쯤 시체가 되어 있을지도 모를 일이다.

쿵!

오크의 공격이 애꿎은 땅을 내려쳤다. 겨울이라 바닥이 상당 히 단단한데도 작은 구덩이가 생겼다. 오크는 몽둥이를 다시 들 어올렸다.

이번에 눈에 보인 건 절뚝거리며 일행에 합류하려고 하는 준 환의 뒷모습이었다.

오크는 성난 발걸음을 옮겼다.

쿵! 쿵! 쿵! 쿵!

이족 보행에 익숙하지 않은 건지 그 속도 자체는 빠르지 않았 으나 그래도 다리를 절며 이동하는 준환보다는 빨랐다.

오크가 준환의 뒤통수를 향해 방망이를 휘두르려는 찰나, 하 종원이 끼어들었다.

휘익―!

쾅!

하종원의 거대한 망치가 오크의 몽둥이를 쳐 냈다. 아래에서
부터 위로, 체중을 실어 전력을 다해 후려쳤다. 하종원은 손목
에 찌릿찌릿한 통증을 느껴야만 했다.

'이놈, 이거 장난 아니다.'

하종원의 힘에 밀렸는지, 난데없이 만세 자세를 취한 오크는
중심을 잡지 못하고 두어 걸음 뒷걸음질 쳤다.

크오오!

오크의 눈이 하종원을 향했다. 어그로가 제대로 잡혔다.

'제기랄. 이때 공격을 받쳐줄 수 있는 놈이 있어야 하는데.'

방금 하종원의 공격에 의해 오크의 몸이 완전히 무방비한 상
태로 드러났다. 이때 또 다른 전투 슬레이어가 있었다면 꽤 큰
타격을 입힐 수 있었을 거다.

저런 애송이들 말고 진짜 전투 슬레이어 말이다. 애송이들은
역시나 애송이들답게 안쪽으로 파고들지 못했다.

하종원이 버럭 소리 질렀다.

"너희들은 도움 안 되니까 꺼져!"

하종원의 기세에 눌렸는지 3인방은 움찔했다. 상대가 되지
않음을 알면서도 굳이 덤벼드는 그 심리가 이해되지 않는 하종
원은 열이 뻗쳤다.

"너희들 때문에 도망도 못 치잖아. 튀라고 이 멍청한 새끼들아!"

"하, 하지만……."

"하지만은 무… 큭!"

오크는 하종원의 말을 기다려 주지 않았다. 하종원을 향해 몽둥이를 내려쳤다. 하종원이 망치의 바를 횡으로 들어 그 공격을 막아냈다. 손목부터 어깨, 그리고 허리와 무릎까지 찌릿한 통증이 이어졌다.

"씨발! 이 좆같은 새끼들아! 튀라는 말 안 들려!"

어깨가 빠질 듯한 통증을 참으면서 하종원이 버럭 소리를 지르자 3인방은 도망치기 시작했다.

'그나마 다행인 건 공격 패턴이 단순하다는 거야.'

만약 오크가 변칙적인 공격을 수행했다면 빠른 움직임에 특화된 전투 슬레이어인 그는 속절없이 당했을 거다. 하종원은 기회를 노리다가 큰 한 방을 노리는 슬레이어다. 만약 이채림이 끼어들어 도움을 조금 주면 더 편할 것 같긴 한데 그것도 사실 큰 기대는 안 했다.

이채림은 빠르긴 하지만 맷집이 너무 약하다. 이 몽둥이의 공격을 한 대라도 허용했다간 죽을 수도 있다.

'나라면… 두어 번 정도는 맞아도 될 거다. 타이밍을 봐서 도망…….'

오크의 공격을 막아내며 몸을 빼낼 타이밍을 재고 있던 하종원의 몸이 멈췄다. 그리고,

"으어, 으어억! 씨팔!"

비명을 질렀다. 오크의 몸이 자신을 향해 기울어졌기 때문이다. 키가 1m 50㎝ 정도는 되어 보였는데 그 생김새가 험상궂기 그지없고 지독한 냄새가 나서 혐오스러웠다.

다행히 하종원을 완벽하게 덮치기 전에, 오크의 시체는 초록색의 몬스터스톤과 오크가죽이란 아이템을 남긴 채 사라졌다.

"뭐가 어떻게 된 일이야?"

오크의 시체 뒤쪽에서 현석이 저도 예상하지 못했다는 듯 겸연쩍은 표정으로 웃고 있었다.

*　　　　*　　　　*

현석도 솔직히 놀랐다. 하종원이 꽤나 고전하고 있는 것 같고 I'UET 소속 길드원들이 언제 올지 모르는 상황에서 일단 틈이라도 만들어주면 하종원이 어떻게든 빠져나올 수 있을 거라는 계산에 움직였다.

뒤쪽으로 살금살금 몰래 가서 왼팔로 오른 손목을 잡고서 오크의 허리를 있는 힘껏 후려쳤다. 펀칭 머신을 치듯 말이다.

[최초로 하급 몬스터 오크를 사냥하였습니다.]

[쉬운 업적이 인정됩니다.]

[보너스 스탯이 1 주어집니다.]

[오크 슬레이어의 칭호를 획득하였습니다. 힘 스탯이 1 증가합니다.]

어이없는 건 그 공격에 오크의 실드가 여지없이 깨져 나가며 오크의 허리가 기형적으로 꺾이는가 싶더니 H/P바가 0이 되어 버렸다는 거다.

'뭐 이런 경우가……'

현석의 무모한 행동에 속으로 욕을 하던 이채림은 눈을 동그 랗게 떴다. 레이피어가 땅에 떨어진 것도 몰랐다. 그녀는 자신의 눈을 믿을 수 없어 옆의 강부름과 고범수에게 물었다.

"뭐, 뭐, 뭐예요 방금……?"

그러나 강부름과 고범수도 무슨 일인지는 알 수 없었다. 심지어 현석의 동생인 민서도 지금의 이 상황을 이해할 수가 없었다.

고범수가 말을 더듬었다.

"지, 지금 방금……. 단 한 방에 저 몬스터를 죽인 거 같은데요……?"

"마, 맞아요. 우리 눈이 동시에 잘못된 게 아니라면 틀림없이 그래요."

강부름과 고범수는 침을 꿀꺽 삼켰고 이채림은 몸을 부들부들 떨었다.

'치맛바람이나 풀풀 풍기는 녀석인 줄 알았는데……'

사실 처음부터 현석을 고깝게 생각했었다. 그런데 저런 말도 안 되는 능력을 가지고 있을 줄은 몰랐다. 더욱 어이없는 건 당사자 스스로도 자신이 이런 힘을 가지고 있는지 모르고 있었다는 것처럼 보인다는 거다.

하종원도 어이없기는 마찬가지였다.

"뭐냐, 너?"

"글쎄. 나도 예상은 못했는데, 한 방에 죽네."

"이놈 공격력에 비해서 맷집이 너무 약했던 거 아니냐? 아닌데… 아까 꼬마놈들 주먹 날리던 거 봤는데, 반탄력 장난 아니더만."

"그래서 나도 좀 걱정했어. 근데 다행히 난 안 다쳤다."

"아니, 그 말이 아니잖아."

무엇보다도 놀란 건 민서였다. 현석 옆에 다가왔다.

"민서야, 그러니까 오빠는……"

"오빠 슬레이어였어?"

"그게… 원래는 내가 이러려고 한 건 아닌데."

그는 한전에서 일하고 있다. 부업인 번역 아르바이트로 돈도 꽤 많이 번다. 안정적인 철밥통에 부수입까지 짭짤한, 나름대로 안락하고 평안한 삶을 살고 있다. 굳이 슬레이어로 살아갈 생각이 없었다. 그래서 밝히지 않았었다.

"왜 나한테 숨겼어?"

"아니, 딱히 일부러 숨긴 건 아니었는데……."

민서는 현석을 째려보다가 이내 밝게 웃었다.

"역시 오빠야, 못하는 게 없네. 나한테까지 비밀로 한 건 꽤 씸하지만."

그때, I'UET 길드원들이 헐레벌떡 달려왔다.

I'UET의 부단장 박성형의 눈이 휘둥그레 커졌다. 표정이 굉장히 급해 보였다.

"뭐야? 종원아, 그거 줘봐라."

"이거요? 안 그래도 보고 드리……."

박성형은 설명을 들을 것도 없다는 듯 하종원의 손에 들린 몬스터스톤을 빼앗아 들었다.

"…새로운 타입의 몬스터스톤이다."

그날 이후, 한국을 시작으로 세계가 또 떠들썩해졌다.

동물의 형태가 아닌, 또 다른 타입의 몬스터들이 나타나기 시작한 것이다.

그리고 그러한 몬스터들은 기존의 몬스터스톤과는 다른 몬스터스톤을 드랍했는데, 그 빛이 초록색이라 하여 그린스톤이라고 부르게 되었다.

그리고 그린스톤의 등장과 함께 세계가 더욱 급격하게 변화하기 시작했다.

＊　　　　　＊　　　　　＊

새로이 나타난 몬스터, 그리고 새로운 형태의 몬스터스톤.

그린스톤이라고 명명된 이 몬스터스톤은 기존의 화이트스톤과는 확연한 차이를 보였다.

〈그린스톤, 인류의 에너지 고갈을 해결할 천혜의 자원.〉

〈무공해, 고효율. 그린스톤 하나가 서울시의 하루 전력량의 약 3~5퍼센트 충당 가능.〉

그린스톤은 특히나 인류의 에너지에 획기적인 변화를 일으킬 차세대 에너지원으로 각광받게 되었다. 캠프파이어를 할 때에, 통나무에 불을 붙이면 불이 잘 안 붙는다. 그러나 거기에 석유를 뿌리면 활활 타오르게 된다. 그것과 비슷한 이치다.

기존의 화력발전소의 발전시설에 그린스톤을 추가하면 매우 적은 석유(혹은 석탄)로 훨씬 큰 에너지를 뽑아낼 수 있었다. 태워야 하는 원료가 적게 들어가므로 환경 보존 측면에서도 굉장히 좋은 자원이었다.

대부분의 국가가 그린스톤을 국가 차원에서 관리하게 됐다. 그에 따라 또 다른 문제점이 야기되었는데,

〈화이트스톤 불법 유통 적발, 대부분 정력제로 사용.〉

그린스톤이 주목받다 보니 상대적으로 화이트스톤의 감시 및 관리가 약간 느슨해져서 불법 판매와 유통이 기승을 부리고 있다는 것이다.

특히나 극소량만 추가해도 기존의 정력제를 훨씬 더 업그레이드 시켜줄 수 있다는 특수성 때문에 그 수요가 엄청났다.

어쨌든 그린스톤은 현재 전 세계적으로 매우 귀하고 훌륭한 자원이었고 각 국가마다 조금씩 다르긴 했지만, 한국의 경우 그린스톤 하나의 가격을, 세금을 제외하고 약 1억 원으로 책정했다.

하나하나가 엄청난 양의 석유와도 비견된다는 것을 감안하면 그리 큰 액수도 아니었다. 게다가 하루에 출몰하는 오크의 숫자라고 해봐야 10마리가 될까 말까 할 정도였으니 수요에 비해 공급이 턱없이 부족한 상황이기도 했다.

그런 상황에서 1억 원이라는 금액은 터무니없이 적다는 의견이 지배적이기는 했으나 의외로 슬레이어들은 그 가격에 수긍

했다.

기본적으로 오크 정도 되는 몬스터를 안전하게 사냥할 수 있는 길드는 그렇게 많지 않다. 그리고 그 정도 되는 길드는 기본급이 최소로 쳐도 약 300만 원은 된다. 거기에 운 좋게 그린스톤을 획득하면, 10명이서 사냥해도 1,000만 원을 벌 수 있다는 소리다.

정부에서 어마어마한 차익을 챙기고 있다는 심증은 있었으나 슬레이어들에게도 상당한 이득이 되어서인지 의외로 그들은 정부를 상대로 싸우지는 않았다.

인터넷상에서는 아직 슬레이어들의 자주의식(?)이 부족하고 슬레이어라는 직업이 생겨난 지 얼마 되지 않았기 때문에 슬레이어들이 잠잠한 거라고 말하곤 했다.

그 말은 어느 정도 일리가 있는 말이기도 했다.

아직 슬레이어들은 자체적인 길드 수립보다는 기업의 힘에 의지하여 설립된 길드에 들어가는 것을 선호했다.

슬레이어라는 직업이 생긴 지 1년도 지나지 않은 시점에서 그들의 힘과 조직력은 보잘것없는 수준이라고 할 수 있었다. 또한 슬레이어를 대표하는 집단도 아직 없을뿐더러 권익 신장을 위해 싸우는 슬레이어들도 거의 없다고 보면 됐다.

그에 반해 그나마 제3자라 할 수 있는 현석이 의문을 가지고서 종원에게 물었다.

"억울하지 않냐?"

"별로, 원래 월 500 정도만 벌어도 충분하다고 생각했어."

"하기야."

원래 기대치가 100이었는데 80을 받게 되면 서운한 법이다. 그런데 원래 기대치가 50이었는데 80을 받게 되면 기분이 좋다. 똑같은 80이어도 기대치가 어떻게 되느냐에 따라 느끼는 만족도가 다른 법이다.

"뭐, 일부 슬레이어들은 따로 조합을 만들어서 정부를 상대로 소송을 건다고 하긴 하더만. 일본 쪽은 유니온? 인지 뭐, 여하튼 슬레이어 대표 단체가 생기는 거 같긴 한데……."

"단시간에 해결될 문제는 아니겠지."

"그래도 오크가 나타난 덕분에 우리 몸값이 훨씬 뛰었어."

"나도 알아."

오크가 나타난 덕분에 상위 급 슬레이어들의 몸값이 더욱 높아졌다. 아마 이번 달이 지나고 내년이 되면 거대 길드에 소속된 슬레이어들의 기본급 자체가 껑충 뛸 거라는 전망이 지배적이었다.

현석이 다시 중얼거렸다.

"그러고 보면 너희 슬레이어들 너무 소극적인 것 같아. 적극적으로 권리를 주장해도 될 법한데."

"그럴 시간에 그냥 오크라도 한 마리 더 찾는 게 나은 거지.

귀찮기도 하고. 뭐, 누군가 나서겠지. 난 지금의 수입과 대우에 충분히 만족하고 있어. 너도 이번에 돈 엄청 벌었잖아?"

세상에 알려진 것과 달리, 이번에 오크를 처리한 건 종원이 아니라 현석이었다. 심지어 단 한 방에 죽여 버렸다.

박성형이 종원에게 한 말을 빌리자면, '어떻게 네가 혼자서 이 오크를 처리했는지는 아직도 미스터리다' 라고 할 정도의 강함을 자랑하는 오크였다.

어쨌든 오크를 처리한 건 대외적으로 하종원이었고 하종원은 며칠 뒤 1억 원을 수령하여 임시 길드에 같이 소속되어 있던 사람들과 N등분으로 나누었다.

애초에 슬레잉 시 발생한 모든 수익을 똑같이 나누기로 약조했었던 것 때문인데 덕분에 이채림을 비롯한 두 슬레이어는 횡재한 셈이다. 한 사람당 약 1,500만 원 정도를 수령했다.

"너야말로 억울하지 않냐? 솔직히 너 혼자 잡았잖아."

"아니, 별로."

현석은 성인군자는 아니지만 돈에 눈이 먼 사람도 아니었다. 그리고 주먹질 한 번에 1,500만 원을 벌었는데 딱히 아쉬울 것도 없었다. 시급도 아니고 초급 1,500만 원인 셈이니 말이다.

힘들게 벌었다면 아쉽기라도 하련만 솔직히 마음만 먹으면 금방 벌 수 있는 돈이라 별로 아쉽지도 않았다.

종원이 피식 웃었다.

"거봐. 슬레이어들의 생각이 딱 그런 거야. 이만해도 괜찮은 거지. 그래도 오크가 하루에 10마리 정도는 잡히니까. 한 길드 가 한 달에 3마리 정도만 잡아도 그게 어디냐?"

현석이나 종원이나 물욕이 그렇게 큰 사람들은 아니어서 딱 히 미련 없이 수익에 관해 이런저런 얘기를 나누고 있는데, 경찰 서로부터 전화가 왔다. 하종원에게 온 전화였다.

종원이 인상을 찡그리며 말했다.

"예, 알겠습니다. 바로 가죠."

* * *

21세기는 급변하는 사회다. 몬스터가 등장하기 이전부터 이 미 급변하는 시대였다. 몬스터가 등장하기 이전에도 법과 제도 가 변화하는 사회에 발 맞춰 따라가지 못하는 경우가 많았다.

몬스터가 생겨나고 슬레이어가 생기면서 그 변화는 더더욱 심해졌다. 그리고 그 변화가 생긴 지 아직 1년도 지나지 않았다. 덕분에 슬레잉 관련 법률과 제도가 아직 미비한 것은 사실이 다. 슬레잉과 관련된 법률 중에는 '아이템의 소유'와 관련한 법 률도 있다.

사실상 법률에 의거해서 소득을 분배하기보다는, 암묵적인 관행을 따르고 있는 실정이기는 하다.

애초 슬레이어를 모집하는 길드장이 처음부터 어떻게 나눌지 미리 공지하고 그 조건을 수락한 슬레이어들이 길드에 모이게 되며 소득을 분배하게 된다.

임시 길드의 경우는 그랬고, 정규길드의 경우는 길드마다 다르지만 대부분 N분할 형식을 채택하고 있다. 조만간 그러한 관행도 바뀌게 될 거라는 예측이 지배적이기는 했지만 어쨌든 아직은 N분할을 채택하고 있는 경우가 많았다.

그리고 I'UET처럼 아예 조직적인 대규모 길드는 계약 세부사항에 소득분배에 관한 내용이 명시되어 있다. 그들이 I'UET 내에서 벌어들인 소득은 모두 한진재단 소속이 되며, 성과급 형식으로 보상을 받게 된다.

그런데 대다수의 슬레이어가 잘 모르고 있지만 소득분배에 관한 법률도 마련되어 있기는 하다. 그래서 이런 상황이 벌어져 버렸다. 어처구니없지만 법이 그렇단다.

하종원이 버럭 소리쳤다.

"저놈들 구한답시고 끼어들었다가 나 죽을 뻔했어요. 그건 알아요?"

"어쨌든 살았고, 한국 최초로 그린스톤까지 획득하지 않았습니까?"

하종원은 물론이고 경찰에 의해 소환된 이채림도 어이없다는 듯 웃고 말았다. 이채림뿐만 아니라 당시 슬레잉에 참여했던, 그러니까 현석 외 3인 역시 허탈하게 웃어버렸다. 법으로 정해져 있단다.

슬레잉 시, 몬스터가 드랍한 아이템의 소유권은 몬스터를 가장 먼저 발견하여 타격한 사람에게 그 우선권이 있단다. 그러나 슬레잉에 실패했을 시, 그 소유권은 20퍼센트로 제한한단다.

현석은 인상을 찌푸렸다.

'그런 법이 있었다니.'

아마 현장은 둘러보지도 않고 책상에서 머리를 싸매며 제정한 법이 아닐까 싶었다. 나름대로 형평성에 맞는 법이라고 생각한 모양이긴 한데 이러면 억울해지는 건 당시 종원의 임시팀이다. 종원이 바드득 이를 갈았다.

"그러니까 당신네들은 아들내미 목숨을 구해준 은혜는 모르겠고, 그린스톤의 소유권 20프로를 주장하겠다, 이겁니까?"

종원의 서슬 퍼런 기세에 눌렸는지 부모를 따라온 중학생 3인방은 구석에 앉아 고개를 들지 못했다. 지금 종원과 입씨름을 하고 있는 사람들은 중학생 슬레이어의 부모들이었다.

그들은 종원의 말에 아주 잠깐 침묵했지만 이내 입을 열었다.

"그게 법이니까요."

종원은 억울해서 미치고 팔딱 뛰고 싶은 심정이었다.

사실 1억의 20프로 지분이면 2천만 원이고, 2천만 원을 떼주는 건 그의 입장에서 그렇게 어려운 일은 아니다. 어차피 떼주는 건 이번에 소득을 얻은 5명이 떼어주는 거고 1인당 400만 원 정도만 부담하면 되는 일이다.

이 정도는 재수 없었다, 혹은 똥 밟았다 정도로 생각하고 넘어가면 넘어갈 수 있다. 문제는 억울하다는 것이다.

"아니, 경찰관님. 말 좀 해보세요. 저놈들 죽을 뻔한 거 겨우 살려……. 야! 니네 일로 와봐! 너희가 얘기를 똑바로 해야 할 거 아냐!"

하종원이 버럭 소리를 지르자 경찰관이 그를 말렸다.

"자자, 진정하세요, 진정."

3인방 중 한 명의 어머니라 짐작되는 여자 역시 지지 않고 버럭 소리를 질렀다.

"왜 애한테 소리를 지르고 그래요!"

"지금 내가 소리 안 지르게 생겼어요!"

그 사이에서 애꿎은 경찰만 진땀을 뻘뻘 흘렸다.

"자자, 두분 다 진정하시고. 자자."

경찰관도 사연을 듣고 나서 내심 종원의 편을 들고는 있었으나 어쩌랴, 법이 그렇다는데. 현석이 종원의 어깨를 툭툭 두드렸다.

"법이 그렇다잖아. 그렇게 큰돈도 아니고 그냥 대충 넘어가

자. 우리끼린 얘기 끝냈어. 그냥 우리 소득 중에서 400만 원씩만 부담하면 되잖아. I'UET씩이나 돼서 이 정도에 너무 발끈하면 모양새도 안 좋아. 요즘 한진재단 이미지 관리 엄청 하던데."

종원의 임시 길드원들은 그저 멀뚱히 구경만 했는데 약 1,600만 원의 공짜 수입이 생겼다. 아무것도 안 했는데 생긴 그 수입 중 일부를 떼어주는 것이어서 그런지, 그도 아니면 경찰서에 불려와 있는 이 상황에 싫어서인지, 그도 아니면 그냥 사람들이 좋은 건지 400만 원씩 떼서 저쪽에 주는 것에 합의했다.

반대할 것 같았던 이채림이 순순히 동의했다는 게 의외이긴 했지만 말이다.

"넌 억울하지도 않냐? 난 쟤네 죽을까 봐 도와준 거고. 그땐 나도 진짜 죽을 수도 있었어. 운이 좋아 잡은 건데, 물에서 건져냈더니 보따리까지 내놓으라잖아. 고맙다는 말도 못 들었는데, 이게 무슨 경우냐고!"

"법이 그렇다잖아요! 법대로 하라고요!"

아까 종원에게 소리를 질렀던 여자가 목소리를 더욱 높였다.

"아니, 저 아줌마가 진짜. 보자보자 하니까!"

끄응, 현석은 머리를 짚었다.

하종원, 지금은 성격 많이 죽었지만 중고등학교 시절에는 욱하는 성격과 일단 시작하면 끝을 보는 성격으로 유명했었다. 오죽하면 별명이 미친개였을까. 학교 내에서 주먹 좀 쓴다고 하던 놈들도 하종원은 어지간해선 안 건드렸다.

"뭐요? 아줌마요? 보니까 한 대 칠 기세네! 쳐요! 쳐보라고!"

"난 억울해서 못 쳐!"

"고소할 거야 당신, 법대로 살아야 할 거 아냐! 법대로!"

급기야는 고소를 하겠다며 고래고래 소리를 지르고 삿대질을 했는데 하종원도 지지 않고 맞받아쳤다.

"고소? 해요! 해! 누가 그딴 거 무서워할까 봐!"

✳   ✳   ✳

그렇게 시작된 싸움은 전국적으로 뜨거운 반향을 일으켰다. 경찰서에서 벌어진 이 싸움은 처음부터 끝까지 영상으로 공개되었다. 재미있는 건 그 영상을 촬영한 사람이 다름 아닌 심형재. 즉, 3인방 중 한 명이었다는 거다.

나름대로 진귀한 영상이라고 생각한 건지 철이 없는 건지 페이스북에 그 영상을 게재했고 그 영상은 순식간에 좋아요 1만을 돌파하며 전국적인 이슈가 되었다.

―이 무슨 말도 안 되는 억지 논리인가.

―물에서 구해주었더니 보따리 내놓으라는 격.

대부분의 사람들이 하종원의 편을 들어주었다. 그런데 그 하종원이 I'UET 소속의 상위 급 전투 슬레이어라는 이야기가 퍼지게 되면서, 한진 측에서 중재에 나섰다.

한진은 국내 굴지의 대기업이고 브랜드 이미지를 굉장히 중요시하는 경향이 있다. 한진은 이러한 일이 벌어진 것에 유감을 표하며 3인방 가족에게 2천만 원의 배상금을 대신 지급하는 한편 하종원을 정직 처리했다.

하종원은 소주 한 잔을 빠르게 비운 뒤 탁자에 쾅! 세게 내려놓았다.

"씨발 진짜 좆같아서!"

"정직 된다고 너한테 나쁜 것도 없잖아. 오히려 좋은 거 아냐? 대외적으로 정직이라고 발표는 했어도 너한테 들어오는 기본급은 그대로에, 네 활동의 자유도 보장되니까 어쩌면 훨씬 더 큰 수입을 올릴 수도 있을 텐데."

"그게 기분 나쁜 게 아니라고 난! 돈 따위가 중요한 게 아냐. 그 개자식들이 날 엿 먹였잖아. 만약에 그때 너 없었어봐. 나 도망도 못치고 거기서 죽었어. 그런데 감사하다고는 못할망정 이렇게 뒤통수를 쳐? 씨발!"

I'UET 내에서 하종원은 매우 중요한 존재다. 다른 건 몰라도, 오크를 혼자서 처리한 전적이 있는 강력한 한 방의 슬레이어이

기 때문이다.

물론 다른 길드원들도 오크를 혼자서 사냥한다면 할 수야 있을 거라고 생각은 한다만 그래도 오크를 혼자서 사냥한 건 대단한 거다.

현재 오크를 사냥하려면 적어도 5명 이상이 팀을 이루도록 길드 내 규정에 명시되어 있으니까 말이다. 만약 하종원이 그러한 타이틀―혼자서 오크를 사냥한―을 가지고 있지 않았다면 어쩌면 이런 파격적인(?) 대우가 아니라 그냥 퇴출시켰을지도 모를 일이다.

다만 하종원이 솔로 오크 슬레잉의 타이틀을 가지고 있고 여론이 하종원에게 굉장히 우호적이었기 때문에 이름뿐인 정직 처분에 그쳤을 가능성이 높다. 그것도 하종원의 입장을 상당히 배려해 준 정직에 말이다.

"씨발 진짜! 사람 잘못 건드렸어, 개 같은 새끼들. 어디 한 번 누가 이기나 해보자."

현석은 고개를 절레절레 저었다.

'또 미친개 시절 성격 나오는구먼.'

＊　　　＊　　　＊

'일단 미친개 성격 튀어나오면 건들지 않는 것이 상책' 이라는 게 현석의 평소 지론이었다. 현석은 이해득실을 잘 따지는 편에 속했다. 융통성 없이 아주 철저하게 그걸 따지고 드는 편은 아니었지만 적어도 종원만큼 기분파는 아니었다.

종원은 이해득실을 별로 따지지 않는다. 마음 내키는 대로 행동하는 경향이 강하다.

'아무래도 이번에 작정을 한 모양이야.'

법은 한순간에 바뀌지 않는다. 이미 한차례 이슈가 되었기 때문에 개정될 가능성은 높지만 당장은 아니라는 소리다.

이번 일을 반면교사로 삼아(?) 일종의 얌체짓을 하는 얌체족들도 생겨났다. 팀원들을 나누어 근방의 몬스터를 아주 가볍게 타격한 뒤 빠지는 수법을 통해 아이템 지분의 20퍼센트를 빼먹는 얌체짓을 하곤 하는 것이다.

법은 바뀔 생각을 않고 얌체족들이 점점 더 기승을 부리자 참다못한 슬레이어가 직접 일어났다.

그 슬레이어의 이름은 바로 하종원.

척결조라는 조직을 설립했다. 자신이 만든 이 조직이 어떤 방향으로 변모할지 당시에는 전혀 몰랐지만, 하여튼 그런 조직을 만들어서 대응하기 시작했다.

종원의 첫 번째 타깃은 바로 '얌체 3인방'이었다.

종원은 집요할 정도로 그들을 괴롭혔다. 과연 미친개다웠다. 3명의 전력을 철저히 분석해서 딱 죽지 않을 때까지 괴롭혔다.

직접적으로 괴롭혔다는 게 아니다. 일부러 몬스터를 유인해서 3인방을 공격하도록 하고 3인방이 타깃으로 잡은 몬스터를 먼저 공격해서 지분을 똑같이 빼앗았다.

심지어 3인방이 힘겹게 힘겹게 힘을 다 빼놓은 몬스터의 숨통을 끊어놓기도 했다. 처음 몬스터를 공격한 사람(혹은 길드)에게 소득의 20퍼센트가 주어진다. 그리고 마지막 일격을 가한 사람(혹은 길드)에게 또다시 20퍼센트가 주어진다.

물론 전에는 몰랐고 현재도 아는 사람이 별로 없는 데다가 그 법대로 소득을 분배하는 길드는 없다고 해도 과언이 아니었지만, 종원은 그러한 점을 철저히 이용했다.

"애들 상대로 너무한 거 아니냐?"

보다 못한 현석이 그렇게 물었을 때, 하종원은 '이럴 때 본보기를 보여야 하는 거야. 법은 지키라고 있는 게 아니고 이용하라고 있는 거라고' 라며 분기탱천한 모습으로 3인방을 집요하게 쫓아다녔다. 피해자라 할 수 있는 현석도 혀를 내두를 정도였으니 말 다한 셈이다.

하종원의 활약(?)에 하종원이 창설한 '척살조'에 사람이 모이게 되었다. 얌체족이 늘어나면 늘어날수록 그 수는 기하급수적으로 증가했다.

현석이 보기에는 유치하기 그지없는 복수놀이가 한국 유니온의 시초가 되었다는 사실이 웃기기는 웃긴 노릇이다.

결국 하종원은 그들 3명에게 사과를 받아냈다. 그러나 그에게 중요한 건 꼬맹이들의 사과가 아니었다. 꼬맹이들이야 어리니까 그럴 수 있다손 치더라도, 그들을 배후에서 조종하던 부모들의 사과를 받아내야만 했다.

'척살조'는 슬레이어뿐만 아니라 일반 사람들에게도 열렬한 지지를 받았다. 구식이라 할 수 있는 법의 허점을 대놓고 이용해먹는 얌체족들에게 사람들은 분노를 느꼈고, 그들에게 어쨌든 합법적인 방식으로 응징을 가하는 척살조를 보며 사람들은 통쾌함을 느꼈다.

척살조가 점점 커짐에 따라 사람들은 이 척살조를 단순히 척살조가 아닌, 유니온으로 부르는 것이 어떻겠냐며 조심스레 의견을 내기 시작했다. 몇몇 나라의 경우에는 이미 유니온이 창설되어 슬레이어들의 권익 주장을 위해 고군분투하고 있다는 것이었다.

'척살'에는 별로 관심 없던 슬레이어들도 '유니온 창설'에는 긍정적인 반응을 보이며 몰려들기 시작했고, 결국 척살조가 처음 생겨난 이래로 반년 후에 한국 유니온으로 재탄생하게 된다.

어쨌든 유니온이 창설되는 것은 반년은 지나야 할 일인데, 정말 지독한 건 그렇게 유니온이 창설되고 나서 하종원은 '3인방'의 부모들에게 직접적으로 사과를 받아낼 수 있었다는 거다.

그렇게 되기까지 하종원은 거의 3개월을 3인방 괴롭히기에 주력했다. 미친개가 어째서 미친개라 불리는지 알 만한 대목이다. 한 번 물면 놓지를 않으니까.

결론을 다시 정리하여 말하자면 미친개 하종원은 3개월을 따라다닌 끝에 '3인방'을 너덜너덜해질 만큼 괴롭혔고, 부모들의 사과도 받아냈다. 이러한 일을 벌이는 와중에 만들어진 척살조가, 어이없게도 한국 유니온의 모태가 된다는 걸, 이 당시까지는 알 수 없었다.

*　　　*　　　*

현석 일행이 처음 소송사건에 휘말린 지 3개월이 지났다. 종원이 척살조를 설립한 지도 2개월가량 흘렀다.

때는 3월. 종원은 여전히 '얌체 3인방'을, 그것도 척살조를 이끌고 따라다니며 집요하게 괴롭히고 있는 중이었고 현석은 고심에 고심을 거듭했다.

사실 현석은 번역 아르바이트는 그만둔 지 오래다. 슬레잉에 죽자 살자 매달린 건 아니었으나 가끔 시간이 날 때, 혹은 돈이 필요할 때, 그도 아니면 심심할 때 종원의 도움을 받아 슬레잉에 나섰고 3개월 동안 오크 한 마리와 수사슴 몬스터 10여 마리를 처리했다. 수익은 종원과 반반으로 나누었으니 3개월 동안 번 돈이 6천만 원이 넘었다.

사실 이만하면 물욕이 별로 없는 현석이라 할지라도 마음이 동할 만했다.

'확실히… 매력적인 직업이야.'

그거야 현석이 워낙에 사기적인 스탯을 지니고 있어서 그런 거다. 일반적으로 슬레잉에 주력하는 슬레이어들은—실력이 있다는 가정하에—보통 월 300~500 정도 번다.

'하지만 글쎄…….'

이미 그에게는 철밥통 직업이 있다. 돈을 딱히 많이 벌고 싶은 욕심도 없다.

그러나 그 스스로 자각하지 못하는 동안, 조금씩 슬레잉에 빠져들고 있다는 건 자명한 사실이다. 슬레잉을 아예 하지 않겠다고 했었는데 지금은 불과 3개월 동안 10마리를 넘게 사냥했으니까 말이다.

그리고 슬레이어를 하겠다고 해서 무조건 지금 다니는 직장을 때려치워야 하는 것도 아니다. 그러니까 별로 문제가 안 된다. 나중에라도 마음만 먹으면 전업 슬레이어로 전직하는 것도 괜찮은 방법이라고 생각은 하고 있으니까.

그것만 해도 현석의 심적 변화는 꽤 큰 셈이다. 어쨌든 현석의 경우는 별로 문제가 안 된다.

문제는 바로 민서다. 민서는 제법 훌륭한 보조 슬레이어였다. 들어보니 민서가 처음 슬레이어로 각성할 때의 지능 스탯이 무려 33이나 되었단다.(종원은 각성 당시 힘 스탯 38로, 공식적인 미국 최고 기록을 가지고 있다.)

물론 현석에 비하면 굉장히 낮은 수준이지만 인터넷상에 알려진 보조 슬레이어의 평균 지능이 약 23이라는 것을 감안하면 상당히 높은 수준이다.

확실한 것은 아니지만 이 스탯이라는 것은 슬레이어로 전직하게 되는 당시의 몸 상태와 능력치, 그리고 상황까지 고려하여 정해지는 것 같다는 것을 고려하면, 민서는 공부를 상당히 열심히 했고 머리도 굉장히 좋았던 것이 틀림없다. 그리고 능력치의 상승 속도도 굉장히 빨랐다.

'민서를 어쩐다……'

그리고 슬레잉에도 제법 재미를 붙인 모양이다. 그녀의 말을 빌리자면 망가진 것들을 다시 복구할 때, 그리고 그것을 성공적으로 복구했을 때 느껴지는 쾌감과 희열이 엄청나단다. 보조 슬레이어들은 모두 그렇게 말을 하고 있다.

"민서야, 너 정말로 전업 슬레이어가 하고 싶은 거야? 막말로 몬스터가 내일 당장 사라질 수도 있어. 갑자기 나타난 것처럼."

"오빠, 내가 계속 말했잖아. 진짜 하고 싶다고."

"네가 번듯한 능력을 갖춘 다음에 슬레이어를 해도 돼. 오빠처럼."

철밥통 직업을 가지고서 보조로 슬레이어를 하는 것과 전입 슬레이어는 다를 수밖에 없다.

사냥감이 널리고 널린 것도 아니다. 모기, 하루살이 같은 몬스터들이야 널리고 널렸지만 어디 돈이 되는 몬스터가 많은가.

돈이 되는 몬스터들의 수는 한정되어 있고, 그 한정된 자원을 가지고 슬레이어들이 경쟁하고 있는 형국이다.

"언젠가 만약에라도 경쟁에서 뒤처지게 되면 슬레이어도 빈익빈 부익부 현상이 나타나게 될 거야."

슬레이어들의 실력은 조금씩 향상되고 있고 이제 오크도 위험 대상에서 슬슬 슬레잉 대상으로 변해가고 있다. 전국적으로 하루에 출몰하는 오크의 수는 약 10여 마리.

오크를 슬레잉할 수 있는 길드의 수가 대략 100여 개 정도로 파악되고 있는 상황이니, 단순하게 생각하면 100개의 길드가 10마리의 오크를 가지고 경쟁한다고 보면 됐다.

"상위 슬레이어들은 굉장히 빠르게 더욱 강해질 거야. 하위 슬레이어들은 도태될 테고."

현석을 제외하고서—레벨 시스템과 경험치 시스템을 제한받고 있으므로—실력이 좋은 슬레이어들은 오크 같은 상위 몬스터를 잡아 더욱 강해진다. 반대로 실력이 나쁜 슬레이어들은 슬레이어들 간의 경쟁에 밀려 슬레잉을 제대로 하지 못하고 배만 쫄쫄 굶을 수도 있다는 뜻이다.

물론 아직까지 그런 상황은 아니다.

오크야 하루에 10마리밖에 출몰하지 않지만 하위 몬스터들은 그보다 훨씬 많다. 화이트스톤도 제법 돈이 되는 상황이고 경험치도 꽤 주는 모양이니 앞서 언급한 것처럼 극단적인 상황은 당분간 펼쳐지지 않을 테지만, 그래도 현석은 민서의 미래를 걱정할 수밖에 없는 노릇이다.

"물론 너는 보조 슬레이어라 배를 곯을 일은 없겠지만…….
그래도 오빠는 만에 하나라는 게 너무 걱정되는 거야. 나도 계속 말했듯이 몬스터는 언제 사라질지 몰라. 그거에 대비할 수단이 하나는 있어야 해. 그리고 슬레이어는 여전히 위험해. 저번에는 운 좋게 오크를 잡았지만 오크보다 더 강한 몬스터가 나올 수도 있어."

몬스터가 사라져도 문제고, 몬스터가 너무 강해도 문제다. 실제로 슬레잉이 보편화된 지금 시점에서도 사망자가 계속 발생하고 있지 않은가.

지금보다 더 강한 몬스터가 나타나면, 도태된 슬레이어들은 그 몬스터를 잡을 수조차 없게 될 거다.

'심지어 지금은 이지 모드야.'

약 3개월이 넘는 기간 동안, 알림음은 지금의 상태가 '이지 모드(easy mode)'라고 알려왔다. 이지가 있다는 건 노멀도 있다는 뜻일 테고, 노멀이 있다는 건 하드도 있다는 뜻이다. 그리고 그가 알기로 오크는 그렇게 강력한 몬스터가 아니었다. 적어도 보편적인 판타지 상식 내에서는 말이다.

민서가 타협안을 제시했다.

"그럼 오빠, 이렇게 해."

＊　　　　＊　　　　＊

방학이 끝나고 민서는 고등학교에 다시 돌아가게 됐다.

슬레이어로 각성하는 즉시, 학교를 자퇴하고 슬레잉에 집중하는 학생들도 있었는데 민서는 달랐다. 오히려 더욱 공부를 열심히 하기 시작했다. 평소에는 공부를 열심히 하는 학생으로, 주말에는 현석, 종원과 함께 슬레잉을 다니기로 했다. 민서가 제안한 거다. 공부를 더욱더 열심히 할 테니까 주말에는 같이 슬레잉을 다니자고 말이다.

현석도 거기에 동의했다. 덕분에 현석은 투 룸으로 이사를 해야만 했다.

현재 최강의 몬스터라고 알려진 오크도, 현석의 주먹질 한 방이면 쉽사리 죽어버린다.

무지막지한, 말 그대로 괴물 같은 스탯을 지닌 현석이다. 적어도 지금 이 시점에서는 말이다. 그리고 한 달이 흘렀다.

한국의 전자회사 ㈜소리에서 획기적인 발명품을 내놓았다. 몬스터의 대략적인 강함을 파악할 수 있도록 해주는 장치를 고안해 낸 것이다. 몬스터는 그 힘에 따라 '마력' 이라는 것을 가지고 있는데 그 마력을 측정하는 장치라고 했다.

처음에 그 발명품은 별로 각광받지 못했다.

그러나 신기하리만치 절묘한 타이밍에 또 다른 몬스터들이 출몰하기 시작했다. 최하급 몬스터까지는 머리 위에 이름이 표시된다. 그러나 오크부터는 이름조차 표기되질 않는다.

다시 말해, 새롭게 나타난 몬스터들의 경우는 완전히 미지의 존재라는 뜻이고, 얼마나 강한지 직접 부딪쳐 보지 않고는 모른다는 거다. 그러한 상황에서 몬스터의 강함을 대략적이나마 측정해 주는 도구는 엄청나게 유용한 도구가 되었다.

실제로, 겉보기엔 약해보여도 사실은 강한 몬스터들이 있었고 이 마력 측정 장치 덕분에 몬스터를 공격하지 않고 후퇴한 길드들도 여럿 생겨났을 정도니까.

이 마력 측정 장치는 스마트폰과 비슷한 형태로 되어 있었는데, 얼마 지나지 않아 추가적으로 '몬스터 도감' 기능이 탑재되었다. 측정 장치들끼리 일종의 네트워크망을 형성하여 새로운 몬스터에 대한 도감을 만드는 기능이었다.

가장 먼저 새로운 몬스터의 생김새와 특성, 약점 등을 등록한 슬레이어에게는 ㈜소리에서 현찰 100만 원을 주는 제도를 채택했다.

이러한 제도가 아니더라도 새로운 몬스터에 대한 이름을 처음 발견한 사람이 짓도록 하게 한 전략이 유효적절했다.

이 마력 측정 장치는 '스마트 도감'이라는 이름으로, 전 세계에서 급속도로 퍼져 나가기 시작했다. 이러한 산업은 가장 먼저 자리를 잡는 자가 승리하는 법이다.

후발주자들이 뒤따르기 시작했지만 소용없었다. 스마트 도감은 이미 전 세계에 퍼져 버렸고 이는 전 세계 슬레이어들의 슬레잉에 엄청난 도움을 주게 되었다.

바로 지금처럼 말이다.

현석이 인상을 찡그렸다.

"주희야, 사랑해?"

몬스터 도감을 살펴보니, 눈앞의 저 왕눈이 개구리 몬스터의 이름이 '주희야, 사랑해'로 등록되어 있었다.

아마도 한국 슬레이어가 가장 먼저 발견하여 이름을 붙인 것 같은데 작명 센스가 최악이다. 표면이 울퉁불퉁하여 거북이 등껍질 혹은 갈라진 논바닥 같고, 두 눈이 시뻘겋게 충혈된 왕눈이다. 아무리 열심히 쳐다보아도 예쁜 구석이라곤 전혀 없는 몬스터다. 그러한 몬스터에 주희야 사랑해라는 이름을 붙이다니.

현석은 고개를 절레절레 젓고서 전투 필드를 펼쳤다.

"오크보다 약한 놈이지만 H/P가 절반 이상 떨어지고 몸이 시뻘겋게 달아오를 때 독가스를 내뿜는 특성이 있다니까, 그걸 조심하자고."

종원이 말했다.

"좆 까는 소리하고 있네."

요즘 종원은 조금 뿔났다. 현석과 같이 다니면 편하긴 편한데 나설 일이 없다.

인간은 자고로 자신의 존재 가치가 증명될 때, 행복한 법이다. 그런데 현석이 주먹을 휘두르면 그야말로 원샷 원킬이다. 다양한 몬스터가 나타났지만 아직까지 오크보다 훨씬 강한 개체는 나타나지 않았다.

그 말은 즉, 현석의 주먹질 한 방이면 어지간한 몬스터들은 그대로 사망이라는 소리다. 경험치가 빨리 쌓이는 것도 좋고 다 좋은데 조금 허탈하다.

"주먹질 한 방이면 끝나는데 빨갛고 자시고가 어딨어?"

종원의 말 대로였다. 주희야 사랑해라는 해괴망측한 이름을 가진 몬스터는 현석의 주먹질을 견디지 못하고 죽어버렸다. 아이템은 아무것도 남기지 않았다.

그때, 현석에게 알림음이 들려왔다.

[연속 30번 원킬에 성공하였습니다.]

[반복 숙달의 경지로 인정됩니다.]

[스킬이 형성됩니다.]

CHAPTER 6

세계는 계속해서 빠르게 변화했다.

그중 두 가지를 뽑아보자면 한 가지는 슬레이어들의 불만이 표출되고 있다는 점이고, 또 한 가지는 스마트 도감의 등장이라고 할 수 있겠다.

그린스톤은 서울시 하루 전력량의 3~5퍼센트 정도를 충당할 수 있는 엄청난 자원이라는 이론적인 결과가 도출됐었다.

그러나 실제 발전에 투입해 본 결과치는 이론치와는 약간 달랐다. 어떤 변수가 작용했는지는 아직 밝혀지지 않았지만 1~2퍼센트 정도의 효율을 보였다.

그러나 1~2퍼센트라고 할지라도 1억 원이라는 가격은 터무니없다는 목소리가 점점 높아지기 시작했다. 심지어는 그게 수백억의 가치를 지닌 물건이라는 말까지 오고갔다.

길드를 보유하고 있는 대기업과 정부 사이에 어떠한 밀거래가 없었으면 이런 가격은 나올 수 없다는 게 중론이었다.

언젠가 종원이 물은 적이 있다.

"야, 그린스톤 가격이 진짜 원래는 수백억이냐?"

현석이 대답했다.

"미친놈아, 그게 말이 되냐?"

"인터넷에선 그러던데……."

현석은 전기공학 출신의 한전 직원이다. 그 자리에서 대충 쓱쓱 계산해서 값을 보여주었다.

"자, 됐지?"

"씨발, 이게 말이야 방구야?"

사실 서울시에서 평균적으로 사용하는 연평균 전력량은 4,700만 MWH 정도 된다. 이를 알기 쉬운 숫자로 표기하면 47,000,000,000,000 W/H 정도 된다.

1일 전력량을 구하는 산술적 계산을 위해 이를 365로 간략하게 나누면 일단 10만 MWH는 넘는다.(정확한 수치는 생략하기로 한다.) 그것의 1프로라 생각하면 1,000MWH다.

주택용 전기를 기준으로 계산하면 전기의 공급가는 1KWH

당 120원이다. 1MWH는 1,000KWH 이므로 1MWH는 120,000원이 된다. 그러므로 이토록 간략하게 한 계산으로도 120,000,000원 정도가 된다.

만약 효율이 좋아 2퍼센트라고 하면 240,000,000원이다. 최소의 최소로 잡아도—정확한 계산을 생략했으므로—1억 2천만 원이고 조금 넉넉히 잡으면 2억 원이 넘는 가격이 된다.

물론 이 값은 주택용 공급가액을 기준으로 한 거다.

더 정확히 따지려면 공급가액이 아니라 원료 값으로 따지는 것이 맞다. 효율이 좋고 무공해라는 점을 제외하고서 사실상 원료 값으로 계산하면 1억이 채 안 된다는 것이 정부의 주장이었다. 그러나 그건 정부의 주장이고 사람들은 그 말을 완전히 믿지는 않았다.

현석이 대충 설명했다.

"그러니까 대충 공급가액 기준으로 계산하면 1억 2천만 원에서 2억 4천만 원가량의 가치를 가졌다는 뜻이지. 주택용 전기로 계산하면 그렇고 농업용 전기 공급가액을 기준으로 계산하면 정부의 말대로 사실 1억도 안 돼. 뭐, 어쨌든 정확히 얼만지는 몰라도 이득은 이득이란 소리야. 정부든 기업이든. 그린스톤을 전부 발전에만 사용한다는 보장도 없고. 단순히 가격적인 측면을 떠나서 일단 무공해거든 그건. 게다가 다른 루트에서의 수요도 굉장히 높고."

"핵심만 요약하자."

현석 딴에는 쉽게 설명한다고 했는데 종원이 인상을 찌푸리자 현석도 인상을 찌푸리며 버럭 소리 질렀다.

"수백억은 아니지만 1억은 넘는다고 멍청한 새끼야!"

"그렇게 말하면 될 걸, 굳이 어렵게 돌아가요."

불과 얼마 전까지만 해도 박사학위 따겠다며 미국으로 갔던 놈인데 그사이 머리가 굳었나 보다고 생각하며 현석은 고개를 절레절레 저었다. 주택용 전기료를 기준으로 계산해서 1억 2천만 원에서 2억 4천만 원의 가치.

한전 측에서 이득을 하나도 안 붙이고 전기를 판매한다는 가정 하에 그렇다는 말이다.

심지어 음성적인 루트에서도 그린스톤의 수요가 매우 높다는 것을 감안한다면, 정부의 발표와는 상관없이 그린스톤의 가격이 지나치게 낮게 책정되었다는 것이 여론이었다.

그러한 여론이 높아지고 있는 가운데, 슬레이어의 세계를 변화시킨 또 한 가지 변화는 바로 스마트 도감의 출현이라 할 수 있겠다. 그런데 스마트 도감의 이름 제도 때문에 하도 해괴망측한 이름들이 많이 생겨나서, 그 이름만 가지고 몬스터의 생김새나 능력 등을 파악할 수 없다는 문제점들이 야기됐다.

결국 ㈜소리에서는 방침을 바꾸었다.

몬스터의 이름 같은 경우는 슬레이어들로부터 투표를 받아

㈜소리 측에서 결정하게 되었고 대신 별칭으로 처음 발견자가 지은 이름이 업데이트되게 되었다. 슬레이어들도 효용성 측면에서 이 방침에 적극 지지를 보냈다는 건 여담이다.

또한 스마트 도감의 성능이 점점 더 좋아지면서 이제는 대략적인 몬스터 지도까지 생겨나고 있었다. 물론 ㈜소리에서 만든 게 아니다. 지도 앱만 제공을 하고 나머지는 슬레이어들이 작성하는 거다.

몬스터의 생성 구간과 리젠 시각, 드랍되는 아이템 등이 기록되면서 만들어지게 된 맵은 몬스터 맵이라 불리며 슬레이어들에게 상당한 도움이 되었다.

슬레잉을 자주 다니지 않는 현석 역시 몬스터 도감을 활용하여 보다 쉽게 슬레잉을 성공시킬 수 있었으며 방금은 '주희야, 사랑해'라는 몬스터—이 당시는 아직 슬레이어가 지은 이름이 통용 될 때다—라는 몬스터를 사냥한 것이다.

[연속 30번 원샷 원킬에 성공하였습니다.]
[가벼운 업적으로 인정됩니다.]
[스킬이 형성됩니다.]

스킬이 형성되었단다. '이지 모드'를 통해 많은 슬레이어가 스킬을 얻고 있다는 것은 진즉에 알고 있었지만 스킬에 대해서 깊이 생각해 본 적은 없었다. 그냥 주먹질 한 방이면 어지간한 몬스터는 끝이니까.

'내 능력이 지금 워낙 사기니까.'

과거 튜토리얼 모드일 때에 '지나친 스탯으로 인하여 이지 모드 진행 시 상당한 불이익이 있을 수 있다'라는 경고를 들었었는데 돌이켜보면 지나친 스탯으로 인한 '쉬움'이 바로 불이익이 아닐까 싶다.

게임도 어느 정도 긴장감이 있고 스릴이 있어야 재미있는 법이다. 타이슨이 유치원생과 복싱을 하면 과연 재미있을까.

현석에게 현재 드랍되는 아이템은 있으나 마나한 아이템들이다.

생각해 보라, 최고 레벨의 랭킹유저가 초보자용 아이템을 쓴다고 뭐가 달라지기나 하겠는가. 워낙에 스탯이 사기적이다 보니 아이템이든 스킬이든, 그는 관심을 가질 필요가 없었다.

그리고 워낙에 쉽게 쉽게 몬스터를 처리하고 있기 때문에 현석에게는 딱히 스킬이 주어지지 않았다. 전투 필드 개방과 같은 저절로 생기는 스킬 외에 대부분의 전투 스킬은 '체술과 관련된 서적 아이템'에 의해 얻거나 반복 숙달을 통해 얻게 된다.

체술 관련 서적 같은 경우는, 아직 필요성을 느끼지 못해 사지 않았고―심지어 매우 비싸다―반복 숙달 같은 경우는 할 기회가 별로 없었다. 인터넷상에는 벌써부터 액티브 스킬을 10개 이상 가진 스킬러들도 나타나고 있었지만 현석은 스킬을 가질 기회 자체를 별로 갖질 못했다는 소리다.

그리고 또 하나.

알림 시스템에 의하면 현석은 현재 '레벨 시스템'에 제한을 받고 있는 실정이다. 다른 슬레이어들은 레벨을 올리면서 조금씩 강해지지만 현석은 레벨은커녕 경험치도 안 오른다.

현석은 안전을 제일 중요시한다.

몬스터를 잡는 것에 재미를 느끼고 있지는 않지만, 또 스킬을 얻는 재미는 없지만, 몬스터가 드랍하는 아이템과 몬스터스톤으로부터 오는 수익은 그를 충분히 즐겁게 만들어주고 있었다.

'일단 스킬을 확인해 볼까.'

〈스킬창〉

1. 전투 필드 개방(active) —lv. 7

—전투 필드를 개방시킨다. 슬레이어의 잠재된 능력을 개화시키는 필드를 펼친다.

—유지 가능 시간: 20분 28초

—개방 조건: 없음(지능 스탯 100 이상 필요)

—?

2. 무쇠주먹(passive) —lv. 1

—강인한 힘과 체력을 바탕으로 휘두르는 숙련된 주먹. 공격력

을 5퍼센트 증가시키며 체력소비를 줄여준다.

전투 필드 개방은 이지 모드에 진입하면서 처음에 생겼던 스킬이다. 당시에는 lv. 1이었는데 현재는 lv. 7.

어떻게 하면 레벨을 천천히 올리는지는 현석도 모른다. 다만 지능 스탯이 100을 초과하면서 단숨에 lv. 7로 상승하게 되었고 '?'로 표시되어 있던 한 문장이 새로 생겨났다.

바로 '개방 조건: 없음(지능 스탯 100 이상 필요)' 라는 말이었는데 지능 스탯이 100을 넘어가게 되면 원할 때에 언제든 전투 필드를 펼칠 수 있는 것 같았다. 몬스터 없이도 말이다.

이와 같은 사실은 민서와 종원만 알고 있는 사실이다.

'물론 모든 슬레이어에게 똑같이 적용되는지는 모르겠지만…….'

모든 슬레이어에게 똑같은 룰이 적용된다는 보장은 없지만 그래도 가능성은 있지 않은가.

'아직도 물음표로 표시된 게 있는 걸 보면… 노멀 모드에 진입해야 표시되는 것 같기도 한데…….'

어쨌든 현석은 새로운 패시브 스킬을 얻게 됐다.

좋은 건지는 모르겠으나 반복 숙달을 통해 얻게 된 첫 번째 스킬이라는 것에 의의를 두기로 했다.

걸음을 옮기면서, 현석이 물었다.

"민서야, 너도 스킬레벨 많이 올랐어?"

"응, 리스토어는 지금 3레벨까지 왔고 전투 필드 개방은 4레벨."

민서는 리스토어의 경우, 하루 3번가량 사용할 수 있었고 전투 필드 개방 같은 경우는 하루 7번 정도 사용할 수 있었다. 여기에 민석과 종원은 그럴 듯한 가정을 내세웠다.

스탯창을 살펴보면 힘 1당 H/P가 10포인트 증가한다는 설명이 나온다.

그런데 H/P의 정확한 수치를 아는 사람은 아무도 없다. 다만 힘이 높으면 H/P도 높겠거니 하고 예상할 뿐이다.

M/P의 경우도 마찬가지다. 이건 아무래도 이지 모드의 특성인 것 같았다. 나중에 노멀 모드 혹은 그 이상의 모드에 접어들게 된다면, 아마도 어디엔가 구체적인 수치가 나타날 거라고 예상하고 있는 중이다.

현재 현석의 스킬창에 '?' 라고 표시된 부분에는 아마도 필요 M/P량이 들어갈 거라는 예상을 하고 있는 중이다.

게임에서도 그렇다. 고수가 되면 될수록, 아주 미세한 리치(공격 거리) 차이, 아주 미세한 보유 에너지(혹은 자원) 관리를 통해 컨트롤을 이어간다.

슬레잉 역시 마찬가지로, 나중 되면 구체적인 수치가 나타나게 될 거라고 예상하는 중이나. 그 수치를 통해 더욱 정교한 슬레잉을 할 수 있을 거란 생각이었고 이건 현석뿐만 아니라 다른 사람들도 그렇게 생각하고 있었다.

어디까지나 가정에 불과한 생각이지만 말이다.

"갑자기 스킬은 왜?"

"나도 스킬 생겼거든, 무쇠 주먹이라고……. 별로 좋아보이진 않지만."

"축하해, 오빠."

민서가 싱긋 웃었다. 현석은 10살 넘게 나이 차이가 나는 동생이 마냥 귀여운지 머리를 두어 번 쓱쓱 쓰다듬었다. 그때, 종원이 외쳤다.

"멈춰!"

반사적으로 현석과 민서도 걸음을 멈췄다. 종원이 인상을 찡그렸다.

"저게 뭐지?"

공간이 일그러지고 있었다. 몬스터가 출몰할 때에 공통적으로 나타나는 현상이었는데 이번엔 그 크기가 너무나 컸다.

"몬스터 출몰 지역도 아닌데… 저렇게 공간이 크게 일렁이는 건 본 적도 없어."

대형 몬스터로 분류되고 있는 코끼리 몬스터가 리젠되는 영상은 이미 인터넷으로 확인했었다. 그때도 이 정도는 아니었다.

적어도 반경 5미터, 수직 높이로도 10미터 이상의 공간이 일

그러지고 있었다. 마치 작은 빌딩 하나가 눈앞에서 꿈틀대고 있는 것 같은 그런 기분이었다.

현석이 말했다.

"일단 후퇴하자."

종원도 고개를 끄덕였다.

저 정도의 거대한 일렁임이 나타나려면 적어도 고래 몬스터쯤은 되어야 할 것 같은 기분이었다.

몬스터가 나타나기 전에 일단 자리를 피하는 게 안전한 선택이라 판단한 현석 일행은 조심스레 걸음을 옮겼다.

*　　　　*　　　　*

단기적인 결과만을 놓고 말하자면 현석 일행의 선택은 옳았다.

〈충격! 국내 슬레이어 120여 명 동 시간대 실종!〉

―네, 저는 지금 이곳. 사람들 사이에서 던전이라 불리고 있는 곳의 입구 앞에 와 있는데요, 갑자기 나타난 이곳을 탐사하고자 들어간 슬레이어들이 행방불명되면서…….

현석 일행이 발견했던 그 일렁거림은 몬스터의 리젠 현상 시

나타나는 일렁거림이 아니었다. 사람들 사이에서 던전이라 불리고 있는, 어떠한 건축물이 나타나는 현상이었다.

당시 현석 일행이 있던 곳은 서울시 내의 백련산이라는 작은 산이었는데, 그 산의 입구에 던전이 생겼다.

그곳뿐만 아니라 전국적으로 약 10여 개의 던전이 발견되었는데, 던전 안을 탐사한다고 들어간 슬레이어들이 전원 실종되면서 사회적인 이슈가 되었다.

그중에는 I'UET 역시 포함되어 있었다.

I'UET 길드 내에서 던전 탐사에 들어간 것은 부단장 박성형을 비롯한 6여 명. 그중에는 하종원과 친했던 이명훈이라는 슬레이어도 포함되어 있어서, 하종원의 표정은 밝지 못했다.

현석은 안도의 한숨을 내쉬었다. 비록 자신이 이지 모드에는 어울리지 않는 어마어마한 힘을 가지고 있다고는 해도, 던전 안에서 무슨 일이 벌어지고 있는지 또 어떻게 된 일인지는 아무도 모른다.

구출을 하겠다며 30여 명이 구출대를 구성해서 들어갔으나 그들 역시 실종된 지금에 이르러서는 함부로 구출하겠다고 던전 안으로 들어갈 수도 없는 노릇이었다.

"그런 곳에 널 데려가지 않은 게 정말 다행이야."

현석은 민서의 머리를 두어 번 쓱쓱 문질렀다.

"이제 좀 감이 와? 슬레잉이라는 게 얼마나 위험한 건지?"

"응."

민서도 조금은 긴장한 것 같았다. 슬레이어들이 실종된 지 벌써 7일 가까이 흘렀다. 어쩌면 모두가 죽었을지도 모를 일이다.

TV에서는 연일 실종자 가족들의 울음소리가 들려왔다.

"근데 나 그래도 하고 싶어, 오빠."

아무래도 민서의 고집을 꺾기는 힘들겠다는 생각이 들어 현석은 한숨을 내쉰 뒤 일어섰다.

그때, 뉴스에서 속보가 들려왔다.

—I'UET 기적적인 생환!

—I'UET 부단장 박성형 휘하 3명. 기적적으로 돌아오다!

—기적의 생환! I'UET!

던전 탐사를 갔던 I'UET의 길드원들이 던전에서 탈출했다는 소식이었다.

TV 속에 잡힌 그들의 얼굴은 피곤함이 역력했으며 당장에라도 쓰러질 것 같은 모양새였다.

하종원과 친한 이명훈은 그 자리에서 쓰러져서 응급차가 달려와 그를 실어갔다. 이명훈뿐만 아니라 모두가 쓰러지기 일보 직전의 모습이었는데, 그 안에서 무슨 일이 있었는지는 아무도 입을 열지 않았다.

그들은 회복을 위해 당분간 인터뷰를 거절하겠다는 말만 남기고 빠르게 사라졌다.

던전 안에서 무슨 일이 있었는지, 어떻게 탈출했는지, 또 뭐가 있었는지에 대한 내용은 이틀 후, 한진재단을 통해 공식적으로 발표가 되었다.

한진재단의 위상과 이미지에 굉장한 도움이 되었음은 물론이고 I'UET 역시 더욱 유명해졌다. 생환도 생환이지만 성과가 대단했기 때문이다.

가장 두드러지는 성과는 바로 그린스톤의 대량 확보였다.

"들었냐? 걔네 I'UET 애들 순식간에 30억 넘게 벌었대."

"진짜?"

"그린스톤을 무려 30개나 한꺼번에 얻었대. 장난 아니지?"

"와, 그럼 그거 30억……?"

30억이면 일반 서민들에겐 엄청난 금액이다. 그린스톤의 가격이 상당히 낮게 책정되었다는 걸 감안하면 실제 가치는 60억으로 잡을 수도 있는 거대한 금액이었다.

그러나 사망자가 2명이나 발생하는 안타까운 소식이 전해지고 이슈가 되는 바람에 그린스톤의 가격에 대한 문제는 크게 이슈화되지 않았다.

"그래도 3명인가? 죽었다며?"

"정확히는 2명 죽었대. 6명 들어갔는데 4명 살아 나왔다나 봐."

"I'UET가 대단하긴 대단한가봐. 다른 사람들도 살아 돌아와 야 할 텐데……"

I'UET의 기적적인 생환 소식에 사람들은 희망을 가졌다. 다른 슬레이어들도 돌아올 수 있다는 희망을 말이다. 그러나 생환 소식은 거기서 끝이었다.

종원이 입을 열었다.

"중요한 건 그게 끝이 아니야."

"뭐?"

"이건 I'UET 내 기밀인데 너니까 말해주는 거야. 민서야, 너도 와서 들어."

하종원이 목소리를 낮추고 이야기를 시작했다.

*　　　　*　　　　*

하종원의 이야기는 놀라웠다.

I'UET가 이번에 던전을 클리어하게 됨으로써 얻은 이득은 그 린스톤 30개가 전부가 아니란다. 세간에 발표한 수익이 그 정도 고, 실제로는 그것보다 훨씬 값진 보상들이 있었단다.

"일단 전원이 던전 클리어 보상으로 보너스 스탯을 3씩 받았

고 레벨이 1씩 올랐대. 뭐라더라? 쉬운 업적보상이었나? 업적 시
스템이라는 게 있는 모양이야."

레벨 시스템.

현재 현석은 레벨 시스템의 적용을 받지 않고 있다. 몬스터를
사냥해도 경험치가 쌓이지 않는다. 또 보너스 스탯도 없다. 이
지 모드에 강제적으로 진입하게 되면서 얻게 된 페널티다.

그런데 다른 말로 하자면, 이지 모드에 적합하지 않은 과도한
능력치이기 때문에 이러한 페널티가 적용된 것이며 그러한 과도
한 능력치를 가지고 있으면 이지 모드 정도는 쉽게 깰 수 있다
고 할 수도 있겠다. 어쨌거나 현재 현석은 레벨 자체가 없으며
경험치의 개념도 없다.

그래도 말을 들어보자면 레벨 1을 올리는 것은 엄청나게 힘
든 작업이며 심지어 보너스 스탯 3은 대단한 선물이란다.

'난 엄청 쉽게 올렸는데.'

현석의 생각을 아는지 모르는지, 종원은 말을 이었다.

"게다가 이번에 나온 아이템들은 거의 사기급이라고 하더라
고."

"사기급?"

"어. 그 뭐냐, 회복 슬레이어 힐양을 3배 이상 높여주는 스킬
북이랑 H/P 통을 영구히 올려주는 H/P 절대량 증가 물약이랑
뭐라더라……. 무슨 공격속도 높여주는 무기랑……. 하여튼 엄

청 많이 나왔다나 봐."

현석은 속으로 생각했다.

'그래 봤자 이지 모드에서 나오는 아이템이지.'

아무리 생각해 봐도 이지 모드에서 나오는 아이템은, 자신의 능력치에 영향을 끼칠 수 없다. 현재 그는 저레벨 존에서 놀고 있는 고레벨 유저나 다름없었으니까 말이다.

그러한 속마음은 뒤로 한 채, 현석이 다시 입을 열었다.

"그 사실을 대외적으로는 숨기고 있는 거고?"

"어, I'UET에서는 던전을 차례차례 공략할 생각이야. 물론 쉽지는 않겠지만……. 아참, 그린스톤도 사실 30개가 아니라 100개 가까이 나왔어. 조금씩 물량 푼다고 일부러 축소 발표한 거야."

현석은 저도 모르게 끄응, 하고 탄성을 내뱉었다. 다른 아이템들은 둘째 치고 그린스톤이 100개란다. 단순계산으로만 해도 100억 원이다. 100억이면 일반 서민들은 평생 놀고먹어도 남는 엄청난 돈이다. 그리고 아직 H/P, M/P 등의 시스템은 활성화가 되지 않았지만 만약 활성화된다면 H/P 절대량 증가 혹은 힐양 증가 등의 스킬북은 엄청난 메리트가 될 수도 있다.

"내가 이 말을 해주는 이유가 뭐겠어?"

"뭔데?"

"우리끼리 공략하자는 거지."

"미쳤냐?"

현석은 미쳤냐! 라고 반응했고, 잠자코 듣고 있던 민서는 어깨를 움찔했다. 아마도 민서는 공략을 하고 싶은 듯했다.

"야, 솔직히 I'UET 전 멤버들이 힘을 합쳐도 너 하나만 못해. 그건 아는 거냐?"

"그래도 위험하잖아."

"내가 미쳤다고 아무 생각 없이 제안했겠냐? 다 생각이 있고 가능성이 높으니까 제안하는 거지. 나도 죽고 싶지는 않다고. 근데 생각을 해봐, 난도는 아마 비슷비슷할 거야. 근데 I'UET 멤버 6명에서 던전을 깼어. 그럼 너랑 가면 무조건 깰 수 있다는 소리야. 조심만 하면."

민서도 조심스레 의견을 냈다.

"오빠, 나도 종원 오빠랑 같은 생각이야. 오빠가 그랬잖아. 이지 모드에는 적합하지 않은 과도한 힘이라고."

"맞아, 적어도 이지 모드에 한해서는 너는 규격 외의 존재라니까?"

현석은 잠시 눈을 감았다. 이들의 말이 맞긴 맞다. 시스템도 분명히 그렇게 말했다. 이지 모드에 적합하지 않은 과도한 힘이라고 말이다.

종원이 눈에 불을 켜고 말했다.

"몬스터스톤만 해도 무려 100억이야 100억. 3명이서 나누면

33억이라고. 너라는 치트키가 있는데 안 쓰면 억울하잖냐!"

*   *   *

현재 한국에 알려진, 클리어되지 않은 던전은 총 9개.

한국을 시작으로 하여 전 세계에도 던전들이 나타나기 시작했다.

전 세계적으로 클리어된 던전의 수는 총 7개.

그 기록들을 살펴보면 I'UET 내의 기록과 거의 비슷비슷했다. 던전 클리어의 기록 역시 스마트 도감에 기록이 되었기 때문에 쉽게 알아볼 수 있었다. 그리고 덕분에 던전의 난도에 대한 확신을 가질 수 있게 됐다.

"첫 번째 방에서 오크가 3마리 정도, 두 번째 방에서 5마리, 세 번째 방부터는 크리스털을 깨는 식이네. 오크의 숫자만 조금씩 다르고 거의 비슷비슷한 수준이야."

하종원이 여러모로 조사를 해본 결과였다. 오크의 숫자, 혹은 방의 숫자만 조금씩 달라질 뿐 던전의 내용은 거의 비슷비슷했다. 때문에 자신 있게 던전으로 향할 수 있었다. 오크야 숫자가 아무리 많아졌다 해도 현석에게는 별 위협이 안 되었으니까.

오크는 그야밀로 원샷 원킬의 상대다. 온라인 게임에서 레벨

100짜리 고수 플레이어가 초보자 마을 앞의 약한 몬스터를 두려워하지 않아도 되는 것과 같은 이치였다. 약한 몬스터가 아무리 공격해 봐야 고수 플레이어를 때려눕힐 수는 없으니까.

공격도 안 먹힐뿐더러, 어쩌다가 공격이 먹힌다고 해도 대미지가 ―0으로 뜨거나, H/P 회복속도가 대미지를 받는 속도보다 빠르다.

"들어가자고."

종원이 자신만만하게 안내한 곳은, 북한산 중턱에 위치한 던전으로 노란색 테이프로 '위험' 이란 글자가 도배되어 있다시피했다.

종원이 중얼거렸다.

"완전 출입 금지 구역처럼 되어 있구먼."

그도 그럴 것이, 30억의 횡재에 눈이 먼 슬레이어들이 던전에 도전했다가 모두 실종되는 사태가 벌어졌기 때문이다.

통계에 따르면 벌써 실종자 수가 3자리 수를 넘어가고 있었다.

그 사실을 떠올린 현석이 고개를 저었다.

"돈에 목숨을 거는 것처럼 멍청한 짓은 없는데, 물론 30억이 큰돈이긴 하지만……."

"너처럼 안전제일주의자에게 30억은 별로일지 몰라도, 일반 사람들에게 30억은 로또야 인마. 슬레이어가 되어서 힘도 생겼겠다, 자신감도 생겼겠다, 마침 생환자들도 있지, 던전에 대한 정보들도 풀리고 있지. 그러면 욕심나는 게 당연하지. 멍청한 새끼야."

민서가 종원의 팔을 살짝 잡아당겼다.

"왜 우리 오빠한테 욕하고 그래!"

예전에는 그래도 존댓말은 썼는데 요즘은 반말이다. 종원이 민서보고 반말을 하라고 해서 시작한 건데, 요즘 종원은 조금 후회중이다.

"넌 평소엔 얌전하고 조신한 애가 지 오빠 욕만 하면 발끈하더라. 여동생 없는 인간 서러워서 살겠냐? 그래도 내가 소싯적엔 너 엄청 예뻐했구만. 섭섭하다 섭섭해."

그 말이 아주 거짓말은 아닌지라 민서는 종원을 향해 눈을 곱게 흘겼다.

그러는 사이, 던전 입구에 도착했다.

"후우……."

현석은 심호흡을 했다. 아무리 정보를 파악했다 하더라도 긴장되는 것은 어쩔 수 없었다.

알림음이 들려왔다.

[견습 던전에 입성합니다. Y/N]
[귀환 스크롤의 사용이 불가합니다.]

던전에 입성했다.

알림음이 계속해서 들려왔다.

[지나치게 높은 스탯으로 인하여 던전의 난도가 상향 조정됩니다.]

[던전 내 안전 구역 및 회복 구간이 철회됩니다.]

그와 동시에 비명소리가 터져 나왔다.

"빌어먹을! 안전 구역이 옅어지고 있잖아!"

＊　　　＊　　　＊

현석은 튜토리얼 모드에서 모든 능력치를 100으로 올려 버렸다. 그도 모자라서 현재 잔여 스탯을 9개나 가지고 있다. 그 때문에 페널티가 적용되는 건 알고 있었다. 그런데 던전에서도 그 페널티가 적용될 줄은 몰랐다.

"아직 생존자들이 남아 있나 봐."

안전 구역 철회, 회복 구간 철회라는 알림이 있는 것으로 보아 게임처럼 안전 구역, 그러니까 몬스터의 공격으로부터 안전한 곳이 있는 모양이었다.

현석과 종원이 앞장서서 달리기 시작했다.

저만치 앞쪽엔 남자 3명이 이쪽을 향해 뛰어오고 있었다. 그들의 몰골은 처참했다. 다른 건 둘째 치고 옷이 성한 곳이 없었다. 머리도 산발이고 씻지 못해서인지 꾀죄죄했다.

"제기랄, 처음 입구 쪽이잖아!"

그래도 그들은 선택지가 없는 건지 이쪽을 향해 계속 달려왔다. 종원이 말했다.

"이봐요, 생존자입니까?"

종원의 말에,

"빌어먹을, 또 허울 좋은 구출대인가?"

라고 남자 하나가 대답했다. 그도 그럴 것이 여태껏 구출한답시고 들어왔던 슬레이어들이 꽤 있었는데 하나같이 등신들이었다.

오크들과 싸우다가 먼저 죽어버리기 일쑤였다. 그냥 죽으면 모르겠는데 소란을 피워 대서 다른 구역의 오크들까지 불러들이곤 했다. 구출대는 그들에게 있어 오히려 방해였다.

한동안 구출대가 들어오지 않다가 또 무슨 바람이 불었는지 갑작스레 던전 속으로 슬레이어들이 들어온 적이 있었다. I'UET에서 던전을 클리어했다나 뭐라나, 그래서 공략정보가 풀렸단다.

어쨌든 그런 건 중요한 게 아니었다. 지금 안전지대가 사라졌다. 체력을 회복시켜주는 크리스털도 없어져 버렸다. 그나마 그것들을 토대로 회복해 가며 체력을 비축했는데 이젠 그마저도 사라졌다. 이젠 꼼짝없이 죽는 일만 남았다.

또 다른 남자 하나가 털썩 주저앉았다.

"이미 틀렸어."

"병신아! 틀리긴 뭘 틀려! 이봐! 너희들, 먹을 게 있다면 순순히 내놓도록 해."

남자 한 명이 그의 무기인 평범한 검을 현석 일행에게 겨누었다. 종원이 어깨를 으쓱했다.

"먹을 걸 구걸하는 사람치고 제법 당당한데?"

"닥쳐!"

남자는 이를 악물었다.

어차피 식량이 있든 없든 죽는 것은 매한가지다. 아직 오크들이 이곳은 발견하지 못한 것 같지만 발견되는 순간 죽을 거다. 구출대에게 희망을 갖기엔 이들은 너무 많은 실패를 경험했다. 이왕 이렇게 된 거 이판사판이다.

현석이 앞으로 나섰다.

"식량은 딱히 구비해 오지 않았습니다. 다만 여러분들께 도움은 드릴 수 있을 것 같네요. 이쪽은 I'UET 소속 전투 슬레이어 하종원이고 저는 유현석이라고 합니다. 이쪽은 보조 슬레이어 유민서, 던전을 클리어하러 왔습니다."

"I… I'UET……?"

"소, 솔로 오크슬레이어?"

"하, 하종원씨라니!"

I'UET는 굉장히 유명하다.

이번에 던전을 클리어한 길드로써 굉장히 유명해졌다. 그중에서도 하종원 같은 경우는 따로 척살조를 운영하면서 더욱 유명해진 슬레이어이며 오크를 솔로로 슬레잉 가능한 최상위 급 슬레이어로도 유명했다.

한국 내에서 거의 최고로 유명한 슬레이어라고 보면 됐다.

I'UET의 하종원이라는 것을 밝힘과 동시에 상황은 역전되었다. 생존자인 3명은 여태껏 알게 된 정보들을 현석 일행에게 넘겨주었다.

이 던전에는 공터가 하나 있고, 구불구불한 길을 따라가다 보면 방이 3개가 나온단다. 게다가 인원 제한이 7명인 곳이어서 그 이상의 인원은 입장할 수 없단다.

그리고 구간마다 안전지대와 회복 구간이 있어서 몬스터의 접근을 막고 체력을 회복시킬 수 있었는데, 갑자기 사라졌단다. 그건 현석의 입성 때문이었지만 현석은 굳이 그걸 말하지는 않았다.

생존자 중 한 명이 말했다.

"공터에는 오크가 7마리 상주하고 있어요. 다만, 리젠되는 시간이 약 7분 정도로 매우 빠르니까……."

종원이 말을 잘랐다.

"감사합니다. 그 정도 정보면 충분해요. 그 오크들은 저희가 맡아서 처리하도록 하죠."

'사실 저희가 아니라 이 녀석이지만요'라는 말은 빼먹었다. 현석이 앞장서서 걸었다. 미지의 던전일 때는 두려웠지만 지금은 아니다.

남자들이 말했다.

"저희도 따라갈게요."

"여기 있으시는 게… 저희로서는 더 편할 것 같은데요."

"제, 제발 데려가 주세요."

남자들은 애원했다. 만약 공터에 있는 오크들을 처리한다 치더라도, 오크들은 7분 후면 리젠된다. 그사이 오크들이 자신들을 발견하면 자신들은 죽은 목숨이다. 그때, 민서가 나섰다.

"그럼 여기 계약서에 사인하도록 하세요."

종원과 현석이 고개를 갸웃했다. 둘도 모르는 걸 민서가 준비해 왔다.

"응? 그게 뭐냐?"

"아… 저번에 종원 오빠가 소득 때문에 한바탕 난리였잖아. 생존자가 있을지도 모른다고 생각해서 미리 준비해 봤어. 클리어에 도움을 주는 대신 소득은 우리 쪽이 갖는 걸로. 울 학교

사회쌤이랑 같이 작성한 계약서야."

허, 하고 종원은 고개를 저었고 현석은 그런 동생이 무척 자랑스러운 듯 흐뭇하게 미소 지으며 고개를 끄덕였다.

남자들은 지금 상황에서 뭘 망설일 것이 있겠냐며 바로 사인을 했다. 그렇게 던전 클리어가 시작됐다.

남자들이 계속해서 입을 열었다.

"저기, I'UET의 실력자라는 건 알지만 너무 거침없이 가시는 것 같습니다."

"맞습니다. 이곳의 오크들은 청각에 예민합니다. 한꺼번에 7마리가 몰려오기라도 하면……."

약 7번가량 구출대가 들어왔는데 그중 4번이나 구출대가 소란을 피우는 바람에 모두 죽을 위기에 처했었다. 때문에 이들은 상당히 예민해져 있는 상태였다.

"조심해야 해요. 그동안 무려 30여 명의 구출자가 사망했어요. 저희가 그렇게 주의를 줬어도 오크 정도는 아무것도 아니라면서……."

살아남은 이들은 그래도 눈치가 제법 빠른 편일 것이 분명했다. 어쨌든 생존했다는 건 그걸 증명하고 있는 거다.

하종원이 말했다.

"괜찮아요, 오크 정도는 위협이 되지 않습니다."

남자가 목소리를 작게, 그러나 신경질적으로 말했다.

"아, 그러니까 그 말을 벌써 4번 넘게 들었다니까요. 조심해서 나쁠 건 없잖아요. 아무리 당신이 오크를 혼자서 잡는 실력자라지만……"

이들에게는 현석 일행이 유일한 희망이었다.

원래는 아니었는데 하종원이 끼어 있다는 사실 때문에, 이들은 희망을 갖게 됐다.

어렵게 찾아온 희망.

제발 조심 좀 해줬으면 좋겠다고 생각하는 중이었다. 말 그대로 오크 7마리가 한꺼번에 몰려오면 몰살을 면치 못할 테니까 말이다. 안전지대가 사라진 지금, 이들마저 죽어버리면 살아서 돌아갈 희망이 없다.

민서가 씽긋 웃었다.

"청각에 민감한 오크라면… 이쪽으로 불러들일까요?"

종원이 고개를 끄덕였다.

"그래, 그게 좋겠다."

생존자들의 얼굴이 하얗게 질렸다.

"그, 그게 무슨……!"

"오, 오크라고요! 다른 몬스터도 아니고……!"

그들의 입장에선 말도 안 되는 소리였다. 오크는 보통 5~6명이 팀을 이뤄서 사냥한다. 그보다 적은 수로도 사냥은 가능하지만 위험성이 너무 높다.

그런데 오크 7마리를, 각개격파도 아니고 한꺼번에 사냥한단다. 미친 소리다. 자살하자는 소리랑 똑같다.

그때, 민서가 소리쳤다.

"오크들아! 나와라! 나와라! 나와라! 나와라!"

"제, 젠장!"

이미 일은 벌어졌다. 민서가 소리침과 동시에, 동굴 속 메아리가 울려 퍼졌다.

"망했다……"

"아… 미친 거 아냐? 너희!"

지극히 상식적인 반응을 보이는 남자들을 보며 종원이 씨익 웃었다. 자세히 설명하려면 할 수도 있었지만 그래도 귀찮다.

백문이 불여일견이다.

크오오!

저만치 멀리서 오크의 울부짖음이 들려왔다.

쿵! 쿵! 쿵! 쿵!

뜀박질 소리도 들려오는 것이, 어지간히도 열심히 달려오나 보다.

생존자들의 얼굴에 절망감이 휩싸였고, 그때 현석이 한 걸음 앞으로 움직였다.

애초에 생존자가 있다면 구출할 목적으로 왔다. 구출을 목적으로 와서 힘을 숨길 필요가 없다. 아니, 완전히 힘을 다 드러낼 생각이다. 쓸데없이 강하다고 소문이 나는 건 귀찮았지만 그에 대한 대비책도 이미 세워놨다.

상황 파악을 모두 끝낸 현석이 씨익 웃으면서 말했다. 그의 얼굴에선 긴장감을 찾아보기 힘들었다.

"민서는 뒤로 빠져 있어."

＊　　　　　＊　　　　　＊

"저, 저런 무모한……."

"하……."

생존자들은 이제 이들이 I'UET라는 것도 믿지 않게 됐다. I'UET쯤 되는 사람이 이렇게 무식하게 오크와 싸울 리 없으니까. 이런 놈들을 믿고 신나서 달려왔다는 것이 후회될 무렵,

빠각!

뼈가 부러지는 것 같은 거대한 소리와 함께,

"마, 말도 안 돼!"

"헉!"

생존자들의 비명 비슷한 소리도 터져 나왔다.

현석은 주먹을 쥐었다 폈다를 반복했다.

"좋았어."

그리고 문득, 어떤 생각이 들었는지 종원을 보고 말했다.

"종원아, 그쪽 잘 지키고 있어라. 혹시 어디서 오크 튀어나오면 바로 말하고."

"알았어, 오크 두 마리까지는 커버할 수 있어."

커버라는 말은 말 그대로 현석이 도와주러 올 때까지 걸리는 시간동안 버티는 것을 의미한다.

아무리 I'UET이고 유명한 슬레이어라고 해도 이지 모드 규격 외의 슬레이어인 현석과의 격차는 굉장히 컸다.

어깨를 돌리며 몸을 푸는 현석에게 민서가 물었다.

"오빠, 갑자기 근데 왜?"

"오크 같은 고위 몬스터가 한꺼번에 몰려 있는 곳은 흔치 않잖아. 이 기회에 힘 조절 좀 연습해 보려고."

일타 일피. 원샷 원킬. 그게 현석이 여태껏 고수해 왔던 방식이다. 30번 연속으로 원샷 원킬에 성공했을 때엔 반복 숙달을 통한 '무쇠주먹' 스킬이 생겼다. 그건 그런데 어느 정도 파워로 치면 어느 정도의 대미지가 들어가는지 문득 호기심이 생겼다.

그렇게 시간이 흘렀다.

규격 외 존재가 호기심을 갖자 벌어진 건 상식적으로는 이해가 불가능한 기현상이었다.

"이, 이럴 수가……."

믿을 수 없었다.

'오, 오크가 도망을……?'

이 무슨 말도 안 되는 상황이란 말인가.

호기심이 낳은 것은 일방적인 구타였다.

처음에는 오크들도 간간이 공격을 성공시켰다. 그런데 반탄력 때문인지 방어력 때문인지 몽둥이를 놓치는 경우까지 발생했다. 자세히 보면 오크의 손목이 부르르 떨리기까지 했다.

생존자들은 지금 꿈을 꾸고 있는 게 아닌가 싶었다.

그래도 던전 속으로 자신 있게 들어왔을 정도면 어느 정도 실력이 있는 슬레이어들이다. 적어도 자신감을 가질 정도는 되어야 한다는 말이다.

그런 그들을 죽음의 공포로 몰아넣었던 이 오크들을 저 남자는 일방적으로 두드려 패고 있었다. 한 방에 죽일 수 있음에도 불구하고, 힘을 알아본다는 핑계로 구타를 자행하고 있었다.

'심지어 전투 필드까지 계속해서 펼치고 있어. 보조 슬레이어의 도움도 없이… 저 무슨 말도 안 되는……'

종원은 별로 놀랍지도 않다는 듯 하품을 했다.

"그린스톤은 안 주네."

오빠를 위험하기 그지없다는 몬스터 무리에 홀로 내버려 놓은 민서도 조금 아쉬운 듯 말했다.

"그러게, 그린스톤을 안 주는 건 좀 아쉽다."

일방적인 구타가 끝나고 현석이 제자리로 돌아왔다. 구타의 끝은 사망이었다. 정확히 말하자면 7마리 오크의 몰살.

"리젠되는데 7분이라고 했으니까 한 번만 더 기다리자."

"또?"

"마지막."

하종원은 '그래, 마지막이다' 하고 고개를 끄덕였다.

현석은 예의바른 태도로 생존자 3명에게 동의를 구했다.

"저기……."

현석의 말이 끝나지도 않았는데 남자들은 침을 꿀꺽 삼키며,

"그, 그러세요. 저, 저희야 얼마든지 기다릴 수 있으니까요."

라고 말하며 꼬르륵 소리를 냈다. 배고파 죽을 것 같았지만 감히 반대할 수 없었다.

*　　　　　*　　　　　*

〈던전 내 생존자들 기적적 생환!〉

〈I'UET 소속. 척살조의 조장 하종원. 던전 클리어에 앞장서!〉

던전이 클리어됐다. 비단 현석 일행만 던전을 클리어한 건 아니었다. 인원 제한이 있는 던전은 공략하지 못했지만 인원 제한이 없는 던전 같은 경우는 벌써 3곳이나 클리어됐다.

〈생존자 6명 무사 생환! 가족들 오열!〉

〈기적이 일어나다! 목숨을 건 12일의 사투!〉

그리고 그 3곳에도 생존자들이 남아 있었다.

일부는 음식을 미리 챙겨가기도 했고, 또 일부는 회복 구간과 안전 구역에서 겨우겨우 목숨을 연명하고 있다가 던전 클리어와 함께 구출되기도 했다.

하종원의 경우는 인원이 7명으로 제한된, 굉장히 난도 높은 던전을 클리어하면서 생존자 3명을 구출해 왔다는 것이다.

안 그래도 위명 높은 I'UET인데 하종원 덕택에 I'UET의 위상이 더욱 높아졌다.

"야, 근데 나만 유명해졌는데 괜찮냐?"

"괜찮지. 괜찮은 게 아니라 최상의 시나리오다."

종원의 말에 현석은 어깨를 으쓱했다.

같은 일을 하더라도, 스포트라이트를 받는 쪽은 아무래도 종원 쪽이었다. 척살조를 운영하고 있고 I'UET 소속이니까.

그런데 생존자들은 하마터면 정신병원에 갈 뻔했다. 유현석이라는 남자 혼자서 오크 수십 마리를 때려잡았다는 사실은 말도 안 되는 것이니까.

실제로 종원과 현석은 서로 힘을 합쳐서 싸웠다고 주장했고,

10일 넘게 폐쇄된 던전 속에 있던 사람들의 비현실적인 말보다는 솔로 오크 슬레잉이 가능한 슬레이어 하종원이 하는 말이 훨씬 신빙성이 있었다.

애초에 혼자서 그 많은 오크를 두드려 잡는 사람이 있을 리가 없지 않은가. 적어도 상식선에서는 말이다. 덕분에 생존자들의 증언은 거의 헛소리로 치부됐다.

"유명해진다고 뭔가 더 좋은 게 있다면 모를까. 귀찮은 일만 잔뜩 생기겠지. 난 한진재단 같은 바람막이도 없잖냐?"

"야, 근데 일반인들이야 그렇다 치더라도 I'UET 내에서는 너를 눈여겨보는 사람들이 생기는 거 같더라."

"그거야 어쩔 수 없지. 뭐, 내가 작정하고 힘을 숨기고 있다기보다는 난 슬레이어로 완전 전업할 생각은 없으니……."

무조건 숨겨야 하는 건 아니다. 다만 딱히 밝힐 필요가 없으니까 숨기고 있는 거다. 전업 슬레이어도 아니고 말이다.

현석은 말을 하다가 생각에 빠져들었다.

'원래대로라면 진짜로 생각이 없었는데……'

그런데 근래에 와서는 생각이 조금 바뀌는 것 같다.

던전 내에는 방이 총 3개 있었다. 아직 이지 모드여서 그런 건지는 몰라도 오크밖에 없었고 쉽게 처리할 수 있었다. 마지막 방에는 일반적인 오크보다 덩치가 훨씬 크고 이빨이 날카로운 오크가 한 마리 있었는데, 그 오크와 싸울 때엔 뭐랄까? 긴장감도 생기고 스릴도 있었다.

달리 말하자면 재미가 있었다. 그래봤자 한 방 싸움이었지만.
더더욱 재미있는 건 던전 내의 모든 방의 오크를 처리하고, 3번
째 방 마지막에 있는 크리스털을 부쉈는데 엄청난 보상이 뒤따
랐다는 거다.

[그린스톤 120개.]
[체술 스킬북(하)]
[독이 묻은 단검.]
[지혜의 귀걸이.]

총 네 항목의 아이템이 나왔다. 체술 스킬북은 현석이 가지기
로 했고 독이 묻은 단검은 종원이, 지혜의 귀걸이는 민서가 갖
기로 했다. 아이템 외에 또 다른 소득도 있었다.

던전 내에 있던 슬레이어 전원에게 보너스 스탯 +3이 주어졌
다. 쉬운 업적으로 인정되었고 그에 따른 보상이란다.

예전에 종원이 말했던 '업적 시스템'의 효과였다.

현석의 경우는 페널티로 인해 1밖에 안 올랐지만 어쨌든 보
너스 스탯이 주어진 것은 고무적인 일이었다.

종원 같은 경우는 레벨이 올라서 보너스 스탯 +3 외에 또 +1을
얻게 되었단다. 현석에게는 레벨 시스템이 적용되지 않지만(다른

말로 하면, 레벨은 무의미하다는 소리다)다른 슬레이어들은 현재 레벨 시스템이 적용되고 있는 중이었다.

현석은 거기서 감을 얻었다.

'업적 시스템은 레벨 시스템이 제한되는 내가 강해질 수 있는 길이다.'

민서가 물었다.

"오빠, 그린스톤은 어떻게 했어?"

"뭘 어떻게 해? 무조건 정부랑 거래하도록 되어 있는데. 괜히 꼬불쳐 뒀다가 철창 가기는 싫다."

그린스톤은 정부가 취급한다. 개당 1억에 사들이고 있다. 현석은 120개 전부를 1억에 팔아넘겼고 총 120억을 수령할 수 있었다. 그리고 종원에게 40억을 주고 현석이 80억을 가졌다. 민서가 자신은 이렇게 큰돈을 감당할 수 없으니까 오빠가 맡아달라고 해서 현석이 관리하는 중이다.

민서가 한숨을 살짝 내쉬었다.

"학교에서 쌤이 그랬는데, 그린스톤의 가격을 내리는 게 어떻겠냐는 협의안이 발의됐대."

"그래?"

던전들이 클리어되면서 갑자기 그린스톤의 재고가 늘어났다. 정확한 자료는 나오지 않았지만 적어도 300개 이상의 그린스톤을 정부가 소유하고 있을 거라는 예상이었다.

현석은 조금 기분이 나빠졌다. 인터넷을 뒤져봤는데, 국회의원이라는 작자들이 실제로 그린스톤 가격을 내리자는 의견을 냈다. 진행 중이란다.

'처음에 1억으로 책정한 건 충분히 이문이 남기 때문이었어. 그런데 여기서 더 내린다고?'

기분 나빠졌다. 뒷간에 갈 때와 나올 때 기분이 다르다더니, 딱 그 꼴 아닌가. 1억만 하더라도 분명 이득이 난다. 정부의 주장대로라면 1억이 채 안 되는 가격이지만 그게 아님을 잘 안다. 심지어 수요에 비해 공급이 부족한 중국과 미국 등지에 그린스톤을 조금씩 수출하고 있다는 얘기가 있는데, 최소한 그 가격이 1억 원은 가뿐히 넘는다는 카더라 통신도 돌고 있었다. 뿐만 아니라 기업체에서는 그보다도 비싼 가격으로 그린스톤을 사들이기도 했다. 연구 및 투자개발을 위해서 말이다.

현재 그린스톤이 가지는 가치는 정부의 주장과는 달리 겨우 1억이 아니라는 소리다.

'그런데도 더 낮추겠다고? 순순히 120개씩 납품해대니까 이제 그린스톤이 우습다 이건가?'

아무리 쉽게 번거라지만 그래도 기분이 매우 나빠졌다. 심지어 한 국회의원은 '그린스톤을 얻는 것이 상당히 수월해졌으므로……' 와 같은 말을 해대는데, 현석의 마음 같아선 저놈을 잡아다가 던전에 처박아주고 싶은 심정이었다.

현석의 입장에서 쉽지, 다른 슬레이어들은 정말로 목숨을 걸어야만 하는 일이다.

그런 일을 함부로 말하는 게 굉장히 짜증났다. 직접 얻어 본 적도 없으면서 말이다. 최상위 급 슬레이어들이 널리고 널린 게 아니다. 한국 내에서도 겨우 100여 팀이 가능할까 말까다.

그중에서도 오크를 손쉽게 잡을 수 있는 건 20팀도 안 된다. 나머지는 부상 및 목숨을 각오하고 벌이는 슬레잉이다.

즉, 누군가가 말하는 쉽게 얻을 수 있는 그린스톤을 가지고 말이다.

현석이 일어섰다. 민서도 얼른 따라 일어섰다.

"오빠, 어디가?"

"배가 불렀으면, 배가 고프도록 만들어 줘야지. 민서 너는 여기 있어. 금방 올 테니까."

원래 공급이 많아지면 가격이 내려가는 게 맞는 거긴 하다. 그런데 가격이 저절로 내려가는 게 아니라 누군가 억지로 내리면 부작용이 생기게 마련이다.

그리고 현석은 그 부작용을 만들기로 작정했다.

*   *   *

현석은 피식 웃었다.

이동하는 시간이 오래 걸릴 뿐, 현석이 던전을 클리어하는 데에는 시간이 오래 걸리는 건 아니었다. 오크는 현석에게 있어서 원샷 원킬의 대상이니까.

그리고 혹시나 했는데, 역시나였다. 비록 레벨 시스템과 경험치 시스템을 제한받고 있지만 그 역시 강해질 수 있는 방도가 남아 있었다.

[24시간 내, 연속해서 3번째 던전을 클리어했습니다.]
[이지 모드 내에서 불가능한 업적, '불가능'이 인정됩니다.]
[불가능한 업적을 이룬 보상으로 보너스 스탯이 +30 주어집니다.]
[이지 모드 규격 외의 스탯에 대한 페널티로 보너스 스탯이 50퍼센트 감소됩니다.]

연속해서 3개의 던전을 차례차례 깨부숴 버리고 사실상 '불가능한 업적'이라는 업적을 세웠다.

정상적인 방식으로는 가능하지 않은 것이기 때문에 '불가능' 이라는 수식어가 붙었을 터였다. 즉, 현석은 불가능함을 가능으로 만들어주는 '치트키'를 쓰며 슬레잉을 하고 있는 것과 마찬가지라 할 수 있겠다.

처음 던전 입성 시에는 조금 두렵기도 했는데 이젠 그런 최소

한의 긴장마저도 없었다. 가끔 오크에게 뒤통수를 얻어맞는 불상사가 생기기도 했으나 그럴 때면,

[급소를 가격당했습니다. 크리티컬 히트가 적용됩니다.]
[대미지 ─0]

과 같은 어처구니없는 상황에 처하기도 했다.

다시 말하자면 오크의 공격은 크리티컬 히트가 터져도 현석의 H/P에 어떠한 영향도 줄 수 없다는 것이었다.

자신의 무식한 맷집(?)을 믿게 된 현석은 더욱 자신감 넘치게 던전을 하나하나 클리어해 버렸다.

더욱 황당한 건 이 '불가능 업적' 이라는 것이 일회성 업적이 아니라는 것이었다.

4번째 던전을 클리어했을 때에도, 5번째 던전을 클리어했을 때에도 같은 알림음이 이어졌다. 현석은 말 그대로 치트키를 활용해서 게임을 하고 있는 것과 다름없었다.

[24시간 내, 연속해서 5번째 던전을 클리어했습니다.]
[이지 모드 내에서 불가능한 업적, '불가능' 이 인정됩니다.]
[불가능한 업적을 이룬 보상으로 보너스 스탯이 +50 주어집니다.]

[이지 모드 규격 외의 스탯에 대한 페널티로 보너스 스탯이 50퍼센트 감소됩니다.]

다만 다른 것이 있다면 처음에는 보너스 스탯이 30이 주어졌고, 두 번째에는 40이 주어졌고, 그다음은 50이 주어졌다는 거다.

물론 이지 모드 내 페널티에 의해 50퍼센트 삭감을 당하기는 했으나 그래도 60에 달하는 엄청난 포인트를 얻을 수 있었다.

아무래도 '불가능한 업적'은 그 달성 횟수에 따라 포인트 지급률이 높아지는 것 같았다.

'종원이 놈이 분명 20포인트를 얻어서 엄청 좋아했었지.'

현석과 다르게 일반적인 슬레이어들의 경우 스탯 포인트를 올리기가 무척 힘들단다. 레벨 시스템과 경험치 시스템을 활용하여 스탯을 찍고 있는 실정인데 최근 인터넷에는 목적에 맞는 육성법 같은 것들도 떠돌아다니고 있었다.

예를 들어, 종원 같은 경우는 대부분의 능력치를 힘에 쏟아붓고 있었는데 그건 그가 근접 전투 슬레이어이기 때문이었다. 민서 같은 경우는 오로지 지성에만 스탯을 투자하고 있었다. 그런데 현석에게는 해당사항이 없는 말이다. 치트키를 쳐놓고 불가능한 업적을 마구 쌓아대니, 아무리 50퍼센트의 페널티가 주어지는 상황이라고는 해도 그 성과는 엄청났다.

'밸런스가 제일 중요한 거지, 사람은. 골고루 올리는 게 제일 좋은 거야.'

누군가가 들으면 기함을 토할 생각을 아무렇지도 않게 하면서 현석은 던전을 클리어해 버렸다.

어떤 나라들 같은 경우는 던전에 대한 관리와 감시를 철저하게 한다고 해서 처음엔 긴장했다. 티 나지 않게 몰래 잠입하려고 말이다. 그런데 그럴 필요도 없었다. 던전에는 노란색 경고 테이프만 붙어 있을 뿐 제대로 된 감시 및 관리가 이루어지지 않고 있었다.

5번째 던전을 모두 클리어하자, 아침이 밝아왔다.

스탯 능력치와는 별개로 몸이 노곤해졌다. 새벽 내내, 잠을 한숨도 안 잔 거다.

'아직 하나 더 남았는데……'

시간이 조금 아슬아슬했다. 어쩌면 지각을 할 수도 있다. 한전에 입사하고 약 3년 동안 단 한 번도 지각을 해본 적이 없는 현석이다.

'그래도 불가능 업적을 또 이루면……'

지각 한 번 하기로 했다. 지각하는 대신 던전 하나를 또다시 클리어했다.

알림음이 들려왔다.

[잔여 스탯이 149포인트 남았습니다.]

[스탯 포인트는 실 사용자의 능력치에 즉각적으로 반영되는 귀중한 자원입니다.]

[반드시 스탯 포인트를 사용하는 것을 추천합니다.]

현석은 확신할 수 있었다. 이거 말 들으면 안 된다. 괜히 말 들었다가 쉬운 길 놔두고 어려운 길로 돌아갈 수도 있다. 149포인트는 일단 잔여 스탯으로 남겨놓기로 했다.

*   *   *

처음으로 늦게 출근했다. 다행히 현석의 이미지가 워낙 좋아 잘 넘어갔다. 4직급 직원인 구창민이 헐레벌떡 들어왔다.

"한국 내에 남아 있던 던전들이 하룻밤 사이에 모두 클리어되어 버렸대."

현석은 움찔했다. 지금 이곳은 반쯤 아수라장이 되어버렸다. 사실상 음성적인 루트를 제외하고서 그린스톤이 가장 많이 쓰이는 곳은 바로 발전소다. 그린스톤이 여유 있게 납품되면서 한전은 바야흐로 흑자기에 접어드는 듯 보였다. 기존의 원료를 사용하는 것보다 훨씬 저렴한 가격으로 전기를 생산할 수 있게 되었는데 전기료는 그대로 받았으니 말이다.

그런데 그린스톤의 최대 발굴처라 할 수 있는 던전 6개가 하룻밤 사이에 모두 사라져 버렸다. 클리어가 된 건지, 아니면 시간이 지나서 저절로 없어진 건지는 알 수 없었지만 어쨌든 모두 사라져 버렸다.

기사에서도 난리가 났다.

〈하룻밤 사이에 모두 사라진 던전! 어떻게 된 일인가?〉
〈하룻밤 사이에 사라진 던전의 미스터리.〉

사람들은 물론이고 경찰들까지도 어째서 이런 일이 벌어졌는지 조사에 나섰다. 그린스톤이 여유 있게 출토될 것이라고 생각했던 정치권에도 혼란이 찾아든 모양이다. 괜스레 죄 없는 경찰들을 닦달해서 어떻게 된 건지 알아내라고 지시하는 것을 보면 말이다.

〈그린스톤 출토 예상량 현격히 줄어.〉
〈사라진 그린스톤. 공급의 부재!〉
〈정부, 그린스톤의 가격 조절위해 진땀을 흘리다!〉
〈던전의 관리 및 감시의 부재! 과연 던전의 관리는 어디서 맡아야 하는가!〉

그린스톤이 넉넉하게 생길 것이란 애초의 예상과 다르게 던전들이 모두 사라져 버리고 나자, 정치권은 다시 바빠졌다.

그린스톤의 수요는 그대로인데, 아니, 오히려 급격한 증가세에 있는데 갑자기 공급이 줄어든 셈이고 이러면 그린스톤의 가격이 천정부지로 솟을 가능성이 높았다. 애초에 그건 겨우 1억의 가치만 가지고 있는 물건이 아니었으니까 말이다. 그걸 방지하기 위해 한국 정부는 더욱더 엄격하게 그린스톤에 대한 관리를 시행했다.

아직 시행이 되고 있는 건 아니었지만 일종의 라이센스를 발급해서 그린스톤을 드랍하는 몬스터를 사냥할 수 있는 권리를 팔자는 건의안도 등장하게 됐다.

슬레이어별로 등급을 나누고 그 등급에 따라 라이센스를 발급하며 비용을 청구하겠다는 의도인데, 다른 건 느린데 어째서 세수를 거두는 일에 있어서는 이토록 발 빠른 움직임을 보이는지 모르겠다는 것이 사람들의 반응이었다.

어쨌든 하룻밤 사이에 던전이 모두 사라져 버렸고 많은 사람이 놀라워하며 그 이유를 알고 싶어 했는데, 종원은 그 이유를 알고 있었다.

현석이 퇴근하기 무섭게 종원이 달려들었다.

"너냐?"

"뭐가?"

"너 어제 민서만 남겨놓고 밤에 어디 나갔다 왔다며?"

"목소리 좀 낮춰 인마. 귀 터지겠다."

현석은 자초지종을 설명했다. 그러나 종원은 분노가 풀리지 않는 듯 씩씩댔다.

"이 새끼야, 나를 데려가야 할 거 아냐. 그린스톤 따윈 필요 없지만 으어……. 그 보너스 스탯만 해도 얼마야!"

현석은 피식 웃었다. 수백억을 훨씬 넘기는 그린스톤의 가치보다 스탯 포인트를 더 중시하는 게 웃겨 보이기도 했다.

현석의 입장에선 조금만 수고하면 마구잡이로 쌓이는 것이 스탯 포인트 아니던가.

"야, 주말에 일본이나 가자."

"뭐라고?"

"인원수에 따라 불가능 업적이 어떻게 조정되는지는 모르겠는데… 스탯 포인트가 그렇게 중요한 거라며? 민서도 데리고 같이 가자. 일본에 아직 클리어 안 된 던전이 몇 개 있더라?"

종원이 현석을 와락 껴안았다.

"형, 사랑한다."

"저리 떨어져, 새끼야!"

현석은 전투 필드를 개방시키고 종원의 복부에 주먹을 꽂아 넣었다. 이제 힘 조절에 완벽히 익숙해진 상태다. 종원의 능력치도 파악하고 있었고, 정확한 H/P 수치는 니오지 않지만 그래도 어느 정도로 쳐야 종원의 H/P를 반 토막 낼 수 있는지 정도는 안다.

저만치 날아가 벽에 쾅! 부딪친 종원은 씩씩대며 일어섰다.

"이 개새끼가! 쪼렙을 상대로 PK냐? 사기꾼 새끼!"

상당한 타격을 입었음에도 불구하고 종원은 멀쩡했다. 현석이 전투 필드를 펼친 상태로 때렸기 때문이다.

"쪼렙은 개뿔. 너 지금 한국 내에서 열 손가락 안에 든다며? 유명하기도 엄청 유명하더만."

"시바… 은거고수 새끼."

현석은 피식 웃었다.

"얼른 여권이나 만들어 놔라. 던전 깨지기 전에 후딱 갔다 오자. 금요일에 휴가 쓸 거니까 시간 맞춰 놓고. 목요일 저녁에 출발해서 일요일에 돌아올 거야."

언제 씩씩댔냐는 듯, 종원이 활짝 웃었다.

"네, 형."

그렇게 주말이 다가왔다.

CHAPTER 7

여태까지 일본에는 약 13개의 던전이 발견되었다. 그리고 그 중 5개가 슬레이어들에 의해 클리어되었는데, 주목해야 할 점은 5개 중 무려 3개를 하나의 길드가 석권했다는 점이다.

물론 인원 수의 제한이 없는 던전이어서 약 20여 명의 길드원이 한꺼번에 들어갈 수 있었다고는 해도, 단 하나의 길드가 3개의 던전을 모두 클리어했다는 건 상당히 고무적인 일이었다.

다른 길드들 역시 도전을 안 한 게 아니다. 다른 길드들이 던전 클리어를 도전하는 와중에 무려 3개의 던전을 깬 거다. 상대적인 측면에서 그 길드는 대단한 길드라고 할 수 있겠다.

현재 남아 있는 던전은 총 8개.

그 던전들은 관리와 통제가 엄격히 이루어지고 있어서 들어갈 수가 없었다. 현석은 너무 쉽게 생각했다며 혀를 쯧, 차고 말았다.

한국과는 분위기 자체가 달랐다. 알아보니 일본의 슬레이어 연합체 이치고를 비롯하여 정부 산하 조직인 몬스터 관리국에서 던전을 철저하게 관리 감독하고 있는 모양이었다.

그도 그럴 것이 던전은 클리어되기만 하면 엄청난 보상이 이루어지는 보물과도 같은 것이고, 따라서 철저하게 관리를 하는 건 어찌 보면 당연한 일이기도 했다.

일본과 한국의 차이점이 여기서 드러났다.

한국도 던전의 출입을 관리하지 않은 건 아니었다. 분명 관리를 하기는 했다. 의무 복무 중인 병사들을 풀어 일반인의 출입을 통제하고 슬레이어의 출입을 감시하기는 했으나 솔직히 말해 거의 형식적인 절차에 불과했다.

현석이 새벽에 그토록 수월하게 연속 5개의 던전을 클리어했고, 그것이 아침에 이르러서야 발견이 되었다는 건 한국 내 던전 감시체계가 엄청나게 허술하다는 것을 말해주는 것이다.

그에 반해 일본의 경우는 출입의 통제가 제법 삼엄하게 이루어지고 있어서 아무래도 쉽게 들어가기는 그른 모양이었다.

결국 하루 내내 허탕만 치고 돌아다녔다. 정정하겠다. 허탕을 빙자한 여행을 다녔다. 사람이 돈이 썩어날 정도로 있을 때와 아닐 때에, 그 여유의 정도가 달랐고 현석은 지금 매우 여유로운 상태였다.

"여기는 출입이 되게 까다롭네. 일본인이 아니면 아예 근처에도 못 가게하고."

현석은 낭패라는 듯 중얼거렸다. 한국에서도 감시가 있기는 했지만 이 정도로 철저하지는 않았다.

"하기야, 이게 맞는 거지. 아무나 클리어할 수는 없다고 해도 클리어할 수 있는 사람은 분명 존재하니까. 심지어 타 국민에게 빼앗기면……."

생각해 보니 현석이 아니라 만약 타국인이 한국에 입국하여 현석과 같은 방식으로 던전을 클리어했다면 한국의 입장에서 엄청난 손해가 아닐 수 없다.

물론 '불가능한 업적' 이라 인정받은 만큼, 현석 외에 이러한 일을 벌일 수 있는 사람은 없을 가능성이 매우 높지만 말이다.

그러던 와중에 일본 내 3개 던전을 클리어한 최고 유명 길드 '이치고'가 한 던전에 고립되어 12일간 나오지 못하고 있다는 소식이 돌았다.

일본 내에서 가장 강력한 길드라고 해도 과언이 아닌 이치고가 클리어하지 못하고 있다는 말은, 다른 길드도 클리어하기 힘들다는 말이다.

한국에 5대 길드가 있다면 일본은 1대 길드라는 말이 있을 정도다.

한국은 5개의 거대 길드가 비슷비슷한 무력을 갖추고 있지만 일본 같은 경우는 이치고의 무력이 다른 길드를 압도하는 상황이었다. 그러한 상황에서 일본은 다급하게 구출대를 조직하기 시작했다.

그러나 내국인들은 거의 동조하지 않았다. 이치고가 실종된 마당에 어느 누가 위험을 무릅쓰고 들어간단 말인가. 또한 일본의 경우는, 던전이 아니더라도 그린스톤을 드랍하는 몬스터들이 다수 서식하고 있다. 그것들만 잡아도 충분히 수익이 난다.

인터넷상에서는 일본에서 나타나는 몬스터들은 그 수준이 낮다는 말이 돌아다니고 있는데 정설로 굳어진 것은 아니었다.

일본 내의 몬스터는 일본의 허가를 받은, 더 정확히 말하자면 일본 내 유니온인 이치고로부터 라이센스를 발급받은 슬레이어만 슬레잉이 가능한데 외국인에게는 그 절차가 굉장히 엄격했다. 그래서 외국인들은 일본의 몬스터를 잡기 힘들었고 잡았다 하더라도 공공연하게 말을 할 수가 없는 상황이었다.

그러한 상황 속에서 일본 슬레이어들이 다른 국가, 특히 가까운 나라인 한국에서 슬레잉을 하는 경우도 있었는데 상당히 힘겨워한다는 말이 나돌았다.

재미있는 건, 다른 국가들 역시 '한국의 몬스터는 강하다' 라는 인식을 어느 정도 갖고 있다는 거다. 물론 인식이 그렇다는 거지 사실로 굳어진 것은 아니었다.

어쨌든 일본 내 최강의 길드인 이치고가 현재 12일간 던전에서 탈출하지 못하고 있는 상태. 결국 일본의 유니온 이치고—일본 유니온의 이름도 역시 이치고다. 길드 유니온으로부터 파생되어 만들어진 유니온이므로—는 전 세계의 슬레이어들에게 도움을 요청했다. 슬슬 형태를 잡아가고 있는 각 국의 유니온에 도움을 요청한 것이다.

일본 정부와는 별개로 그들은 이미 체계적인 조직을 갖추고 있어 빠르게 도움을 요청할 수 있었다.

한국의 경우, 종원이 만들었던 '척살조' 가 현재 유니온의 모습을 갖춰가고는 있으나 아직까지 유니온이라고 하기에는 힘들었기 때문에 한국 내 5대 길드에 도움을 요청했다.

I'UET 부단장 박성형은 곧바로 종원에게 전화를 걸었다.

"예, 하종원입니다."

—일본 소식 들었지? 너 지금 일본이라며?

"압니다."

—혹시 유현석 씨도 같이 있냐?

"예, 같이 있는데요."

종원은 찔끔 놀랐다. 맨 처음 오크가 나타났을 때에도, 그 이후에 던전을 클리어 했을 때에도 성형은 종원에게 별다른 말을 하지 않았다. 다만 '유현석 씨와 함께였냐?' 라는 질문을 농담식으로 했을 뿐이다.

유현석이 굉장히 특별한 힘을 가지고 있다는 것을 눈치채고도 모른 척하는 것인지, 그도 아니면 그냥 장난을 치는 건지, 종원은 구별하지 못했다.

박성형이 말했다.

─혹시 구출대로 선발 지원해서 갈 수 있겠냐?

"저희가요?"

─우리도 바로 비행기 타고 날아갈 거야. 그러니까 먼저 진입해서 상황 좀 살펴줘라. 생존자 있는지 확인하고.

"저 죽으면요?"

성형이 피식 웃었다.

─그래서 싫으냐?

"아뇨, 좋아요. 내친김에 그냥 클리어 할까요?"

─그래라, 그럼.

"옙. 지금 출발합니다."

어차피 가려고 했었다. 이지 모드 규격 외 존재인 유현석이 같이 있으면 두려울 게 없다. 즐거운 마음으로 '쩔' 만 받으면 되는 거다.

'오히려 잘 됐다!'

종원은 속으로 쾌재를 불렀다.

'성형이 형님이 뭔가 눈치를 챈 거 같긴 한데……'

성형이 대놓고 무언가를 말하지는 않았지만 왠지 그런 기분이 들었다. 어차피 현석의 능력이야 언제가 됐든 알려지게 마련이지만.

'내가 불었다는 오해는 안 했으면 좋겠네.'

괜히 자신이 현석의 능력에 대해 미주알고주알 털어놓았다는 오해를 할까 봐서 그게 조금 찝찝했다.

"야, 현석아. 방금 I'UET 전화 왔는데……."

*　　　　*　　　　*

도쿄.

하종원이 앞장섰다. 일본 이치고 소속이라 짐작되는 남자 하나가 앞을 막아섰다. 아마도 일반인 출입 통제구역이라는 말인 것 같았다, 그때 누군가 황급히 달려와 현석 일행이 알아들을 수 없는 말을 하더니 출입이 허가됐다.

그리고 달려온 사람이 입을 열었다.

"안녕하세요? 일본 유니온 이치고 소속 7급 슬레이어 야마모토입니다. 만나서 반갑습니다."

결코 유창하다고는 말할 수 없지만 의사소통에는 무리가 전혀 없는 한국어가 들려왔다. 다행히 이치고 측에서 통역이 가능한 슬레이어를 급히 파견한 모양이다.

"얘기는 미리 들었습니다. I'UET의 선발대이시라고요."

"네. 자세한 설명은 I'UET를 통해 들었습니다. 바로 안내해주시면 감사하겠습니다."

자세한 설명은 안 들었다. 들을 필요가 없었다. 왜냐하면 옆에 유현석이 있으니까 말이다.

이미 맵이 전부 다 보이는 치트키를 쳐났는데 옵저버는 필요 없지 않은가.

"알겠습니다. 한시가 급합니다. 부탁드리겠습니다."

현석 일행의 귓가에 알림음이 들려왔다.

[견습 던전에 입성하시겠습니까? Y/N]

Y를 선택해 던전에 입성했다.

주위는 조용했다. 던전이 모두 그렇듯, 동굴 같은 분위기에 양쪽 벽에는 횃불이 활활 타오르고 있었다. 현석의 입장에선 반가운 알림음이 들려왔다.

[지나치게 높은 스탯으로 인하여 던전의 난도가 상향 조정 됩

니다.]

[던전 내 안전 구역 및 회복 구간이 철회됩니다.]

달리 말하자면 '이 곳은 약한 곳인데 네가 너무 세니까 페널티를 좀 줄게' 라는 뜻이다. 다시 말해 이곳은 현석의 능력치에 비하면 터무니없이 약한 곳이라 할 수 있는 거고 현석은 이러한 알림을 벌써 8번째 들었다. 던전에 입성할 때마다 들었으니까.

현석이 안심한 듯 말했다.

"좋았어. 여기도 약한 곳이네."

일본 내 최강의 길드가 실종된 곳을 보면서 약하다며 안심하는 친구의 모습에 종원은 약간 허탈한 한편, 안도감도 들었다.

"현석아, 부탁한다."

"그래도 긴장은 놓지 말고 있어."

"알아 인마. 너 자꾸 나 무시하는데 이래 봬도 한국에서 엄청 유명한 슬레이어라고 나는."

"아, 맞다. 그랬지."

현석이 피식 웃었다. 종종 잊곤 하는데 종원은 현존하는 슬레이어들 중 엘리트라고 할 수 있다. 사실상 '베테랑' 이라고 부르기엔 조금 어폐가 있을 수 있겠으나—왜냐하면 몬스터가 등장한지 아직 1년도 되지 않았으니까—어쨌든 다른 슬레이어들에 비해 상대적으로 베테랑이라고 할 수 있었다.

민서가 몸을 부르르 떨었다.

"여기 뭔가 음산해."

"민서 너는 오빠 뒤에 바짝 붙어서 따라와."

"알았어."

민서는 보조 슬레이어였다. 전투 슬레이어인 하종원과 다르게 오크에게 제대로 맞으면 한 방에 절명할 수도 있었다. 그렇기 때문에 안전에 안전을 기해야만 했다.

이치고의 길드원들을 찾기 위해 한참을 걸어야만 했다. 그렇게 시간이 흘렀다.

병장기 소리가 들려왔다.

으아앗! 비명 소리인지 기합 소리인지 구별하기 힘든 소리들이 터져 나왔고 지진이라도 난 듯 동굴이 마구 흔들리는 느낌이 들었다.

칙쇼! 라든가 빠가! 같은 말이 들려오는 것으로 보아 아무래도 저들은 굉장히 혼란에 빠진 것처럼 보였다.

'젠장. 그러고 보니 말이 안 통하잖아.'

현석의 입성으로 인해 일본 길드원들은 안전 구역이 사라졌을 거다. 이지 모드여서 그런지, 아니면 던전의 특성 때문인지는 모르겠으나 던전은 모두 안전 구역과 회복 구간이 설정되어 있었다. 특히 대부분의 안전 구역에는 식수가 존재하는 경우가 많아서 큰 도움이 되고 있었다.

어쨌거나 저들은 안전 구역에서 쉬고 있었을 것이 분명한데, 현석의 입성으로 인해 안전 구역이 사라져 버렸고, 때문에 몬스터들이 달려들었을 것이다.

'아무리 회복 구간에서 체력을 보충한다고 해도 12일이면 굉장히 지쳤을 거다.'

현석이 말했다.

"상황 설명은 나중에 통역이 오면 하기로 하고, 종원아, 민서 좀 부탁한다."

"알았… 어라? 어매… 씨팔, 진짜……. 저놈이 엄청나긴 엄청나구나."

종원이 대답하기도 전에 현석이 전투 필드를 전개하고 앞으로 뛰어나갔다. 그 속도와 기세가 마치 스포츠카 같았다.

눈 깜짝할 사이에 몬스터 무리에 뛰어든 현석은 주먹을 휘두르기 시작했다.

이치고를 둘러싸고 있는 오크의 숫자는 총 7마리. 이 정도면 꽤 상급의 던전이라 할 수 있었다. 이치고의 생존자는 총 18명으로 2명은 사망한 것 같았다. 이치고 정도 되는 실력자들이 18명이나 모여 있으면 오크 7마리를 사냥할 수는 있으나 이들은 매우 지쳐 있는 상태였다. 거기에 더해 안전 구역이 사라지는 순간, 이들은 희망을 잃었다.

그렇게 포기를 하려던 찰나, 누군가 갑자기 뛰어들었다. 그리고 믿을 수 없는 상황이 벌어졌다. 눈앞에서 벌어지는 일인데도 믿기 힘들 정도였다.

현석은 목을 돌렸다. 가볍게 몸을 풀 듯 말이다. 문제는, 그의 뒤로 사라져 가는 오크의 시체 3구가 놓여 있다는 것. 시체는 약 3초 정도면 사라져 버린다.

그런데 지금 3구의 오크의 시체가 보인다는 건, 3초 이내에 저 남자가 3마리의 오크를 쓸어버렸다는 뜻이 된다.

일본 내 최고의 슬레이어라 알려진 유우는 입을 쩍 벌렸다.

"이런 말도 안 되는 일이⋯⋯."

현석이 씨익 웃었다.

"저기, 전 한국인이라 말이 안 통하거든요. 자세한 얘기는 나중에 통역 오면 듣기로 하죠. 일단 클리어부터 하고."

장기라고 할 수 있는 영어로 말을 할까도 생각했지만 그것도 귀찮다. 이들이 끼어들기 전에 후딱 클리어를 해버려야 보상에 대한 권리도 주장할 수 있다는 판단이었다.

민서는 기특하게도 현재의 상황을 동영상으로 녹화 중이었다. 현석이 클리어하는 동안, 다른 사람들은 가만히 있었다는 걸 증명하는 기록이었다.

찍을 당시, 민서 스스로도 깊게 생각한 건 아니었다. 그저 찍어놓으면 좋을 것 같다는 생각이었는데 이 동영상은 후에 이치고 길드, 이치고 유니온과 보상에 관한 협의를 하는 데에 있어서 아주 큰 영향력을 발휘하게 된다.

동영상 속에는 일본 내 최고의 길드라는 이치고의 길드원 ─ 이치고 길드가 모태가 되어 만들어진 것이 이치고 유니온이다. 이름이 같다. 현재 이치고 길드는 이치고 유니온의 직속 길드처럼 인식되고 있다─들이 입을 쩍 벌린 채, 한 사내를 멍하니 쳐다보고 있었다.

약 1시간 뒤, 놀라운 소식이 전해졌다.

∗   ∗   ∗

원래 한국 내의 가장 유명한 길드를 뽑으라면 똑같은 답이 나오지 않는다. 대기업이 후원하는 5개의 길드들 중 하나를 뽑는다. 그런데 한 소식으로 인해 이제 그 공식이 서서히 깨지고 있는 모양이었다.

이번에 일본 내 최고의 길드라는 이치고가 던전 속에 고립되었고 일본의 유니온 이치고가 전 세계의 뛰어난 슬레이어들에게 도움을 요청했다.

그중에 당당히 이름을 포함시킨 I'UET가 선발대를 먼저 조직하여 보냈는데, 어이없게도 본대가 도착하기도 전에 선발내가 그들을 당당히 구출했다는 소식이 전해졌다.

이 소식이 전해지자 인터넷상에서도 댓글이 폭주했다.

―일본애들이 전체적으로 수준이 낮다는데 그 말이 진짜인
듯.

―겨우 선발대에 발린 꼴. ㅋㅋㅋㅋ 역시 쪽바리들임.

―역시 I'UET가 진리.

물론 곧이곧대로 그 말을 믿는 사람은 없었다. 사람들이 내
린 종합적인 평은 이러했다.

'이치고가 사망자도 발생하고 나름 힘든 상황이었지만 거의
클리어가 가능한 상태로 고전을 면치 못하고 있었는데 운 좋게
도 I'UET의 실력자들이 입성하여 약간의 도움을 줄 수 있었고
덕분에 던전을 클리어했다.'

이와 같은 평이 지배적이었다.

그러나 그런 문제는 차치하고서라도 일본의 유니온인 이치고
는 공식적인 성명을 통해 I'UET에게 대단히 감사하다며 그 실력
에 놀랐다며 찬사를 보내왔고 이번 던전 보상의 무려 50퍼센트
를 I'UET에게 양도한다는 뜻을 밝혀왔다.

덕분에 안 그래도 유명했던 I'UET가 한진을 대표하는 마스
코트가 됨과 동시에 한국 내 최강의 길드라는 인식이 조금씩

퍼지기 시작했다. 이러한 발표가 있기 이전에, 사실 모종의 거래가 있기는 했다.

며칠 전.

종원은 집으로 돌아와 소파에 벌러덩 드러누웠다. 이쯤 되면 이곳이 현석의 집인지 종원의 집인지 헷갈릴 지경에 이르렀는데, 집의 주인인 현석이 별로 신경을 쓰지 않는다는 게 아이러니했다.

"와, 민서가 진짜 똑똑한 건지 악랄한 건지 잘 모르겠네."

"내 동생이 뭐?"

현석이 대답했고 주방에서 설거지를 하고 있던 민서는 움찔했다.(민서가 주말마다 서울에 와서 지내고 있기 때문에 현석은 투룸으로 이사한 상태다. 그린스톤은 금고에 잔뜩 쟁여놨다.)

"쟤가 너 혼자 처리하는 거 동영상으로 다 찍어놔서 걔네가 찍소리도 못하고 우리 요구 조건 다 들어줬잖아."

"똑똑한 거지. 적당히 타협할 줄도 알고."

만약 민서가 촬영한 동영상이 세간에 새어나간다면 한차례 파문이 일 것이다.

오크들을 순식간에 도륙하는 그 능력은 현재 슬레이어들에겐 불가능한 거니까. 1차적으로 현석에게 엄청난 관심이 쏠리게 될 거다. 그리고 상대적으로 이치고 길드원들에게는 비난이 쏟아질 수도 있다.

직접적인 비난은 아니어도 일본 내 최강의 길드라는 입지가 흔들릴 수 있다. 다른 나라도 아니고 심지어 한국의 길드원 중 한 명보다도 약한 전력이라는 게 증명되는 셈이니까.

민서는 이 점을 집어 이치고와의 협상을 유리하게 이끌어냈다. 인도적인 차원에서 그들에게도 사망자가 발생했으니 사망자의 장례비용 정도는 지원해 주기로 했다.

그러나 발표와는 달리 대부분의 소득은 현석 일행이 가지기로 했다. 이치고 길드원들은 던전 클리어로 인해 '조금 어려운 업적'을 달성했고 보너스 스탯을 무려 5포인트나 얻었다는 것에 만족한다는 말도 들었다.

쉬운 업적을 달성하면 +3포인트다. 이번 던전이 그보다는 어려운 던전이라는 뜻이었다. 그러니까 고전을 하고 있던 거고.

어쨌든 이치고 길드원들은 현석에 대한 것을 비밀에 부치기로 했고, 그들을 구출한 것은 I'UET의 선발대이며 그들에게 무한한 감사를 표한다는 발표를 하며 눈물을 머금고(?) 보상을 현석 일행에게 대부분 양보했다. 대신 굴욕적인 동영상을 넘겨받았다.

민서는 아무것도 모르는 척, 환하게 웃으며 현석과 종원에게 다가왔다. 왼손에는 과일이 담긴 쟁반을, 오른손에는 과도를 들고 있었다.

"오빠, 무슨 얘기하고 있었어?"

"민서야, 너 과도를 좀 과도하게 세게 쥔 것 같다."

민서가 흠칫 놀라더니 얼른 힘을 풀며 밝게 웃었다.

"착각일 거야, 오빠."

＊　　　＊　　　＊

햇살 보육원. 현석이 봉사를 다니고 있는 유치원이다.

그날, 그러니까 맹견류 몬스터의 습격이 있었던 그때에 7살이던 민수는 8살이 된 지금도 어리광은 변함이 없어서 현석이 오면 어김없이 다리춤에 매달리곤 했다.

봉사단원들은 그간 조금 바뀌었다. 원체 수익을 노리고 하는 일도 아니고, 일회성 봉사에 그치는 사람들도 많아서 그건 당연한 일이었다. 그때와 똑같은 멤버는 당시 지각을 했던 강평화와 리더인 장영택, 그리고 현석뿐이었다.

강평화는 현석이 제법 편해졌는지 오빠라고 부르며 호감을 표시했다. 현석은 여자들에게 호감을 받고, 그 호감을 눈치채는 것에 매우 익숙한 편이다.

예전 같았으면 평화를 어떻게 해도 했을 텐데 습관이라는 것이 무섭긴 무서운 것인지 딱히 그녀를 유혹할 생각이 들지는 않았다.

'참… 그간 나도 많이 변하긴 했네.'

알림음이 알려주는 신체 활성률은 항상 90프로 이상이었고, 몸이 건강해진 기분이다. 그것 외에도 예쁜 여자를 보면 어떻게든 작업을 걸어서 침대로 데려가려고 했던 그 몹쓸(?) 마음가짐이 사라져 버렸다. 건강한 습관이 건강한 마음가짐까지 만들어 준 셈이다.

"그런데 오빠, 혹시 슬레이어에요?"

"응."

"그때, 저희 도와주러 오셨던 분들 I'UET 분들 맞죠?"

현석이 고개를 끄덕였다.

"그중에 한 분이… 하종원 님… 맞으시죠?"

"응."

뭘 하종원 '님' 까지야 하고 핀잔을 주려다가 참았다. 어쨌든 하종원은 지금 한국 내에서 가장 유명한 슬레이어였으니까.

처음 오크를 사냥한 오크 슬레이어고 던전을 깼으며 일본 최강의 길드를 단신으로(?) 구출한 일당백의 슬레이어 정도가 세간의 평가인데 아마도 강평화 역시 하종원에게 어떤 환상을 품고 있는 모양이었다.

'그냥 미친개지.'

심지어 척살조랍시고 만들어 운영하던 것이 어느새 하종원의 유명세와 I'UET의 유명세를 등에 업고 한국의 유니온과 같은 형태로 변화하고 있다는 것이 어이가 없다면 어이없는 일이다.

"그럼 혹시 현석 오빠도 I'UET예요?"

"에이, 설마."

현석이 킥킥 웃었다.

"왜? 실망했어?"

"아뇨! 절대 그런 건 아니에요."

현석은 어깨를 으쓱하고서 걸음을 옮기려다가 문득 생각난 듯 말했다.

"평화 너도 슬레이어지?"

"네, 아직 실력은 변변치 않지만……."

"특기는?"

"회… 회복이요."

현석은 어이가 없어 웃고 말았다. 그때, 진돗개 몬스터를 막아서긴 했는데 펼친 것이 전투 필드가 아니라 회복 필드였던 모양이다.

생각해 보니 당시는 경황이 없어서 몰랐는데 '전투 필드를 펼치시겠습니까?' 라는 알림음이 들려왔었다. 그 말은 즉, 전투 필드가 펼쳐져 있는 상태가 아니었다는 것이다.

'그러니까 완전 초짜 회복 슬레이어인 주제에 앞으로 나섰다는 거야?'

전투 필드도 아니고 회복 필드였단다. 이건 어이가 없는 걸 넘어서 어처구니가 없는 일이었다.

"자칫하면 죽었을 수도 있었어."

"그래도… 전부 살았잖아요."

헤헤 하고 웃는 평화의 모습이 어쩐지 귀여워 현석은 옛날 습관대로 손을 뻗어 그녀의 머리카락을 쓱쓱 문질렀다. 고데기를 열심히 한 것이 눈에 보여서 그 부분은 교묘히 피해 잘 쓰다듬었다.

"그러지 마라. 그러다 혹 가."

"네, 고맙습니다."

현석의 아무것도 아닌 행동에 평화는 제법 기분이 좋아졌는지 배시시 웃었다.

'그러고 보니 엄청 예뻐지긴 했네.'

당시 평화는 약간 평범한 인상이었다. 얼굴 자체는 예쁜 편에 속했으나 조금 통통했기 때문이 아닐까 싶다.

흔히들 다이어트를 복권에 비유하곤 한다. 그것도 대박 가능성이 매우 높은.

안 그래도 평범 이상이었던 평화가 다이어트에 성공하면서 대박이 났다. 예쁜 여자라면 신물이 날만큼 만나본 현석이라 그동안 무감각했는데, 오늘따라 굉장히 예뻐 보였다.

'무식하면 용감하다더니.'

그 생각은 곧 퉁명스런 말투로 바뀌어 버렸다.

"고맙긴 개뿔. 그러다 죽으면 고마울 일도 안 생겨. 앞으로 좀 조심해."

그 모습 저만치서 지켜보던 장영택은 뭐가 그렇게 재미있는지, 허허 하고 웃었다.

*   *   *

정부가 결국 라이센스 제도를 확립시켰다.

현재 최상위 몬스터로 군림하고 있는 오크를 슬레잉하려면 국가가 발급하는 '오크 슬레잉' 라이센스를 따야만 한다는 거다. 그뿐만 아니라 슬레이어 자격증을 발급 받아야만 슬레잉이 가능하도록 만들었다.

종원이 말했다.

"라이센스를 따는데 돈도 들고, 심지어 그걸로 오크를 사냥하면 슬레잉 자체에 세금을 부과한대. 몬스터스톤을 드랍하면 얼마더라……?"

현석이 심드렁하니 물었다.

"그래서 그 라이센스는 어떻게 발급받는 건데?"

"무슨 심사가 있나 봐. ┌UET 같은 경우는 라이센스가 자동 발급되긴 했는데……."

"무슨 기준 같은 게 있을 거 아냐? 기준이 있어야 시험을 치고 통과를 하지."

"그게……."

종원의 말을 들은 현석은 어이가 없어 피식 웃고 말았다.

"그러니까 너희들한테 심사를 받아야 한다고?"

"정확한 기준과 규정은 우리 쪽에서 정하라고 하더라고. 위임… 받은 거지."

종원은 말하면서도 못내 민망해했다. 정부 인사들은 슬레잉에 관해 모른다.

책이나 영상매체 등을 통해서 보기는 했으나 실제적으로 접한 사람은 거의 없다. 그렇다 보니 현장이 어떻게 돌아가는지는 몰랐다. 따라서 그들은 I'UET에게 그 권한을 일임했다. 현재 한국 내에서 최고의 인기를 구가하고 있는 길드이니만큼 국민들의 지지를 얻을 수 있는 방법이기도 했다.

"아마 성형이 형님이 책임자가 될 거 같은데……."

"너는?"

"나……?"

종원의 목소리가 작아졌다.

"나, 나도……."

"그러니까 내가 너한테 심사를 받아야 한다고?"

"씨바! 민망하게 자꾸 그러지 마라. 그럼 네가 애초에 나 잘났소! 하고 동네방네 소문을 내든가."

현석은 피식 웃었다.

"어쨌든 돈 벌려는 머리는 기가 막히게 잘 돌아간단 말이야, 정부 어르신들은. 이럴 땐 귀신같지."

"뭐…… 근데 이렇게 되는 게 맞긴 맞지."

그 말이 완전히 틀린 건 아닌지라 현석이 고개를 끄덕이는데 종원이 말했다.

"아, 맞다. 성형이 형님이 너 잠깐 볼 수 있냐고 물어봐 달라더라."

"TUET 부단장이?"

*　　　　　*　　　　　*

현석과 성형이 만났다. 예상하지 못했는데, 성형은 자동차가 아닌 자전거를 끌고 왔다. 50만 원 정도 하는 자전거라고 하는데 성형의 벌이에 비해 상당히 초라한 탈 것이어서 현석은 저도 모르게 웃음이 나왔다.

"생각보다 굉장히 소박하시네요."

"아… 어차피 집이 근처라서요. 그래도 현석 씨 만난다고 정장은 빼입고 왔습니다."

현석은 하하, 하고 웃었다. 딱히 격식 있는 자리는 아니었기 때문에 그는 캐주얼 차림으로, 깔끔하지만 격식은 차리지 않은 면바지에 티셔츠 차림으로 왔기 때문이다.

하지만 성형은 그러한 옷차림엔 별로 신경 쓰지 않았다. 오히려 한국 내 최고 길드의 부단장이라는 그 직책에 어울리지 않게 상당히 겸손하고 위트 있는 성격이었다.

팀원들 앞에 있을 때엔 카리스마 넘치는, 권위적인 리더인 줄 알았더니 또 개인적으로 만나니 그렇지도 않은 모양이었다. 부산 사투리 억양이 상당히 많이 묻어 있었는데 그것마저도 좋게 보일 정도였다.

간단한 인사를 마치고 나서 성형은 본론에 들어갔다.

"아… 이건 제 재량으로 얻어낸 오크 슬레잉 라이센스입니다. 정확히 말하자면 그린등급 라이센스로 현존하는 모든 몬스터를 슬레잉 할 수 있습니다."

"이걸 왜 저한테 주시는 거죠?"

"제가 취미와 특기가 조금 남달라서요."

"무슨 뜻이죠?"

현석은 묘한 기분이 들어 성형을 쳐다봤다. 성형은 어깨를 으쓱했다.

"기분 나쁘셨다면 죄송하지만… 저는 현석 씨의 능력을 어느 정도 눈치채고 있습니다. 사실 I'UET의 부단장쯤 되서 현석 씨의 능력을 아예 모르고 있다면 멍청한 거죠. 다만 현석 씨가 본격적으로 슬레잉에 뛰어들지 않고 있다는 걸 감사하게 생각하고 있을 뿐입니다."

"흠, 그렇군요."

현석의 능력은 비밀은 아니다. 이미 이치고의 길드원들이 알고 있고 그에 따라 이치고의 간부진 정도는 알고 있을 거다. 그리고 종원의 능력을 모두 파악하고 있는 I'UET의 멤버들도 어느 정도는 눈치채고 있을 거다.

다만 그것을 당사자가 드러내 놓고 밝히고 있지 않기에 암묵적으로 비밀로 하고 있을 뿐.

"현석 씨의 능력이 어느 정도인지는 알 수 없지만……. 일단 제가 미리 드리는 뇌물이라고 생각해 주시면 고맙겠습니다."

공짜로 준다는 데 마다할 현석이 아니었다. 게다가 악의도 느껴지지 않았다. 현석이 장난스레 말했다.

"이거 불법 아니죠?"

"아직 법이 제대로 제정되지도 않은데다가, 라이센스 발급은 전적으로 저희 권한이거든요. 그래서 괜찮습니다. 현석 씨를 범법자로 만들었다가 무슨 따끔한 일을 당하려고요?"

현석이 기분 좋은 듯 쿡쿡 웃었다.

"주시는 건 감사하게 받겠습니다. 그리고 언제 한 번 불러주세요. 한국 내 최고 길드원들이 어떻게 슬레잉하는지 한 번 견식하고 싶으니까요."

단순한 인사치례는 아니었다. 실제로 현석은 솔로 슬레잉에는 익숙하지만 길드원들과 협력하여 싸우는 전술에는 익숙하지 않았으니까 말이다.

성형이 밝게 웃었다. 약간 과장적인 동작으로 두 팔을 들어 올렸다.

"그런 거라면 언제나 환영입니다."

그런데 바로 다음 날, 성형으로부터 다급한 전화가 걸려왔다.

견식이 아니라 도움 요청이었다.

─현석 씨. 도움을 요청해도 되겠습니까?

CHAPTER 8

성형의 연락을 받고 현석은 도움을 주러 갔다. 성형은 길드원들의 만장일치를 이끌어내어 보상 전부를 현석에게 떠넘겼다.

괜스레 부담스러워진 현석은 어차피 함께 슬레잉에 성공했으니 같이 나누자고 했는데 성형은 억지로 현석에게 모든 보상을 양도했다.

그 와중에 길드원들의 불만이 없었다는 건, 성형의 리더십이 얼마나 대단한지 알 수 있는 하나의 예라고 할 수 있겠다. 물론 당시 분위기가 보상에 일희일비할 분위기는 아니었지만 말이다.

현석은 민서가 슬레이어를 하는 것을 반대했다.

요즘 들어 그 경향이 조금 완화되기는 했어도 민서가 슬레잉을 하는 것을 반대하는 것은 변함이 없다는 뜻이다.

그건 바로 이런 이유 때문이다.

현석은 장례식장에서 나왔다.

I'UET 소속이었던 김민구 슬레이어가 이번 슬레잉에서 목숨을 잃었기 때문이다.

지난번 던전 클리어 시 2명의 사망자가 나왔고 이번에 또 한 명의 사망자가 나왔다.

한국 내 최고의 길드라는 입지를 다져가고 있는 중이지만 그러한 영광은 동료들의 희생 없이는 불가능한 것일지도 모른다. 최고가 되기 위해서는 그만큼 위기를 많이 극복해야만 하고 그 과정에서 피해가 생기는 건 어쩔 수 없는 거니까.

박성형이 현석의 뒤를 따라나와 담배를 물었다.

"담배 태우십니까?"

"아뇨."

몸에 안 좋은 건 안 하는 주의였다. 20살 이후로 건강을 해치는 행위는 '과다한 섹스' 말고는 안 해봤다.

"정말 감사합니다."

"별말씀을요."

박성형은 담배 연기를 내뿜었다.

"정말… 대단하긴 하더군요. 현석 씨는."

"……."

현석은 멋쩍게 웃을 뿐 아무런 말도 하지 못했다.

사실 김민구의 죽음에 아주 약간 죄책감 비슷한 것도 가지고 있었다. 급한 일이라는 연락을 받기는 했지만 사실 현석은 조금 느긋하게 준비해서 느긋하게 출발했다. 퇴근 후라서 좀 피곤하기도 했었고 말이다. 그런데 현장에 막 도착했을 때에 김민구가 몬스터의 공격을 받아 사망했다.

사실 그게 현석의 잘못은 아니다. 머리로는 그걸 안다. 오히려 은인이다. I'UET의 길드원들도 그렇게 생각했다.

그러나 자신이 조금만 더 빨리 갔다면 김민구는 죽지 않을 수 있었고 눈앞에서 그의 죽음을 목도한지라, 막을 수도 있었던 타인의 죽음 앞에 마음이 마냥 편하지만은 않은 것이다.

현석의 눈앞에 보였던 건 머리가 두 개 달린 오크였다. 기형인 건지 덩치가 일반 오크의 1.5배는 가뿐히 넘어 보였다.

일반 오크가 1m 50㎝~2m 정도의 몸집을 갖고 있다는 것을 생각하면 트윈헤드 오크라고 이름 붙은 그것은 거의 3m에 가까운 거대한 몸집을 자랑하고 있었다.

성형은 현석이 도착하자마자 전위를 맡겠다고 자치했다. 방금 김민구가 사망하는 것을 보았음에도 불구하고 그는 한 치의 망설임도 없이 그렇게 결정했다. 현석에게 한 방 공격을 맡기려고 말이다.

원래부터 성형에게 호감이 있었는데 그날 성형에 대한 호감이 확실히 자리 잡았다.

"대단했던 건 제가 아니라 성형 씨였죠. 아… 그러고 보니 저보다 연세도 있으신 것 같은데 그냥 형님이라 부를까요?"

"형님은 무슨……. 그냥 형이면 됩니다."

뭐랄까, 같은 전장을 헤집고 나왔다는 그 동질감 때문일까? 현석은 성형에게 깊은 호감을 느꼈고 성형 역시 그건 마찬가지인 듯했다.

"말씀 편하게 하시죠, 형님."

"현석 씨……. 아니, 현석이 네가 그렇다면 그러자."

가끔 반말을 했을 때 기분 나쁜 사람이 있다. 그러나 성형은 전혀 그렇지 않았다. 반말을 하면서도 거들먹거리지 않고 부산 사투리 특유의 거친 억양을 구사하면서도 예의를 잃지 않는 것이 참 괜찮은 사람이란 생각이 들었다.

'확실히 리더의 자리에 어울리는 사람이야.'

그 당시의 상황을 떠올려 봤다.

*　　　　*　　　　*

인왕산 중턱. 저녁 8시 경.

때는 해가 완전히 떨어지고 난 이후로 어두워야 할 산속은 굉장히 밝았다. I'UET의 보조팀이 켜둔 특수제작 라이트가 주위를 낮처럼 훤히 밝히고 있었다.

김민구가 사망함과 거의 동시에 현석이 도착했다.

"현석 씨, 오셨습니까? 상황이 이러니 인사는 나중으로 미루죠."

현석을 발견한 성형이 잠시 잠깐 몸을 뺐다. 저만치 앞에선 종원을 비롯한 전투 슬레이어들이 머리가 두 개 달린 거대한 오크의 몽둥이를 막아내거나 흘리면서 여기저기를 공격하고 있었다. 다만 그 오크의 실드가 제법 강력한 건지 게이지가 아직 30퍼센트가 넘게 남아 있었다.

하종원이 소리쳤다.

"형님 없이는 얼마 못 버팁니다!"

다른 슬레이어들이 이를 악물고 싸우는 게 보였다.

그 와중에 한 명이 오크의 몽둥이에 어깨를 허용했고 뒤에서 지켜보던 회복 슬레이어 한 명이 황급히 회복을 펼쳤다. 크리티컬 히트가 아닌 것이 천만다행이었다.

전투가 꽤 길었는지 전투 슬레이어들은 하나같이 지친 기색이 역력했다.

차라리 도망이라도 치면 되련만, 이들은 그것마저도 거부했다. 그 이유는 바로 저 몬스터가 민가 쪽으로 계속해서 전진하고 있었기 때문이다. 이 때문에 몇 번인가 후퇴했었던 I'UET가 저 몬스터를 막은 거다.

"저놈의 출몰지는 정상 부근이었습니다. 계속해서 민가 쪽으로 내려가더군요."

사실상 현석은 정상적인 상태는 아니었다. 그의 스탯은 높을지 몰라도 이 정도로 치열한 전투는 경험한 적이 없다.

그저 그러려니 했을 뿐이다. 그는 항상 쉽게 쉽게 슬레잉을 해왔고, 심지어 눈앞에서 사람이 죽는 모습은 처음 봤다.

성형이 빠르게 설명을 이어갔다.

"제가 저놈의 눈을 공격하겠습니다. 눈에 매우 예민한 놈이니 저를 공격할 겁니다. 운이 좋으면 막을 수 있는데 운 나쁘면 어디 하나는 부러지겠죠."

아니다. 운이 나쁘면 아까 김민구처럼 사망할 수도 있다. 아마 운이 좋아 막아낸다고 해도 어디 한 군데는 부러질 거다. 성형은 그래도 괜찮다고 생각하고 있는 모양이었다.

"그 틈을 타 현석 씨가 뒤를 노려 공격해 주십시오. 현석 씨의 능력이면 충분히 감당할 수 있을 겁니다. 예상이 아니라 확신입니다."

물론 현석이 숨 가쁘게 돌아가는 이 전장에 막 들어서서, 제

정신이 아니라는 것을 눈치챘지만 성형은 이야기를 길게 끌지 않았다.

그리고 바로 앞서서 달리기 시작했다. 성형에게는 뭔가 사람을 이끄는 힘이 있었다. 이를테면 자신을 향한 무한한 믿음을 주고 있다는, 그런 느낌일까.

성형의 작전은 성공이었다. 성형은 현석의 '안전제일' 성향을 미리 파악해 두었고 그의 스탯 능력치 파악해 놓았다. 그래서 일부러 위험을 자처하여 현석에게 기회를 만들어주었고 현석은 안전하게 뒤에서 공격할 수 있었다.

결과는 황당했다.

현석의 주먹질 한 방에 트윈헤드 오크의 허리가 부러지며 죽어버린 거다. 성형은 그럴 줄 알았다며 무덤덤한 표정이었고 다른 슬레이어들은 놀랍기도 하고 허탈하기도 한 그런 표정이었다.

[트윈헤드 오크를 슬레잉했습니다.]
[어려운 업적으로 인정됩니다.]
[보너스 스탯 +10이 주어집니다.]
[이지 모드 규격 외 스탯으로 인한 페널티로 50퍼센트의 감소가 이루어집니다.]

강한 한 방이 없는 슬레이어에게 맷집과 회복력이 좋은 몬스터는 상극의 몬스터다. 트윈헤드 오크는 맷집이 워낙 좋아 약한 공격이 잘 안 먹히는, 그런 경우였던 것 같다.

I'UET의 멤버들은 슬레잉에 성공했음에도 불구하고 기뻐하지는 않았다. 동료였던 김민구의 시체를 수습해서 패잔병 같은 모습으로 산을 내려왔다.

박성형 역시 엄숙한 표정을 지었으나, 현석이 어색해하지 않도록 옆에 붙어서 짐짓 유쾌한 표정으로 이야기를 이어갔다. 그리고 성형은 트윈헤드 오크를 슬레잉하여 나온 그린스톤과 아이템을 길드원들의 동의를 얻어 모두 현석에게 양도했다.

현석은 그런 성형의 마음 씀씀이에 감탄했다. 조금 주의해서 살펴보니 성형의 눈시울은 붉어져 있었고 호흡도 굉장히 거칠었다. 나중에 들은 얘기지만 현석과 헤어지고 나서 성형은 땅바닥에 엎드려 엉엉 울었다고 한다.

'어려운 업적'이자 인왕산의 트윈헤드 오크를 사냥한 덕분에 I'UET의 위상은 더욱더 높아졌지만 그에 반해 I'UET의 분위기는 땅으로 가라앉은 셈이다.

박성형은 이번에 처음 출몰한 몬스터인 트윈헤드 오크의 별칭을 '김민구를 죽인'으로 삼아 김민구의 희생을 기념하도록 했다.

박성형은 기사를 쓰겠다고 장례식장까지 찾아와 셔터를 마구 눌러대는 기자들을 향해 화를 내며 약간의 욕설을 사용했는데 욕을 먹은 기자들이 아무리 그에 대한 악평을 쏟아내도 사람들은 대략적인 상황을 파악하고서 박성형을 칭찬하기까지 했다. I'UET의 위상이 또 높아졌음은 두말하면 잔소리다.

성형은 담배를 다시 한 번 빨아들였다.

"저는……. 아니, 나는 확신이 있었어. 내가 조사한 네 능력이라면 충분히 한 번에 트윈헤드 오크를 골로 보내 버릴 수 있었으니까."

"저에 대한 조사요?"

"그래. 너도 이미 눈치채고 있겠지만 아직까지 우리에게 보이지 않는 것일 뿐, H/P나 M/P, 공격력 같은 모든 것들이 수치화되어 있을 거야. 언제가 됐든 이런 것들이 나타나겠지. 이를테면 노멀 모드에 진입한다든지……."

성형은 그러한 것을 집중적으로 연구했다고 한다. I'UET 내에는 이미 그러한 수치들을 집중적으로 연구하는 사람들도 있다고 했다.

현석이 말했다.

"…저보다 저의 능력에 대해 훨씬 잘 아시는 것 같네요."

"현석이 너는 슬레잉을 전문적으로 하는 게 아니잖아. 너에겐 네 갈 길이 있고, 나한텐 내 갈 길이 있는 거지. 내가 조금만 더 공부하면 사람 한 명이 안 죽을 수도 있는 일이니까."

아직 구체화되지 않았지만 그런 구체화된 데이터가 있다면, 확실히 죽음을 무릅쓰지 않아도 된다. 상대의 공격력을 50이라 파악해 놓았다면 50 이상의 방어력을 갖추고 싸우면 되는 거니까. 그도 아니면 피통을 그보다 훨씬 늘려 놓던지. 물론 그렇게 숫자로만 딱딱 떨어지지는 않겠지만 어쨌든 위험도를 줄여주는 건 확실했다.

"현석아, 우리가 뭐 친한 건 아닌데……. 부탁 하나만 하자."

"뭔데요?"

"아직 시중에는 안 풀렸는데……. 몬스터의 위치를 대략적으로 파악하는 기계를 갖고 있거든."

"아, 그래요?"

"그래. 소리에서 새로이 발명했는데……. 이걸 뿌리려고 하는 걸 내가 억지로 막았다."

현석은 고개를 갸웃했다.

'현재 라이센스의 발급 및 관리를 ʃUET에게 모두 넘겼다고 해도 그걸 막을 권리가 있나……? 그럴 리는 없을 텐데…….'

ʃUET의 부단장쯤 되면 그 정도 입김은 가지고 있는 건가 싶어 이내 고개를 끄덕였다.

"이 기계가 뿌려지면 분명 쓸데없이 놈들에게 덤벼들었다가 죽는 놈들이 수두룩하게 생겨날 거야. 우리도 네 도움 없었으면 힘들었으니까."

위험이 크면 보상도 달콤한 법. 분명 사망자들이 많이 생길 거고 성형은 그걸 견제하려는 듯했다. 충분히 실력이 되는 사람들에게만 그걸 팔도록 했단다. 비밀리에 말이다.

"뭐… 나중 되면 실력자들의 감독하에 그런 몬스터를 잡는 방안도 있을 수 있겠지만 내 생각엔……. 일단 지금 시점에서는 이게 최선이라고 보거든."

"예, 뭐……."

그 생각이 맞든 틀리든, 현석은 고개를 끄덕였다. 그런 문제는 아무래도 중요한 게 아니었다. 성형이 굳이 이런 말을 하는 이유는 따로 있을 터였다.

"그래서 말인데, 네가 잠시 우리와 슬레잉을 다녀줬으면 좋겠다. 이놈들 진짜 위험해. 물론 정확히 데이터를 파악하고 분석한 다음에, 네가 공격당할 일이 없도록 철저히 준비할 거야. 너는 그저 뒤에 있다가 한 방 공격만 제대로 먹여주면 되는 거야. 보상은 네 의견을 적극 반영하여 협의하도록 하자. 네가 허락만 한다면, 난 100퍼센트 네 소유로 하겠다는 의견을 낼 거야."

현석이 잠시 동안 생각하다가 입을 열었다.

"형님. 그러면 저도 하나 부탁드릴 게 있는데요."

*   *   *

I'UET는 단 하나의 팀이 아니다.

I'UET는 하나의 길드이며, 그 하위에 몇 팀으로 분류된다. 하종원이 속한 팀은 제1팀으로 I'UET 내에서 가장 강한 팀이라고 할 수 있다. 사람들이 I'UET하면 바로 떠올리는 그 팀이 바로 이 제1팀이다.

그리고 그 1팀에 역대 최연소 슬레이어가 들어오게 됐다. 물론 정규 길드원은 아니었지만 학생이라는 신분을 감안하여 주말에만 슬레잉에 참여할 수 있는 특권을 주었다.

여기에는 당연히 현석의 입김이 작용했다. 현석이 직접 성형에게 부탁했고 성형은 현석에게 도움을 조금 얻는 조건으로 그 슬레이어를 특별 대우하며 영입하게 했다.

나이는 현재 19살. 고등학교 3학년이며 이름은 유민서다.

하종원이 키득키득 웃었다.

"이야~ 우리 민서, 출세했네?"

민서는 주위에 다른 슬레이어들이 있어서인지 아무 말도 못하고 수줍게 웃었다.

"너 뭐냐? 왜 그러냐? 갑자기 왜 수줍어해? 별꼴이네."

"오빠!"

얼굴을 붉히는 민서의 모습이 밉지만은 않은지 슬레이어들이 재미있다는 듯 웃었다. 사실상 굉장한 특혜인 건 맞다. 봉급 자체는 정규 길드원들과 차이가 없다. 다만 성과급은 주어지지 않는다. 그것만 해도 엄청난 거다.

주말에만 슬레잉에 참여하는데, 한 달 내내 근무하는 길드원의 1/3가량. 그러니까 약 100만 원의 수익을 얻게 됐다. 거의 견습인데 이 정도면 꽤나 좋은 대우다. 심지어 다른 곳에서의 견습도 아니고 I'UET 내의 견습이면 돈 주고도 하겠다는 사람이 널리고 널렸다.

종원은 피식 웃었다.

'하기야… 현석이 놈을 오빠로 두고 있는데 100만 원이야 돈도 아니지.'

종원은 현석이 예전에 그린스톤을 싹쓸이해서 몰래 갖고 있다는 사실을 알고 있었다.

물론 불법이다. 불법이란 건 어느 정도 리스크를 동반하게 마련이다. 안전제일주의를 표방하는 녀석이었는데 요즘 조금씩 변하고 있다는 생각이 든다.

어쨌든 민서는 현석의 부탁으로 인해 슬레잉에 참여하게 됐다. 현석 역시 마찬가지이다. 단, 현석 역시 현재의 신분을 고려하여 저녁에만 슬레잉에 참여할 수 있도록 배려 받았다.

다른 슬레이어들이 불평, 불만을 가질 만도 하건만 그러지 않았다. 왜냐하면,

[트윈헤드 오크를 슬레잉했습니다.]

[어려운 업적으로 인정됩니다.]

[보너스 스탯 +100이 주어집니다.]

라는 마음과 가슴을 풍요롭고 따스하게 만들어줄 희망찬 알림음을 계속해서 들을 수 있었기 때문이다.

이건 굉장히 대단한 거다. 쉬운 던전의 경우는 +3, 그보다 조금 어려우면 +5가량 받는 경우가 많았으니까.

I'UET와의 동행은 현석에게도 매우 좋은 경험이라 할 수 있었다. 현석이 성형에게 인간적인 매력을 느끼고 있는 건 사실이지만 단순히 그 매력만 가지고서 이 슬레잉에 동행한 건 아니었다. 그는 성인군자가 아니다. 당연히 얻을 게 있고 이득이 있으니 움직이는 거다.

일단 아이템에 관한 지분은 현석이 제일 높다. 같이 슬레잉하는 12명의 지분이 20퍼센트. 나머지 80퍼센트가 현석의 몫이었다. 원래는 아예 100퍼센트를 주겠다는 것을 현석이 거절해서 80퍼센트로 바꿨다. 현석이 없으면 슬레잉이 매우 어려워진다는 것을 감안하고—거의 불가능에 가깝고—또 보너스 스탯을 받는 것으로도 만족한다는 슬레이어들이지만 보상을 전부 독차지하는 건 아무래도 현석에겐 부담으로 작용할 수밖에 없었다.

I'UET는 분명 나를 필요로 해. 하지만 반대로 나 역시 I'UET

가 있으면 좋지.'

사실 I'UET가 없으면 현석도 슬레잉은 불가능하다.

몬스터의 대략적인 위치를 파악할 수 있는 기기는 현재 개인에게는 판매되고 있지 않으며 오로지 상위 클래스의 몇몇 팀들만 구입이 가능하니까.

만약 현석 혼자였다면 이런 식으로 빠르고 쉽게, 그리고 편하게 보상과 보너스 스탯을 얻지는 못했을 것이었다.

그냥 편하게 있다가 I'UET가 제공하는 숙식 서비스를 받으며 편하게 이동하고, 다른 슬레이어들이 어그로를 끌고 있는 동안 뒤로 다가가 내지르는 주먹질 한 방이면 보너스 스탯과 돈이 굴러들어 오게 되는 거다.

특히나 전국 방방곡곡을 돌아다니면서 트윈헤드 오크들을 처리하고 있었는데 그에 따른 보너스 스탯도 상당히 많이 모아놓을 수 있었다.

'이 스탯창을 딴 사람들이 보면 기겁하겠지……?'

〈스탯창〉

1. 이름: 유현석

2. 나이: 30

3. 신장: 181㎝

4. 체중: 82㎏ ―BMI: 과체중

5. 직업: 슬레이어 (5/5)

(트윈헤드 오크 슬레이어) ─힘이 1증가합니다. 오크 슬레이어 칭호효과로 인해 효과가 상쇄됩니다.

(하루살이 슬레이어) ─민첩이 1 증가합니다.

(벌 슬레이어) ─민첩이 1 증가합니다. 하루살이 슬레이어 칭호효과로 인해 효과가 상쇄됩니다.

(개미 슬레이어) ─민첩이 1 증가합니다. 하루살이 슬레이어 칭호효과로 인해 효과가 상쇄됩니다.

(오크 슬레이어) ─힘이 1증가합니다.

* 장사 ─힘 스탯 100 최초 진입으로 인한 칭호(보너스 스탯: 3)

* 날쌘돌이 ─민첩 스탯 100 최초 진입으로 인한 칭호(보너스 스탯: 3)

* 현인 ─지성 스탯 100 최초 진입으로 인한 칭호(보너스 스탯: 3)

* 돌쇠 ─체력 스탯 100 최초 진입으로 인한 칭호(보너스 스탯: 3)

6. 전투 능력(현재 잔여 스탯 포인트 284)

(1) 힘 : 101 ─근력에 영향을 미칩니다. 근력은 물리 공격력을 결정하는 가장 중요한 요소입니다. 체력에도 영향을 끼치며 힘 1당 H/P가 10포인트 증가합니다.

(2) 지성: 100 ─지능에 영향을 미칩니다. 지성은 비물리 공격력을 결정하는 가장 중요한 요소입니다. 정신력에도 영향을 끼치며 지성 1당 M/P가 10포인트 증가합니다.

(3) 체력: 100 ―지구력에 영향을 미칩니다. 체력은 H/P와 스태미나를 결정하는 가장 중요한 요소입니다. 체력 1당 H/P 40포인트 증가합니다.

(4) 민첩: 101 ―민첩성에 영향을 미칩니다. 민첩은 회피율과 공격 적중률을 결정하는 가장 중요한 요소입니다. 민첩 1당 회피율과 적중률이 10포인트 상승합니다.

7. 비전투 능력

(1) 정력: 50 ―정력에 영향을 미칩니다. 정력을 결정하는 가장 중요한 요소입니다. 정력 1당 스태미나가 1포인트 증가합니다.

현재 모든 능력치가 거의 100에 맞춰져 있는 상황이다. 심지어 민첩과 힘은 슬레이어 칭호효과로 인해 101이다. 지금 이 힘은 이지 모드와는 어울리지 않는 힘이라고, 알림을 몇 번이나 들은 적이 있다. 쉽게 말해 그는 치트키. 그 자체다. 그런데 더욱 눈여겨보아야 할 것은 바로 잔여 스탯이다.

현석은 치트키를 쓰고 있는 덕분에 어려운 업적과 불가능한 업적을 매운 쉬운 업적과 쉬운 업적으로 바꿔 버리고 있다. 애초에 초보존에 놀러 와서 깽판치고 있는 고수유저와 다름없는 현석이니까.

덕분에 잔여 스탯을 무려 284개나 모을 수 있었는데 지금 현석은 그 스탯을 올리지 않고 그냥 가만히 두고만 있다.

더 올렸다가 예전처럼 강제로 상위 모드로 전환되면 억울할 일이니까. 이지 모드 내에서 뽑을 수 있는 단물은 모두 뽑아내고 나서 상위 모드에 진입하는 게 가장 좋다라는 것이 현재 현석의 생각이었다.

어쨌든 스탯은 슬레이어에게 굉장히 중요했다. 최근 들어 가장 설득력을 얻고 있는 가설이 하나 있는데, 지금 이지 모드는 슬레이어들을 보편적으로 육성시키는 시스템이라는 가정이다.

전투 슬레이어, 회복 슬레이어, 보조 슬레이어라는 큰 틀만 갖추고 있을 뿐, 아직 전직을 하지 않은 말 그대로 초보자들이라는 소리다.

상위 모드에 진입하게 되면 직업이 세분화되고 마치 온라인 게임처럼 자신이 올려놓은 스탯에 따라 전직을 하게 될 가능성이 매우 높다는 추측이었는데, 제법 신빙성 있는 추측이기도 했다.

현재 슬레잉 시스템은 온라인 게임과 거의 비슷한 양상을 띠고 있었으니까 말이다.

박성형이 손을 내밀었다.

"수고했다 현석아."

"제가 뭘요. 다들 앞에서 열심히 싸워 주신 덕분이죠."

앞서 말했듯, 현석은 하는 일이 별로 없었다. 전위에서 다른 슬레이어들이 어그로를 끌면 현석이 뒤로 돌아가 허리를 분질러 버리는 역할이었다. 현석의 스탯이 워낙에 사기적이다 보니 슬레잉은 매우 쉬웠다.

그리고 '어려운 업적' 달성을 통해 스탯이 계속 분배되면서 이제 IˈUET의 제1팀 멤버들의 전력도 엄청나게 향상되었다. 종원 같은 경우는 벌써 힘 70에 이르렀다. 현석 없이도 트윈헤드 오크를 쉽사리 사냥할 수 있을 정도가 되었다. 이쯤 되자 한국 최고라는 IˈUET 길드원들은 현석에게 어떻게든 잘 보이려 애쓰고 있었다.

어쨌든 이제 IˈUET는 명실공히 한국 내 최강의 길드가 되었다고 할 수 있겠다. 아직 그 자세한 사항이 대외적으로 알려지지는 않았지만 말이다.

'어려운 업적'은 일반 슬레이어들에겐 거의 불가능이나 다름없기 때문에 이렇게 수월하게 보너스 스탯을 받을 수 있는 길드는 없다고 해도 과언이 아니다.

길드원들이 괜히 현석에게 모든 보상을 다 갖다 바쳐가며 최대한 배려하고 편하게 해주는 게 아니다. 그들에게는 물질적 보상보다도 이런 스탯 하나하나가 훨씬 더 큰 보물이자 자산이었다.

현석은 현석 나름대로, 어느 정도 믿을 만한 인맥을 쌓아올리고 또 제대로 경험하지 못했던 집단 슬레잉 경험도 얻을 수 있으며 IˈUET의 멤버들을 강화시켜 줌과 동시에, 그가 가장 믿을 수 있는 사람들인 민서과 종원도 함께 강화시켜 줄 수 있는 기회였다.

게다가 아이템의 대부분을 현석이 갖게 되는 이득도 있었고 말이다. 사실상 I'UET 쪽에 더 이득이라면 이득이지만 현석도 손해 볼 건 없었다.

게다가 I'UET의 그늘에 숨어 귀찮게 엮일 걱정 없이 마음 놓고 편하게 슬레잉할 수 있다는 것 역시 상당한 메리트라고 할 수 있었고. 그뿐만 아니라 인맥을 가지고 있다는 건 여러모로 언젠가 도움이 되게 마련이다. 현석은 솔로 슬레이어에 가깝고 그에 따라 인맥이 거의 없다고 해도 과언이 아니었다. 이번 동행이 없었으면 아는 슬레이어의 수가 손가락으로 꼽을 수 있을 정도다. 사기꾼이 아닌 인맥이라면 어느 때고, 언젠가 도움이 된다. 바로 이런 경우처럼.

성형이 말했다.

"아, 그리고 I'UET에 가입하진 아니더라도 너도 길드를 하나 만들어서 유니온에 등록하도록 해."

"제가 길드를요?"

얼마 전, 종원이 만들었던 척살조는 점점 구색을 갖추기 시작하더니 한국 유니온으로 자리 잡게 됐다.

다른 나라들에 비하면 좀 늦은 감이 있지만 어쨌든 한국의 통합 유니온이 등장했다는 건 상당히 고무적인 일이다.

물론 그렇게 된 것에는 박성형의 힘이 컸다. 하종원은 유니온 장 같은 귀찮은 자리는 떠맡기 싫다며 성형에게 그 자리를 맡아줄 것을 제안했고 성형은 슬레이어들의 권위 신장을 위해서라도 안 맡을 수 없다며 그 자리를 받아들였는데, 불과 2달 만에 한국의 유니온이 되어버린 거다.

그리고 박성형은 그 특유의 리더십과 수완을 발휘하여 그 기세를 빠르게 키워나가는 중이다.

I'UET 제1팀의 전원이 가입했고 덕분에 더더욱 탄력을 받은 한국 유니온은 이제 척살조의 옛 모습을 완전히 버리게 되었다.

"조만간 길드 허가를 받지 않은 상태의 슬레잉은 금지될 거야. 지금 상태면 너는 구색만 갖추면 바로 허가해 줄 수 있어. 그냥 다른 말 안 나오게 최소한만 갖춰줘. 바로 허가해 줄 테니까. 절차 같은 게 아직 안 정해졌거든."

"정식으로 허가받으려면 또 시험 치고 돈 내야겠네요?"

"그렇지 뭐."

윗사람들의 행태가 괘씸하고 마음에 안 들기는 했지만 이해하려면 이해하지 못할 것도 아니었다. 나라의 입장에서 슬레이어의 수를 정확히 파악하고 그에 따른 소득에 대한 세금을 거두어들이는 것은 당연하다고 할 수 있었으니까. 배 아프고 짜증나는 것도 사실이었지만 말이다.

'아예 손을 쓸 수 없을 만큼 강력한 몬스터가 니타난다면 정

부에게도 큰 소리를 땅땅 칠 수 있을 텐데.'

몬스터들이 어중간한 게 문제라면 문제였다. 정부가 손도 못 쓸 만큼, 전적으로 슬레이어에 대해 의지해야 하는 그런 몬스터가 나타난다면 지금과는 상황이 달라질 수도 있다.

현재는 수많은 슬레이어가 약간의 불합리함을 떠안고서 슬레잉을 하고 있다.

반발하는 슬레이어를 대체할 슬레이어는 얼마든지 있었고 현 상황에 만족하는 슬레이어들도 상당히 많았다.

극단적으로, 슬레이어들이 전부 반발한다고 해도 괜찮았다. 정부는 독자적으로 몬스터를 사냥할 수 있었다. 현재의 몬스터들은 현대 무기에 내성을 갖고 있는 거지 완벽한 방어가 가능한 게 아니니까.

실제로 몬스터를 사냥하는 부대도 창설되어 지금 운영 중에 있다. 일반 소총 정도로는 안 되지만 기관총급 이상의 화기를 동원하면 사냥이 가능하니까 말이다.

'유니온에서 정부와의 싸움을 준비 중이라고 하던데…… 기회가 되면 물어봐야겠어.'

현석은 어깨를 으쓱하고서 말했다.

"하나 등록하죠 뭐."

한국 내에 서식하고 있는 트윈헤드 오크의 80퍼센트를 ΓUET가 싹쓸이하면서 한국 내에는 트윈헤드 오크가 거의 사라져 버렸다. 리젠 시간이 오래 걸리는 건지, 아니면 일회성 몬스터인지는 알 수 없었지만 아직까지 트윈헤드 오크는 나타나지 않고 있었다.

그러던 차, 다시금 일본 유니온에서 비밀리에 도움을 요청해 왔다. 일본에도 트윈헤드 오크들이 나타났는데 처리하기가 여간 곤란한 게 아니란다.

한국에 비하면 손색이 있으나 일본 역시 슬레잉의 수준이 상당히 높은 나라라고 할 수 있었는데 도움을 요청하는 것으로 보아 트윈헤드 오크는 제법 강력한 개체라고 할 수 있었다. 괜히 '어려운 업적'이 아니라는 말이다.

현석은 성형의 조언을 받아들여 길드를 등록했다.

길드 등록은 아주 쉬웠다. 성형이 여러모로 편의를 봐줬기 때문인데, 전투 슬레이어는 현석과 종원이 맡았고 보조 슬레이어는 민서가, 회복 슬레이어는 강평화가 맡게 됐다.

길드를 등록하고 나오는 길에 현석은 잠시 생각에 빠져들었다.

'트윈헤드 오크는 분명 어려운 업적에 해당하는 개체야.'

현석에게는 몰라도, 분명 강한 개체다.

업적을 달성하게 해줄 만큼 대단한 몬스터라는 뜻이다. 심지어 어지간한 던전보다도 더 높은 등급의 업적이다.(던전 클리어의 경우는 쉬운 업적으로 인정되어 +3 스탯이 주어지는 경우가 대다

수다.)

'그런데 점점 나타나는 속도가 빨라지고 있지.'

오크 때에도 그랬다. 오크가 처음 나타난 곳은 한국, 그리고 던전이 처음 나타난 곳 역시 한국, 트윈헤드 오크가 처음 나타난 곳 역시 한국이었다. 그리고 그 이후에 전 세계에 강한 몬스터들이 나타나기 시작했고 그 속도가 빨라졌다.

'전체적인 슬레이어의 수준에 따라 조금씩 강해지는 것 같은 기분이 드네.'

마치 초보자들이 레벨을 올릴 때에, 점점 커지는 경험치통을 채우려 조금씩 강한 몬스터를 잡으며 성장하는 것과 비슷한 기분이었다. 점점 더 강한 몬스터를 잡으며 레벨업을 하라고, 누군가 의도적으로 이렇게 몬스터를 던져놓는 기분이랄까.

한국에는 현석이 있으니까, 현석의 능력치가 고려되어 강한 몬스터가 가장 먼저 나타나고 또 현석 덕택에 I'UET의 수준이 굉장히 높아졌으니까 상위 몬스터가 빨리 나타나는 게 아닐까 싶었다.

'그냥 기분 탓인가……?'

확실하지는 않았다. 다만 그럴 가능성은 있다고 생각했다. 일본에는 I'UET 멤버들이 비밀리에 파견되었다. 일본의 체면을 위해 비밀리에 파견되는 대신에 한진재단은 일본으로부터 커다란 보상을 받았다고는 하는데 그 자세한 내용은 알 수 없었다.

집 소파에 누워 있는데, 강평화로부터 전화가 왔다.

─오빠, 어디에요?

"집인데?"

─뉴스 봤어요?

"무슨 뉴스?"

─또 던전이 생기고 있대요.

현석은 황급히 뉴스를 틀어봤다.

─**또다시 생긴 던전으로 인해 슬레이어들이 몰리고 있는 실정입니다.**

─**네, 이곳 남산은 일반인들의 통제가 엄격히 제한되고 있으며…….**

저번과 다르게 슬레이어들이 몰리고 있었다.

제법 자신감들이 많이 붙은 모양이다. 하기야, 자신감이 없어도 그린스톤 100개면 100억이다. 그 정도 되면 목숨을 걸어볼 만하다고 생각할 사람들이 많다.

오크는 여전히 무서운 몬스터지만 그렇다고 또 공략 불가능한 몬스터는 아니었다. 대부분의 던전에 오크만 있었다는 것을 떠올리면, 약간의 위험을 감수하고 던전에 입성할 가치는 충분히 있었다.

민서한테도 전화가 왔다.

―오빠! 우리는 슬레잉 안 가?

"주말 되려면 멀었다. 오늘 월요일이야."

―쳇. 오빠 너무해.

"너무하지 않아. 오빠랑 약속했잖아. 주말에만 가는 걸로."

원래 약속은 방학 동안만이었다. 그런데 이제 주말까지 확장됐다.

현석은 자신도 모르는 사이에 슬레잉에 대해 조금씩 더 관대해지고 있었다. 또 스스로 제대로 인지하지 못하는 사이 슬레잉에 대한 욕구도 꿈틀꿈틀 자라나고 있었다. 현석은 그 사실을 애써 부정하면서 퉁명스레 중얼거렸다.

"민서, 요 녀석은 또 몸이 근질근질한가 보네."

아무래도 민서는 슬레잉을 가고 싶은 모양이다. 현석은 피식웃었다. 그전까지 던전이 클리어되지 않을 가능성은 별로 없어보였다.

강해지지 않는(?) 현석과 다르게 슬레이어들은 레벨업을 통해 점점 강해지는 상태였고 상위 급 길드 정도 되면 던전을 클리어할 수 있을 거라고 생각했으니까.

'하지만 저번과 같은 난도인지는 확신할 수 없어. 난도가 더 높은 던전일 수도 있지.'

그리고 그의 생각은 어김없이 들어맞았다.

─조사 결과, 한국 내 남아 있던 마지막 트윈헤드 오크가 슬레잉 되었을 시기와 완벽하게 일치하는 시간에 새로운 던전들이 생성되었으며……

─더욱 강력한 던전이라는 예측이 지배적이며 4일이 지났지만 아직까지 단 한 명의 귀환자도 보고되지 않은 가운데……

그나마 불행 중 다행인 것은 하종원이 이번 던전 슬레잉에 참여하지 않았다는 거다. 덕분에 현석은 마음을 조금 느긋하게 가질 수 있었다.

현석이 물었다.

"근데 너는 왜 안 들어갔냐?"

"아… 나는 집에 일이 있어가지고."

"그렇게 막 빠져도 되냐?"

"자유도가 보장되는 직업이라니까. 순번이 있어서 아무 때나 막 쉴 수 있는 건 아니지만. 근데 민서랑 평화 씨는?"

"안 데려왔어."

하종원은 운전을 제법 잘 했다.

그는 슬레잉을 갈 때면 이동성이 좋은 검은색 쿠페를 타고 다녔는데, 차 사이를 요리조리 잘 피해가면서도 꽤 편안한 드라이빙을 구사했다.

"넌 이지 모드에 안 어울리는 놈이라며? 그러면 그냥 데리고 와도 되잖아."

"그래도 혹시 모르니까."

"어련하시겠냐."

종원은 피식 웃었다.

만약 자신이 현석이었으면 벌써 한국은 물론이고 전 세계에 이름을 날리고 있을 거란 상상을 해봤다. 가는 곳마다 플래시 세례가 터지고 스포트라이트를 받을 거다. 남자로 태어났으면 그런 인생을 사는 것도 나쁘지 않다는 게 종원의 생각이었다.

"보너스 스탯이 200개가 넘는다고?"

"엉, 284개."

"미친놈. 내가 예전에 보너스 스탯 20개 받고 나서 대박이라면서 난리를 쳤었는데, 이건 완전 더한 놈이구만? 이 치트키 새끼야!"

"불가능 업적 같은 걸 깨서 그래. 대신 나는 레벨도 제한받고 경험치도 못 얻잖아."

종원은 '그런 말 같지도 않은 페널티 따윈 집어 치워'라고 말하고 싶은 걸 겨우 눌러 참았다. 애초에 레벨같은 게 의미없는 스탯이 아닌가. 경험치를 얻는 건, 강해지기 위해서다. 레벨을 높이면 보너스 스탯이 생기니까.

'네 놈은 그런 거 필요 없이 치트키 써서 업적을 휙휙 다 해 대니까 보너스 스탯이 마구 쌓이잖아!'

언제나 그렇지만 종원은 분노를 넘어서 허탈함을 느끼고서 한숨을 푹 내쉰 뒤 피식 웃었다.

현석이 물었다.

"넌 긴장 안 되냐? 지금 우린 I'UET 멤버들 구출하러 가는 거 라고."

"근데?"

"I'UET는 한국 내에서 탑이잖아. 그런 팀이 실종됐고 구출하 러 가는 건데 긴장 안 되냐고?"

"네가 있는데 뭐가? 나는 솔직히 네가 민서 안 데리고 온 것 도 이해 안 된다. 치트키 치고 슬레잉하는 놈이 무슨. 넌 좀 더 과감해질 필요가 있다고 본다."

"그래도 만에 하나라는 게 있잖아."

"퍽이나."

종원은 현석의 능력에 대해 현석보다도 훨씬 큰 믿음을 가지 고 있는 것처럼 보였다. 그의 말대로, 만약 종원의 성격에 현석 의 능력을 가졌다면 전 세계의 던전이란 던전은 모조리 휩쓸고 다녔을지도 모를 일이다.

*　　　　*　　　　*

결과적으로 말하자면 현석의 능력에 대한 종원의 믿음은 옳았다. 그리고 I'UET는 현석의 능력에 대해 다시 한 번 감탄해야만 했다.

현석이 입성하자마자 던전의 회복 구간과 안전 구간이 철회되었고 현석은 놀라운 신위를 발휘해 던전을 클리어하여 I'UET의 멤버들을 구해냈다.

사실상 구해냈다고 보기에는 조금 어려운 감이 있기는 했지만 어쨌거나 현석 덕분에 빨리 클리어됐다는 건 명백한 사실이었다. 그리고 이번 던전 출몰을 통해 알게 된 사실이 있다. 성형이 말했다.

"확실히 한국의 속도가 가장 빠르네."

"예?"

"게임으로 치자면, 업데이트가 가장 빠른 서버야, 한국이."

"아……."

무슨 뜻인지 현석도 이해했다. 예전에 현석도 비슷한 생각을 한 적이 있지 않았던가.

"유니온 차원에서 이 던전에 대한 정보를 만들어서 뿌려야겠어. 아, 그리고 고맙다 현석아. 네 도움이 또 컸다. 길드원들과 합의했는데 모든 보상을 너에게 넘길 거야."

"아뇨. 안 그러셔도 돼요. 어차피 제가 없었어도 클리어 가능했을 텐데요 뭐."

"아냐, 우린 네 덕분에 던전을 빠르게 깼고 보너스 스탯을 추가로 받은 걸로도 충분히 만족해."

"회사 측과도 얘기가 어려울 텐데요."

"그건 이미 알아서 끝내놨지. 우리가 양보할 수 있는 게 이런 물질적 보상밖에 없는 게 미안할 정도다."

일반적인 기준에서는 미안하지 않아도 될 정도이긴 하다. 왜냐하면 이번 던전 클리어로 나온 보상 중 그린스톤만 계산하더라도 100개가 훨씬 넘었고 그건 100억에 해당하는 엄청난 보상이었으니까. 그리고 현석이 없었어도 시간이 걸릴 뿐이지 그들은 그린스톤을 차지할 수 있었다.

그러나 성형을 비롯한 I'UET의 길드원들은 보너스 스탯과 더불어 가장 빠른 클리어의 주인공이라는 무형의 가치—한진의 홍보용으로 아주 적당한—에 만족한다고 했다.

성형이 말을 이었다.

"어쨌든 뭐, 이번엔 사망자가 없어서 다행이야."

사망자가 나오지 않아서 다행이라며 성형은 스스로 만족한 듯 고개를 끄덕였다. 현석이 겸연쩍게 웃었다.

"아닙니다, 형님. 제가 없었어도 클리어 가능했겠던데요? 시간이 좀 걸려서 그렇지."

I'UET는 제법 좋은 아이템들을 많이 가지고 있다. 그중에는

'가방'도 있었는데 현실의 과학력으로는 만들 수 없는 아티팩트도 있었다. 그 안에 음식을 넣어놓으면 상하지 않는데다가 가방의 부피보다 훨씬 더 많은 아이템을 넣을 수 있단다. 일종의 '아공간 아티팩트'라고 할 수 있었는데 아이템 설명창 같은 것이 없어서 정확한 이름은 알 수 없었다.

상위 급 길드쯤 되면 이런 아이템들을 하나둘 정도는 갖고 있게 마련이어서 아마도 다른 길드들도 조만간 던전을 깨고 나올 거란 예측을 했다.

"뭐, 그래도 네 덕분에 시간을 엄청나게 단축할 수 있었던 건 사실이지. 본래대로라면 3일은 더 걸렸을걸."

"TUET가 그 정도였으면 다른 길드들은 적게 잡아도 5일 이상은 걸리겠네요."

"그러기 전에 유니온 차원에서 구출대를 보내야지. 비록 쇼맨십에 불과한 행위가 되겠지만……. 의외로 잘 먹히거든 이런 게."

현석은 성형을 물끄러미 바라봤다.

현석이 본 성형은 리더의 자리에 굉장히 잘 어울리는 사람이었고 어느 정도 야욕도 있는 사람이었다.

그가 스스로 밝힌 포부는 한국 유니온을 더욱더 크게 발전시켜서 제1의 유니온으로 우뚝 세우고, 나아가 세계에서 첫손에 꼽히는 유니온으로 만들겠다는 것이었는데 그 꿈이 사뭇 진지해서 현석도 경청했던 적이 있었다.

현석은 성형을, 성형은 현석을 서로 몹시 마음에 들어 했다. 성형의 현재 나이 37세. 현석과는 7살의 터울이 있지만서도 둘은 서로에게 인간으로서 깊은 매력을 느꼈다.

이번 던전 클리어의 업적은 트윈헤드 오크를 슬레잉했을 때의 어려운 업적보다 약간 낮은 등급인 '조금 어려운 업적'이었는데, 보너스 스탯은 어려운 업적과 동일하게 +10을 받았다. 아무래도 던전 클리어인지라 조금 더 지급하는 것 같았다.

I'UET의 부단장이자 한국 유니온의 수장인 박성형은 서둘러 던전에 대한 정보를 작성하여 발표했다. 그리고 구출대를 조직하여 각 던전에 보내기도 했다.

〈이번에도 역시 I'UET. 사망자 0. 최단 시간 던전 클리어의 쾌거를 이룩하다!〉
〈한국 유니온, 구출대 조직. 각 던전 입성!〉
〈이번 던전은 '조금 어려운 업적'으로 인정.〉

한국 유니온이 보낸 구출대에는 현석의 길드도 당당히 이름을 올리고 있었다. 지금의 I'UET, 그리고 한국 유니온을 만들어준 건 현석이라 할 수 있었다. I'UET가 지금처럼 강해질 수 있었던 건 현석이 도와줘서 업적을 달성할 수 있었기 때문이니까.

민서가 실실 웃었다.

"우리 오빠야 신났네."

"뭐가?"

"이젠 뭐랄까… 슬레잉을 좀 즐기는 것 같아. 원래는 나 때문에 어쩔 수 없이 시작했다고 알고 있었는데……."

현석은 인상을 살짝 찡그렸다.

슬레잉이 즐겁다? 그런 건 아직 잘 모르겠다. 그러나 슬레잉에 적극적으로 임하게 됐다는 건 부정할 수 없을 것 같다.

"시끄러워 요 녀석아. 어쨌든 전업 슬레이어는 안 돼."

"왜 얘기가 그렇게 흘러가? 오빠, 나도 지금 티를 안 내서 그렇지 능력치 엄청 좋거든."

"그거야 당연하지, 나 따라다녔으니까."

뒤에서 강평화가 흐뭇하게 웃고 있다가 현석과 눈이 마주쳐서 고개를 푹 숙였다.

"뭐야? 넌 왜 그렇게 웃고 있어?"

"보, 보기 좋아서요."

현석은 한숨을 내쉬었다.

"아니, 도대체 새로운 타입의 던전을 클리어하러 가는 건데 다들 왜 이렇게 긴장감이 없어?"

*　　　　*　　　　*

강평화는 약 1년 전쯤에 현석을 처음 봤다.

회복 슬레이어로 각성한 지 얼마 안 됐을 때였다.

그때, 현석을 보고 깊은 호감을 느꼈다. 원래 외모와 성격부터도 호감을 느끼던 상태였는데 위험한 상황에서 자신을 도와주지 않았던가.

한눈에 반했다고 말하기는 좀 어렵겠지만 그래도 평화는 그날 이후로 봉사를 단 한 번도 빠진 적이 없고 운동도 열심히 했다.

그녀는 항상 '넌 살만 좀 빼면 진짜 예쁠 얼굴인데' 라는 말을 들어왔지만 의욕이 없었다. 굳이 살을 빼지 않아도 충분히 인기가 많아서라고 할 수도 있었다.

세상은 '여신 같은 여자' 보다는 '귀염성 있고 평균보다 조금 더 예쁜 여자'를 더 좋아하는 게 아닐까 싶을 정도로, 그녀는 인기가 제법 많았다.

현석을 보고 나서 그녀는 운동을 시작했다. 현석의 몸을 보아하니 운동을 광장히 오랫동안 꾸준히 해온 것 같았고, 운동이라는 같은 취미를 공유하면 어떨까싶어서 시작한 운동이었는데 덕분에 살이 빠지면서 친구들로부터 대박소리를 들을 수 있었다.

안 그래도 뚜렷했던 이목구비가 살아나면서 청초한 분위기가 물씬 피어올랐다. 원래 조금 예쁘장하면서 귀여웠던 얼굴이었다면 지금은 누가 봐도 헉 소리가 나올 만큼 아름다워졌다. 대시해 오는 남자들의 숫자는 많이 적어졌지만 그 질은 굉장히 높아졌다.

'그럼 뭐해? 정작 봐줬으면 하는 사람은 봐주지도 않는데.'

애초에 대시를 받아보기만 했지, 해본 적이 없는 평화인지라 현석에게 호감을 어떻게 표현해야 할지도 잘 몰랐다.

그러던 차에 현석으로부터 길드 가입 권유를 받았고, 평화는 그날 설레서 잠을 못 잤을 정도였다. 다른 건 몰라도, 적어도 같이 있을 시간이 늘어난다는 뜻이었으니까.

'내가 이 봉사를 1년 넘게 다닌 게 자기 때문인지 알긴 알려나?'

스케줄이 바쁘더라도 어지간해서는 봉사를 빼먹지 않았다. 이유는 현석 때문이었다.

그 후로 1년 동안 속앓이를 했는데, 어떻게 된 건지 보면 볼수록 현석이 더 좋아졌다. 현석은 자신의 마음을 아는 건지 모르는 건지 항상 일정한 거리를 유지하는 것처럼 보였는데, 싫어하는 건 확실히 아니었으나 좋아하는 건지는 잘 모르겠는… 좀 아리송한 느낌이었다.

가끔 보면 여동생인 민서가 부러울 때도 있었다.

오빠랑 스스럼없이 지내고 있고 오빠는 동생을 향한 무한 애정을, 또 동생은 오빠를 향한 무한 애정을 표출하고 있었는데 그게 비록 남매애일지라도 그게 많이 부러웠다.

'나도 오빠랑 더 친해지고 싶은데.'

그러던 차, 민서가 어느 날 얘기 좀 하자고 했다.

"그거 알아요? 울 오빠는 진짜 마음에 드는 여자는 안 건드려요. 저래 보여도 과거에 엄청 바람둥이였거든요."

"응?"

"그니까 여자 마음을 귀신같이 알아채서, 조금 맘에 든 여자는 그냥 후려 버려요. 근데 좀 많이 마음에 든 여자는 안 건드리더라고요. 그니까 힘을 내요 언니. 난 언니 마음에 들어요. 응원할게요."

"그, 그게 무슨……."

"아, 그리고 말했듯이 울 오빠는 진짜 귀신이에요. 여자가 호감 갖고 있으면 그거 단박에 알아차리거든요. 그니까 언니가 울 오빠한테 호감 갖고 있는 거 알고 있을 거예요. 그럼에도 불구하고 언니를 같은 길드에 끌어들였다는 건……. 뭐, 자세히 설명 안 해도 되겠죠?"

며칠 전 이러한 얘기를 들었던 평화는 민서와 현석이 투닥거리는 모습을 보면서 저도 모르게 흐뭇하게 웃고 말았다. 지금 더욱 난도가 높아진 던전을 클리어하러 가고 있는데, 전혀 긴장이 안 됐다.

'확실한 안전이 보장되지 않은 상태라면… 민서를 데려가지 않았을 테니까.'

이젠 평화도 현석의 능력을 어느 정도 파악한 상태다.

그때, 목소리가 들려왔다.

"뭐야? 같이 협력할 팀이 이런 팀이었어? 딱 봐도 초짜인데. 심지어 여자애 둘이야. 아… 뭐 잘못 된 거 아냐? 유니온에 다시 연락 넣어봐!"

*　　　　*　　　　*

현석은 모든 사람들 앞에 나서고 싶지 않아 한다. 무조건 나서지 않는다는 뜻이 아니라 나서지 않아도 될 때면, 굳이 나서지 않는다는 뜻이다.

애초에 그는 슬레이어가 되지 않으려고 했다. 그런데 상황이 조금 바뀌었다. 그는 이제 슬레잉 자체에 딱히 거부감을 느끼지는 않는다. 그래도 앞장서서 '나 대단하다!' 라고 밝히고 싶어하지는 않았다.

성형은 그러한 부분을 배려했고 구출대의 숫자를 대략 5~10명 사이로 구성했다.

5명으로 구성된 팀은 이미 국내에서도 굉장히 유명한 길드들이 대부분이고 그들의 실력은 이미 주목받고 있는 상태였다. 그 정도는 아니어도 상당히 뛰어난 슬레이어들이 10명 정도 팀을 이루어 구출대로 조직되었는데, 성형은 현석의 길드를 '아이온' 이란 길드에 붙여주었다.

아이온은 구출대의 멤버들 중에선 상대적으로 실력이 딸리는 길드라고 할 수 있었다. 그들의 입장에선 목숨을 걸고 들어가는 건데 뛰어난 팀과 합류하고 싶은 게 당연했다.

그런데 완전히 초짜처럼 보이는 길드, 그것도 이름이 하나도 알려져 있지 않고 겨우 3명으로 구성된 길드와 합류하게 되자 짜증이 치솟는 건 당연한 일이었다.

이건 장난이 아니다. 진짜로 목숨을 걸고 들어가는 거다. 처음 구출대로 지목되었을 때엔 기뻤는데 이건 좀 아닌 것 같았다. 막말로, 죽으러 들어가라고 떠미는 것 같은 기분이 들 정도였으니까.

아이온 길드의 길드장 김문열은 인상을 찡그렸다.

'제기랄. 무슨 착오가 있었던 게 분명해.'

보아하니 제대로 된 아이템 하나 구비하지 못한 팀이다. 사실상 구비하지 못한 게 아니고 구비하지 않은 거다. 애초에 아이템 따위는 필요 없는 사기적인 스탯의 소유자가 팀 내에 있었으니까. 어쨌든 겉으로 보기에는 제대로 된 아이템도 없는 길드였다.

길드원 중 한 명이자 가장 연장자인 박대영이,

"뭐야? 같이 협력할 팀이 이런 팀이었어? 딱 봐도 초짜인데. 심지어 여자애 둘이야. 아, 뭐 잘못 된 거 아냐? 유니온에 다시 연락 넣어봐!"

라고 대놓고 말했는데 사실상 길드장인 김문열도 같은 마음이었다.

현석의 길드 '인하'가 얕잡혀 보이는 건 어쩔 수 없는 일이었다. 저들도 단순히 악의를 가진 건 아닐 터. 현석은 그들의 심정을 충분히 이해했다. 박대영의 말을 못 들은 척하고서 악수를 청했다.

"잘 부탁드립니다. 인하의 길드장 유현석입니다. 아이온의 길드장은 누구신가요?"

김문열이 실망한 표정을 최대한 감추면서 앞으로 걸어 나왔다.

"접니다. 아이온의 길드장 김문열입니다. 그런데 실례지만… 무기는 어떤 걸 사용하시는지……?"

심지어 무기도 없다.

"저는 그냥 몸 씁니다."

몸을 쓴단다. 갈수록 가관이다.

몸을 쓰는 건 굉장히 비효율적이다. 현석은 비효율을 논할 가치가 없는 스탯을 보유 중이긴 하지만, 적어도 상식선에선 굉장히 비효율적이며 아무리 체술에 능한 슬레이어라도 무기는 쓰는 게 당연했다. 그게 공식이었다. 김문열은 속으로 침음성을 삼키면서 조심스레 다시 물었다.

"정말 실례인 줄 알지만… 스탯은 어떻게……?"

스탯을 묻는 건 정말 실례다. 상대의 밑천을 까발리라고 말하는 거니까. 그러나 목숨을 걸고 들어가야 하는 입장에서 이 정도 확인하는 건, 그들에게 있어선 당연한 일이었다. 이건 게임이 아니니까.

현석은 솔직히 말해야 하나 잠깐 고민했다.

현석의 스탯은 현재 칭호 시스템의 적용을 받아 101인 데다가, 보너스 스탯이 284개 있다. 힘만 올리면 300, 아니, 거의 400에 가까운 스탯을 소유할 수 있었다.

'아… 이걸 어떻게 말한다……? 어느 정도 선이 적당하지?'

현석이 머뭇거리면서 말했다.

"그… 저……. 상당히 높습니다. 걱정은 안 하셔도 될 거 같습니다. 정확한 스탯은 말씀드릴 수 없지만 유니온 측과 연락을 해보시면 어느 정도 신뢰도 있는 대답을 얻을 수 있을 겁니다."

스탯이 너무 높으니까 제대로 말을 못했다. 지나치게 높은 스탯이라 말해도 안 믿을 가능성이 매우 농후하기 때문에 잠깐 머뭇거렸다.

사람에게는 상식이라는 게 있다. 그 상식을 지나치게 벗어나는 것을 말하면 믿지도 않을 뿐더러 정신병자 취급 받기 딱 좋다. 적당한 선에서 타협하여 말해도 되기는 한데, 그보다는 더 권위 있는 기관이라 할 수 있는 유니온 측에 확인 받는 게 나을 거란 생각에 말하지 않았다.

그런데 현석의 그 머뭇거리는 모습이, 아이온의 길드원들에게는 다른 의미로 받아들여졌다. 그들이 보기에 현석은 자신감 자체가 없어 보였다.

그에 김문열은 속으로 욕설을 내뱉었고 박대영 같은 경우는 대놓고 욕을 내뱉었다.

"씨팔, 내가 보자보자 하니까……. 그래 어디 보자고, 당장 유니온에 연락 넣어!"

　　　　＊　　　　　　＊　　　　　　＊

박성형 입장에서는 조금 곤란하게 됐다.

현석이 이끄는 길드인 '인하'는 사실상 성형이 알고 있는 최강의 전력이다. 다른 건 둘째 치고 현석만 놓고 봐도 그랬다. 그런데 문제는 현석이 그걸 알리지 않고 있다는 것.

종원에게 얼핏 듣기로 초등학교 시절, 안 좋은 경험이 있어서 나서는 걸 꺼려한다는 말을 듣기는 했는데 정확한 건 알 수 없었다.

'이를 어쩐다…….'

현석의 능력이 완전히 비밀은 아니다. 누가 비밀로 하라고 억지로 강요한 적도 없다. 그러나 이렇게 유니온으로 연락이 온 것을 보면, 현석이 자신의 능력에 대해 발설하지 않은 것 같다.

'적당히 둘러대지도 않고 이쪽에 떠넘긴 걸 보면 이쪽에서 대충 둘러대라는 뜻인가?'

원래 별거 아닌 일이라도 상대에 따라서 별일이 되기도 한다. 상대가 현석이다 보니 성형은 괜히 머릿속이 복잡해졌고 고민 끝에 결정을 내렸다.

"정 마음에 들지 않는다면 멤버를 바꿔주도록 하세요."

사실상 촌각을 다투는 구출 작전(?)이지만 처음부터 삐걱대면 될 일도 안 된다. 일단 현석을 던전 안에 넣어놓기만 하면 해결될 일인데 굳이 처음부터 잡음을 만들어가며 진행할 필요도 없는 일이고. 그런데 달리 말하자면 성형이 그만큼 현석의 편의를 생각해주고 있다는 말이 되기도 했다.

성형이 말을 이었다.

"단, 아이온 길드는 구출조 명단에서 빼도록 합니다. 신청자도 많고 대기자도 많은데, 잘 됐네요. 시작부터 불협화음을 내는 길드는 배제하는 게 좋을 것 같습니다."

성형의 결정을 연락조를 통해 전해받은 아이온의 길드장 김문열은 인상을 찡그렸다.

잠깐 동안 회의를 한 뒤 유니온 측에 다시 연락을 넣었다. 그들도 그들이 구출조들 중에선 실력이 딸리는 축에 속한다는 걸 알고 있었다. 그러니까 더 강한 길드와 협력하기를 원하는 것이었고.

다른 말로 하자면, 그들을 대체할 길드는 널리고 널렸다는 뜻이다. 그걸 잘 아는 김문열이기에 결국 조금 위험을 무릅쓰더라도 구출조에 참여하기로 했다. '제기랄. 내 목숨은 하나밖에 없는데'라며 박대영이 투덜대기는 했지만 말이다.

유니온 측에 사과를 하면서 제대로 해보이겠다 약조하고 나서야 다시금 재허락이 떨어졌다. 그걸 보며 현석은 조금 감탄했다.

부드럽기만 한 사람은 아니라는 걸 알고는 있었지만 제법 강단도 있고 결단력도 있었다. 당장에라도 날뛸 듯한 박대영을 순식간에 침묵시켰다. 유니온 측에서 한 가지 전갈이 더 내려왔다.

인하 길드는 특별한 이유 때문에 세간에 밝혀지지 않았을 뿐, 유니온 내 최강의 전력을 자랑하는 길드입니다. 아무런 이유도 없이, 약체라 할 수 있는 아이온에 인하를 붙여준 것이 아닙니다.

심사가 꼬일 대로 꼬인 박대영은 그 말을 믿지 않았다.

"사람 무시하기는. 참 뭐 같구먼. 내 참 서러워서."

＊　　　＊　　　＊

경기도 안산.

처음에 약간의 불협화음이 있기는 했으나 결국 아이온과 인하는 협력관계를 맺기로 하고 안산에 나타난 던전 내에 입성하기로 했다.

[지나치게 높은 스탯으로 인하여 던전의 난도가 상향 조정됩니다.]
[던전 내 안전 구역 및 회복 구간이 철회됩니다.]

현석은 남이 보기엔 굉장히 배부른 고민을 하기 시작했다.

'죄다 한 방에 때려눕히고 빨리 클리어를 해버릴까, 아니면 천천히 해가면서 평화랑 민서 트레이닝을 시킬까……'

이번에 나타난 던전의 경우는 시간이 오래 걸린다 뿐이지, 난도 자체가 엄청나게 높은 건 아니었다.

몬스터가 있는 각 룸마다 시간이 할당되어 있기 때문에 어쩔 수 없이 기다려야만 하는 그런 형태였다.(물론 상위 급 길드에 한한 얘기다. 나타나는 몬스터는 오크와 트윈헤드 오크로 현존하는 몬스터들 중 수위를 다투는 몬스터들이다.)

던전에 입성한 슬레이어들에 대한 정보는 얼추 갖고 있다. 꽤 상위 급 길드로 이 정도 길드면 넉넉한 식량과 식수를 챙겼으리라. 따라서 급할 건 없었다. 이번 구출 작전도 한국 유니온을 대대적으로 선전하기 위한 일종의 꼼수였으니까.

'그나저나 이 사람들 엄청나게 긴장했군.'

물론 던전 입성이니 긴장할 만했다. 그 유명한 I'UET도 처음 던전에 입성했을 때엔 사망자를 2명이나 냈으니 말이다.

그래도 되도 않는 자신감만 갖고 있는 것보다는 이렇게 긴장하고 있는 것이 낫다. 바짝 긴장하고 있는 편이 던전 안에서는 훨씬 안전하다.

'나 때문에 안전 구간이 사라지는 페널티도 있으니까……. 일단 생존자들을 찾을 때까지는 빠르게 움직이는 게 좋겠어.'

비록 긴장하고는 있지만 아이온의 길드장인 김문열이 앞장섰다. 갈림길이 아니어서 쉽사리 찾아갈 수 있었다. 한국 유니온이 배포한 자료에 따르면 던전은 보통 7개가량의 룸을 가지고 있다고 하는데 5개의 룸이 클리어되어 있었다.

'시간상 슬슬 보일 때가 됐는데. 6번째나 7번째 룸에 있겠지.'

안전 구역이 철회되었다는 알림음을 저들도 들었을 테니까 아마 지금쯤 분주히 움직이고 있을 거다.

통로 쪽에는 몬스터가 나타나지 않는 것처럼 보이기는 했으나 그래도 확실히 안전 구역이 있는 것과 없는 것에는 심리적으로부터도 큰 차이가 있으니 말이다.

'성형이 형님이 배려를 상당히 많이 해준 것 같긴 한데…….'

만약 힘을 전부 드러내면 성형의 배려를 무시하는 셈이 될 수도 있다. 성형도 현석에 대해 복잡하게 생각하고 있지만 현석도 성형에 대해 나름 복잡하게 생각하고 있다.

특히나 성형에게는 인간적인 매력과 호감을 깊이 느낀 상태이고 연장자를 제법 깍듯하게 대접하는 현석이다 보니 더욱 그렇게 생각할 수밖에 없었다.

'이쪽 생각을 많이 해준 데엔 두 가지 노림수가 있겠지.'

사실 구출만을 목적으로 했다면 현석의 인하만 투입하면 된다. 그렇게 하지 않고 군이 아이온과 같이 넣었다는 건, 아이온 길드의 안전도 확보하면서 인하에만 쏠리는 관심을 분산시키려는 의도라고 할 수 있겠다. 단 3명으로 이루어진 길드가 구출에 성공했다고 하면 이목이 쏠릴 테니까 말이다. 그것도 이름이 전혀 알려지지 않은 길드라면 더욱 그랬다.

현석은 고개를 갸웃했다.

'그런데 제대로 된 보상을 받으려면 어쩔 수 없이 전력을 다해야 할 텐데…….'

그러자 어느 정도 생각에 윤곽이 잡히기 시작했다.

현석이 생각에 잠긴 채로 걷고 있자 박대영이 뒤에서 중얼거렸다.

"제기랄, 길드장이란 놈이 잔뜩 긴장해서는……."

쉴 새 없이 구시렁대고는 있으나 생각에 빠져든 현석은 그 말을 듣지 못했다. 박대영의 눈에는 현석이 잔뜩 긴장해서 주위의 소리조차 못 듣는 것으로 보였다. 원래 사람은 아는 만큼 보이는 법이다.

현석은 나름대로 결론을 내렸다.

'결국 성형이 형님은 날 신경 써주고 있다는 걸 겉으로 드러내기 위해서 일부러 이렇게 팀을 구성한 거네. 뭐, 내가 천천히 클리어하려고 한다면 천천히 할 수도 있는 노릇이니까. 결국 마지막 선택은 내게 맡기되 나를 케어하고 있다는 걸 보여주고 싶은 거야.'

현석은 생각을 정리했다. 전력을 다하기로 마음먹었다.

앞서도 설명했지만, 이번에 나타난 던전들의 경우 난도 자체는 크게 높지 않았다. 시간이 오래 걸리기는 했지만 상위 급 길드 수준이면 클리어가 가능했다.

'하지만… 빨리 끝낼 수 있는 방법을 두고 굳이 멀리 돌아갈 필요는 없지.'

현석이 씨익 웃었다.

'무엇보다도 난 내일 출근이라고!'

뒤를 힐끔 돌아봤다.

'우리 민서는 내일 학교도 가야 하고.'

　　　　　*　　　　　　*　　　　　　*

　김문열은 속으로 생각했다.

　'그래도 발표 자료에 따르면 난도 자체는 그렇게 높지 않아. 식량과 식수도 넉넉히 챙겨왔고. 유니온의 말이 진실일 리는 없겠지만…… . 그래도 완전 허수아비들은 아니겠지.'

　아이템도 없고, 심지어 전투 슬레이어는 딱 한 명뿐인 인하를 힐끗 쳐다보면서 김문열은 계속해서 걸음을 옮겼다.

　나타나는 몬스터는 오크와 트윈헤드 오크. 조심만 한다면, 그리고 이미 안쪽에 침투했을 길드원들과 함께 각개격파를 해나간다면 클리어를 할 수 있을 거다.

　김문열 역시 아이온의 길드장이며, 한국 내에선 엘리트 축에 속한다고 할 수 있는 슬레이어였다. 정신을 바짝 차렸다.

　현석이 말했다.

　"아마 6번째, 아니면 7번째 룸에 있을 겁니다."

　박대영이 콧방귀를 뀌었다.

　"개뿔. 그 정도는 누구나가 다 알아."

　그때, 누군가 큰 목소리로 말했다.

　"저기요, 너무하신 거 아니에요?"

　모두의 시선이 집중됐다.

　시선이 집중된 곳의 음원지에는 강평화가 서 있었다.

현석도 사실 조금 놀랐다. 현석의 기억 속에 강평화는 수줍음을 많이 타고 조신하며, 호감을 갖고 있어도 제대로 표현조차 못하는 착해빠진 여자였는데 난데없이 소리를 버럭 지른 거다.

다른 사람들의 시선은 의연하게 받아넘기다가 현석과 눈이 마주치자 평화의 얼굴이 급격히 달아오르기 시작했다.

"아, 아니 그니까 그게……."

현석과 눈이 마주침과 동시에 머릿속이 엉켜버린 강평화는 얼굴이 새빨개져서 고개를 푹 숙였다. 그래도 할 말은 해야겠는지, 다시 입을 열었다.

"현석 오빠는 인하의 길드장이에요. 다른 소속의 길드장에게 그렇게 함부로 대하는 경우가 어디 있어요?"

평화의 말이 맞는 말인지라 박대영은 아주 잠깐, 정말로 잠깐 동안 머뭇거렸다가 어린 여자애 하나가 대들었다고 생각했는지 얼굴을 붉히며 목소리를 높이려고 했다.

그때, 김문열이 말했다.

"저기 전투가 벌어지고 있다!"

상황이 급박하게 돌아갔다.

박대영 역시 얼른 고개를 돌렸다. 저만치 앞쪽에선 트윈헤드 오크 한 마리와 오크 4마리를 슬레잉하고 있는 슬레이어들이 보였다.

현석이 말했다.

"평화야, 저쪽에 부상자 있다."

"네? 네!"

강평화가 황급히 달렸다.

부상자가 한쪽 구석에서 괴로워하며 쓰러져 있었다. 온몸이 피범벅이었는데 아마도 머리 쪽에서 피가 흘러 온몸을 적신 것처럼 보였다.

민서가 달려가 회복 필드를 펼쳤다. 그리고 평화가 시동어를 외쳤다.

"힐!"

아이온 소속의 힐러 최강식은 두 눈을 부릅떴다.

'저, 저 정도 수준으로 떨어진 H/P를 힐 한 번에……? 내가 잘못 봤나?'

평화는 현석을 따라다니면서 본래대로라면 불가능할 업적들을 얻어낼 수 있었다. 전투 슬레이어와 다르게 보조 슬레이어와 회복 슬레이어의 경우는 보너스 스탯을 스킬에 투자할 수 있었는데 현재 평화의 힐 레벨은 약 3이었다.

다른 평범한 슬레이어들과 차이점이 있다면 그녀의 힐은 그냥 힐이 아니라 'Ratio Heal'이다.

비슷한 것으로 상급힐이 있는데 회복 슬레이어로 각성하면서 저절로 생기는 힐을 30회 이상 올려야만 얻을 수 있는 한 단계 높은 스킬이며 한국 내에 이 스킬을 가진 회복 슬레이어는

30명이 채 안 된다고 알려져 있는 상태다. 그리고 힐 중에서 가장 유명한 힐이기도 했고.

'설마, 상급 힐인가……?'

에이 설마, 아닐 거야. 그냥 조금 좋은 스킬이겠지 하고 최강식은 고개를 저었다. 가끔 설마가 사람 잡는다는 그 간단한 속담을 강식은 떠올리지 못했다.

사실상 평화가 펼친 것은 상급힐이 아니다. 그녀의 스킬은 'Ratio Heal'이다. H/P의 절대량을 높이는 게 아니라 총 H/P의 30퍼센트를 회복시키는 스킬이다. 그녀는 상급힐 대신 Ratio Heal을 선택하여 육성했다.

쿨타임이 매우 길고 체력소비도 큰 편이지만 일단 30퍼센트를 회복시키고 나서 그 이후에 힐을 쓰면 회복이 굉장히 빠르다. 빈사 상태의 슬레이어의 회복을 30퍼센트까지 한 방에 회복시킨 셈이니 어찌 보면 상급힐보다 그 효용성이 더 크다고 할 수도 있겠다.(그리고 현석의 피통을 생각하면 상급힐보다 Ratio Heal이 훨씬 낫다고 볼 수 있다.)

현석이 외쳤다.

"잠시 끼어들겠습니다!"

뒤에서 따라가던 전투 슬레이어 김문열과 박대영이 동시에 욕설을 내뱉었다. 그나마 겉으로는 평정을 가장했던 김문열도 이번엔 거친 욕설을 내뱉었다.

"씨팔! 먼저 튀어나가면 어떡해!"

"이 미친새끼야!!!"

보통 슬레잉은 전투 슬레이어들이 짝을 이루어서 서로 호흡을 맞춘다.

공격과 방어가 동시에 가능한 슬레이어는 몇 없다. 공격에 특화된 슬레이어, 방어에 특화된 슬레이어, 또는 교란에 특화된 슬레이어 등 전투 슬레이어들은 각기 역할을 분담하여 몬스터를 최대한 안전하게 사냥한다.

슬레잉 시의 돌발 행동은 최대한 자제해야만 한다. 갑작스런 돌발 행동은 몬스터를 혼란시키며 어그로가 엉뚱한 곳으로 튈 가능성이 높기 때문이다. 그러면 호흡을 맞추어 슬레잉을 하던 슬레이어들의 호흡이 깨지게 되고 그 잠깐의 찰나가 슬레이어의 목숨을 앗아갈 수도 있다.

따라서 오크나 트윈헤드 오크 같은 상급 몬스터를 슬레잉하고 있을 때에 주변에서 끼어드는 것은 암묵적으로 엄격히 금지되어 있었다.

법이 제정되어 있다는 소리가 아니다. 슬레이어들끼리의 암묵적 동의이자 약속이란 뜻이었다. 그런데 그 약속을 애송이 하나가—김문열과 박대영의 눈으로 봤을 때—어이없게도 깨버린 거다.

김문열은 이를 악물고 뛰었다.

"저 미친 새끼가!"

이제 갓 걸음마를 뗀 아이가 개울가에 놓인 징검다리를 건너는 것은 매우 위험한 행동이다. 어른에게는 얕은 물살과 깊이라도 어린 아이에게는 매우 무시무시한 장애물이 되는 법이다.

어린 아이들의 세계에서 징검다리는 아주 강력한 뜻이며 굉장히 조심해야만 하는 난관이라는 뜻이다. 그러나 어른에게 징검다리는 그냥 길과 별로 다를 게 없다. 굳이 아주 조심스레 걸음을 옮길 필요가 전혀 없다는 뜻이다.

민서의 상급힐에 깜짝 놀랐던 회복 슬레이어 최강식과 아이온 소속 보조 슬레이어인 김효천은 낭패를 봤다는 얼굴로 중얼거렸다.

"미쳤군. 완전히 돌았어."

"저런 돌진을 할 줄이야……."

그러던 사이, 전투에 열중해 있던 전투 슬레이어들도 현석을 발견했다. 그들의 얼굴에도 다급함이 몰려들었다.

뒤에서 전투를 보조하던 보조 슬레이어와 회복 슬레이어가 외쳤다.

"제3자 난입입니다! 어그로와 돌발 행동에 특히 주의하세요!"

* * *

그 목소리가 들려오자마자, 던전 클리어에 나섰던 슈퍼맨 길드의 전투 슬레이어들은 씨팔 하고 욕을 내뱉었다. 갑자기 제3자가 난입했단다. 저희도 모르게 몸에 힘이 들어가고 긴장을 했는데,

"하앗! 홋! 핫! 홋! 하!"

기합성 다섯 번과 함께 상황이 종료됐다. 기합 하나당 걸린 시간은 약 1초.

기합 한 번에 주먹질 한 번. 마지막 기합은 발길질이었다. 숙련된 무술가의 발차기가 아니고 그냥 말 그대로 '발길질'이었다. 그리고 그 발길질에 최상위 급 몬스터인 트윈헤드 오크가 허무하게도 사라져 버렸다.

"미… 미친……."

"뭐… 뭐… 이딴 경우가……."

슈퍼맨 길드의 전투 슬레이어 12명 중 3명이 자신의 병장기를 떨어뜨렸다. 1명이 털썩 주저앉았고 나머지 8명은 입을 쩍 벌리고 난입한 남자를 멍하니 쳐다봤다.

이게 도대체 무슨 상황인지 도무지 모르겠다. 현존하는 슬레이어 중에 오크를 한 방에 죽일 수 있는 사람이 있었던가. 아무리 머릿속을 뒤져봐도 그런 사람은 없었다. 한국은커녕, 전 세계를 뒤져봐도 저런 슬레이어는 없을 터였다. 그리고 그게 정상일 터였다.

뒤쪽에서 지켜보던 보조 및 회복 슬레이어들도 상황 파악을 위해 열심히 머리를 굴렸다. 한 발자국 떨어져서 지켜본다고 해서 뭔가를 더 아는 건 아니었다. 오히려 더 혼란스러웠다. 한 방, 한 방에 오크들이 죽어버리는 걸. 조금 더 객관적인 시선에서 바라볼 수 있었고 그 결과 얻을 수 있었던 건 패닉뿐이었으니까.

슈퍼맨 길드뿐만 아니라 아이온 길드의 길드원들도 패닉 상태에 빠져들었다.

계속해서 구시렁대던 박대영은 '저… 저… 저……' 하고 말을 더듬어댔고 길드장인 김문열 역시 멍하니 앞만 쳐다봤다. 은연중에 인하를 무시했었는데, 뚜껑을 열어보니 저들은 완전히 격이 다른 슬레이어였다.

박대영의 얼굴이 시뻘겋게 달아올랐다.

'내게 일일이 반응하지 않은 건 대응할 가치조차 없었기 때문이구나.'

원래 잘난 사람에게 '너 못났어'라고 말하는 건 별로 욕이 아니다. 어차피 잘난 사람은 자신이 잘난 것을 알고 있고 못났다는 한 마디에 주눅 들거나 화를 내거나 하지는 않으니까.

그런데 못난 사람에게 못났다고 말하면 그건 욕이다. 같은 이치였다. 박대영이 아무리 욕을 하고 투덜거려 봤자 현석에게는 별로 욕처럼 들리지도 않았을 거다. 실제로 현석은 거의 신경조차 쓰지 않고 있었다.

박대영은 얼굴이 시뻘겋게 달아오른 채 식은땀을 줄줄 흘렸다.

'젠장. 이 무슨 쪽팔린 경우란 말인가.'

현석은 순식간에 자신에게 시선이 집중되었음을 느끼고 민망한 듯 웃었다.

사람들이 패닉 상태에 접어든 것이 즐거운 건지, 그도 아니면 여태껏 무시했던 사람들이 현석의 말도 안 되는 무위에 놀라서 버벅거리고 있는 게 즐거운 건지 민서는 활짝 웃었고 강평화는 남 몰래 '예쓰!' 라고 아주 작게 말하면서 주먹을 불끈 쥐었다.

그랬다가 현석과 또 눈이 마주치는 바람에 주먹을 얼른 풀고 고개를 푹 숙였다. 그걸 눈치 못 챌 현석이 아니다. 현석이 피식 웃고선 말했다.

"저희는 유니온에서 파견된 구출조입니다. 저는 인하 길드의 길드장 유현석이고 저쪽은 아이온 길드와 아이온 길드의 길드장 김문열 씨입니다. 시간이 없으니까 바로 다음 룸으로 이동하죠."

"자, 잠깐! 우리는 휴식이 필요합니다."

현석이 말했다.

"안전 구간이 사라졌다는 알림음을 들으셨을 겁니다."

현석의 말에 전투 슬레이어들의 낯빛이 흙빛으로 변했다. 아무래도 전투에 집중하느라 제대로 듣지 못한 모양이다.

"어째서……."

"자세한 얘기는 나중에 하도록 하죠."

현석이 앞장서서 걸었다. 현석의 말도 안 되는, 실제라고는 믿기 힘든 신위를 본 슬레이어들은 저도 모르게 현석을 따라 걷기 시작했다.

"유니온의 발표 자료를 여러분은 던전 속에 계셔서 못 보셨겠지만 이번에 나타난 던전을 공략하는 방법은 두 가지 입니다. 여러분이 하고 계신 대로 룸을 차근차근 깨뜨리는 방법이고, 또 하나는 아주 빠른 시간 내에 룸을 깨뜨려 버리는 겁니다. 각 룸을 30분 이내로 깨뜨리면 바로 다음 룸에 입장이 가능합니다."

"하지만 어떻게……."

그들은 지극히 상식적인 슬레이어였다. 하나의 룸을 30분 내로 깨뜨린다? 그건 상식적으로 불가능한 일이었다.

보통 룸 하나에 오크 4~5마리와 트윈헤드 오크가 2~3마리 정도 존재한다. 룸의 크기에 따라 다르지만 보통 각개격파가 가능할 정도의 거리에 떨어져 있었고, 덕분에 시간은 걸리지만 차근차근 공략해 나갈 수 있었다.

그렇게 5개의 룸을 깨왔다. 그런 식으로 공략하면 다음 룸으로 들어가는 데 20시간 정도가 소요되었고 20시간 동안 길드원들은 안전 구역 내에서 편안하게 휴식을 취해왔었다. 그런데 30분 내로 깨버리잔다. 그건 원래 불가능한 일이었는데, 그게 당연한 것이었는데,

"당신이라면……."

그 불가능한 일을 가능하도록 만들어주는 괴물 같은 슬레이어가 하나 들어왔다. 아이온의 길드장 김문열은 꿀 먹은 벙어리가 되어버렸다.

'뭐 저런 괴물이……'

그건 박대영 역시 마찬가지였다.

'아이템이 없던 게 아니라, 필요가 없던 거였어.'

상황 파악이 다 되고 나자,

'씨팔, 좆 됐다.'

걱정과 불안이 엄습하기 시작했다. 저 정도 슬레이어면 자신 하나를 어떻게 하는 건 일도 아닐 터. 던전 안이라서 초조한 게 아니라 저 괴물 같은 슬레이어 때문에, 그 슬레이어를 함부로 대했다는 사실 때문에 초조해졌다.

어째서 저런 괴물 같은 슬레이어가 알려지지 않았는지에 대한 문제는 차치하고서 현석을 필두로 한 슬레이어들이 7번째 룸으로 이동했다.

룸에 이동하자마자 저도 모르게 리더가 되어버린 현석이 입을 열었다. 모두들 현석의 말에 딴지조차 걸지 못했다.

"두 길드장께서는 체력적으로 무리가 없는 분들을 선발하여 오크와 트윈헤드 오크를 한 자리에 모아주셨으면 좋겠습니다. 일단 저는 저 눈앞에 보이는 오크부터 처리하도록 하죠."

"예? 예."

"예⋯⋯."

두 길드장의 말이 끝나기도 전에 현석은 몸을 날렸고 핫! 기합 소리 한 번과 함께, 어이없게도 최상위 몬스터인 오크를 묵사발 내버렸다.

"어, 어떻게 저런 일이 가능한 거지⋯⋯?"

"오크를 어떻게 한 방에⋯⋯."

사실상 숙련된 무술가의 주먹이라고는 할 수 없었다. 일반인이 보기에는 몰라도 무술을 공부한 사람에게는 상당히 어설퍼 보였다.

"어설픈 정도가 아니라⋯⋯. 그냥 맘대로 휘두르는 건데?"

전투 슬레이어들은 기본적으로 무술을 어느 정도는 익히는 경우가 많다. 그게 그들의 생존에 도움이 되기 때문이다. 따라서 무술을 보는 눈이 일반인들보다는 좋은 경우가 많다.

그런 그들이 보기에 현석의 주먹질은 주먹질이라고 말하기도 민망한 수준이었다. 더욱 허탈한 건 그 민망한 수준의 주먹질 한 번에 오크가 아이템만 남기고 죽어버린다는 것.

현석 역시 최근에 힘을 효율적으로 사용하기 위하여 그동안 해왔던 헬스 트레이닝의 비중을 줄이고 복싱을 배우고는 있으나 단시간에 실력이 확 늘지는 않았다.

"이건 사기야⋯⋯."

한 슬레이어가 허탈감에 빠져들었는지 저도 모르게 중얼거렸고 이들의 공략은 그 날로 끝이 났다.

[던전을 클리어했습니다.]
[매우 어려운 업적으로 인정됩니다.]
[총 인원 24명. 많은 인원으로 인하여 업적의 등급이 낮게 책정됩니다.]
[어려운 업적으로 인정됩니다.]
[보너스 스탯 +7이 주어집니다.]

힘든 업적이 아닌, 어려운 업적으로 인정되었다. 그리고 슈퍼맨 길드와 아이온 길드는 처음으로 쉬운 업적 이상의 업적 시스템의 득을 보았고 보너스 스탯을 얻을 수 있었다.

사람들이 기쁜 듯, 또 허탈한 듯 중얼거렸다.

"이지 모드에는 쉬운 업적만 있는 거 아니었어……?"

아니다, 불가능한 업적도 있다. 현석은 굳이 그 말을 해주지는 않았다.

＊　　　　＊　　　　＊

현석은 자신을 드러내는 걸 딱히 즐기는 편은 아니다. 하지만 사람들이 자신을 못 알아보니 의견을 조율하는 것도 어렵고 자신을 내세우기도 힘들었다.

'대중적으로 알려지는 것말고 적어도 슬레이어계에서 내 스스로를 드러낼 수 있는 방법을 생각해 봐야겠어. 성형이 형님과 얘기를 해봐야겠네.'

현석의 생각을 아는지 모르는지 민서가 투덜거렸다.

"그래도 난 오빠가 대접을 못 받는 거 같아서 억울해."

현석은 피식 웃고서 민서를 머리를 대충 쓱쓱 쓰다듬었다. 그때, 초인종이 울렸다. 민서가 쪼르르 달려 나가 인터폰을 확인했다.

"그때 그 아저씨야 오빠. 그… 오빠 욕 엄청 했던 아이온 길드의……."

"들어오라 해."

김문열과 박대영은 주말을 맞이하여 현석의 집을 찾아왔다.

김문열은 커다란 과일 바구니를, 박대영은 비싸 보이는 와인 하나를 들고서 방문했다. 그들은 며칠 전, 현석을 대놓고 무시했던 그 상황에 대해서 사과했다.

현석은 뒤통수를 긁적거렸다.

"아… 예, 뭐……."

사실 현석도 기분이 나쁘지 않았던 건 아니다. 그러나 그들의 입장에서 생각했을 때, 이해를 못 할 것도 아니었다.

저들의 입장에서는 목숨을 걸어야 하는 일인데 허접한(?) 길드와 팀을 이루는 건 억울한 일이 아닌가.

"뭐, 제가 아이템도 없고 좀……. 그러니까 이해합니다."

그리고 사실 이런저런 잡생각에 빠져 있느라 이들의 욕을 제대로 듣지도 못했었다. 김문열이 고개를 푹 숙였다. 이대로라면 무릎이라도 꿇을 기세였다. 석고대죄하는 죄인들 같은 모습에 현석은 민망함마저 느낄 정도였다.

김문열이 말했다.

"처음에 엄청 긴장하신 줄만 알고 실례를 저질렀습니다. 아이온 길드를 대표해서 다시 한 번 사과드립니다."

"아, 예……."

뭔 말인지 잘 이해가 안 되서 생각해 보니 아무래도 처음 던전에 입성했을 때 잡생각에 빠졌던 것을 말하는 것 같았다. 현석은 잘 못 들었지만 당시 아이온 길드원들이 뒤에서 뒷담화를 했던 모양이다.

'아… 긴장한 것처럼 보일 수도 있었겠구나.'

사실 긴장한 게 아니라 딴 생각에 빠져 있던 거라고 말해주면 이들은 허탈함을 넘어 좌절감마저 느낄 것 같아서 그냥 묻어두기로 했다.

박대영 같은 경우, 경우가 없는 사람은 아니었다. 성격이 워낙 직설적이어서 그렇지 자신이 잘못한 부분에 있어서는 깍듯하게 사과하고 나왔다. 현석도 그런 걸 일일이 마음에 담아두고 칼을 가는 소인배는 아니었던지라 사과를 받아들였다.

"선물은 괜찮습니다. 마음만 받겠습니다. 괜히 이런 걸 받으면 마음이 불편해서요."

현석이 거절하는데도 이들은 굳이 현석에게 선물 꾸러미를 억지로 넘겨주고서 자리를 떠났다.

민서는 통쾌해 죽겠다는 얼굴로 방방 뛰었다. 굉장히 행복해 보이는 표정이었다.

오예! 우예! 좋아쓰! 오오케이! 등의 이상한 감탄사를 자꾸만 남발하는 것으로 보아 확실히 정상처럼 보이진 않았다. 그리고 약 몇 초가 지났을 때. 종원이 헐레벌떡 달려들어 왔다. 노크도 않고 비밀번호를 누르고 들어와 소리쳤다.

"야! 현석아! 씨팔! 노멀 모드 떴다!"

『올 스탯 슬레이어』 2권에 계속…

초대형 24시 만화방

신간 100%, 샤워실, 흡연실, 수면실(침대석), 커플석, 세탁기 완비

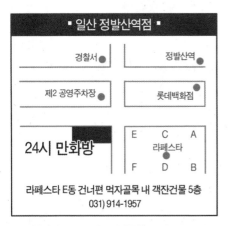

▪ 일산 정발산역점 ▪

라페스타 E동 건너편 먹자골목 내 객잔건물 5층
031) 914-1957

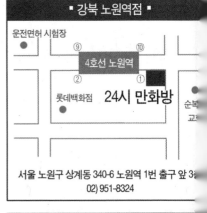

▪ 강북 노원역점 ▪

서울 노원구 상계동 340-6 노원역 1번 출구 앞 3층
02) 951-8324

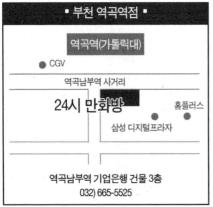

▪ 부천 역곡역점 ▪

역곡남부역 기업은행 건물 3층
032) 665-5525

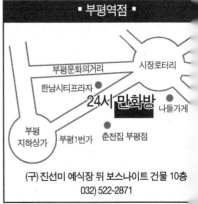

▪ 부평역점 ▪

(구) 진선미 예식장 뒤 보스나이트 건물 10층
032) 522-2871